Katrin Frank
Veritas

Katrin Frank

Veritas

The truth within your heart

Forever

Forever by Ullstein
forever.ullstein.de

Wir verpflichten uns zu Nachhaltigkeit
- Papiere aus nachhaltiger Waldwirtschaft und anderen kontrollierten Quellen
- Druckfarben auf pflanzlicher Basis
- ullstein.de/nachhaltigkeit

Liste sensibler Inhalte:
- Beleidigendes Verhalten gegenüber queeren Menschen
- Leistungsdruck
- Trauer und Verlust
- Alkoholkonsum
- Adoption, familiäre Probleme
- Angstzustände und Panikattacken

Originalausgabe bei Forever
Forever ist ein Verlag der Ullstein Buchverlage GmbH Berlin
1. Auflage März 2024
© Ullstein Buchverlage GmbH, Berlin 2024
Wir behalten uns die Nutzung unserer Inhalte für Text und Data Mining im Sinne von § 44b UrhG ausdrücklich vor.
Umschlaggestaltung: emilybaehr.de
Titelabbildungen: © volody10, vilmosvarga/Freepik und ifong, BoxerX, tomertu, 99Art/Shutterstock
Gesetzt aus der XYZ powered by *pepyrus*
Druck- und Bindearbeiten: CPI books GmbH, Leck
ISBN 978-3-95818-726-9

I

Kolton

Eine falsche Bewegung reichte aus, um das Gleichgewicht zu verlieren, wie wild mit den Händen zu rudern, ohne Halt zu finden. Dabei spielte es kaum eine Rolle, wie sehr man sich abmühte. Wenn es nichts gab, woran man sich festhalten konnte, sorgte die Schwerkraft dafür, dass man zu Boden fiel. Den Aufprall musste man hinnehmen. Genauso den Schmerz, der sich wie ein Gift durch den Körper zog, sich unbarmherzig und rasant ausbreitete.

Keine Gnade.

Keine Zurückhaltung.

So spielte das verdammte Leben nun mal und verzichtete dabei auf eine Strategie, auf den perfekt geplanten Spielzug. Das Leben war kein Teamplayer, sondern zog sein bescheuertes Vorhaben ohne Rücksicht durch.

Ein qualvoller Stich bohrte sich in meinen Rücken und erschwerte mir das Atmen, sodass ich hustend nach Sauerstoff rang. Es dauerte einen Moment, bis ich mich seitlich abrollte, mich aufsetzte und meine Lungen wieder mit Luft befüllte. Aus der Ferne hörte ich Coach Tucker rufen, aber was genau er von sich gab, konnte ich nicht verstehen. Mir schwirrte der Kopf, und in meinen Ohren breitete sich ein aufdringliches, surrendes Geräusch aus. Die Zähne fest aufeinandergebissen, schloss ich die Augen und konzentrierte mich auf die Atmung. Allmählich ließ das Surren nach, und mein Kopf wurde wieder klar. Als ich die Augen öffnete, streckte mir mein Kumpel Wyatt schon seine Hand entgegen. Ich starrte auf die verletzte Stelle an seinem Unterarm. Zwischen den stark hervortretenden Adern drangen vereinzelt Blutstropfen an die Oberfläche und vermischten sich dort mit dem grünen Abrieb, der von einem Sturz rührte. Eine kleine Verletzung, kaum der Rede wert. Wenn es eine Sache gab, die beim Football eine Rolle spielte, dann war es Mut.

Keine Furcht vor einem Tackle.

Keine Furcht vor Misserfolgen.

Keine Furcht vor Verletzungen.

Das einzige Ziel bestand darin, den gottverdammten Football über die zehn Yards zu bekommen. Dafür hatte ich vier Versuche, sonst erlangte die gegnerische Mannschaft den Ballbesitz. Das Leben selbst hielt sich jedoch nicht an diese Regel, es war erbarmungslos. Ich hatte eine falsche Entscheidung getroffen und noch nicht mal einen verfluchten zweiten Versuch erhalten. Nichts. Keine weitere Chance. Da hatte kein Schiedsrichter am Seitenrand gestanden und gebrüllt: »Hey, der Junge hat noch drei Versuche!« Niemand vermochte das Leben in seine Schranken zu weisen.

Also war die Furcht zu meinem stillen Begleiter geworden, und ich hatte keinen blassen Schimmer, wie ich das dritte Jahr an der Uni, geschweige denn die neue Footballsaison überstehen sollte.

»Alles klar, Mann?« Wyatt blickte durch die Facemask auf mich herab. Seine dunklen Augen musterten mich besorgt, und ich konnte darin noch eine weitere, unausgesprochene Frage erkennen. Wyatt verlor selten die Fassung. Er war darauf programmiert, seine Gefühle zu verbergen. Manchmal war ich mir nicht sicher, ob er überhaupt irgendetwas fühlte. Mein bester Freund war eine Maschine. Diszipliniert, verlässlich und kalt. Ab und zu fragte ich mich, wie wir überhaupt Freunde hatten werden können. Aber da stand er jetzt und hielt mir weiterhin seine Hand hin. Er war für mich da. Immer. Wir konnten uns stundenlang anschweigen oder unangebrachte Witze erzählen, selbst wenn in jedem von uns ein Tornado tobte und es so vieles gab, worüber es sich zu sprechen lohnte. Wir lenkten uns gegenseitig ab, weil wir gleichermaßen kaputt waren.

»Komm schon, hoch mit dir!«, forderte er mich auf und nickte in Richtung der Menschentraube, die sich um uns gebildet hatte. »Wir wollen doch kein Aufsehen erregen.«

»Mach schon, Kolton! Du ziehst ja das gleiche Drama ab wie Hardin«, rief Toby mit einem selbstgefälligen Grinsen.

Sofort stand ich wieder auf den Beinen, stieß Wyatt zur Seite und packte Toby, der mich vorhin zu Boden gestoßen hatte, am Shirt, sodass meine Fingerknöchel weiß hervortraten. *Seinen* Namen aus dem Mund eines Teamkollegen zu hören war, als landete eine eiserne Faust mitten in meinem Gesicht. Sie traf mich so brutal und schonungslos, dass ich nicht mehr klar denken konnte. Adrenalin schoss durch meine Blutbahnen und entfesselte eine überwältigende Kraft, die mich diesen weit über hundert Kilo wiegenden Kerl ein paar Zentimeter vom Boden hochheben ließ. Wut und Hass dominierten mich in diesem Augenblick. Wie konnte er es wagen, Hardins Namen auszusprechen?

Ich stand kurz davor, ihn auf den Boden zu werfen und meine Fäuste auf ihn einprallen zu lassen, als ich von hinten gepackt wurde und mich mehrere Hände zurückhielten. Sie zwangen mich, Toby loszulassen.

»Kolton!«, mahnte Wyatt.

»Sofort vom Platz, Evans. Sperre für die nächsten zwei Trainingsstunden«, brüllte Tucker, dabei war seine Enttäuschung unüberhörbar. »Ich dulde keine Gewalt auf dem Feld.« Sein unerbittlicher Blick traf mich schwer. »Jetzt, sofort! Ich will dich hier heute nicht mehr sehen!«

»Fuck you!«, presste ich unüberlegt hervor und spürte, wie Tränen vor Wut in meinen Augen brannten. Der Scheißkerl wusste schließlich, dass ich keinen Tag ohne Training überstehen würde. »Fuck you!«, wiederholte ich. Hitze stieg mir vor Zorn ins Gesicht, es war schier unmöglich, auch nur einen einzigen klaren Gedanken zu fassen.

Jemand zog mich weg. Es war das Gewicht von Wyatt, der mich fortbrachte, um noch Schlimmeres zu verhindern. Doch ich hatte ohnehin nicht vor, auf den Coach zu hören und das Training auszusetzen. Niemand konnte mir das verbieten. Tucker konnte nicht einfach so über mein Leben bestimmen. Außerdem stand in zwei Wochen das erste Spiel der Saison an. Ich musste trainieren, um in Form zu bleiben. Die Mannschaft konnte schlecht auf ihren besten Quarterback verzichten.

Schritt für Schritt stolperte ich rückwärts. Wyatt hatte Mühe, mich vom Feld zu zerren. Abwechselnd stierte ich dabei von Toby zu Tucker. Sie konnten mir das Leben vielleicht zur Hölle machen, aber ich brannte ohnehin schon lichterloh. Anhaben konnten sie mir nichts.

»Jetzt beruhige dich endlich.«

Ich riss mich von Wyatt los, der verständnislos den Kopf schüttelte. »Was ist bloß in dich gefahren?«

»Was ist denn dein Problem?«, entgegnete ich aufgewühlt.

»Meins? Du drehst völlig durch. Toby hat einen dummen Kommentar von sich gegeben. Du weißt doch, wie es auf dem Spielfeld zugeht. Lass das nicht an dich ran.«

Ich schätzte Wyatt in vielerlei Hinsicht, aber in Augenblicken wie diesen fragte ich mich ernsthaft, warum ich überhaupt noch mit ihm befreundet war. »Er hat …« In meinem Hals bildete sich ein Kloß, mächtig und unüberwindbar. Ich schluckte einige Male, konnte ihn aber nicht beseitigen.

»Kolton, das liegt doch schon Wochen zurück.«

Seine Worte trafen mich hart. »Ich soll einfach darüber hinwegkommen? Ernsthaft?«, brachte ich mühevoll über die Lippen. Schließlich war ich mir nicht sicher, ob ich jemals mit der Schuld leben konnte. Weil ich es verhindern hätte können. Außer der Polizei kannte niemand die ganze Wahrheit über die Nacht des vierten Juli. Und jedes Jahr würde mich der Independence Day mit einem bombastischen Feuerwerk daran erinnern, welche folgenschwere Entscheidung ich an jenem Abend getroffen hatte.

Mir fehlten immer noch die Worte. Trauer hatte nun mal kein gottverdammtes Ablaufdatum. Und der Vorfall lag erst wenige Wochen zurück. Meine Leistungen als Student und Sportler waren nach wie vor herausragend. Ich büffelte in jeder freien Minute und trainierte härter als all meine Teamkollegen. Es gab keinen Grund, mir etwas vorzuwerfen, ich machte gute Miene zum bösen Spiel. Wyatt hatte also kein Recht, mir vorzuschreiben, wie ich trauern sollte. Das war allein meine Angelegenheit. Hardin und ich waren mehr als nur Brüder gewesen. Wir gehörten zusammen. Wir waren eins. Niemand konnte diesen Schmerz in mir nachempfinden.

Ich riskierte einen letzten Blick. Dann kehrte ich der brutalen Miene meines Freunds den Rücken zu, joggte über den Platz und schlug den schmalen Weg nach links ein. Wyatt rief mir hinterher, doch ich ignorierte ihn. Meine Beine trugen mich immer weiter und schneller. Die ersten Blätter raschelten unter meinen Füßen, vereinzelt flogen sie zu Boden. Der sanfte Wind ließ sie an den Ästen schaukeln. Auf eine Weise beruhigte mich das. Ich mochte den Spätsommer. Hardin hatte den Spätsommer auch gemocht. Unvermittelt versetzte mir die Erinnerung an ihn einen Stich in die Brust. Wir waren täglich gemeinsam joggen gewesen.

Ich lief weiter und steigerte das Tempo. Je härter ich trainierte, desto mehr hatte ich das Gefühl, meinen Körper zu beherrschen. Wieder zurückzufinden. Ihn zu spüren. Mich im Griff zu haben. Meine Gedanken für eine Weile kontrollieren zu können. Das Training half mir, den unsagbaren Schmerz in mir zumindest für ein paar Stunden auszuschalten.

Ohne eine Pause einzulegen, rannte ich über den Campus, durchquerte den Cambridge Common, lief an der Buchhandlung The Coop, an Cafés und Restaurants vorbei. Hin und wieder schnappte ich Wortfetzen auf oder erntete verdutzte Blicke. Es kam wohl nicht allzu häufig vor, dass ein Footballspieler mitsamt seiner Ausrüstung über das Universitätsgelände lief und dabei einen Marathon hinlegte. Meine Trikotnummer war auf dem Campus bekannt, vermutlich würden die Leute reden. Aber das spielte keine Rolle. Das Einzige, was zählte, war, den Schmerz beiseitezuschieben. Schritt für Schritt.

2

Vance

Der Campus war imposant, weitläufig und glich einer altertümlichen Stadt, was mich zugegebenermaßen überforderte. Zwar hatte ich vor meiner Ankunft in der Campus-App ein Fähnchen an die Stelle gesetzt, wo sich das Apartment befand, dennoch war ich erleichtert, als sich die brünette Frau hinter dem ausladenden Tresen einen Stift schnappte und den Weg dorthin auf einer Karte nachzeichnete. Auf ihrer Nase thronte eine Lesebrille, die an der Fassung mit einer Goldkette verbunden war. »Willkommen in Harvard«, sagte sie lächelnd.

Harvard.

»Stimmt etwas nicht?« Sie hob die Augenbrauen und musterte mich.

Um ihrem prüfenden Blick auszuweichen, sah ich mich um. Das Büro war spartanisch eingerichtet. Ein Schreibtisch aus Eiche, gepflegt und ordentlich. Ein Regal, das bis an die Decke reichte, Bücher und Ordner präzise aneinandergereiht. Es war schwer zu beschreiben, welche Wirkung der Raum auf mich ausübte. Er war farblos, aber nicht kühl.

Das war also der Ort, an dem ich studieren würde. Hinter den Mauern der ältesten Universität unseres Landes würde sich die Wahrheit verbergen. Mein Blick fiel auf das große Universitätswappen an der Wand. *Veritas*. So schlicht und doch so ausdrucksvoll. Die Buchstaben brannten sich in mein Gedächtnis ein. Auch ich würde mich an diesem Ort *meiner* Wahrheit stellen müssen.

»Doch, doch, war nur ein langer Flug«, entgegnete ich. Einen Moment beäugte sie mich noch skeptisch, dann nickte sie zufrieden. Ich verabschiedete mich, schnappte mir meinen Koffer und machte mich auf den Weg. Anders als die meisten aus meinem Jahrgang hatte ich den Campus zuvor noch nicht besichtigt. Als die Veranstaltung für zukünftige Studierende stattgefunden hatte, war ich krank gewesen. Umso aufgeregter war ich jetzt, was mich erwarten würde. Bisher kannte ich den Campus lediglich von Bildern.

Ich schritt durch den Flur, sah an den holzgetäfelten Wänden hoch und betrachtete die Gemälde im Vorbeigehen. An einem anderen Tag würde ich sie mir in Ruhe anschauen. Die Rollen meines Koffers verursachten ein Geräusch, hallten leise durch den lang gezogenen Gang, bis ich an einigen Studierenden vorbei ins Freie trat. Die Sonne war bereits untergegangen. Mein Flug hatte Verspätung gehabt, weshalb ich von Glück hatte sprechen können, den Schlüssel für das Apartment noch am späten Abend zu erhalten.

Ich zog die Campusübersicht aus der Hosentasche und warf einen kurzen Blick darauf, um mir Orientierung zu verschaffen. Der Weg führte durch den Harvard Yard direkt an einem College vorbei und war von Bäumen und Sträuchern gesäumt. Von den eindrucksvollen Backsteingebäuden war in der Dunkelheit nur wenig zu sehen. Einige Gebäude waren jedoch beleuchtet, und so gewann ich einen ersten Eindruck davon, was mich bei Tageslicht erwarten würde. Unvermittelt packte mich das Bedürfnis, die geschichtsträchtige und imposante Atmosphäre mit meiner Kamera einzufangen. Was ich auch tun würde. Aber erst einmal musste ich mich zurechtfinden, einleben und rechtzeitig in den Kursen auftauchen.

Noch wirkte der Campus mächtig, geradezu erdrückend. Vielleicht überforderte es mich aber auch, dass ich niemanden kannte und in ein fremdes Apartment zog, mit Leuten, die ich nie zuvor gesehen hatte. Das Ungewisse erzeugte eine innere Spannung in mir. In ein Studentenwohnheim direkt auf dem Campus zu ziehen war keine Option gewesen. Denn dort gab es weit mehr Menschen, denen ich lieber aus dem Weg ging. Ich war nicht introvertiert, bevorzugte aber Ruhe und einen kleinen ausgewählten Kreis von Personen um mich. Das freie Zimmer in einer WG am Rande des Campus war daher ein absoluter Glücksgriff gewesen.

In meinem Bauch kribbelte es, als ich dem roten Fähnchen auf der App näher kam und schließlich einen letzten prüfenden Blick auf die Hausnummer warf, um sicherzugehen, dass ich hier richtig war. Das Wohnhaus hob sich von den anderen ab. Es war modern, versprühte nicht diesen altmodischen Charme, wie die Gebäude, an denen ich eben vorbeigegangen war oder die man von Bildern kannte. Ich spürte das Hämmern meines Herzens, hörte, wie es wild gegen den Brustkorb schlug, während ich den Koffer über die Stufen zum Eingang schleppte, meine Schlüsselkarte zückte und vor das Lesegerät hielt. Ein Surren ertönte, und ich stemmte mein Gewicht gegen die Tür, die sofort aufsprang. Kurz atmete ich auf. Wenigstens konnte ich eine Karte lesen und der Beschreibung folgen. Für eine Sekunde verwarf ich die andauernde Frage in meinem Kopf, ob ich vielleicht doch auf Mom hätte hören sollen, die mir immer und immer wieder davon abgeraten hatte, Harvard zu wählen. Ihrer Meinung nach war Harvard eine übertrieben elitäre Einrichtung, die von alten, weißen Männern dominiert wurde. Nur allzu deutlich hörte ich ihre Stimme im Ohr und sah sie mit in die Hüften gestemmten Händen vor mir ihren Kopf schütteln, weil sie nicht nachvollziehen konnte, weshalb ich ausgerechnet hier studieren wollte. Es war ein langer und mühseliger Kampf gewesen, mich gegen ihre Ansicht durchzusetzen.

Wiederholt hatte Mom versucht, mir Harvard schlechtzureden und mich von meiner Entscheidung abzubringen. Manchmal hatte mich das Gefühl beschlichen, dass sie mich gezielt vom Lernen hatte abhalten wollen. Und das, obwohl sie gewusst hatte, wie schwer es für mich werden würde, angenommen zu werden. Ich hatte hart schuften müssen, um das geforderte Niveau zu erreichen. Es war ein ermattender Kampf gewesen, aber ich hatte ihn auf mich genommen. Denn auch wenn die Chancen zu Beginn miserabel ausgesehen hatten: Der Wille in mir war stark. Und ich wollte es so unbedingt. Aus tiefstem Herzen war ich davon überzeugt, dass ich fast alles erreichen konnte, wenn ich nur hart genug dafür arbeitete.

Sicher würden mir Steine in den Weg gelegt werden, unüberwindbare Felsbrocken, und es würde dauern, sie alle fortzuschaffen. Bestimmt würde ich dabei auf die Hilfe anderer angewiesen sein, aber ich würde nicht aufgeben, bevor ich mein Ziel erreicht hatte.

Also hatte ich gekämpft. Ungeheuerlich. Und war eine von zweitausend Personen, die es geschafft hatten und in Harvard zugelassen worden waren. Zudem hatte ich das Glück, dass Mom die Studiengebühren stemmen konnte, denn für eines der wenigen Stipendien, die Harvard vergab, waren meine Leistungen dann doch zu schlecht.

Mein neues Zuhause befand sich im vierten Stock. Als ich mit zitternder Hand den Knopf drückte, um den Aufzug zu rufen, schlug mir das Herz bis zum Hals. In wenigen Sekunden würde ich meinen Mitbewohnern gegenüberstehen. Was, wenn sie mich nicht ausstehen konnten oder ich sie nicht mochte? Was, wenn es eine bescheuerte Idee gewesen war, nicht in das Studentenwohnheim zu ziehen? Mom hatte mir die Wahl überlassen. Sie war Hauptdarstellerin in einer angesagten Sitcom, die im kommenden Frühjahr in die vierte Staffel ging, und so besaß ich das Privileg, selbst zu entscheiden, wo ich wohnen wollte. Geld spielte bei uns eine untergeordnete Rolle, auch wenn Mom es nie zum Fenster rauswarf und weiterhin auf eine Reinigungskraft verzichtete. Der Luxus einer gefeierten Schauspielerin beschränkte sich in unserem Fall auf Personenschutz und ein Sicherheitssystem. Und egal wie viel Geld sie verdiente, vermutlich würde sie sich niemals von der alten Ledercouch trennen, die Grandma ihr zum Studienabschluss geschenkt hatte. Mom war genügsam.

»Warte!«, rief plötzlich jemand, und ich steckte gerade noch rechtzeitig meinen Fuß zwischen die Tür. »Hey, danke.« Lächelnd schlüpfte eine junge Frau mit mandelförmigen Augen in den Aufzug. Mit einer unfassbar einnehmenden Aura strahlte sie mich an. Fast so wie Taylor Swift, wenn sie eine Bühne betrat. »Ich bin leider nie pünktlich, und weil du auf mich gewartet hast, spare ich jetzt zumindest eine Minute Verspätung ein.« Ihre brünetten Haare reichten weit über ihre Schultern. Sie trug ein dezentes Make-up, ihr Outfit erinnerte allerdings ein bisschen an das eines It-Girls. »Lass mich raten, Freshman?«

Sie sprach ohne Punkt und Komma. Ihre Stimme klang weich und doch charismatisch. Sie erinnerte mich an die Sprecherin eines Hörbuchs, das ich im Sommer gehört hatte.

»So offensichtlich?«, warf ich ein, ehe sie die nächste Frage stellen konnte, die bestimmt schon auf ihrer Zunge brannte.

»Ein bisschen. Ich kann deine Angst förmlich riechen.« Sie zog die Nase kraus, beugte sich ein Stück weit in meine Richtung und roch an mir. »Harvard ist anspruchsvoll, aber nicht so schwierig, wie man denkt.«

»Das beruhigt mich … kein bisschen.« Ich schüttelte den Kopf, spürte aber deutlich, wie meine Mundwinkel zuckten. Die Unbekannte schenkte mir ein mitfühlendes Lächeln, bevor wir gemeinsam den Aufzug verließen.

Ein langer Flur erstreckte sich vor uns, und vermutlich verriet mein ahnungsloser Gesichtsausdruck, dass ich keinen Schimmer hatte, ob ich nach links oder rechts musste.

»Welche Apartmentnummer suchst du?«, erkundigte sie sich.

»Fragst du fremde Männer immer, wo sie wohnen?«

Sie verengte die Augen. »Nur die, die besonders gut aussehen und ein bisschen verloren wirken.« Dann zwinkerte sie und stieß ihren Oberarm gegen meinen. »Lass mal sehen.«

»Na gut, danke.« Ich gab mich geschlagen und hielt ihr den Mietvertrag mit der Apartmentnummer hin. Sie warf einen kurzen Blick darauf und starrte mich dann einen langen Moment an. Sie blinzelte. Einmal. Zweimal.

Das Licht im Flur erlosch, und so standen wir uns im Dunkeln gegenüber. Ich hatte keinen Schimmer, was gerade vor sich ging oder ob ich etwas falsch gemacht hatte. Aus einem Apartment in unserer Nähe drangen dumpfe Bässe, ansonsten war es totenstill.

»Stimmt etwas nicht?«

Im schwachen Licht der Notausgangsschilder konnte ich erkennen, wie sie mich mit großen verwunderten Augen ansah. Dann kehrte das Lächeln auf ihre Lippen zurück. »Wow, nein. Ich bin nur … überrascht. Du bist also Vance?«, fragte sie ungläubig.

»Bist du meine Mitbewohnerin?« Ich war irritiert, meines Wissens teilte ich mir eine Wohnung mit drei Typen: Aiden, Kolton und Wyatt. Wir hatten schriftlich kommuniziert, und mit Aiden hatte ich sogar ein Skypegespräch geführt.

Das Licht ging genau in dem Moment an, als sie mir die Hand reichte. »Ich bin Haisley und wohne im Apartment gegenüber. Freut mich, wir werden uns blendend verstehen und bestimmt viel Zeit miteinander verbringen. Du passt hervorragend zu den Jungs, ihr könntet die neuen Elevator Boys werden«, plapperte sie, als wäre der Moment eben keineswegs eigenartig gewesen. »Ich hatte mir unser Kennenlernen einfach nur anders vorgestellt. Was für ein Zufall, dass wir uns bereits im Aufzug begegnet sind und ich dich vor den anderen kennenlernen konnte.« Ihr Blick fiel auf meinen Koffer, ehe sie wieder aufsah und quiekte. »Wie aufregend.«

Mit ihrer überschwänglichen Art überforderte sie mich etwas. »Freut mich auch. Und wie du jetzt ja schon weißt, bin ich Vance«, erwiderte ich und rang mir ein Lächeln ab, das meine Nervosität hoffentlich kaschierte. Ich hatte nämlich keine Ahnung, wer oder was diese Elevator Boys sein sollten.

»Komm, ich zeig dir, wo du wohnst. Allerdings steigt dort gerade eine Party, mach dich also auf einen turbulenten ersten Abend gefasst«, bemerkte sie und schritt lächelnd voran.

Eine Party bei meiner Ankunft. Damit hatte ich nicht gerechnet. Es war nicht so, dass ich Partys grundsätzlich verabscheute. Aber an meinem ersten Abend hätte ich Ruhe bevorzugt. Immerhin hatte ich mich genau deshalb gegen ein Wohnheim entschieden. Außerdem hatte ich gehofft, meine Mitbewohner erst richtig kennenzulernen, bevor wir gemeinsam auf dem Boden hockten und Trinkspiele spielten. Okay, das hier war Harvard. Vermutlich spielte hier niemand Trinkspiele.

In mir breitete sich zunehmend Nervosität aus, während ich Haisley folgte und wir der Musik näher kamen. Wenige Schritte später hielten wir vor einer Tür, und ich war erstaunt, dass Haisley wie selbstverständlich einen Code eintippte, um die Tür zu öffnen.

»Keine Sorge. Ich habe nicht vor, nachts an deinem Bett zu sitzen und dir beim Schlafen zuzusehen.« Sie zwinkerte frech.

»Padam Padam« von Kylie Minogue war jetzt in voller Lautstärke zu hören. Plötzlich brachen all die Zweifel und Ängste über mich herein, die ich bisher erfolgreich unterdrückt hatte. Es war, als leerte jemand einen Kübel glühender Kohle über mich. Meine Wangen brannten, und auf meiner Stirn bildeten sich erste Schweißtropfen – jedenfalls fühlte es sich so an. Die Hitze machte es mir unmöglich, einen klaren Gedanken zu fassen. Ich hatte Kalifornien verlassen, meine vertraute Umgebung, die mich so akzeptierte, wie ich war. Was, wenn die Leute hier anders tickten? Plötzlich hatte ich furchtbare Angst, mich für etwas rechtfertigen zu müssen, wofür ich nicht verantwortlich war. Schließlich konnte man sich nicht aussuchen, in wen man sich verliebte. Es war ein Gefühl. Nein, es war mehr als das. Es war meine Identität. Nichts, was ich beeinflussen oder abstellen konnte. Und es gab keinen Ausweg: Alle Studentenheime und auch alle Wohngemeinschaften, die ich angeschrieben hatte, waren nach Geschlechtern aufgeteilt.

Doch dann konzentrierte ich mich auf die Musik, und allmählich fiel die Anspannung von mir ab. Vielleicht war es naiv, aber wenn sie *diesen* Song hörten, konnten meine neuen Mitbewohner doch keine homophoben Idioten sein. Im Gegenteil, die Chancen standen sogar gut, dass sie cool waren. Immerhin bewiesen sie Musikgeschmack.

»Jetzt macht endlich diese schwule Musik aus!«, lallte eine tiefe und sehr betrunkene Stimme. Die Worte trafen mich hart und ließen mich innerlich erstarren. Ich spürte förmlich, wie sich jeder Muskel meines Körpers anspannte und das lähmende Empfinden von eben zurückkehrte. Sogar mein Magen zog sich auf eine beklemmende, fast schon schmerzhafte Weise zusammen. Ich bemühte mich, mein Entsetzen vor Haisley zu verbergen. Solche Aussagen schmerzten. Immer. Aber das würde ich nicht preisgeben. Denn wenn ich das tat, bot ich umso mehr Angriffsfläche. Ich musste stark sein. Für mich.

»Das war dein Mitbewohner Wyatt«, bemerkte sie seufzend und sichtlich genervt. »Eigentlich ist er cool.«

»Und uneigentlich?«, hakte ich nach, als ich mich einigermaßen gefangen hatte.

Sie schürzte die Lippen. »Kann er sich echt danebenbenehmen.«

Na super, dann blickte ich ja einer wunderbaren Zeit mit Wyatt entgegen. Ich hatte nicht vor, meine Homosexualität zu verbergen. Aber es war auch nicht das Erste, was ich über mich erzählte. Warum auch. Niemand, der heterosexuell war, lief den ganzen Tag herum und verkündete das laut. Und auch wenn mich solche Aussagen verletzten, wusste ich, dass nichts, rein gar nichts an mir verkehrt war. Trotzdem setzte es mir jedes Mal zu, wenn ich solchen Kommentaren ausgesetzt war. Ich fühlte mich dann seltsam nackt und angreifbar. Was absurd war, weil ich es eigentlich besser wusste. Aber ... so sah es nun mal in mir aus.

Im Flur standen einige Leute rum, die Haisley begrüßten. Ich kam mir völlig fehl am Platz vor. »Und das ist Vance. Er ...« Sie schluckte schwer, und ihre strahlende Miene verhärtete sich. »Er wohnt jetzt hier«, sagte sie nach einer kurzen Pause und in einem seltsamen Tonfall. Ihr Blick wirkte erschöpft. Vielleicht sogar traurig. Haisley verhielt sich merkwürdig, von der einen auf die andere

Minute änderte sich ihre Stimmung. So ganz schien sie die neue Wohnsituation hier wohl noch nicht fassen zu können.

Ich hob die Hand, rang mir ein Lächeln ab und gab das beste »Hey« von mir, das mein Kehlkopf in diesem Moment hervorbringen konnte. Woher auch immer diese Unsicherheit plötzlich kam. Eigentlich war ich nicht schüchtern oder zurückhaltend. Dennoch gefiel mir die Situation gerade kein bisschen. Inmitten des Flures, umzingelt von feiernden Studierenden, stand ich mit meinem Gepäck und wusste noch nicht mal, wo sich mein Zimmer befand. Abgesehen davon, dass ich keine Ahnung hatte, wer meine restlichen Mitbewohner waren.

Wyatts unverkennbar betrunkene Stimme übertönte erneut die Musik. Abermals protestierte er, als Lady Gagas *Born This Way* aus den Boxen drang.

»Wyatt! Es ist nur Musik. Du wirst davon nicht gleich über den nächsten Kerl herfallen«, brüllte Haisley, und ich zuckte zusammen, weil ihre Wut in jeder Silbe hörbar war. »Idiot«, schimpfte sie. »Komm.« Sie fasste nach meinem Unterarm. Wir schlängelten uns an einigen Partygästen vorbei, und ich hatte Mühe, meinen Koffer hinterherzuziehen, ohne jemandem damit über die Füße zu fahren. »Das hier ist dein Zimmer.« Sie deutete auf die Tür zu unserer Rechten.

Ich war erleichtert, dass sie mich nicht dem Schicksal überlassen hatte. »Danke.«

»Kommst du gleich wieder raus? Es wird lustig. Versprochen.« Sie setzte ein sonniges Lächeln auf, zeigte ihre weißen geraden Zähne und wirkte dabei wie ein Kind, das seine Eltern um einen Gefallen bat.

»Mal sehen.« Ich erwiderte ihr Lächeln und öffnete die Tür. Aus dem Augenwinkel nahm ich wahr, dass sie eine schmollende Schnute zog, was mich noch breiter grinsen ließ. Ich kannte Haisley erst seit ein paar Minuten, aber ich hatte so ein Gefühl, dass wir uns wirklich blendend verstehen würden. Sie war ein bisschen durchgedreht, aber im Grunde schien sie sehr sympathisch zu sein.

Erleichtert atmete ich durch und lehnte mich mit dem Rücken an die geschlossene Tür. Endlich ein Moment für mich. Das Zimmer war möbliert. Aber mich irritierte die Unordnung auf dem Boden. T-Shirts und Boxershorts lagen verstreut herum. Schulterschützer und ein Helm. Dann fiel mein Blick auf das Bett. Plötzlich war mir klar, dass es sich um ein Missverständnis handeln musste. War Haisley doch nicht so nett, wie sie vorgab? Hatte sie mich vorsätzlich in ein falsches Zimmer gelotst, um sich einen Spaß zu erlauben? Dann setzte mein Herz einige Schläge aus und kam ganz zum Stillstand.

Stechend grüne Augen. Schwarzes Haar, das ihm in feuchten Strähnen in die Stirn fiel. Eine nahezu perfekte, gerade Nase. Ein Bartschatten, der sein markantes Kinn verbarg. Vor mir stand ein unglaublich gut aussehender Mann. Komplett nackt. Wie Gott ihn schuf. Und sein Blick war … roh und brutal. Wütend. Ohne es beeinflussen zu können, glitt mein Blick über die breiten Schultern weiter zu seiner gestählten Brust bis zu den Bauchmuskeln, die ausgeprägt hervortraten, und unausweichlich zu seinem …

»Was hast du hier zu suchen?«, wetterte er, schnappte sich rasch ein Handtuch und schlang es sich um die Hüften. Was ich zugegebenermaßen schade fand. Gott, sein Penis war der schönste, den ich je gesehen hatte. Ich starrte immer noch auf die Stelle, die er nun verdeckt hatte, studierte die Partie unter seinem Bauchnabel, die sich seitlich zu einem V formte. Bis mich ein hektisches Fingerschnippen vor meinem Sichtfeld aus diesem erbärmlichen Zustand befreite. »Na, gefällt dir, was du siehst? Sieht so aus, als würdest du gleich anfangen zu sabbern.«

Ich blinzelte und gewann langsam die Kontrolle über mein Verhalten wieder. »Mir wurde gesagt, dass das mein Zimmer ist«, gab ich nicht ganz so locker von mir, wie ich es mir gewünscht hätte.

»Das befindet sich nebenan«, blaffte er, und seine Augen verengten sich. Das Grün darin verschwand beinahe. Dennoch brannte sich sein Blick in mich. Roh. Brutal. Wütend.

Es dauerte einen Augenblick, bis ich mich einigermaßen gefangen hatte und meine Sprache wiederfand. »Entschuldige die Störung.« Ich hatte die Möglichkeit, sofort aus dem Zimmer zu verschwinden. Das Richtige zu tun. Ihm seine Privatsphäre einzuräumen. Doch etwas Unerklärliches hielt mich zurück. Und ich konnte es mir wenn, dann nur damit erklären, dass ich den Verstand verloren hatte. Immerhin war der Kerl einen Kopf größer als ich, hatte viel mehr Muskeln und somit Kraft, mir wehzutun. Offenbar hing ich seit ein paar Minuten nicht mehr an meinem Leben. Als hätte mich meine Ankunft in Harvard mutig gemacht. Zu einem Adrenalinjunkie. Denn statt mich zu rühren, starrte ich ihn einfach nur weiterhin an. Ich war offensichtlich völlig verrückt geworden und konnte nur hoffen, dass mir der Sabber nicht aus den Mundwinkeln tropfte.

»Das wäre jetzt der geeignete Moment, um mein Zimmer zu verlassen«, schlug er vor. Und dabei verschwand auf einmal die unbändige Wut aus seinem Blick. Ich glaubte sogar, ein amüsiertes Schmunzeln zu erkennen. »Das hier ist nämlich mein Zimmer.«

Dass ich in seinen einnehmenden Augen versank, war an sich nicht weiter schlimm. Allerdings schien es auch ihm aufzufallen, was bedeutete, dass es ... vermutlich doch schlimm war.

Er hob eine Augenbraue, und das Schmunzeln zeichnete sich inzwischen deutlich auf seinen Lippen ab. Ich hatte mich also nicht geirrt. Und wenn ich es nicht besser wüsste, würde ich glauben, dass mir sein Blick weiche Knie bescherte. Was völlig absurd war, weil wir uns nicht einmal kannten. Er war ein Fremder. Ein gut aussehender Fremder. Nichts weiter. Na ja ... und mein sehr attraktiver Mitbewohner, was womöglich nicht ganz so vorteilhaft für unser Zusammenleben war.

»Ich bin Vance und wohne dann wohl ... nebenan.«

»Kolton«, erwiderte er schlicht und bedachte mich weiterhin mit diesem Gesichtsausdruck, der meine Gehirnaktivitäten einschränkte. Das war neu. Seit ich denken konnte, stand ich auf Jungs. Aber dass mich jemand beinahe sprachlos machte, das war bisher noch nie geschehen.

»Tut mir leid, dass ich in dein Zimmer gecrasht bin«, murmelte ich und schaffte es endlich, mich von ihm abzuwenden. Ich drehte den Knauf und warf noch einen schnellen Blick über die Schulter. »Und dass ich deine Privatsphäre nicht respektiert habe.« Auch wenn ich den Anblick genossen hatte, war mir bewusst, wie falsch es gewesen war, ihn anzustarren. Als wäre er ein saftiger Brownie. Gott, ich liebte Brownies.

»Wohl eher gestarrt und gesabbert wie ein Welpe, der nicht genügend zu fressen bekommt.«

Schuldig seufzte ich. Dem konnte ich nichts entgegnen. Mein Verhalten war alles andere als korrekt gewesen.

»Tja, ich muss zugeben, dass mir gefallen hat, was ich gesehen habe.« Und als ich begriff, wie verkehrt das schon wieder klang, ruderte ich auf eine bedauernswerte Weise zurück. »Ich werde zukünftig keine nackten Männer mehr einfach so anstarren. Also ... schon. Also, nein! Das war jetzt auch wieder falsch. Ich werde nur die ansehen, die mir ausdrücklich die Erlaubnis dazu erteilen. Äh ... nicht die Schwänze, die können ja nicht sprechen. Also ... ich werde die Personen um ihr Einverständnis bitten.« So daneben, wie ich drauf war, wünschte ich mir dringend jemanden herbei, der mich aus dieser schrecklich peinlichen Situation befreite.

Wo war nur dieser verdammte Flaschengeist, wenn man ihn einmal brauchte? Ich hatte als Kind wohl zu oft Aladin geguckt. Das passierte also, wenn man in Hollywood aufwuchs. Aber das, was in diesen Sekunden geschah, war das reale Leben. Niemand würde verhindern können, dass mich Kolton, mein Mitbewohner, dessen Penis ich eben aufmerksam studiert hatte, das ganze Semester hassen und mit verächtlichen Blicken strafen würde. Es war ihm nach diesem Kennenlernen kaum zu verübeln, und am Ende hatte ich es vermutlich sogar verdient.

3

Kolton

Sanfte Celloklänge ließen mich aus dem Schlaf erwachen. Penetrant mischten sie sich unter die Klaviertöne, die durch die Wand drangen. Sie erinnerten mich an einen Moment in meinem Leben, an dem ich vollkommen machtlos gewesen war. Verloren. Die Beerdigung meines Bruders.

Die leise Musik katapultierte mich um Wochen zurück, schien sich an meinem Gehörgang festzusaugen. Wie eine Zecke, die zugebissen hatte und sich an mir labte. Ein Parasit.

Noch im Bett liegend, befand ich mich längst im freien Fall.

Ohne Halt. Ohne Boden.

Es war endlos.

Ich fühlte mich, als hätte ich eben erst in den Schlaf gefunden. Die Lider schwer, die Beine müde. Mit geschlossenen Augen tastete ich nach dem Handy und stieß mit dem Handgelenk gegen das Holz des Nachttischs. Der Schmerz schoss hoch bis in die Schulter. Verdammt. Was für ein beschissener Morgen. Endlich fand ich mein Smartphone. Das qualvolle Pochen, das sich über meinen Arm ausdehnte, ließ allmählich nach, und ich erhaschte einen Blick auf das Display. Es war kurz vor acht. Meine Vorlesung würde erst um elf beginnen, ich hatte gerade mal drei Stunden geschlafen und war völlig erledigt.

Genervt ließ ich das Handy auf die Decke fallen und drehte mich zur Seite. Mein Schädel brummte, was bestimmt den Gläsern Gin Tonic geschuldet war. Gestern hatte die erste Party des Semesters in unserem Apartment stattgefunden. Wyatt ließ es sich nicht nehmen, solche Partys zu organisieren. So fanden sich einmal im Monat mehrere Kommilitonen zu einem feuchtfröhlichen Beisammensein in unseren vier Wänden ein. Und ich hatte eindeutig zu viel getrunken. Während sich die klassische Musik gemischt mit obszön meditativen Klängen in mein Gehirn bohrte, dehnte sich das nervtötende Dröhnen in meinem Kopf weiter aus. Von der Stirn ausgehend bis zum Hinterkopf, wo meine Nervenbahnen hinterhältige kleine Pfeile abfeuerten und es von Sekunde zu Sekunde unerträglicher wurde.

Fuck! Jetzt erinnerte ich mich wieder an die Auseinandersetzung beim gestrigen Training. Daran, dass ich über den gesamten Campus gejoggt war. Kurzerhand beschlossen hatte, mein Zimmer zu tauschen, ohne es vorher mit meinen Mitbewohnern zu besprechen. An Vance, der mich angestarrt hatte, als wäre ich ein Geschenk, das jemand vor seinen Augen ausgepackt und auf den Präsentiertisch gelegt hatte. Dass ich daraufhin unzählige Gin Tonics gemixt hatte, um sie anschließend zu exen. An Haisley, die ich geküsst hatte und deren Lippen sich weich angefühlt hatten, nach Vanille rochen. Danach konnte ich mich an nichts mehr erinnern.

Irgendwann hatte ich mich zurückgezogen. Sehr betrunken und allein. Zumindest ging ich davon aus. Wäre es anders gekommen, läge ich jetzt nicht in meiner Jeans im Bett, die sich äußerst unangenehm auf meiner Haut anfühlte.

Ich brauchte dringend eine kalte Dusche.

Schon wieder dieses Cello. Und dann mischte sich auch noch Vogelgesang darunter. Die Musik trieb mich in den Wahnsinn. In meinen Beinen und Armen kribbelte es, als liefen Tausende Ameisen durch meine Venen. Ich ballte meine Hände zu Fäusten und bewegte meine Füße. Kurz stellte sich eine Besserung ein. Doch dann drangen die Klänge wieder aufdringlich in meine Ohren, und das marternde Kitzeln kehrte zurück. Für einen Augenblick überkam mich der unbändige Wunsch, mir die Haut vom Körper zu reißen. Ich konnte es nicht in Worte fassen, aber die Wut in mir fraß mich buchstäblich auf.

Es war nur Musik, und sie drang noch nicht mal allzu laut aus dem Nebenzimmer. Trotzdem störte sie mich. Wie eine Plage von Mücken, die einen schmalen Spalt gefunden hatten und nun allesamt auf mich losgingen.

Ein letztes Mal spannte ich meine Muskeln an, und das Kribbeln löste sich auf. Aber sobald ich locker ließ, war es zurück. *Fuck!*

Aus welchem Grund mein neuer Mitbewohner zu solchen Foltermethoden griff, war mir ein Rätsel. Ich konnte nicht nachvollziehen, weshalb er sich bereits am ersten Morgen dermaßen unbeliebt machen wollte. Wyatt und Aiden konnten diesen Klängen bestimmt genauso wenig abgewinnen wie ich.

Energisch warf ich die Decke zurück und holte kräftig Luft, aber als ich meine Füße auf den Boden stellte und schließlich auf die Beine kam, erfasste mich ein so starker Schwindel, dass ich schwankte. Ich massierte meine Schläfen und schleppte mich ins Badezimmer. Die Musik aus dem Nebenzimmer war immer noch zu hören.

Es war nervtötend.

Meine Hände zitterten leicht, als ich endlich meine Jeans öffnete und sie abstreifte. Als Nächstes schlüpfte ich aus meinen Boxershorts und stellte die Dusche an. Den Regler hatte ich wie immer auf kalt gestellt. Seit Wochen waren dies die wenigen Minuten am Tag, in denen ich den Schmerz selbst regulieren konnte.

Wie klitzekleine Nadelstiche prasselte das kalte Wasser auf meine Brust und floss weiter über den Bauch. Ich drehte mich um, stellte mich mit dem Rücken unter den Strahl. Während mein Herz wild pochte, genoss ich das einmalige Gefühl, meinen Gedanken zu entfliehen. Abgesehen von der Zeit auf dem Feld, wenn ich mich auf das Spiel oder Training fokussierte, war das der Augenblick, der mir eine Auszeit bot. Ein Time-out von meinen schmerzhaften Erinnerungen. Wenn ich den Ball unter den Arm klemmte und versuchte, einen Touchdown zu erzielen, vergaß ich alles andere. Diese Momente gehörten ausschließlich mir, und niemand konnte sie mir nehmen. Coach Tucker konnte mir das Training nicht verbieten. Immerhin war ich sein bester Mann auf dem Footballfeld.

Ich stand lange unter der Dusche, bevor ich sie abstellte und zurück in die Realität kehrte.

Die Musik war immer noch zu hören. Meine Kopfschmerzen hatten sich inzwischen gelegt, und auch das Schwindelgefühl war glücklicherweise verschwunden. Aber die Wut war geblieben. Weshalb ich mich rasch abtrocknete, in eine Jogginghose schlüpfte, mein Zimmer verließ, beinahe über meine Kleidungsstücke, die ich gestern achtlos zu Boden geworfen hatte, stolperte und energisch an Vance' Tür klopfte.

Als nach einer halben Minute, die sich wie eine Ewigkeit anfühlte, immer noch nichts geschah, wiederholte ich mein Hämmern. Dann verharrte ich. Es verging eine weitere Minute. Sollte ich seine Privatsphäre vielleicht doch respektieren? Mir war bewusst, dass ich gleich eine Grenze überschreiten würde. Aber eine höhere Macht in mir entschied sich dafür, die Tür unaufgefordert zu öffnen.

Eigentlich rechnete ich damit, dass Vance mir irgendetwas an den Kopf werfen würde. Doch stattdessen herrschte Stille im Zimmer, bis auf diese verdammten Klänge, die weiterhin aus den Boxen drangen. Der Geruch eines Räucherstäbchens, holzig und süß, gelangte in meine Nase. Mein Blick huschte zum Bett, das ordentlich aussah, als hätte er nie darin gelegen. Dann entdeckte ich ihn. Er lag auf einer Yogamatte, die er auf dem Boden ausgebreitet hatte. Gesenkte Lider. Ein friedvoller Gesichtsausdruck. Beinahe, als würde er schlafen. Seine Beine waren leicht gespreizt, die Handflächen nach oben gerichtet.

Tief in mir brodelte es. Zorn sammelte sich in meiner Brust und dehnte sich dort immer breiter aus. Ignorierte Vance mich etwa bewusst?

Nur wenige Schritte später war ich beim Lautsprecher angekommen und zog den Stecker. Sofort verstummte das Teil, und es war mucksmäuschenstill. Ich trat zurück von der Anrichte und steuerte direkt auf Vance zu, der nach wie vor auf dem Boden lag und unfassbar entspannt wirkte. Auf Höhe seines Kopfes hielt ich an, sah auf ihn hinab und überlegte, ob er mich gerade reinlegte. Es konnte doch unmöglich wahr sein, dass er einfach auf dem Boden lag und seelenruhig schlief.

»Deine Revanche wegen gestern?«, fragte er mit sanfter Stimme und öffnete die Augen. Ich konnte mich nicht daran erinnern, jemals so graue Augen an einem Menschen gesehen zu haben. Die Farbe ließ mich nicht los, hielt mich gefangen.

Bei unserer ersten Begegnung gestern war mir das nicht aufgefallen. Vielleicht, weil jetzt Sonnenstrahlen durchs Fenster und teilweise auf sein Gesicht fielen. Es war merkwürdig, die Augenfarbe eines Mannes zu bewundern. Und doch musste ich mir eingestehen, dass sie mich faszinierte. »Und gerade starrst du *mich* an, wir sind sozusagen quitt.« Er grinste jungenhaft.

Ich blinzelte und trat einen Schritt zurück. »Weil ich überrascht bin, dass du lebst. Immerhin habe ich nicht nur ein Mal an die Tür geklopft.«

»Jetzt bist du ja hier. Womit kann ich dir helfen?« Er setzte sich auf und richtete seinen erwartungsvollen Blick auf mich.

Tatsächlich benötigte ich einen Augenblick, um mich daran zu erinnern, weshalb ich überhaupt in sein Zimmer gekommen war. Die Situation war seltsam. Ich kannte niemanden, der sich freiwillig auf den Boden legte, um dort zu verweilen und dabei scheußliche Musik zu hören. Wyatt und Aiden bestimmt nicht. Es wunderte mich, dass die beiden hier nicht eher aufgeschlagen waren. Aber ihre Zimmer lagen gegenüber, vermutlich wurden sie von dem Sound nicht so stark gestört wie ich.

»Diese Musik, das muss aufhören.«

Vance schmunzelte. »Die kannst du doch unmöglich hören.«

»Und weshalb stehe ich dann um diese Uhrzeit hellwach in deinem Zimmer?« Ich verschränkte die Arme vor der Brust und betrachtete ihn. Er trug eine schwarze Baumwollhose und ein Tanktop. Man konnte sehen, dass er auf seinen Körper achtete und regelmäßig Sport trieb.

»Bei allem Verständnis, selbst wenn du sie hören konntest, das ist Meditationsmusik, davon wirst du höchstens ruhiger oder schläfst länger«, hielt er dagegen, während er sich erhob.

»Das muss aufhören«, forderte ich erneut und riskierte dabei einen Blick in seine grauen Augen. Hauptsächlich, um klarzustellen, dass er sich gefälligst daran zu halten hatte.

»Kolton, nicht wahr?« Er grinste unverschämt breit. Beinahe herausfordernd. Er hatte etwas Spitzbübisches an sich, und obwohl er kleiner war als ich, wirkte er dennoch maskulin.

Dass er vorgab, meinen Namen nicht zu kennen, machte mich rasend. So zu tun, als wüsste er nicht, wer ich war, war lächerlich. Vor allem nach unserem unglücklichen Zusammentreffen gestern. Ich nahm ihm keineswegs ab, dass er seine neuen Mitbewohner vor dem Einzug nicht gegoogelt hatte. Das tat doch jeder, verdammt.

Es fiel mir schwer, ein Schnauben zu unterdrücken. »Du weißt ganz genau, wer ich bin.«

Vance hob eine Augenbraue und trat einen beachtlichen Schritt auf mich zu. Trotz seiner muskulösen Arme war er wesentlich schmaler als ich, aber das schien ihn nicht davon abzuhalten. Dass ich ihn körperlich überragte, schüchterte ihn offenbar nicht ein, zumindest ließ er es sich nicht anmerken.

»Ihr seht eben alle gleich aus.«

»Wir?« Ich spürte, wie sich mein Kiefer anspannte. Worauf legte er es an? Ich musste dringend mit Aiden sprechen, denn er hatte sich um die Bewerber für das freie Zimmer gekümmert. Ich war ohnehin dagegen gewesen, einen Mitbewohner zu suchen. Der Gebäudekomplex wurde jedoch von der Universität verwaltet, weshalb ich nichts dagegen unternehmen hatte können. Die Fakultät hatte darauf bestanden, dass das Zimmer vergeben werden musste. Es war eines der wenigen Häuser, in denen Studenten aus verschiedenen Fakultäten und Jahrgängen zusammenlebten. Dementsprechend teuer war es auch. Die Freiheit musste man sich sozusagen erkaufen.

Seinem breiten Grinsen nach zu urteilen, machte er sich über mich lustig. »Footballspieler.«

Und diese unverblümte und oberflächliche Feststellung brachte mich doch tatsächlich zum Lachen. »Solltest du mit solchen Aussagen nicht umsichtiger sein?«, forderte ich ihn heraus, nachdem ich mich gefasst hatte.

Er zuckte mit den Schultern und lenkte ein. »Der Punkt geht dann wohl an dich«, sagte er gönnerhaft.

»Dir ist bewusst, dass Wyatt ebenfalls spielt, oder?«

Sein Mundwinkel zuckte auf eine unverschämte Weise. »Ach was? Jetzt, wo du es sagst.« Sein Grinsen dehnte sich weiter aus.

Keine Ahnung, ob es an der Musik von vorhin lag, aber etwas an ihm nervte mich. Vielleicht war es die Art, wie er grinste. Seine mystischen grauen Augen. Womöglich lag es auch daran, dass er mich an Peter Parker erinnerte. Ich hatte Spider-Man noch nie leiden können. Ein Superheld, der von einer Spinne gebissen wurde. Was für ein Schwachsinn.

»Okay, Spider-Man. Die Sache mit der Musik haben wir geklärt. Also hör lieber auf damit!«, beharrte ich und bedachte ihn mit einem ernsten Blick.

»Spider-Man?« Er gluckste.

Sein Verhalten war nervtötend und das, obwohl er noch nicht mal einen Tag hier wohnte. Aber es machte in diesem Moment wenig Sinn, mich länger mit ihm zu unterhalten, weil er immer noch ungerührt vor sich hin grinste und mich nicht ernst zu nehmen schien. Seufzend löste ich die Arme vor der Brust und trat den Rückzug an.

»Für dich bin ich also ein Superheld?«

»Antiheld. Spider-Man ist ein Superheld für kleine Mädchen«, konterte ich und hielt in der Bewegung inne. Sein Blick brannte auf meinem Rücken. Sekunden wurden zu Minuten. Das Schweigen zwischen uns war unangenehm. Woher kam dieser Kommentar von mir bloß? Vielleicht von seinem Gesichtsausdruck, als er mich gestern nackt gesehen hatte. Ich ahnte, dass ich ihn mit der Aussage gekränkt hatte. Unser Start war nicht gerade gut verlaufen, aber ich hatte nicht vor, mir meinen Zimmernachbarn zum Feind zu machen. Außerdem wollte ich ihn nicht persönlich angreifen und beleidigen. Das war auf so vielen Ebenen falsch. Selbst wenn ich ihn nicht sonderlich leiden konnte.

Ich wandte mich ihm zu. »Vance, hör zu …«

Abwehrend hob er die Hand. »Schon gut.« Sein Lächeln war verschwunden, sein Blick wirkte abwesend, und das Grau in seinen Augen war verblasst, als hätte sich eine Nebelschicht darübergelegt. Sein Gesichtsausdruck war nicht wütend, eher zeichnete sich Enttäuschung darauf ab.

»Das war nicht so gemeint, wie es klang«, wagte ich einen Versuch.

»Das ist es doch nie, nicht wahr?«

Seine Worte trafen mich unvermittelt. *Achte auf deine Gedanken, denn sie werden Worte.* Ein Zitat aus dem Talmud, das mein Bruder häufig wiederholt hatte, kam mir in den Sinn. Ich hörte seine Stimme, als hätte er neben mir gestanden und sie mir in mein Ohr geflüstert. Ein kalter Schauder rieselte mir über den Rücken, und meine Härchen an den Armen stellten sich auf. Es war absurd, aber für den Bruchteil einer Sekunde war er gegenwärtig.

Ich verließ Vance' Zimmer und stieß auf dem Flur mit Haisley zusammen. »Hey«, sagte sie verstohlen und steckte sich eine lose Haarsträhne hinters Ohr.

»Sorry.« Ich legte meine Hände seitlich an ihre Oberarme und musterte sie. »Alles in Ordnung?«

Sie kicherte. »Ja, alles gut.«

»Haisley, du bist ein Schatz!«, rief Wyatt aus dem Wohnzimmer. »Blitzeblank!«

»Was meint er? Ich bin eben erst zur Tür rein.«

Neugierig schritten wir ins Wohnzimmer und stellten anerkennend fest, dass es noch nicht mal bei unserem Einzug vor zwei Jahren so tadellos sauber ausgesehen hatte. »Ich war das nicht«, sagte sie und sah sich verwirrt um.

Gelassen nahm Wyatt einen Schluck von seinem Kaffee. »Keine falsche Bescheidenheit.« Er stellte die Tasse auf den Tresen, der die Küche vom Wohnzimmer trennte, und ließ sich auf den Barhocker sinken.

Haisley lachte auf. »Ich war das wirklich nicht.«

Wyatt warf mir einen fragenden Blick zu. »Mich musst du gar nicht erst anschauen.« Wer auch immer dafür verantwortlich war, musste noch früher wach geworden sein als wir. Und das war fast unmöglich, denn für die lange Partynacht, die hinter uns lag, waren wir alle ohnehin schon früh auf den Beinen.

In dem Moment stieß Vance zu uns, fischte eine Tasse aus dem oberen Schrank, goss Kaffee ein und lehnte sich gegen die Kücheninsel. Er vermittelte den Eindruck, als lebte er schon eine Weile hier. Ich war beeindruckt davon, wie selbstsicher er wirkte. Insbesondere nach unserem Gespräch eben.

Als er an der Tasse nippte, verzog er das Gesicht. »Keine Ahnung, warum ich das Zeug immer wieder probiere. Ich sollte einfach einsehen, dass ich zu den wenigen Menschen gehöre, denen Kaffee nicht schmeckt.«

»Unser neuer Roomie!« Aiden stieß gut gelaunt zu uns und klopfte Vance auf die Schulter, der gerade noch rechtzeitig die Tasse zur Seite stellte, bevor sie überschwappte. »Mich kennst du ja schon, das sind Wyatt und Kolton. Und das ist Haisley, die viel zu oft bei uns rumhängt«, erklärte er aufgekratzt. Kurz überkam mich das Bedürfnis, ihm an die Gurgel zu springen, weil er dafür gesorgt hatte, dass Vance bei uns wohnte.

»Und mich willst du nicht vorstellen?« Blaze stand plötzlich im Türrahmen. Vor über einem Jahr waren wir alle Freunde geworden und verbrachten beinahe jede freie Minute zusammen. Umso verrückter war es, dass Haisley und ich uns gestern geküsst hatten.

»Das ist Blaze. Er und Haisley wohnen im Apartment gegenüber, aber sie finden immer unseren aktuellsten Schlüsselcode heraus. Kommen und gehen, wann es ihnen beliebt.«

Haisley kicherte. »Ihr wählt nicht gerade ausgefallene Codes. 6969 oder 6666. Manchmal lassen sie sich so was wie 1313 einfallen.« Beim letzten Wort malte sie Gänsefüßchen in die Luft. »Nicht gerade anspruchsvoll.«

»Bisher wurden wir noch nicht ausgeraubt«, bemerkte Aiden unbeeindruckt. »Also, ich hab bis eben geschlafen, wer hat hier denn so sauber gemacht?«, fragte er in die Runde. Für gewöhnlich blieb die meiste Arbeit an ihm hängen.

Vance räusperte sich. »Mein Willkommensgeschenk an euch, nachdem ihr für mich zum Einzug extra eine Party geschmissen habt.«

Wyatt warf Aiden einen Blick zu, und dieser suchte meinen. Verzweiflung hing in der Luft.

»Schon gut, die Party war nicht für mich. Schon klar.« Vance lachte, goss den restlichen Kaffee in die Spüle und räumte die Tasse in den Geschirrspüler.

»Da wir ja jetzt nicht mehr putzen müssen, bleibt uns allen genug Zeit für ein Frühstück im Juliets. Wer kommt mit?« Haisley strahlte.

Wyatt, Aiden und Blaze waren von ihrem Vorschlag begeistert.

»Vance, du darfst dir unter keinen Umständen die besten Pancakes auf dem Campus entgehen lassen«, erklärte sie, was sich mehr nach einem Befehl als einem wohlwollenden Tipp anhörte.

»Nicht?«

»Du kommst mit«, bestimmte sie und wandte sich daraufhin an mich. »Wie sieht es bei dir aus?« Jetzt klang sie fast schüchtern. Nach unserem Kuss gestern überraschte mich das zwar nicht, aber es passte trotzdem nicht zu ihrer üblichen Art.

»Training.«

»Wyatt trainiert seltener als du«, gab sie zu bedenken.

»Tja, deshalb wird er auch nie zum Spieler der Woche gewählt«, konterte ich.

Wyatt schimpfte unverständlich vor sich hin. Daraufhin lachte Aiden auf und boxte ihm gegen den Oberarm. Im Grunde wusste Wyatt, dass ich besser war als er und dass es ihm nicht an Talent, sondern an Disziplin mangelte.

»Du schießt weit über das Ziel hinaus«, murmelte Wyatt.

»Weil ich trainiere?«

Er schnaubte und verengte die Augen, während alle anderen den Atem anzuhalten schienen.

»Du verrennst dich.«

Neugierig hob ich eine Augenbraue und verschränkte die Arme vor der Brust.

»Im Leben geht es um mehr, als ständig Leistungen zu erbringen.« Für meinen Geschmack klang er gerade viel zu erwachsen und kein bisschen wie Wyatt, der es liebte, einen blöden Spruch nach dem anderen von sich zu geben. Und das fühlte sich ... befremdlich an. Hatte er sich über den Sommer hinweg dermaßen verändert?

Ich ließ mir meine Gedanken nicht anmerken und zuckte unbeeindruckt mit den Schultern. »Wir sind in Harvard, hier geht es immer um Leistungen.«

»Das stimmt«, gab sich Wyatt geschlagen. »Trotzdem wäre es schön, wenn du wieder öfter mit uns abhängst.«

»Ich war gestern auf der Party.«

Aiden und Wyatt wechselten einen Blick, und ich konnte darin Aidens Bitte lesen, das Thema ruhen zu lassen. Eine verdammt gute Idee.

»Weil sie hier stattgefunden hat«, brummte Wyatt und hielt sich nicht an Aidens stumme Bitte. Aber so war Wyatt nun mal.

Auf andere zu hören oder einen Ratschlag anzunehmen lag ihm nicht. Umso mehr überraschte es mich, dass er von mir etwas erwartete, was er selbst nicht imstande war zu erfüllen.

»Wir sehen uns später«, gab ich mich versöhnlich und wandte mich ab. Tief seufzend drehte ich mich um, als ich merkte, dass mir mein bester Freund gefolgt war. »Was?«

»Komm zumindest auf einen Kaffee mit. Wenigstens für Haisley«, flüsterte Wyatt. Offensichtlich hatte er Haisley und mich auf der Party beobachtet.

»Wir haben geknutscht, mach jetzt bloß keine große Sache daraus.«

Kopfschüttelnd schaute er mich an. »Sie gehört zu unseren besten Freunden.«

»Ausgerechnet du solltest die Klappe halten. Gestern hast du im Stundentakt eine andere geküsst.«

Einsichtig nickte er, als hätte er das vollkommen vergessen. Dann blickte er über seine Schulter, um sicherzugehen, dass uns niemand hören konnte. »Haisley ist cool«, zischte er leise.

»Ich weiß, deshalb habe ich sie ja auch geküsst.« Ich tätschelte seine Brust und schlüpfte gleich in mein Zimmer.

Die kalte Dusche hatte Wunder bewirkt, die Kopfschmerzen waren wie weggeblasen. Zuerst diese nervtötende Musik und dann Wyatt, der einfach nicht lockerließ. All das gesellte sich an diesem Morgen zu dem anderen Ballast, den ich seit Wochen mit mir rumschleppte. Würde mein Leben jemals wieder einfach werden?

4

Vance

Nach der Begrüßungsveranstaltung, bei der alle Erstsemester willkommen geheißen wurden, war ich mit Haisley verabredet. Sie wollte bei der Widener Library auf mich warten und mich über den Campus führen. Das kam mir sehr gelegen, weil ich sie mochte und ich mir ohnehin alles in Ruhe ansehen wollte.

»Vance, hier!« Aus einigen Metern Entfernung jubelte sie mir zu. Fast so, als kehrte ich von einer langen Reise zurück und sie erwartete mich am Flughafen. Es fehlte nur noch ein selbst gebasteltes Begrüßungsschild. »Na, hat er wieder seinen konservativen Harvard-ist-die-Elite-Vortrag zum Besten gegeben?« Augenzwinkernd reichte sie mir einen Pappbecher. »Pumpkin Spice Latte, schmeckt dir garantiert.«

Dass ich seit Jahren auf tierische Produkte verzichtete, behielt ich vorerst für mich. Immerhin wollte sie mir eine Freude bereiten, und vielleicht hatte sie ja sogar Hafer- oder Mandelmilch gewählt. »Den Vortrag fand ich in Ordnung. Aber womit habe ich dich verdient? Danke.«

Ihr Mund verzog sich zu einem breiten Lächeln, und ihre Augen strahlten, als hätte ich ihr eine Freude bereitet und nicht sie mir. »Gern geschehen. Schätze … das Schicksal hat uns zusammengeführt.«

»So muss es wohl sein.« Ich nippte am Becher und hatte Mühe, mir nicht anmerken zu lassen, dass mir Kuhmilch so gar nicht schmeckte. Abgesehen davon, dass ich aus Überzeugung vegan lebte. Jedenfalls bis auf die Lederschuhe, die mir Mom für meinen Abschlussball gekauft hatte. Aus der Nummer war ich nicht rausgekommen.

»Also, wo wollen wir lang?«

Haisley vollführte eine halbe Drehung und verbeugte sich anmutig. »Das hier ist Harvard«, erklärte sie stolz. »Auch wenn dir mein Dad mit seiner Ansprache vermutlich Angst eingeflößt hat, sage ich dir, als seine Tochter: Harvard ist, wenn du bereit bist, deine Freizeit zu opfern – jedenfalls einen großen Teil davon –, nicht ganz so dramatisch, wie man denkt.«

»Nicht ganz so dramatisch?« Ich lachte auf. Das klang gestern im Aufzug noch anders. »Moment, dein Dad?«

Sie schnitt eine Grimasse und verdrehte die Augen. »Mein Dad ist der amtierende Präsident der Universität.«

»Oh«, stieß ich aus.

»Jep, oh.« Sie zupfte ihren blauen karierten Rock zurecht und wirkte dabei ein wenig verlegen. Dazu trug sie einen weiten ockergelben Strickpullover und Docs. Sie hatte einen eigenwilligen Kleidungsstil, den ich cool fand. »Die meiste Zeit versuche ich, diese Tatsache zu verdrängen. Lass uns hier rüber.« Sie deutete auf die gegenüberliegende Straßenseite.

Um ehrlich zu sein, hatte ich keine Ahnung, wie ich damit umgehen würde, wenn mein Dad Präsident an der Universität wäre, an der ich studierte. Aber darüber musste ich mir glücklicherweise keine Gedanken machen, denn mein Dad hatte sich aus dem Staub gemacht, als Mom mit mir schwanger gewesen war. Wie immer, wenn ich über meinen Erzeuger nachdachte, breitete sich eine unangenehme Leere in meinem Bauch aus. Als hätte ich tagelang nichts gegessen.

»Ich kenne meinen Dad noch nicht mal«, offenbarte ich und war von meinen eigenen Worten erschrocken. Mit anderen Personen sprach ich selten darüber. Vor allem nicht mit Menschen, die ich erst seit einem Tag kannte. Woher rührte dieses Vertrauen? Was war es bloß mit Haisley, dass ich mich ihr so anvertraute und es sich anfühlte, als wären wir schon lange befreundet?

»Das tut mir leid.« Mitfühlend sah sie mich von der Seite an, was ich nur aus dem Augenwinkel wahrnahm. Ich konzentrierte mich lieber auf die Allee vor uns, betrachtete Ahornbäume, die den Weg säumten, und lauschte dem Geräusch der Steine unter unseren Sohlen. Schweigend gingen wir nebeneinanderher, und ich bestaunte die fein säuberlich gepflegten Grünflächen und altehrwürdigen Gebäude. Eine Gänsehaut zog sich über meine Arme, als ich endlich begriff, dass ich in Harvard angekommen war. Morgen würde meine allererste Vorlesung stattfinden. Es war kaum zu glauben, wie sehr ich mich darauf freute. Wie wild mein Bauch kribbelte, als ich mir vorstellte, wie der Professor seine ersten Worte wählen würde. Ich konnte es kaum erwarten.

»Sein oder Nichtsein, das ist hier die Frage«, trällerte Haisley und sah zum Himmel empor, als spräche sie mit einer höheren Macht. Und gewissermaßen tat sie das, als könnte sie Gedanken lesen. »Du hattest doch heute Morgen erwähnt, dass du Philosophie als Hauptfach wählen willst«, erklärte sie, nachdem ich sie einen langen Moment überrascht angestarrt hatte.

»Das war Shakespeare, Dramatiker, Lyriker und Schauspieler, kein Philosoph.«

»Wer sagt, dass Shakespeare kein Philosoph war?«, empörte sie sich und bedachte mich mit einem äußerst vorwurfsvollen Ausdruck. »In jedem von uns steckt ein Philosoph.«

»Okay«, bemerkte ich gedehnt. »Was studierst du denn eigentlich?«

»Ich habe gerade Psychologie als Hauptfach gewählt. Dad wollte unbedingt, dass ich die Business School besuche und einen Bachelor in einem wirtschaftlichen Fach ablege, bevor ich mich dem Nonsens widme.«

»Wollte er nicht«, empörte ich mich.

Haisley kicherte. Es wirkte ein bisschen, als überspielte sie die Situation. In ihren Augen konnte ich die Enttäuschung sehen. »Doch, aber das ist mir egal …« Sie winkte ab.

»Sollte dein Dad als Präsident nicht hinter jeder Fakultät und Fachrichtung stehen?«

Sie zuckte mit den Schultern, dann verließen wir den Park und marschierten eine Straße entlang, bis eine Brücke vor uns lag.

»Weißt du, wir alle haben verschiedene Rollen im Leben. Die des Präsidenten, des Ehemannes, des Freundes oder eben die Rolle des Vaters. Nicht jede davon passt zur anderen.«

»Aber sie gehören doch zusammen, immerhin betreffen sie dieselbe Person.«

»Interessanter Ansatz. Aber diese Rollen können sich in wesentlichen Punkten unterscheiden. So kommt es vor, dass der liebevolle Familienvater nachts loszieht und seine Frau betrügt.«

Ich verzog das Gesicht. Mit solchen Gedanken wollte ich mich nicht auseinandersetzen. »Hör auf«, bat ich. »In dem Fall spricht man doch bestimmt nicht von Rollenbildern, sondern von unehrlichen und hinterhältigen Personen.«

»Das ist wahr«, stimmte sie mir zu, blickte kurz auf ihr Handy und tippte schnell eine Nachricht. Sie schien gedanklich woanders zu sein. »Ich muss gleich noch in den Sender«, bemerkte sie, nachdem sie meinen fragenden Blick aufgefangen hatte.

»Sender?«

Haisley grinste breit. »Meine Radiosendung.«

»Wow, du hast eine eigene Radioshow?«

Überzogen schnalzte sie mit der Zunge und fuhr sich durchs Haar. »Sag bloß, du kennst mich nicht?« Sie blinzelte kokett.

Ich wusste, dass sie sich einen Spaß erlaubte und nicht ernsthaft eingeschnappt war.

»Harvard Radio, läuft hier auf dem Campus«, erklärte sie, und ihre Stimme klang plötzlich ganz anders. Wie die einer Radiomoderatorin eben.

»Davon musst du mir unbedingt mehr erzählen. Das klingt spannend.«

Wir spazierten über eine Brücke. Immer wieder zeigte Haisley auf Gebäude, während ich mich zu klitzekleinen Schlucken vom Pumpkin Spice Latte zwang und Mühe hatte, sie nicht sofort auszuspucken. Haisley erklärte, welche Fakultät in welchem Gebäude saß, und fasste die Geschichte von Harvard zusammen. Sie wirkte belesen, und ich genoss diese exklusive Campusführung, vor allem weil ich die Einführungsveranstaltung verpasst hatte.

»Dort hinten befinden sich die Stadien, nicht wahr?«, unterbrach ich sie.

»Genau.« Sie nickte. »Was hat es eigentlich mit der Kamera auf sich?«

Mein Fotoapparat war mein ständiger Begleiter, und auch heute hatte ich ihn dabei. Normalerweise hielt ich alle paar Schritte an, um besonders schöne Dinge festzuhalten. Das machte ich aber lieber, wenn ich ungestört und allein unterwegs war. Andere Menschen hingen stundenlang an ihrem Smartphone, bei mir war es die Canon EOS E3 und das Bearbeiten der Bilder hinterher, was meine Zeit beanspruchte.

»Fotos.«

»Was du nicht sagst.« Kopfschüttelnd lächelte sie. »Aktfotos, Landschaften?«

»Gebäude, Natur und … bekleidete Menschen.«

»Sind deine Fotos gut?«, fragte sie ohne Umschweife.

Ihre Neugierde überraschte mich. »Schon, ja. Ich habe keine Ausbildung, fotografiere aber schon seit meiner Kindheit. Du kannst dir gern meinen Instagram-Account ansehen und mir deine ehrliche Meinung um die Ohren hauen.«

Sofort zückte sie ihr Handy und sah mich erwartungsvoll an. »Wie heißt du?«

»Vance.«

Sie verdrehte die Augen. »Natürlich bei Instagram.«

Und plötzlich war ich unsicher, ob ich ihrer Kritik wirklich ausgesetzt sein wollte. Ich hatte mehr als zehntausend Follower. Die allerwenigsten davon kannte ich, aber denen gefiel immerhin, was ich präsentierte. »Vanlence«, sagte ich, weil sie meinen Account ohnehin finden würde. Haisley wirkte nicht wie jemand, der sofort lockerließ.

»Ergibt Sinn.« Sie tippte den Namen in die Suchmaske ein, während wir weiterliefen und die Brücke hinter uns ließen. »Wow!«, stieß sie aus, als sie durch meinen Feed scrollte.

»Du kannst mir ehrlich sagen, wenn du sie schlecht findest.«

Abrupt blieb sie stehen und hielt mich am Oberarm zurück. »Du machst Witze! Die sind grandios.«

»Ernsthaft?«

»Unglaublich. Ich hab gehört, sie suchen jemanden, der für Harvard Fotos macht. Nichts Großes, nur Social Media. Ich schick dir nachher die Informationen dazu. Ein Kollege vom Radiosender hatte es erwähnt. Vielleicht wäre das was für dich.«

Sie hatte definitiv mein Interesse geweckt. Ich liebte es, zu fotografieren. Dabei bekam ich den Kopf frei. Und es würde hier bestimmt eine willkommene Abwechslung zum Lernen sein. Eigentlich wollte ich mir einen Job in der Bibliothek oder im Archiv suchen. Schließlich war ich nicht nur fürs Studium hier, sondern weil ich der Wahrheit auf den Grund gehen wollte. Und ich hoffte, dass mich das Foto, das ich auf unserem Dachboden gefunden hatte, zu dieser Wahrheit führen würde.

Es war kurz nach meinem sechzehnten Geburtstag gewesen, als ich das Foto von Mom und einem mir fremden Mann zwischen alten CDs gefunden hatte. Beide trugen darauf Sweatshirts mit dem Universitätswappen von Harvard. Und sie standen vor der John-Harvard-Statue. Unter dem Pullover zeichnete sich Moms Bauch ab. Sie war schwanger gewesen, als das Foto gemacht wurde. Das Bild war über die Jahre verblasst, aber als ich es zum ersten Mal in den Händen gehalten hatte, begann sich alles um mich zu drehen.

Natürlich konnte der Mann auf dem Bild jeder sein. Ein Kommilitone, jemand, der Mom nicht weiter nahestand. Aber ein Gefühl tief in meinem Inneren versicherte mir, dass der Mann auf dem Bild mein Dad sein musste. Mom weigerte sich bis heute, mir zu verraten, wer er war. Ihrer Meinung nach war es besser so, Kinder bräuchten nicht zwingend Vater und Mutter. Es gebe verschiedene Familienmodelle, hatte sie immer wieder betont. Wir seien eine Familie. Doch mein Leben lang begleitete mich das Gefühl, als würde etwas fehlen. Das letzte Puzzlestück. Mom und ich ergaben zusammen ein fast perfektes Bild, aber dieses eine fehlende Teil störte.

Das war das Einzige, was ich ihr vorwerfen konnte. Welche

Mom verheimlichte ihrem Kind, wer sein Dad war? Es war falsch. Ich wusste das, weil es sich schrecklich anfühlte, nicht zu wissen, wo mein Ursprung lag.

Im Grunde hatte mir nie etwas gefehlt. Mom bedeutete mir alles und hatte immer gut für mich gesorgt. Und doch erinnerte ich mich an einen Moment in meiner Kindheit, der so unfassbar wehgetan hatte, dass ich den Schmerz noch heute spüren konnte. An meinem fünften Geburtstag hatte ich mir nichts sehnlicher gewünscht, als meinen Dad kennenzulernen. Unzählige Male hatte ich mir ausgemalt, wie er in die Küche kam, eine Zitronentorte, die ich so liebte, auf den Tisch stellte und mir zu meinem Geburtstag gratulierte. Doch das war nie geschehen. Denn Mom hatte ihn nicht eingeladen. Irgendwann war ich davon ausgegangen, dass Dad tot sein musste. Mom hatte mit einem traurigen Gesichtsausdruck auf mich hinabgesehen und mir über die Wange gestreichelt. »Schatz, dein Dad lebt.« Kaum hörbar waren die Worte über ihre Lippen gekommen. Danach hatte sie mich in eine feste Umarmung gezogen und geweint. Ich spürte das Beben, das sie vergeblich versucht hatte zu unterdrücken, an meiner Brust, als wäre es gestern gewesen.

»Lass uns beim Training zusehen«, riss mich Haisley aus meinen Gedanken. Ich atmete durch, brauchte einen Moment, ehe ich realisierte, dass wir direkt vor dem Harvard-Stadion standen. Meine Affinität zu Football hielt sich in Grenzen. Den Hype um den Sport hatte ich nie nachvollziehen können. Außerdem fand ich die Regeln kompliziert. Zweiundzwanzig Spieler, die sich gewaltvoll um einen Ball stritten, der noch nicht mal rund war, nur um ihn ein paar Yards weiterzubringen. Und sich dabei im schlimmsten Fall irgendwelche Verletzungen zuzogen. Aber ich war schließlich niemand, der nicht für Neues offen war.

Und bei einem Training zuzusehen konnte vielleicht sogar

spannend werden. Vorausgesetzt, der Football landete nicht irrtümlich auf meinem Kopf. Bälle hatten mir schon immer Angst eingeflößt, weshalb ich beim Sportunterricht in der Highschool nie besonders gut abgeschnitten hatte. Zumindest das blieb mir in Harvard erspart. Auch wenn ich den Bällen gerade näher war, als mir lieb war.

»Lass uns weiter hinten Platz nehmen«, schlug ich vor, als Haisley an ein paar Leuten vorbeilief.

»Ach was. Wir gehen nach vorne, da bekommen wir mehr mit.«

Bevor ich protestieren konnte, legte Haisley einen Zahn zu, ich folgte ihr zögernd. Sie ging bis ans Feld, wo die Spieler ihre Sachen abgelegt hatten. Trinkflaschen, Handtücher und Trainingstaschen.

Besonders wohl fühlte ich mich dabei nicht. Ich hatte den Eindruck, dass mich verblüffte Blicke trafen und sich die Leute fragten, was wir hier zu suchen hatten. Obwohl wir nicht die Einzigen waren, die auf die Idee gekommen waren, der Harvard Crimson beim Trainieren zuzusehen.

»Ich steh total auf Football«, murmelte Haisley und ließ ihren Blick über das Spielfeld schweifen. Einige Spieler warfen sich Bälle zu, andere hockten auf dem Boden und schienen sich aufzuwärmen. Für mich sah es ein bisschen aus wie Trockensex in einer Ritterrüstung. Wenig geschmeidig, vielleicht sogar schwerfällig.

»Ich kann Football wenig abgewinnen«, gab ich zu, worauf Haisley die Augen aufriss und mich mit einem entsetzten Seitenblick strafte.

»Wie kann das denn sein?«

»Äh ...«

Sie zeigte auf einen Kerl, nicht weit von uns, der sich gerade das Trikot über den Kopf zog und einen nicht unwesentlichen Teil seiner Bauchmuskeln präsentierte. »Schon allein deshalb.« Verständnislos blinzelte sie.

»Sexismus geht in beide Richtungen, das ist dir bewusst, oder?«

Beschämt biss sie sich auf die Unterlippe. »Ich weiß.« Sie seufzte. »Aber ... nicht hinzusehen und bei dem Anblick dahinzuschmelzen fällt mir schwer.«

Haisley klang dabei so süß verzweifelt, dass ich schmunzeln musste. Ich beugte mich in ihre Richtung. »Auch mir fällt das übrigens nicht leicht«, flüsterte ich in ihr Ohr, als teilte ich ein streng gehütetes Geheimnis.

»Oh, dann ist das heute kein Date?« Sie deutete mit dem Zeigefinger zwischen uns, und ihre Miene wurde ernst. Noch ein paar Sekunden lang hielt sie die Fassade aufrecht und kicherte schließlich. »War nur Spaß.«

Kurz hatte sie mich irritiert, aber jetzt grinsten wir uns allwissend an. Plötzlich vernahmen wir eine barsche, laute Stimme. Einer der Coaches brüllte etwas über das Feld. Haisley und ich rissen die Köpfe herum, um die Ursache dafür ausfindig zu machen. »Evans, sofort vom Platz!«

Und dann sah ich *ihn*. Die Nummer neunzehn, wie er den halben Weg über den Rasen hinter sich brachte und auf einmal innehielt.

»Wenn du nicht auf der Stelle verschwindest, sorge ich dafür, dass du diesen Monat bei keinem einzigen Spiel dabei sein wirst.«

Hinter der Facemask steckte Kolton. Ich konnte sein Gesicht aus der Entfernung nicht erkennen, aber sein Name stand auf dem Trikot. Eine kurze Zeit geschah nichts. Niemand schien sich zu bewegen oder unüberlegt ein Geräusch von sich zu geben. Einzig vorbeifahrende Autos waren aus einigen Metern Entfernung zu hören, sonst war es still.

Langsam setzte sich Kolton wieder in Bewegung, schritt entschlossen auf den Coach und seine Teamkollegen zu. Mein Körper spannte sich an. Ich hatte keinen Schimmer, was gerade passiert war oder weshalb Kolton nicht beim Training dabei sein durfte. Gespannt folgte ich seinen Bewegungen. Mein Herz schlug schneller.

Ein Teamkollege trat auf Kolton zu.

»Wyatt geht dazwischen«, murmelte Haisley leise. »Shit, hoffentlich eskaliert das nicht. Wenn Kolton suspendiert wird, wäre das die Hölle für ihn. Und für die Mannschaft.«

Es herrschte weiterhin Stille auf dem Feld. Wyatts flache Hand landete auf Koltons Brust beziehungsweise seinem Brustschutz. Von hier aus konnte man nicht hören, was er sagte. Nicht mal sehen, ob sich seine Lippen bewegten. Es vergingen einige Sekunden, dann kehrte Wyatt Kolton den Rücken zu. Gerade als ich dachte, mein Mitbewohner würde zur Besinnung kommen und das Feld verlassen, machte er beachtliche Schritte auf den Coach zu. Die Stimmung war zum Zerreißen angespannt. In meinem Bauch verknotete sich etwas.

Ich wollte wegsehen, weil mich das Gefühl überkam, dass mich die Situation nichts anging. Aber stattdessen hing ich wie gefesselt am Geschehen. Kolton erreichte den Coach und nahm den Helm ab. Dieser verschränkte abwehrend die Arme vor der Brust. Doch dann nickte er, und Kolton trat den Rückzug an. Er marschierte in unsere Richtung. Vorsichtig warf ich Haisley einen Seitenblick zu. Ihre Augen schienen plötzlich zu funkeln, als sie ihn auf uns zukommen sah. »Du bist verliebt in ihn«, stellte ich unüberlegt fest. Die selbstverständliche Vertrautheit zwischen Haisley und mir war beängstigend und magisch zugleich.

»Psst. Er ist gleich hier.«

»Du bestreitest es nicht?«

»Ach, als ob er dir nicht gefallen würde.« Sie warf mir einen vielsagenden Blick zu, den ich gekonnt ignorierte. Kolton war einer dieser Typen, die ... ja, er war mehr als attraktiv. Aber deshalb musste ich nicht gleich von ihm schwärmen.

Als er Haisley entdeckte, versuchte Kolton sich an einem Lächeln. Eine klägliche Bemühung. Dann fiel sein Blick unvermittelt auf mich. Das Lächeln, zumindest was davon übrig war, erstarb in Sekundenschnelle. Er schaute mir tief in die Augen. Etwas Rohes lag in seinem Blick. Und irgendetwas stellte das in mir an, auch wenn ich es noch nicht einordnen konnte. Wir kannten uns nicht, aber eine hauchzarte Gänsehaut rieselte mir über den Rücken. Als stünde ich allein in einem dunklen Raum und spürte, wie jemand plötzlich hinter mir auftauchte. Ich konnte es kaum beschreiben. Gespenstisch war vermutlich das Wort, das ich suchte. Finster. Bedrohlich. Eine Sache war sicher: Irgendetwas störte Kolton gewaltig an mir. Und ich musste unbedingt herausfinden, was es war.

5

Kolton

Die letzten Tage waren die reinste Hölle gewesen, denn Tucker hatte die Platzsperre konsequent durchgezogen. Ich hatte trotzdem eigenständig trainiert und mich mit Ausdauer- und Kraftsport abgelenkt. Die Stunden auf dem Spielfeld fehlten mir. Als raubte mir jemand die Luft zum Atmen. Unablässig kribbelte es in meinen Handflächen, und es fiel mir schwer, mich zu konzentrieren.

Glücklicherweise befanden wir uns nicht in den Prüfungswochen. Ich hatte lediglich zwei Interpretationen zu verfassen, und für den Vorbereitungskurs über Grundlagen im Strafrecht musste ich eine Zusammenfassung und ein Essay schreiben. Das ging mir leicht von der Hand. Mom und Dad führten eine renommierte Rechtsanwaltskanzlei in Manhattan. Dass ich auf die Law School hinarbeitete, war also nicht weiter überraschend. Allerdings wollte ich mich auf Strafrecht spezialisieren, und davon waren meine Eltern noch nicht begeistert. Mich interessierte es nicht, Klienten bei irgendwelchen Erbschaftsstreitigkeiten oder dergleichen zu vertreten, wie sie es taten. In meinen Augen waren das belanglose Zerwürfnisse, die zwar lukrativ sein konnten, aber wenig reizvoll waren.

Ich schloss das Programm und starrte auf den Bildschirmhintergrund. Ein quälendes Ziehen dehnte sich in meiner Brust aus. Wie so oft hing ich einige Sekunden an dem Bild, das Hardin und mich auf dem Spielfeld zeigte. Wie wir uns vor Freude lachend in die Arme fielen. Als wäre es erst gestern gewesen, erinnerte ich mich an das Spiel. Wie hart wir für den Sieg gekämpft hatten. An den Moment, als Hardin den entscheidenden Touchdown erzielt hatte.

Jeden verdammten Tag brach es mir von Neuem das Herz. Aber den Hintergrund zu ändern, brachte ich nicht zustande. Es waren Erinnerungen, die mir niemand nehmen konnte. Und der Schmerz zeigte mir immerhin, dass ich noch etwas fühlte. Dass ich lebte, selbst wenn es sich nicht nach einem Leben anfühlte. Ich existierte und funktionierte, wie es meine Eltern, Freunde und Professoren von mir erwarteten. Nicht mehr. Nicht weniger.

Schwer atmend klappte ich den Laptop zu, verweilte einen Moment, ehe ich die Lehrbücher im Rucksack verstaute und aufstand. Ein merkwürdiger Geruch drang in meine Nase. Es stank ein bisschen nach verdorbenem Käse oder ungewaschenen Socken. Vielleicht beidem. Ich roch an meinen Achselhöhlen. Einwandfrei. Der süßherbe Deodorantduft war frisch, außerdem duschte ich nach jedem Training. Ich rümpfte die Nase, als der Geruch aufdringlicher wurde. Dann folgte ich der Fährte und verließ das Zimmer. Ein Schwall des entsetzlichen Gestanks kam mir entgegen, als ich aus dem Flur in unsere Wohnküche trat. Ich unterdrückte ein Würgen, rümpfte die Nase und atmete durch den Mund.

»Wen zur Hölle hast du auf dem Gewissen?«

Amüsiert betrachtete er mich. »Kohlauflauf mit veganer Käsesoße«, erklärte er und wedelte dabei mit dem Kochlöffel herum, als wäre es ein Zauberstab und er Harry Potter höchstpersönlich. »Aiden meinte, dass ihr so eine Art Tradition habt. Da dachte ich …«

»Dass du uns mit deinem Essen vergiften könntest?«

Zwischen Vance' Augen bildete sich eine Falte. Er wirkte nachdenklich. »Zugegeben, es riecht etwas streng. Schmecken tut es dafür umso besser.«

»Nein.« Mittlerweile war jedes Härchen auf meiner Haut aufrecht, und weil dieser Geruch wirklich alles an Widerlichkeit übertraf, trat ich neben Vance und schaute auf die Kochtöpfe hinab. Es war wie bei einem Verkehrsunfall, an dem man zufällig vorbeifuhr. Ich musste hinsehen, auch wenn ich wusste, dass es ein Fehler sein würde. »Nein«, wiederholte ich entsetzt. »Himmel, bestimmt muss ich gleich wieder duschen. Der Geruch klebt vermutlich schon an mir.«

»Das wird deiner Attraktivität schon nicht schaden. Haisley wird darüber hinwegsehen. Sie kommt nachher rüber.«

Unsere Blicke trafen sich. Lieferten wir uns hier ein Duell? Er hatte die Augen verengt, und ich tat es ihm gleich. Und ich schwor mir, dass ich nicht als Erster wegsehen würde. Andauernd diese fürchterliche Musik, und jetzt kochte der Kerl auch noch etwas, das niemand essen konnte.

»Was zur Hölle stimmt nicht mit dir?«, durchbrach ich die Stille, als mir die Intensität seines Blickes zu viel wurde. In seinen Augen lag etwas, das mir Unbehagen bereitete.

Er schnaubte, und sein Kiefer spannte sich an. »Ich nehme mir Zeit, gehe in den Bioladen, besorge die Zutaten für ein aufwendiges Essen, bereite es zu, und du fragst mich, was mit mir nicht stimmt?«

Ich wollte mich zusammenreißen. So sehr. Aber es gelang mir

einfach nicht. Seit Tagen konnte ich morgens nicht ausschlafen, weil mich Vance' Musik weckte. Der halbe Kühlschrank war mit irgendwelchen miefenden veganen Nahrungsmitteln belegt. Gestern hatte er Pilze in meinem Kühlfach gelagert. Sie sahen nicht nur ekelhaft aus, sie rochen nach abgestandenem Pferdemist. Und ein bisschen erinnerten sie auch an Pferdeäpfel. Der Kerl war verrückt und trieb mich in den Wahnsinn. Ich warf die Hände in die Luft. »Das Zeug wird niemand essen. Du wohnst mit Sportlern zusammen. Wir brauchen Eiweiß anstatt Kohl, der fürchterlich riecht und zudem Blähungen verursacht.«

Vance' Kiefer entspannte sich, einer seiner Mundwinkel zuckte, dabei bildete sich ein hauchzartes Grübchen auf seiner linken Wange. »Keine Sorge, die Vitamine werden keinen großen Schaden anrichten.«

Es machte mich rasend, wie sich Vance darüber amüsierte, dass mich sein Verhalten störte. In mir braute sich etwas zusammen. Ein weiteres Wort aus seinem Mund würde das Fass zum Überlaufen bringen. Alles an ihm regte mich auf. Und dieser fürchterliche Geruch war keine Sekunde länger zu ertragen, weshalb ich sofort das Fenster öffnete. »Wyatt und Aiden werden keinen Bissen davon essen, und wenn sie zurück sind, werden sie dir für den Gestank, den dieses Gemüse verursacht, ohnehin den Kopf abreißen.«

»Wofür werde ich wem den Kopf abreißen?« Aiden trat in die Wohnküche und bugsierte seinen Rucksack auf die Couch. »Was kochst du?« Er wandte sich an Vance, sah dabei aber nicht mal annähernd angewidert aus, was mich überraschte. »Das riecht wie ein Gericht, das meine Grandma oft zubereitet.«

»Kohlauflauf mit …«

»Käsesoße«, beendete Aiden den Satz und strahlte dabei wie ein Kind, das gerade eine Tafel Hershey bekommen hatte.

»Veganer Käsesoße«, erklärte Vance und klang plötzlich ein wenig verunsichert.

»Völlig egal. Wenn es auch nur annähernd so lecker schmeckt wie bei Grandma, bist du ab sofort mein Lieblingsmitbewohner.« Aiden klopfte Vance auf die Schulter, und sogleich löste ein breites Grinsen dessen Unsicherheit ab.

»Kolton ist nicht erfreut über das Gericht«, bemerkte er spitz und warf mir einen flüchtigen Blick zu.

Ich hatte keine große Lust, mich mit Vance und Aiden über das Essen zu streiten. »Wir sehen uns später«, grummelte ich.

»Wohin gehst du?« Aiden blickte auf seine Armbanduhr. »Wir essen in einer Stunde.« Ich stand schon im Türrahmen, als ich mich ihnen zuwandte.

»Ich muss zum Training.«

»Hast du heute nicht bereits zweimal trainiert?« Sein durchdringender Blick gefiel mir kein bisschen. Aiden konnte hartnäckig sein. Er hatte die Gabe, Gefühle offen anzusprechen, und war seinen Mitmenschen gegenüber sehr aufmerksam. Ihm entging kaum etwas, vielleicht lag das auch an seinem peniblen Wesen. Manchmal überraschte er mich damit, obwohl wir mittlerweile gute Freunde waren.

»Und weiter?«, entgegnete ich absichtlich barsch, weil ich seine Kritik, die garantiert kommen würde, damit abfangen wollte.

»Dein Körper braucht Regeneration. Du müsstest das eigentlich wissen.«

Ich schnaubte. »Ich bin zweiundzwanzig, nicht vierzig.«

Ich machte mich auf den Weg zurück in mein Zimmer, um mich für das Lauftraining umzuziehen.

»Du wirst deinen vierzigsten Geburtstag nicht erleben, wenn du nicht besser auf dich achtest«, hörte ich noch, als ich die Tür hinter mir ins Schloss fallen ließ.

Seine Ratschläge konnten mir gestohlen bleiben. Ich wusste sehr genau, was ich meinem Körper zumuten konnte. Es war schließlich mein Leben, nicht seines.

...

Das Lauftraining hatte mich beinahe in die Knie gezwungen, und das rächte sich nun bei jedem Schritt. Als ich mich die letzten Treppenstufen zum Kino hochschleppte, drohten meine Beine nachzugeben.

»Hardin, da ist Hardin!«, rief Cobie und trommelte mit den Handflächen auf seinen Oberschenkeln wie wild vor Freude. Ich liebte den Jungen abgöttisch, aber ich hasste es, wenn er mich so nannte. Im Versuch, das harte Training und den aufkommenden Schmerz zu verdrängen, hockte ich mich vor ihn hin und begrüßte ihn lächelnd. Auf meiner Zunge brannte es, ihn darauf hinzuweisen, dass ich Kolton hieß, aber ich hatte es schon unzählige Male versucht. Für ihn war ich Hardin und … vermutlich war das auch in Ordnung. Seine Welt sah eben anders aus.

»Wir dachten schon, du würdest nicht kommen.« Fatima sah mich aus erschöpften Augen an. Sie war das Herz und die Seele dieser Einrichtung für beeinträchtigte Waisenkinder. Und sofort packte mich das schlechte Gewissen, denn kein Training der Welt konnte wichtiger sein als ein einziges Lächeln dieser Kinder. »Du weißt, dass wir ohne Hilfe keine Ausflüge machen können. Wir verlassen uns auf dich.«

Ich atmete tief durch, denn ich wollte weder sie noch die Kids enttäuschen. Es war bereichernd, mit ihnen zu spielen, ihr Lachen zu hören und in ihre neugierigen Augen zu blicken. Das war mit nichts vergleichbar. Die Kinder gaben mir Kraft und auch ein Gefühl von Familie. Ich hatte die Zeit beim Lernen völlig übersehen.

Aber dabei den Freiwilligendienst zu vergessen, der mir inzwischen so viel bedeutete, war unverzeihlich. »Es tut mir leid. Nächstes Mal bin ich pünktlich, versprochen.«

Sie schenkte mir ein müdes Lächeln, während sie Clare gerade noch rechtzeitig am Unterarm zu fassen bekam. Sie war dabei, wegzulaufen. Clare war zwölf und liebte es, Fangen zu spielen, was in geschützten Räumen prima funktionierte. Es bereitete ihr unfassbaren Spaß. Bei Unternehmungen wie diesen bedeutete es allerdings Gefahr.

»Mike holt gerade Popcorn. Wir können schon rein«, erklärte sie, ohne auf meine Entschuldigung einzugehen. Ich drehte mich kurz um und sah, dass er gut zurechtkam. Bob und George waren bei ihm und halfen beim Tragen der Tüten. Viele solcher Ausflüge konnten nur in kleinen Gruppen durchgeführt werden. Arbeitskräfte und das Budget fehlten. Die Einrichtung wurde vom Bundesstaat und der Universität finanziert und war auf Spenden angewiesen. Kinobesuche standen nur selten an. Umso größer war die Vorfreude in Cobies Augen.

»Bereit für den Film?«, fragte ich ihn.

Er lächelte und klopfte wieder mit den Händen auf seine Schenkel. Sein Lächeln füllte mein Herz mit Wärme. Das hier waren Augenblicke, die mir immense Kraft verliehen. Die mir zeigten, dass es sich zu leben lohnte. Egal wie schwer es für viele auch sein mochte. Es gab sie. Natürlich nicht immer. Manchmal musste man über einen langen steinigen Weg schreiten, Wälder durchqueren und Berge erklimmen, bis man die Sekunden des Glücks wieder spüren durfte. Davon war ich überzeugt. Allerdings befand ich selbst mich eher vor einem zugewachsenen Dschungel. Er lag völlig zugewuchert vor mir, ich konnte noch nicht mal eine winzige Öffnung erspähen, um mich hindurchzuzwängen und den Weg anzutreten.

Kurz vor Ende des Filmes wurde Clare zunehmend unruhiger. Sie zappelte, stand immer wieder auf und versperrte die Sicht für die hinteren Reihen, weshalb ich Fatimas Blick suchte und mich nach ihrem Nicken zu Clare runterbeugte. »Lass uns zwei doch schon mal nach draußen gehen«, schlug ich vor, woraufhin sie ihre Arme in die Höhe riss und das Popcorn, das sie eben noch in der Hand gehalten hatte, auf den Boden fiel. Ich hatte Mühe, ihr durch die Dunkelheit zu folgen, weil ich um einiges größer war als sie, mich zwischen den Plätzen hindurchzwängen musste und keine Lust verspürte, über irgendwelche Füße zu stolpern.

Gerade noch rechtzeitig holte ich sie ein, und wir verließen gemeinsam den Kinosaal. Aber kaum hatten wir die Tür geöffnet, sprintete sie los. Innerlich fluchte ich, weil meine Beine immer noch vom Training wehtaten. Sie machte das nicht absichtlich, das war mir bewusst. Trotzdem wurde es mir in diesem Moment zu viel. Clare lief davon, und mein Puls schnellte in die Höhe. Denn ich trug die Verantwortung für sie.

Als sie im nächsten Augenblick in einer Menschentraube verschwand, die sich vor der Kasse angesammelt hatte, spürte ich, wie sich Schweißtropfen auf meiner Stirn bildeten und meine Achselhöhlen nass wurden. Adrenalin schoss durch meinen Körper, denn als ich rasch näher trat und ihrem Weg folgte, konnte ich sie nirgendwo entdecken. Panisch sah ich mich um, drehte mich im Kreis und scannte jeden Winkel des Raumes. Hinter mir hörte ich eine hohe Stimme kreischen, und als ich mich umdrehte, fluchte eine Frau. Auf ihrem Pullover bildete sich ein hellbrauner Fleck. Vermutlich hatte sie ihre Cola verschüttet, oder Clare war an ihr vorbeigelaufen und hatte sie gestoßen. »Mist«, murmelte ich und sah mich erneut um, ehe ich auf die Frau zulief. »Haben Sie ein Mädchen gesehen? Blondes Haar?« Ich deutete Clares Größe an und wartete mit wild klopfendem Herzen auf ihre Antwort.

Die Frau legte ihre Stirn in Falten und funkelte mich wütend an. »Das Gör hat meinen Pulli ruiniert!«, fauchte sie.

»Wo ist sie hin?« Ihr Pullover interessierte mich nicht die Bohne. Ich hatte Clare verloren. Nicht mal das bekam ich auf die Reihe.

»Was weiß ich.« Vergebens versuchte die Frau, die nasse Stelle trocken zu rubbeln.

»Es ist wichtig. Haben Sie gesehen, in welche Richtung sie gelaufen ist?« Als ich keine Antwort erhielt, sah ich in die umliegenden Gesichter, doch niemand schien zu wissen, wo Clare steckte.

Schnell wanderte mein Blick zur Eingangstür. Mein Herz schlug mir bis zum Hals. Sie wird doch nicht rausgelaufen sein? »Fuck«, fluchte ich und zog das Handy aus der Hosentasche. Meine zitternden Finger schwebten über dem Display.

»Sie ist in die Damentoilette gelaufen.« Die Stimme hinter mir kam mir bekannt vor, und als ich mich eilig zu ihr umdrehte, stand Vance vor mir.

Ungläubig blinzelte ich, bekam jedoch keine Silbe hervor und eilte unverzüglich zu den Toiletten. Kurz davor stoppte ich und wählte Fatimas Nummer, denn ich konnte da als Mann unmöglich reingehen.

»Sie wirkte etwas verstört.«

»Clare ist geistig beeinträchtigt und nicht *verstört*«, fuhr ich Vance an, der jetzt neben mir stand. Gemeinsam starrten wir auf die Tür. Fatima ging nicht ans Telefon, weshalb ich das Handy wieder in die Hosentasche schob.

»Du solltest nachsehen gehen«, riet Vance.

»Das ist die Damentoilette«, erwiderte ich und erntete ein fassungsloses Kopfschütteln.

Vance legte den Kopf schief und sah mich eindringlich an. »Bist du für das Mädchen verantwortlich oder nicht?«

»Ja, schon, aber …«

»Verfluchter Mist, Kolton. Reiß dich zusammen und sieh nach, ob alles in Ordnung ist.« Seine Worte trafen mich unvermittelt. Ich erstarrte.

Und dann geschah alles so schnell. Vance murmelte etwas und öffnete die Tür. »Clare?« Seine Stimme klang sanft, fürsorglich. »Clare, bist du hier drin?«

»Gleich fertig, nur noch sauber machen«, drang es dumpf durch die halb geöffnete Tür nach draußen. Eine Riesenlast fiel von mir ab, als ich ihre Stimme hörte. Ich war unsagbar erleichtert und gleichzeitig unruhig, weil das auch anders ausgehen hätte können. Was, wenn Clare etwas zugestoßen wäre? Niemals hätte ich mir das verziehen. Sobald die Freude, Clare wiedergefunden zu haben, abebbte, wurde mir schwindelig, und ich ließ mich gegen die Wand sinken. Ich raufte mir die Haare und sah auf den Marmorboden, der vor meinen Augen tanzte. Verdammt.

»Hey …«

Ich senkte meine Lider, weil das Schwindelgefühl unerträglich wurde.

»Kolton.« In meinen Ohren rauschte es, aber ich hörte deutlich, dass Vance mit mir sprach. Und dann spürte ich eine sanfte Berührung auf meinem Knie. »Atme. Atme, Kolton.«

Wärme glitt durch den Jeansstoff an meine Haut. Als ich die Augen öffnete, sah ich auf die Stelle, an der er mich berührte. Seine Hände lagen auf meinem Knie. Er übte keinen Druck aus. Aber dort, wo er mich berührte, kribbelte es. Langsam beruhigte sich das Bild vor meinen Augen, das Flackern ließ nach.

»Besser?«, fragte Vance, und als sich unsere Blicke trafen, war er mir plötzlich viel zu nahe. Einerseits war ich unendlich dankbar, weil ich Clare ohne ihn vermutlich nicht so schnell gefunden hätte. Andererseits wollte ich einfach nur fliehen. Denn in diesem

Moment überwältigte mich ein Gefühl, das ich nicht einordnen konnte. Für den Bruchteil einer Sekunde war da eine Verbundenheit gewesen, die ich bisher nur bei meinem Zwillingsbruder gespürt hatte. Und das war ... ausgeschlossen. Vance war nicht mein Freund. Er war mein Mitbewohner, der mich mit seinen Angewohnheiten verrückt machte.

Ich senkte den Blick und sah wieder auf seine Hände, die immer noch auf mir ruhten. Und als könnte er meine Gedanken lesen, zog er sie rasch zurück. »Sorry. Das war ... ich hab mir Sorgen um dich gemacht. Keine Angst, ich baggere keine superhetero Footballspieler an«, versicherte er mit einem schüchternen Lächeln.

»Nein. Aber *superheiße hetero* Footballspieler offensichtlich schon.«

Es war nicht böse gemeint. Und an Vance' Schmunzeln erkannte ich, dass er es auch nicht so aufnahm.

Die Tür schlug auf und donnerte gegen mein Knie. Autsch, das tat weh.

»Fertig!«, verkündete Clare lauthals. Erleichterung breitete sich in mir aus. Vance reichte mir die Hand und half mir auf die Beine. Dass ich morgen höchstens zweimal trainieren konnte, stand außer Frage. Dreimal war erst wieder übermorgen drin. Aber für den Moment war ich einfach nur beruhigt, dass Clare nichts zugestoßen war. Nur das zählte. Denn nie wieder würde ich jemanden verlieren, auf den ich aufpassen sollte. Nie wieder.

6

Vance

»Daran sollten Sie weiterarbeiten. Ihre These ist noch etwas schwammig.« Professor Cowen sah mich nicht einmal an, als er mir die Hausarbeit zurückgab. Mein Bauch zog sich unangenehm zusammen, als ich einen kurzen Blick darauf warf. Ich hatte Nächte daran gesessen und Fachliteratur über die griechische Antike gewälzt. Als ich die Arbeit vor ein paar Tagen abgegeben hatte, war ich überzeugt gewesen, dass sie herausragend war. Spoiler: Sie war es offensichtlich nicht.

»Überarbeite sie«, schlug mein Kommilitone George vor, während er seine Arbeit mit einem zufriedenen Grinsen in seine Ledertasche steckte. Manchmal lernten wir in der Bibliothek zusammen oder aßen gemeinsam. George war der Einzige aus meinem Studiengang, mit dem ich regelmäßig zu tun hatte. Gäbe es Haisley nicht, wäre ich hier wohl ziemlich einsam. Allerdings war ich die meiste Zeit sowieso mit Lernen beschäftigt oder nahm Bilder vom Campus auf. Ich hatte bisher kaum Anschluss gefunden, was schade war, aber ich war schließlich mit einem bestimmten Ziel vor Augen nach Harvard gekommen. Und Freundschaften standen auf meiner Prioritätenliste nun mal weit unten.

Ich nickte stumm. Wie stellte er sich das vor? Ich hatte unzählige Stunden an dem Essay gesessen, und Professor Cowen war nicht der Einzige, der Hausarbeiten aufgab. Mein Magen fühlte sich an, als hätte ich zwanzig Äpfel gegessen. Er krampfte und rumorte. Wir hatten noch nicht mal Zwischenprüfungen, und ich war schon jetzt überfordert.

Seit drei Wochen war ich in Harvard und kam mit dem Pensum kaum hinterher. Zudem konnten mich meine Mitbewohner nicht besonders leiden. Wyatt würdigte mich kaum eines Blickes, und auch Kolton wirkte nicht begeistert, wenn wir uns begegneten. Was aufgrund der Wohnsituation kaum zu vermeiden war. Langsam bezweifelte ich, dass es die richtige Entscheidung gewesen war, hierherzukommen. Außerdem war ich bei der Recherche, was meinen Dad betraf, kein bisschen weitergekommen, weil ich noch nicht mal wusste, wo genau ich anfangen sollte. Ich konnte unmöglich das gesamte Archiv nach Hinweisen durchforsten. Abgesehen davon, dass ich keine Ahnung hatte, ob ich dazu jemals Zutritt bekommen würde. Auf dem Campus befanden sich Tausende Studierende. Während Moms Studium war es bestimmt nicht anders gewesen. Es war verrückt. Die Idee, nach Harvard zu gehen, um herauszufinden, wer mein Vater war, stellte sich als aussichtslos dar. Was mich trotzdem nicht daran hinderte, meine Suche fortzusetzen, stundenlang am Laptop zu sitzen und nach Harvard-Absolventen zu suchen, die dem Mann auf dem Foto, das ich gefunden hatte, ähnlich sahen. Und auch das war verrückt. Vermutlich würde ich ihn sowieso nicht erkennen, vielleicht hatte er auch gar keinen Abschluss hier gemacht. Es gab unzählige Möglichkeiten. Dennoch klammerte ich mich an jeden Strohhalm und ließ nichts unversucht. Immer wieder schenkte meine Recherche mir Hoffnungsfunken, die meist nach wenigen Sekunden verpufften.

Professor Cowen beendete den Unterricht. Ich vereinbarte mit George, dass wir uns später sehen würden, und eilte zur Annenberg Hall, wo ich mit Haisley verabredet war. Gerade als ich dort ankam, vibrierte mein Handy.

Verspäte mich um ein paar Minuten.

Ich antwortete Haisley, dass ich direkt vor dem Eingang auf sie wartete. Als ich das Handy wegsteckte, entdeckte ich Wyatt und Kolton, die mit ein paar Jungs, vermutlich Teamkollegen, auf mich zusteuerten. Ein bisschen fühlte ich mich in die Highschool zurückversetzt. Die coolen Jungs, die unter sich blieben. Leute traten zur Seite, um ihnen Platz zu machen. Und sie wurden von allen angestarrt, als wären sie Stars. Was sie vermutlich auch waren, vorausgesetzt, man mochte Football. Ich seufzte leise. Abgesehen von dem Hype um den Sport musste ich mir eingestehen, dass sie von einer besonderen Aura umgeben zu sein schienen. Auf gewisse Weise wirkten sie mächtig und unnahbar. Und ich gestand mir ebenso ein, dass sie dabei attraktiv aussahen, ich den Blick nur schwer von ihren trainierten Körpern abwenden konnte und mir sehnlichst wünschte, ich wäre Superman. Keine Sekunde hätte ich gezögert und ohne jegliche Skrupel den Röntgenblick eingesetzt.

Als Kolton und Wyatt auf meiner Höhe waren, gab ich ein »Hey« von mir. Sie reagierten nicht. Allerdings war ich mir sicher, dass sie mich gehört hatten. Kurz streifte mich nun doch Koltons Blick, und mit ein wenig Fantasie konnte ich ein knappes Nicken erahnen. Befanden wir uns wirklich wieder auf der Highschool, und meine eigenen Mitbewohner ignorierten mich? Erwachsene Männer?

»Sorry, Sutton hat mich aufgehalten«, erklärte Haisley atemlos und hielt sich die Hand auf die sich heftig hebende und senkende Brust. »Huch, ich sollte wirklich mehr Sport machen.«

»Verdirbt den Charakter.«

Haisley hob eine Augenbraue. »Wie kommst du darauf?«

Wir setzten uns in Bewegung und betraten die Essenshalle. Ich war seit meinem zweiten Tag fast jeden Mittag hier, aber das Ambiente beeindruckte mich jedes Mal aufs Neue. Es erinnerte mich an die Grand Central Station. Immer wenn ich Mom nach New York begleitet hatte, weil sie am Broadway engagiert worden war, hatte ich einige Stunden dort verbracht, um Menschen zu beobachten und das Sternenbild an der Decke zu bestaunen. Ein bisschen verhielt es sich jetzt auch so. Ich begutachtete die Kronleuchter, die so mächtig über unseren Köpfen hingen, und die Bleiglasfenster, die je nach Sonneneinstrahlung verschiedene Farbnuancen warfen.

»Kolton und Wyatt«, antwortete ich schließlich.

Haisley seufzte. »Was hat Wyatt schon wieder angestellt?«

Ich warf meiner Freundin einen Seitenblick zu, den sie ignorierte. Stattdessen besorgte sie uns zwei Tabletts. »Pizza. Heute muss es Pizza sein«, murmelte sie, während sie die ausgehängte Speisekarte studierte.

»Kolton ist kaum besser«, bemerkte ich schließlich und entschied mich für ein Avocadosandwich. Wir gaben unsere Bestellungen auf und mussten noch einen Augenblick warten.

»Kolton ist in Ordnung.«

Jetzt war ich es, der eine Augenbraue hob und gespannt auf ihre Argumentation wartete.

»Er hat …« Gedankenversunken schüttelte sie den Kopf. »Einfach eine schwere Zeit hinter sich.«

»Das behauptest du nur, weil ihr euch datet und er dich um den Verstand küsst.«

Ihre Stirn legte sich in Falten. Dann nahm sie ihr Pizzastück und ich mein Sandwich entgegen. »Es wäre ganz toll, wenn er mich um den Verstand küssen würde. Aktuell verschiebt er sämtliche Dates. Irgendwie fühlt es sich so an, als hätte er mich auf die Ersatzbank gesetzt.«

Während ich über Haisleys Worte nachdachte, bezahlten wir und suchten uns einen ruhigen Tisch.

»Darf ich dich was fragen?« Haisley legte ein angebissenes Stück Pizza zurück auf den Teller und sah mich mit ihren mandelförmigen Augen an. Hoffnung schimmerte in ihnen. »Du bist doch Koltons Zimmernachbar und müsstest eigentlich mitbekommen, wenn er Frauenbesuch hat, nicht wahr?« Die Frage war ihr sichtlich unangenehm.

Ich überlegte und schüttelte den Kopf. »Kolton und ich stehen uns nicht besonders nahe, wie du weißt. Aber ... ich habe den Eindruck, dass er pausenlos trainiert oder lernt. Dass er Sex hat, habe ich bisher nicht mitbekommen.«

»Also ... hast du bisher kein Mädchen aus seinem Zimmer kommen sehen?« Haisley strahlte. Ihr Gesichtsausdruck war rührend.

»Hör zu, Haisley. Warum lädst du ihn nicht einfach auf ein Date ein und fragst ihn, wie er zu dir steht? Ihr seid doch befreundet, oder nicht?«

Mein Vorschlag stimmte sie nicht zufrieden. Wortlos aß sie ihre Pizza weiter und wirkte nachdenklich. Ich tat es ihr gleich und sah mich im Essenssaal um. Erst jetzt entdeckte ich Kolton, der gerade mal zwei Tische von uns entfernt saß und in unsere Richtung starrte. Ich riss den Blick los, weil ich sauer war. Sein Benehmen vorhin war einfach daneben gewesen.

»Männer müssen erobern. Wenn ich Kolton hinterherlaufe, wird er mich nicht wollen«, durchbrach sie das Schweigen zwischen uns. »Er küsst so unglaublich gut«, schwärmte sie, wovon ich absolut nichts hören wollte. An seine vollen Lippen zu denken stand heute nicht auf meiner Agenda. Es war ohnehin merkwürdig, meinen Mitbewohner attraktiv zu finden. So was führte unweigerlich zu Problemen. Vor allem, weil ich der homosexuelle Freshman war, der aus unerklärlichen Gründen in eine Wohngemeinschaft mit älteren Sportlern geraten war. Als hätte der Teufel seine Hände im Spiel gehabt. Nach dem Gespräch mit Aiden hatte ich zweifellos ein gutes Gefühl gehabt, was das zukünftige Zusammenleben in der WG betraf. Während unserer Konversation hatte ich keine Sekunde darauf verschwendet, abzuchecken, ob einer von meinen zukünftigen Mitbewohnern homophob sein würde. Das war vielleicht naiv gewesen, aber ich war einfach so euphorisch gewesen und hatte ja gewusst, dass Harvard eine unmissverständliche Meinung zur queeren Community vertrat. Vielleicht war das der Grund gewesen, dass ich Aiden nicht anvertraut hatte, dass ich homosexuell war. Zumal ich das grundsätzlich nicht sofort erwähnte, wenn ich jemanden kennenlernte.

»Wenn du ihn so sehr willst, solltest du es versuchen. Dass Männer immer den ersten Schritt machen müssen, ist schließlich nicht mehr zeitgemäß.« Davon war ich überzeugt.

»Aber dieser Typ auf TikTok …«

»Ernsthaft? Du hörst eher auf den Ratschlag irgendeines Influencers, der Follower gewinnen will, als auf meinen?«

Sie verzog das Gesicht und spielte mit den Fingern an ihren Haarspitzen herum. Sie wirkte verunsichert. Und das wiederum schürte meinen Groll gegenüber Kolton. Soweit ich wusste, hatten sie sich auf der Party vor ein paar Wochen geküsst und sich für ein Date verabredet, das dann doch nicht stattgefunden hatte. Wenn er es sich inzwischen anders überlegt hatte, sollte er zumindest ehrlich mit Haisley darüber sprechen.

»Vielleicht schreibe ich ihm später. Aber was ist, wenn er mich ghostet?«, überlegte sie.

Ich legte meine Hand auf ihre. »Dann weißt du immerhin, woran du bist. Und er kann dich nicht ignorieren, du hängst doch ständig bei uns rum. Das wird schwierig.«

Sie biss sich auf die Lippe und lächelte. »Dann werde ich es wagen.«

»Oder du fragst ihn jetzt gleich.« Aus dem Augenwinkel sah ich ihn auf unseren Tisch zukommen und verstummte, ehe er etwas von unserem Gespräch mitbekam.

»Hey.« Kolton küsste Haisley auf die Wange und hatte für mich wieder mal nur ein knappes Nicken übrig. »Heute findet die Footballparty statt, hast du Lust, zu kommen?«

Haisley strahlte bis über beide Ohren. »Klar, warum nicht«, antwortete sie zwei Oktaven zu hoch. »Was ist mit Vance, willst du ihn nicht auch einladen?«

Wie in Slow Motion drehte er langsam seinen Kopf in meine Richtung, und es dauerte eine gefühlte Ewigkeit, bis sich unsere Blicke fanden.

Nope. Er wollte mich definitiv *nicht* einladen.

»Vance wird vermutlich damit beschäftigt sein, ein veganes Gericht zu zaubern und abgedrehte Musik zu hören.«

»Zufällig habe ich heute Abend noch nichts geplant«, entgegnete ich und kniff die Augen zusammen. Eigentlich wollte ich den Abend nutzen, um mir zu überlegen, wie ich an die Unterlagen ehemaliger Absolventen gelangen konnte. Selbst wenn es bedeutete, dass noch weniger Zeit zum Lernen blieb, könnte ich mir vielleicht einen Job im Archiv organisieren. Vielleicht war das die einzige Möglichkeit. Uneigentlich musste ich aber unbedingt auf diese Party, schon allein, weil Kolton mich nicht dahaben wollte. Da war dieser Drang in mir, mich ihm zu widersetzen. Ausgerechnet das zu tun, was ihm missfiel. »Ich komme also gern, das wird bestimmt cool.«

Koltons Augen schienen vor Ärger dunkelgrün zu schimmern. »Na dann«, murmelte er widerwillig und zog sich zurück.

»Er mag dich wirklich nicht besonders, was?«

»Nope.«

Haisley zuckte mit den Schultern und nippte an ihrem Glas. »Vielleicht nur, weil du sein neuer Mitbewohner bist. Die Campusleitung weigerte sich, das Zimmer unbewohnt zu lassen. Sein Bruder Hardin …«

»Ich wusste gar nicht, dass Kolton einen Bruder hat«, unterbrach ich sie.

Haisley wirkte mit einem Schlag traurig und fixierte das Glas, das vor ihr stand.

»Hab ich etwas Falsches gesagt?«, fragte ich, als sich das Schweigen zwischen uns ausdehnte.

Ihr Brustkorb hob sich zu einem schweren Atemzug. »Versprich mir, dass du Kolton nicht danach fragst. Er … spricht nicht darüber.« Sie klang besorgt und vorsichtig, als hütete sie ein strenges Geheimnis. Ihre Stimme zitterte, während sie weitersprach. »Kolton hatte einen Zwillingsbruder, Hardin. Er ist vor ein paar Monaten bei einem Motorradunfall ums Leben gekommen.«

Etwas in meiner Brust zog sich zusammen, erschwerte mir für einen Moment das Atmen. Wie schrecklich musste es sein, seinen Zwillingsbruder zu verlieren. Ich selbst hatte keine Geschwister, und es übertraf meine Vorstellungskraft, wie schwer der Verlust für Kolton sein musste.

»Er schläft deshalb jetzt in *seinem* Zimmer und du in Koltons. Kurz vor deinem Einzug hat er getauscht«, fuhr sie fort.

Das erklärte immerhin, weshalb ich bei meinem Einzug im falschen Zimmer gelandet war. Haisley hatte entweder was verwechselt oder es zu dem Zeitpunkt nicht gewusst. Jetzt hatte ich die Gewissheit, dass sie sich an jenem Abend keinen Spaß erlaubt hatte.

Ein trauriges Lächeln umspielte ihre zartrosa Lippen. »Sie waren unzertrennlich. Vor allem auf dem Spielfeld.«

»Er hat auch Football gespielt?«

Sie nickte und presste die Lippen fest aufeinander. »Der Tod von Hardin hat uns alle getroffen, aber … Kolton ist seither nicht mehr derselbe.«

Und als ob Kolton das Gespräch belauschte, trafen sich genau in diesem Moment unsere Blicke. Der Ausdruck in seinem Gesicht änderte sich, als wir uns über die Köpfe unserer Kommilitonen hinweg ansahen. Er wirkte weniger zornerfüllt. Ich konnte keine Gedanken lesen, war mir aber sicher, er ahnte, worüber wir gerade sprachen.

»Hast du den Job eigentlich bekommen?«, wechselte Haisley das Thema, woraufhin ich blinzelte und meine Gedanken sortierte, ehe ich meine Aufmerksamkeit auf sie richtete.

»Die Zusage kam gestern.« Ich freute mich über den Job, weil Fotografie das war, was mich bereicherte, doch im Hinblick auf meine anderen Pläne war es eigentlich nicht die sinnvollste Entscheidung gewesen, mich auf die Stelle zu bewerben. Ich hätte mich schon vor meiner Ankunft um einen Job im Sekretariat oder Archiv bemühen sollen. Es war naiv gewesen, zu denken, es würde sich schon alles von selbst fügen, sobald ich auch nur einen Fuß auf den Campus setzte.

»Wow. Das sind gute Neuigkeiten.«

Wir räumten die Teller aufs Tablett und erhoben uns. »Und ich weiß, dass du ein gutes Wort für mich eingelegt hast.«

Sie grinste breit. »Das war Sutton. Sie ist genauso begeistert von deinen Arbeiten wie ich. Ich mache euch heute Abend auf der Party bekannt.«

»Die Party ...«

»Du wirst doch nicht kneifen?«

Obwohl ich vorhin noch große Töne gespuckt hatte, war ich mir inzwischen nicht mehr sicher, ob ich mich inmitten einer Gruppe homophober Footballspieler aufhalten wollte. War das nicht Masochismus?

7

Kolton

Ich war auf dem Weg zur Party, als Mom anrief.

»Hey«, sagte ich knapp, weil ich gerade keine große Lust verspürte, mit ihr zu sprechen.

»Schatz, wie geht es dir?« Im Hintergrund klingelte ein Telefon, vermutlich hielt sie sich noch in der Kanzlei auf.

»Gut. Wir haben das letzte Spiel gewonnen. Dad und du solltet mal wieder zusehen.« Ich vernahm ein Rascheln. »Mom?«

»Sorry, Schatz. Momentan ist einiges zu tun.«

Das war selten anders gewesen. Ich erinnerte mich an mehr Erlebnisse mit unserem Kindermädchen als mit meinen Eltern. »Ihr solltet zum nächsten Spiel kommen«, wiederholte ich.

»Schick die Termine durch, dann werde ich sehen, was sich arrangieren lässt.« Ihre Worte schmerzten wie Nadelstiche auf der Haut. Sie sah noch nicht mal nach, wann die Spiele stattfanden, und verfolgte auch nicht die Erfolge meiner Mannschaft. Früher war ihr Interesse an meinem Leben größer gewesen.

Ich würde ihr den Spielplan schicken, selbst wenn ich wenig

Hoffnung hatte, dass sie tatsächlich kommen würde. »Wir sehen uns kommendes Wochenende wie vereinbart?« Mom und Dad waren früher gelegentlich nach Harvard gekommen, um meinen Bruder und mich zu besuchen.

»Deshalb rufe ich an. Dein Dad und ich müssen uns auf eine komplizierte Verhandlung vorbereiten. Wir verschieben das, okay?«

Nein. Das war verdammt noch mal nicht *okay.*

»Gut«, erwiderte ich und presste die Zähne fest aufeinander. Ihre Worte sorgten dafür, dass ich mich leer fühlte. Aber ich unterdrückte den Impuls, etwas zu erwidern, was unser Verhältnis verschlimmerte. Wie so oft in letzter Zeit. Im Grunde überraschte mich ihre Absage nicht. Trotzdem war ich enttäuscht. Die Tatsache, dass sich meine Eltern nicht einen Tag Zeit nahmen, um ihren Sohn zu besuchen, verletzte mich. Und auch wenn ich mir nichts mehr wünschte, als mit Hardin zu tauschen, ich war verdammt noch mal am Leben. Ich war hier, atmete und kämpfte jeden Tag, um ihn irgendwie zu überstehen. Um die blutenden Wunden zu stillen. Wie so oft versuchte ich, die innere Leere, das Gefühl, vollkommen allein zu sein, das schmerzhafte Ziehen unter meinen Rippen, das mir das Atmen erschwerte, zu verdrängen. Dieses Empfinden einzudämmen. All das, was vorgefallen war, zu vergessen. Die Schuld in mir kleinzureden, auch wenn ich es besser wusste.

»Wir sprechen uns bald«, sagte sie zum Abschied, bevor ich das Telefonat beendete. Kälte durchströmte mich. Es klang, als hätte sie sich nicht von ihrem Sohn, sondern von einem Mandanten verabschiedet. Abgeklärt. Ich blickte auf das Display, nur um festzustellen, dass das Telefonat gerade mal zwei Minuten gedauert hatte. Und dann machte ich weiter. Wie immer. Ich steckte das Handy weg und setzte meinen Weg fort.

Wyatt und meine Teamkollegen waren schon eine Weile auf der Party. Ich hatte noch eine Stunde auf dem Laufband verbracht und wünschte, ich könnte die Zeit zurückdrehen. Die Geschwindigkeit hochstellen, um meinen Kopf zu befreien. Stattdessen ärgerte ich mich. Ich wusste, dass Mom und Dad in der Kanzlei eingespannt waren. Aber früher, als Hardin noch gelebt hatte, hatten sie sich Zeit für uns genommen.

Vielleicht war es das Universum, das sich rächte. Zu Recht. Denn ich hatte ihre Liebe nicht verdient. Nicht nach dem, was geschehen war. Ich musste dafür büßen. Das war nur gerecht.

Gedankenversunken erreichte ich mein Ziel und schleppte mich mit bleischweren Beinen die Treppe hoch. Mittlerweile war ich manchmal selbst der Auffassung, dass ich es mit dem Training übertrieb.

»Kolton«, grölten einige meiner Kollegen, kaum hatte ich den Raum betreten. Das gesamte Untergeschoss war mit Wappen und Luftballons, die aussahen wie Footballs, geschmückt. Neben dem Treppenaufgang befand sich eine Theke, an der Alkohol ausgeschenkt wurde. Wyatt winkte mich zu sich, aber ich steuerte direkt auf die Bar zu, weil ich nach dem Gespräch mit Mom dringend was zu trinken brauchte.

»Was darf es sein?« Die junge Frau hinter der Bar, die aussah, als hätte ein Chirurg es mit ihren Lippen etwas zu gut gemeint, beugte sich über den Tresen und drückte ihre Brust auf das Holz. Es war nicht neu, dass Frauen hemmungslos mit mir flirteten. Footballspieler waren beliebt. Ich war nicht stolz darauf, aber an weniger guten Tagen hatte ich dieses Verhalten durchaus genossen und zu meinem Vorteil genutzt.

»Zwei Tequila, bitte.«

»Kommen sofort«, hauchte sie verführerisch, und ihre Fingerspitzen glitten dabei über meinen Unterarm, ehe sie von mir abließ und mir ihren nackten Rücken präsentierte. Sie trug ein Top, das tiefe Einblicke zuließ und nur das Nötigste verbarg. Ich ignorierte ihre Berührung, nahm jedoch meinen Arm vom Tresen, damit sie nicht auf die Idee kam, mich ein weiteres Mal anzufassen.

Die Stimmung war ausgelassen, während es in mir völlig anders aussah. Mir war nicht nach Feiern zumute. Wyatt exte einen Drink, während Aiden mit ein paar Jungs Beerpong spielte. Einige Kommilitonen tanzten zwischen den Möbeln, Toby hatte den Couchtisch als Podest zum Tanzen auserkoren. Die Party würde entweder in einem völligen Desaster enden oder legendär werden. Etwas dazwischen hielt ich für unwahrscheinlich.

»Hier bin ich wieder.« Sie schob die zwei kleinen Gläser mit der goldenen Flüssigkeit zu mir rüber. Ich griff sofort danach und setzte das erste Glas an meine Lippen. Der Tequila brannte meine Kehle hinab. Eine feurige Wärme breitete sich von meinem Rachen bis hin zum Magen aus und schlängelte sich dann weiter bis in jede Zelle meines Körpers. Und ich hieß sie willkommen. Ohne nachzudenken, exte ich das zweite Glas. Das wohlige Prickeln nahm mir die Schwere in den Beinen und löste die Leere in meiner Magengrube auf. Der Alkohol sorgte dafür, dass ich mich besser fühlte.

»Mach mir zwei weitere«, bat ich. Dass andere Gäste auf ihre Getränke warteten, störte sie nicht. Sie war nicht von meiner Seite gewichen und ließ ihren Kollegen allein schuften.

Eine ihrer Augenbrauen wanderte ein kleines Stück hoch, während sie mich beobachtete. Ich ahnte, was in ihr vorging. Aber diesen Wunsch würde ich ihr nicht erfüllen. Sie musste sich einen anderen Kerl suchen, den sie heute Nacht mit zu sich nahm.

»Kolton, ich dachte schon, du würdest nicht mehr kommen.« Haisley stellte sich auf die Zehenspitzen, und ich kam ihr entgegen. Wir gaben uns einen Kuss auf die Wange, wie immer, wenn wir uns sahen. Doch seit unser Date im Raum stand und wir uns geküsst hatten, fühlte es sich zwischen uns anders an. Weniger unbeschwert.

Sie roch unglaublich gut. Dennoch hatte ich nicht vor, den Abend mit ihr zu verbringen. In letzter Zeit ging ich ihr lieber aus dem Weg. Dabei wollte ich sie nicht enttäuschen, Haisley war mir wichtig. Aber auch wenn ich die Zeit mit ihr schätzte, war ich momentan einfach zu sehr mit mir selbst beschäftigt. Deshalb hatte ich es bisher nicht übers Herz gebracht, mich mit ihr zu verabreden. Ich hoffte, das würde sich bald ändern.

»Darf's noch was sein?« Weniger anzüglich als vorhin kam die Frau hinter der Theke zurück und stellte die Gläser vor uns ab. Nicht, ohne Haisley einen abschätzigen Blick zuzuwerfen, ehe sie mir ein großzügiges Lächeln schenkte.

»Wir sind versorgt«, erwiderte Haisley dennoch freundlich und hob das Bier an, das sie bereits in der Hand hielt. *Wir.* Erst dann bemerkte ich, dass auch Vance neben ihr stand, bisher aber kein Wort von sich gegeben hatte.

Unsere Blicke trafen sich, und ich verspürte schon wieder dieses unangenehme Ziehen in der Bauchgegend, den Drang, wegzusehen, das Weite zu suchen. Selbst wenn er schwieg, nervte mich seine Anwesenheit. Sicher lag es daran, dass ich seit seinem Einzug keinen Morgen ausschlafen hatte können. Außerdem hatte er sich erst heute Morgen vegane Omeletts mit Kohl zubereitet. Der bestialische Geruch hatte sich sogar in meinem Zimmer abgesetzt.

»Du weißt ja, wo du mich findest«, flüsterte die Frau in mein Ohr und strich mit ihrer Lippe wie zufällig über meine Wange, ehe sie sich wieder an ihre Arbeit machte.

»Wow«, stieß Haisley aus, und ihre Stirn legte sich in hauchzarte Falten. »Das wird sich wohl nie ändern.«

Blaze und sie wohnten seit einem Jahr im Apartment gegenüber. Und weil Haisley häufig auf unseren Partys war, war ihr natürlich nicht entgangen, welche Wirkung ich auf Frauen ausübte. Allerdings hatte sie sich bisher nie dazu geäußert.

»Coole Party«, bemerkte Vance. Doch anstatt etwas zu erwidern, trank ich auch die nächsten beiden Gläser leer. Dass ich nun eine Pause einlegen sollte, wurde mir bewusst, als ich die Leichtigkeit von eben plötzlich überall in meinem Körper spürte. Aber ich wollte um jeden Preis vergessen, und das Rauschen in meinen Blutbahnen, das wärmende Kribbeln, brachten meinen Verstand endlich zum Schweigen.

»Ich seh mal rüber zu den Jungs, bis dann«, sagte ich an Haisley gewandt und fand mich wenig darauf in Wyatts Armen wieder.

»Mann, endlich.« Überschwänglich klopfte er mir auf die Schulter. »Hier. Für dich.« Er reichte mir einen Becher mit einer dunklen Flüssigkeit darin. Aiden hielt seine Hand zu einem High five hoch, und ich begrüßte die restlichen Teamkollegen. Dann ließ ich mich auf die Couch sinken, weil mir nicht nach Tanzen zumute war. Eine gute Entscheidung. Denn als *Unholy* von Sam Smith aus den Boxen drang, schien sich hier jeder unholy zu fühlen. Aiden schwang seine Hüften und tanzte Wyatt von hinten an. Dieser machte den Spaß mit, bis er sich offensichtlich besann, dass ein Mann seinen Arsch an ihm rieb, und Aiden daraufhin von sich stieß. Beide lachten, doch kurz meinte ich, in Aidens Augen so was wie Enttäuschung aufblitzen zu sehen. Nur eine Millisekunde. Womöglich bildete ich mir das bloß ein. Immerhin hatte ich vier Tequila und die Hälfte dieser Wodkamischung getrunken, die zu neunzig Prozent aus Alkohol bestand. Es lag durchaus im Rahmen des Möglichen, dass meine Sinne mir etwas vorgaukelten.

Über den Abend hinweg unterhielt ich mich mit Aiden über das letzte Basketballspiel, bei dem sein Team verloren hatte, und mit Kommilitonen über die bevorstehende Footballsaison. Irgendwann fiel das Thema auf das Spiel gegen Yale, das im November stattfinden würde.

»Wir treten ihnen in den Arsch«, verkündete Wyatt lallend und hob siegessicher seinen Becher, der randvoll war und dabei überschwappte. Aber das störte hier niemanden, stattdessen taten es ihm alle gleich. Auch ich hob halbherzig den Becher.

Den restlichen Abend war ich Haisley nicht mehr begegnet. Das tat mir leid, aber ich war nicht in der Verfassung, ihr unter die Augen zu treten. Besser, den Abend mit den Jungs zu verbringen. Irgendwann schleppte ich mich ins Badezimmer, und als ich zurückkam, wirkte es, als hätte sich das Haus geleert. Das kam plötzlich, aber ein Blick auf die Uhr verriet mir, dass es fast vier Uhr morgens war. Ich hatte nicht bemerkt, wie schnell die Zeit vergangen war. Zwei Kommilitonen waren auf dem Treppenabsatz eingeschlafen, weshalb ich Mühe hatte, nicht zu stolpern, und umständlich über sie kletterte. Hatten die beiden eben schon dagelegen? Was zur Hölle war geschehen? Ich war doch nur schnell auf der Toilette gewesen, verdammt.

Wyatt und Aiden hatten meinen Platz auf der Couch eingenommen. Wyatt versuchte, Aiden etwas zu erklären, sprach ununterbrochen und gestikulierte enthusiastisch, während Aiden ihn mit glasigen Augen anschaute und jede seiner Bewegungen verfolgte. Er hing nahezu an Wyatts Lippen und lächelte verstohlen. Vermutlich bildete ich mir das schon wieder ein.

Weil ich mich nach meinem Bett sehnte, Wyatt mich aber bestimmt nicht entkommen lassen würde, bevor nicht der letzte Gast von der Party verschwunden war, verließ ich das Klubhaus, ohne mich zu verabschieden.

Es war Ende September, und die Nächte wurden langsam kälter. Ein Windhauch empfing mich, als ich die Treppe nach unten lief, über die letzte Stufe stolperte und gerade noch rechtzeitig das Gleichgewicht fand.

»Verflucht, Kolton!« Jemand packte mich am Arm. Mir war bewusst, dass ich betrunken war, allerdings nicht, dass ich mich offenbar auf einem sinkenden Schiff befand. Es drohte, mich von links nach rechts zu schleudern. Jeder verdammte Schritt, den ich halbwegs gerade hinbekam, war ein wahres Kunststück. Ich versuchte, die fremde Hand abzuschütteln, die sich in meinen Oberarm krallte.

»Lass es«, fuhr mich die Stimme an. Und erst jetzt begriff ich, dass Vance derjenige war, der mich festhielt und Schritt für Schritt begleitete.

»Hast du nichts Besseres zu tun?« Erneut wand ich mich, um mich aus seinem Griff zu befreien. »Ich bin stärker als du, warum klappt das nicht?« Sowohl mein körperlicher als auch mein geistiger Zustand ließen zu wünschen übrig, aber selbst ich bemerkte, wie jämmerlich ich mich anhörte.

»Weil du stockbesoffen bist«, erwiderte er mit ruhiger und tiefer Stimme.

»Und immer noch so viel stärker als du.« Ich gluckste.

Vance sah mich entgeistert an, was ich lustig fand, weil er plötzlich vier Augen und zwei Münder besaß.

Ich konnte nicht aufhören zu grinsen, so komisch fand ich es, wie ulkig er aussah. Obwohl ich mehr Kraft als er besaß, schaffte ich es nicht, mich aus seinem Griff zu befreien. »Was willst du jetzt tun?«

Vance schmunzelte, was mir erstaunlicherweise gefiel. Das Grau in seinen Augen glich dem des Mondes, es schien in der Dunkelheit zu leuchten. Vielleicht war es auch nur das Licht der Straßenlaterne, das auf sein Gesicht fiel. Aber was immer es war, es hielt mich gefangen. Es war unmöglich, wegzusehen. Dennoch verspürte ich den Drang, allein zu gehen.

»Hör auf! Sobald ich dich loslasse, stolperst du über deine eigenen Beine, verletzt dich und kannst die Saison vergessen.«

Seine Worte trafen mich, und ich gehorchte. Ich kämpfte nicht länger dagegen an, dass er mich wie ein kleines Kind herumführte. Brav schlurfte ich an seiner Seite. Wir schwiegen, während wir die Abkürzung durch den Park nahmen.

»So läuft das also bei dir?« Seine Stimme drang so sanft in mein Ohr, dass ich zuerst gar nicht realisierte, dass er mit mir sprach. Es dauerte einen Moment, bis die Worte mein Gehirn erreicht hatten.

»Wie läuft was bei mir?«, gab ich, für meinen Zustand äußerst souverän, zurück.

»Training, Alkohol, mehr Training und noch mehr Alkohol.«

»Was geht dich das an?« Inzwischen waren wir stehen geblieben. Warum auch immer, wir standen uns jetzt gegenüber, und ich hatte nicht vor, mich geschlagen zu geben. Wenn Vance dachte, dass mein Leben ausschließlich aus Training und Alkohol bestand, lag er so was von falsch. Und aus einem mir unerklärlichen Grund war es mir wichtig, was er von mir hielt. Zumindest in diesem Augenblick.

Lange ruhte sein Blick auf mir, bis sich sein Mund öffnete, er zu einer Antwort ansetzte, es sich doch anders überlegte und ihn wieder schloss.

»Sag schon«, forderte ich und spürte das Adrenalin in meinem Blut. »Sag!« Sofort fühlte ich mich etwas nüchterner, jedenfalls sah ich nicht mehr doppelt.

Er zögerte und fuhr sich durchs Haar. Dann senkte er den Blick und schüttelte den Kopf. »Du bist sturzbetrunken. Wenn du ernsthaft hören willst, was ich über dich denke, dann werde ich es dir sagen. Aber nicht heute. Nicht in diesem Zustand.«

»Du denkst, ich würde mein Leben verschwenden, nicht wahr?« Wut stieg in mir auf. »Du irrst dich«, presste ich zwischen den Zähnen hervor. »Ich werde zu den Jahrgangsbesten gehören. NFL-Mannschaften werden auf Knien angekrochen kommen, weil sie mich übernehmen möchten.«

Doch anstatt etwas zu erwidern, betrachtete er mich bloß. Ich glaubte, Mitleid in seinem Gesichtsausdruck zu erkennen.

»Mir steht die Welt offen.« Ich hatte keine Ahnung, was genau ich mit dieser Aussage bezwecken wollte. Vielleicht wollte ich einfach selbst daran glauben. Aber ich hatte mich verändert. Und die Welt tat es ununterbrochen. Sie lag mir schon lange nicht mehr zu Füßen.

Er nickte behutsam, so, als könnte jede Bewegung eine tickende Bombe zünden. Und ich war die gottverdammte Bombe, die drohte, jeden Moment hochzugehen.

Der Boden unter meinen Füßen schwankte. Vance verschwamm in meinem Sichtfeld. Ich schloss die Augen, aber als ich sie wieder öffnete, huschten die grauen Monde in seinem Gesicht immer noch viel zu schnell hin und her.

»Das tut sie. Allerdings denke ich auch, dass du dich aktuell nicht auf dem richtigen Weg befindest.«

Ich lachte auf, aber der Ton, der aus meiner Kehle drang, klang schal. Selbst wenn er recht hatte, Vance kannte mich erst seit Kurzem. »Du weißt nichts über mich.«

»Um das Offensichtliche zu erkennen, muss ich nicht allzu viel über dich wissen.«

Obwohl das Bild vor meinen Augen weiterhin schwankte, fing ich seinen Blick ein. »Wenigstens brauche ich keine verdammte Musik, um morgens in die Gänge zu kommen.«

Ich benahm mich wie ein Idiot, völlig albern.

»Wenigstens behandle ich meinen Körper nicht, als wäre er mein Feind«, entgegnete er.

»Wenigstens schaffe ich es, meine Professoren mit den Hausarbeiten zu überzeugen.« Ich hatte keinen Schimmer, worum genau es ging, und hatte Haisley und ihn rein zufällig bei ihrem Gespräch gehört. Aber ich traf ins Schwarze. Meine Worte trafen ihn, und Vance' Gesichtsausdruck verhärtete sich.

»Wenigstens weiß ich mit Dates umzugehen und verstecke mich nicht den ganzen Abend bei meinen Freunden.«

Auch wenn ich nach wie vor Mühe hatte, einfach nur gerade dazustehen, wusste ich, dass er auf Haisley anspielte. Und weil ich sie mochte …

»Wenigstens stehe ich nicht auf Männer.«

Es wäre eine glatte Lüge, zu behaupten, ich wäre nicht erschrocken darüber, wie leicht mir diese Worte über die Lippen kamen. Um ehrlich zu sein, erwartete ich sogar Vance' Faust in meinem Gesicht. Gewalt war keine Lösung. Nie. Aber vermutlich hätte ich es verdient.

Stille senkte sich wie eine schwere Last über uns. Als sich unsere Blicke endlich trafen, war es, als bohrte mir jemand einen Dolch in die Brust. Ausdruckslos stand Vance vor mir, sah mir tief in die Augen und wirkte furchtbar enttäuscht. Das war schlimmer als jedes Wort, das seinen Mund hätte verlassen können.

»Wenigstens ertränke ich meine Gefühle nicht im Alkohol«, erwiderte er, und ich erkannte sofort, dass er auf Hardin anspielte. Dass er davon erfahren hatte. Auch wenn ich mir sicher war, dass er es nicht von Wyatt oder Aiden wusste.

Auf einmal begann sich alles um mich herum noch stärker zu drehen. Ich versuchte, mich an Vance' Jacke festzuhalten. Doch im nächsten Moment kippte ich nach vorne, hörte sein Fluchen und fiel.

Ich fand mich auf Vance wieder, der unter mir lag und immer noch fluchte.

»Fehlt dir was?« Es gelang mir gerade so, mich auf einen Arm abzustützen, mein Gewicht etwas anzuheben und seinen Körper nach Verletzungen abzusuchen.

Er seufzte tief und vergrub seine Hände im Haar. »Ich denke nicht.«

Vance wirkte zerbrechlich, was irgendetwas in meinem Inneren mit mir anstellte. Obwohl ich ihn nicht besonders mochte, tat es mir leid, ihn so zu sehen. Um sicherzugehen, dass ihm wirklich nichts fehlte, scannte ich seinen Körper erneut. Ich konnte keine Verletzung entdecken. Dann fiel mein Blick auf seinen Mund und verharrte dort. Er hatte wunderschöne Lippen. Ob sie so weich waren, wie sie aussahen?

»Kolton.« Sie öffneten sich, als er meinen Namen flüsterte. »Hat es etwas zu bedeuten, dass du immer noch auf mir liegst und auf meinen Mund starrst?« In seiner Stimme lag nichts Verachtendes, kein Hohn. Sie klang dunkler als sonst, ernster.

Ich blinzelte, hörte auf, seinen Mund anzustarren, und schaute ihm direkt in die Augen. Vance bewegte sich keinen Millimeter unter mir. Er wartete geduldig, vermutlich rüstete er sich für die nächste verbale Attacke.

»Ich ... bin nur betrunken. Sorry«, erklärte ich, rollte mich schwerfällig zur Seite und schaffte es irgendwie auf die Beine.

Vance erhob sich ebenfalls. »Schon klar«, erwiderte er, doch das wissende Lächeln, das seinen Mund umspielte, strafte mich Lügen. Ich war müde und betrunken und brachte ohnehin keine ordentliche Erklärung zustande. Weshalb ich ihm nicht widersprach und ihm den Moment gönnte: das Wissen darüber, dass ich mich eine Sekunde lang gefragt hatte, wie es sich anfühlen würde, ihn zu küssen. Einen Kerl ...

8

Vance

Nachdem ich in Erfahrung gebracht hatte, dass alle geeigneten Jobs in Harvard bereits vergeben waren und eine lange Warteliste existierte, konzentrierte ich mich auf Georges und mein Seminarprojekt. Ich war froh gewesen, als er endlich müde geworden war und vorgeschlagen hatte, ein anderes Mal weiterzumachen. Die restliche Zeit hatte ich in der Widener Library verbracht, um alte Aufzeichnungen der Universität zu sichten.

Als ich nur noch halbherzig über die Seiten flog, schnappte ich mir meine Kamera. Es war ungewohnt wenig los, weshalb ich ungestört Fotos schießen konnte. Eben war eine Gruppe Touristen in die Bibliothek geführt worden, aber selbst die verhielten sich rücksichtsvoll still. Es war wohl die besondere Stimmung hier drin, die einen zum Schweigen brachte, sobald man den geschichtsträchtigen Raum betrat. Ich freute mich schon darauf, die Bilder nachher zu sichten und zu überlegen, welche davon für Instagram geeignet waren.

Es fühlte sich nicht nach Arbeit an, Fotos zu schießen und sie hinterher zu bearbeiten. Im Gegenteil. Ich war Haisley unendlich dankbar, dass sie mir den Job ermöglicht hatte. So konnte ich ein paar Dollar dazuverdienen, und Spaß machte es auch. Außerdem lenkte es mich von den Herausforderungen meines Unterrichts ab. Obwohl Mom nicht von mir verlangt hatte, einen Job zu suchen, war sie begeistert gewesen, als ich davon erzählt hatte. Sie selbst hatte während ihrer Studienzeit in einer Bäckerei ausgeholfen.

In einer ruhigen Ecke entdeckte ich eine Frau mit kupferfarbenem Haar, das ihr Gesicht teilweise verbarg. Sie hing konzentriert über einem Lehrbuch. Sommersprossen zierten ihre Nase und Wangen, verliefen bis an ihre Stirn. Kunstvolle kleine Tupfer, die ihrem Gesicht Wärme und zugleich etwas Trauriges verliehen. Ich haderte kurz, überwand mich aber, sie anzusprechen und sie um ein Foto zu bitten. Sie zögerte und lächelte verlegen, willigte schließlich ein und gab mir das Einverständnis, das Bild bei Instagram zu veröffentlichen.

Schon der erste Blick auf das kleine Display offenbarte, dass das Foto mehr als gelungen war. Zufrieden verstaute ich meine Kamera, trat zurück an den Tisch und suchte meine restlichen Sachen zusammen. Ich seufzte leise, als ich das Buch über die großen Philosophen der Neuzeit zuklappte. In letzter Zeit fragte ich mich manchmal, ob das Studium wirklich der richtige Weg für mich war. Da war plötzlich so ein Gefühl in mir, eine Abneigung. Als sperrte sich etwas dagegen. Doch so schnell der Gedanke gekommen war, hatte ich ihn auch wieder verworfen.

Bestimmt waren die Zweifel zu Beginn eines Studiums nicht ungewöhnlich. Es fiel mir noch schwer, mich in die Themen einzuarbeiten. Vor allem, weil sich etwas in mir sträubte. Immer dann, wenn ich etwas für einen Kurs tun sollte, fand ich es wichtiger, mich auf die Suche nach meinem Dad zu konzentrieren oder über den Campus zu laufen und die Schönheit der Gebäude einzufangen. Ich musste dringend an meinen Prioritäten arbeiten. Nur weil es sich nicht leicht anfühlte, bedeutete es nicht, dass es nicht der richtige Weg war. Nicht alles konnte mühelos von der Hand gehen. Bestimmt musste ich nur konsequenter sein, wenn es ums Lernen ging. Ich war vermutlich nicht der Einzige, dem nach einer Vorlesung der Kopf schwirrte.

Ich schulterte meinen Rucksack und lief durch die Gänge der Bibliothek. Links und rechts säumten Bücherregale den Weg. Ich ertappte mich dabei, wie ich wahllos an einem stehen blieb und einen tiefen Atemzug nahm. Keine Ahnung, was ich erwartet hatte. Früher hatte ich mir ausgemalt, dass es hier besonders riechen müsste. Eben wie ein altes Buch, das man lange nicht in den Händen gehalten hatte, Jahre später aufschlug und seine Nase reinsteckte, bis das Papier an der Nasenspitze kitzelte und sich ein unverkennbarer Geruch ausbreitete. Doch so war es nicht. Und ich konnte unmöglich ein Buch aufschlagen und meine Nase reinstecken. Schließlich wollte ich kein Hausverbot bekommen. Dafür war mir dieser Ort zu wichtig.

Immer wenn ich in der Bibliothek war, stahl ich mich vor dem Nachhauseweg in die Reihen, wo sich die Sammlungen der älteren Jahrgänge befanden. Ein klassisches Jahrbuch gab es nicht. Bei der Anzahl an Studierenden war das wohl auch schwer möglich. Aber es gab immerhin Bilder, Berichte und Aufzeichnungen von den einzelnen Jahrgängen. Meist verbrachte ich eine Stunde damit, über die Artikel zu fliegen und irgendeinen Hinweis zu suchen. In diesen Momenten konnte ich es nicht verhindern, wütend auf Mom zu sein. Und auf Grandma, die ebenfalls schwieg. Es fühlte sich an, als hätte sich die gesamte Familie gegen mich verschworen. Warum war es so verwerflich, herausfinden zu wollen, wer mein Dad war? Hatte ich nicht das Recht, zu erfahren, wer er war und wo er lebte?

Die Stunden vergingen wie im Flug, und mein Nacken war schon ganz steif, als ich einen Bildband aus dem Jahr 2000 zurück ins Regal schob. Weder Mom noch der unbekannte Mann waren darin zu finden. Langsam verlor ich die Hoffnung, herauszufinden, wer mein Dad war. Wie naiv ich an die Sache rangegangen war, als ich beschlossen hatte, dass ich all meine Antworten bekommen würde, wenn ich nur in Harvard studierte. Ich hätte es besser wissen müssen. Und doch hatte mich die Idee geblendet, irgendeine Verbindung zu spüren, sobald ich hier war. In meiner Vorstellung hatte mich dieser mächtige Ort zu meinem Vater geführt. Er hatte mich in seine Arme geschlossen, und ich hatte mich von der ersten Sekunde an geborgen gefühlt. Er hatte mir seine Geschichte erzählt, seine Beweggründe genannt. Mein Herz hatte sich mit Liebe gefüllt, und all die Jahre der Ungewissheit, die Tatsache, dass er mich, seinen Sohn, nicht an seiner Seite hatte wissen wollen, waren ausgelöscht worden. Aber die Realität sah nun mal anders aus. Es gab keinerlei Spuren oder Hinweise, die mir das Schicksal zuspielte. Meine Enttäuschung war groß.

Aufgewühlt verließ ich die Bibliothek, rannte die Treppe nach unten und rief Mom an. »Hey, Schatz«, ertönte ihre warme Stimme, die mir umgehend ein Gefühl von Geborgenheit einhauchte. Ein Gefühl von Heimat.

»Mom.« Nur mühevoll brachte ich einen Ton hervor, weil mich meine Emotionen völlig überfluteten. Mom war wundervoll, und ich liebte sie abgöttisch, aber …

»Was ist?« Sie klang alarmiert.

»Wer war er?« Meine Stimme überschlug sich. Weshalb ließ sie mich all die Jahre im Ungewissen?

Am anderen Ende herrschte Stille.

»Wer war er?«, wiederholte ich drängend.

Sie seufzte. »Die Dreharbeiten laufen, Schatz. Verstehst du denn nicht, dass es … Was würde es ändern?«

Irgendwann hatte ich aufgegeben, sie zu fragen, weil es so zwecklos schien. Aber jetzt konnte ich nicht aufhören, vermutlich, weil ich all meine Hoffnung in Harvard gesteckt hatte. Geduld war keine meiner Stärken. Ich hatte noch nicht mal annähernd genügend Material gesichtet. Aber … warum sollte ich? Sie konnte mir sagen, wer er war. Sie wusste es.

»Alles, Mom. Es ändert einfach alles.«

»Du irrst dich. Du solltest deinen Wert nicht an dem eines fremden Menschen messen …«

»Eines Fremden? Er. Ist. Mein. Dad.« Mein Herz schlug wild, und meine Hände zitterten. Sie wollte es nicht verstehen.

»Ist er der Präsident der Vereinigten Staaten? Ein Amokläufer? Was ist mit ihm?«, fuhr ich sie an, weil mich eine Welle der Gefühle überrollte und ich nicht in der Lage war, mich zusammenzureißen.

Stille.

»Gott, sag mir, dass er nicht Präsident unseres Landes ist oder war?« Sobald ich die Worte ausgesprochen hatte, wurde mir klar, wie schrecklich es sich anhörte, einen Amokläufer als Dad einem Politiker vorzuziehen. In Wirklichkeit empfand ich beide Varianten als unzumutbar.

Wir lachten, es brach unerwartet aus uns, auch wenn es die Situation eigentlich nicht zuließ. Tränen sammelten sich in meinen Augenwinkeln. Nur mühevoll hielt ich sie zurück.

»Mom, das macht keinen Spaß«, sagte ich irgendwann, als wir uns beide beruhigt hatten.

»Ich weiß«, antwortete sie schlicht, und dann hörte ich jemanden flüstern. »Lass uns am Abend skypen. Ich muss zurück.«

Wir verabschiedeten uns. Immerhin konnte ich sie schlecht

zu einer Antwort zwingen, selbst wenn es mich in den Wahnsinn trieb, dass sie diese bedeutende Information für sich behielt.

...

Nach dem Telefonat mit Mom hatte ich den Botanischen Garten besucht, war einem Wanderweg gefolgt und hatte unzählige Aufnahmen von Bäumen und Sträuchern gemacht. Die Stille der Natur hatte mir nach dem anstrengenden Tag gutgetan. Erst abends hatte ich mich auf den Nachhauseweg gemacht. Harvard war einzigartig und hatte so unglaublich viel zu bieten, dass ich selbst nach ein paar Wochen noch neue Plätze entdeckte, die mich staunen ließen.

Wyatt kochte heute Abend für uns. Weil ich mir sicher war, dass er sich nicht die Mühe machen würde, meinetwegen auf Fleisch zu verzichten, hatte ich keine große Eile.

Mich beschlich ohnehin das Gefühl, dass mich meine Mitbewohner lediglich duldeten. Vermutlich war Wyatt längst bei der Univerwaltung gewesen und hatte versucht, mich wegen meiner Homosexualität aus der WG zu ekeln. Dort hatte ihm dann jemand mitgeteilt, dass sein Verhalten diskriminierend sei, was ihn vermutlich kopfschüttelnd und verständnislos zurückgelassen hatte.

Jedenfalls hatte ich keine große Lust, meine Mitbewohner zu treffen, und wollte mich am liebsten umgehend in meinem Zimmer verkriechen. Selbst wenn es bedeutete, dass ich heute nichts mehr zu essen bekam.

Es war kühl, und ich trug nur einen dünnen Pullover, als ich den Heimweg antrat. Wie ich erwartet hatte, roch es nach Brathähnchen, als ich die Wohnung betrat. »Hey«, rief ich und hielt an der Tür inne, als ich eine vertraute Stimme vernahm. Nun überwog meine Neugierde, und ich trat in unsere Wohnküche.

»Es gibt Fleisch!«, verkündete Wyatt und schnitt eine teuflische Grimasse. Aiden und Kolton lungerten auf der Couch und kicherten.

»Du siehst dir das bloß an, weil du sie scharf findest«, rief Wyatt hinter der Kochnische. »Sie ist halt eine Milf, ich kann's dir nicht verübeln. Ich würd sie auch vögeln.«

Stopp!

Alles in mir sträubte sich. Nein. Das konnte ich mir nicht länger anhören.

»Jep, sie ist definitiv heiß und witzig. Ich bin mir sicher, sie ist auch im echten Leben humorvoll. So gut kann niemand schauspielern.«

»Die macht doch nur, was im Drehbuch steht«, bemerkte Aiden gelangweilt und schien mich erst jetzt zu entdecken. »Hey, Vance!« Er hob die Hand. »Setz dich doch zu uns. Kennst du die Serie?«

»Die guckt er bestimmt nicht, da gibt es keinen schwulen Charakter.«

Totalausfall. Sämtliche Sensoren in meinem Gehirn versagten, als ich mit schnellen Schritten auf Wyatt zutrat, der mich körperlich weit überragte. Er war muskulöser als Kolton und zudem einen Kopf größer als ich. Doch ich hatte keine Angst vor ihm. Der Wille in mir, ihn ein für alle Mal zum Schweigen zu bringen, seinen homophoben Aussagen keinen Platz einzuräumen, war stärker.

Er wirkte überrascht, als ich mich vor seiner Brust aufbaute.

»Was willst du tun, Vance? Mir den Arsch versohlen?«

»Fuck«, fluchten Kolton und Aiden gleichzeitig. Ich stand mit dem Rücken zu ihnen, aber dem Poltern zufolge machten sie einen Satz über die Couch, um schnellstmöglich zu uns zu gelangen.

Ein hässliches Lächeln breitete sich über Wyatts Gesicht aus.

»Hört auf mit dem Mist.« Kolton erhob seine Stimme, doch mir war egal, was er sagte. *Wir* hatten nämlich nicht angefangen. Wyatt war es, der mich ständig beleidigte.

»Wovor hast du Angst? Dass ich dir zu nahe trete? Dass ich an deinen Schwanz will?«

Wyatts Augen verengten sich zu Schlitzen. Er reckte das Kinn, und ich hatte Mühe, seinen Blick zu halten. Aber ich würde jetzt nicht lockerlassen, ich würde nicht nachgeben, sondern für mich einstehen.

Er schwieg, aber seine Zähne knirschten besorgniserregend. Kolton stand jetzt an meiner und Aiden an Wyatts Seite. Jederzeit bereit, einzuschreiten.

»Ich küsse Männer. Ich schlafe mit Männern. Leb damit oder lass es sein, aber erspar dir deine dämlichen Bemerkungen. Und wenn du glaubst, dass ich auf jeden Kerl abfahre, der halbwegs attraktiv aussieht, dann irrst du dich gewaltig. Spoiler: Ich stehe nicht auf Arschlöcher wie dich.«

Die Situation war kurz davor, zu eskalieren. Ich rechnete fast schon damit, dass Gewalt folgen würde.

»Ich kann dich einfach nicht leiden«, brachte er zwischen seinen mahlenden Zähnen hervor.

»Nein.« Ich deutete auf Kolton. »*Er* kann mich einfach nicht leiden. *Dein* Problem ist, dass ich homosexuell bin. Das ist ein gravierender Unterschied.«

Dann fiel mein Blick auf Aiden, der mit den Schultern zuckte und sofort die Hände hob. »Ey, ich kann dich leiden!«, verkündete er eilig, bevor ich über ihn herziehen konnte. »Ich hab dir sogar

Pasta für ein veganes Rezept besorgt.« Er zeigte auf den Kühlschrank. »Kalt gestellt.«

Ich atmete kräftig durch und drehte mich von Wyatt weg. Spürbar fiel auch die Anspannung von Aiden und Kolton ab.

»Es ist einfach nur ekelhaft«, murmelte Wyatt, während er sich abwandte, um sich wieder der Zubereitung des Hähnchens zu widmen.

»Ernsthaft, Wyatt, sei kein Arschloch. Vance nervt, aber es gibt Grenzen«, warnte Kolton.

Aiden warf mir einen fast schon flehenden Blick zu, der mir im Stillen zuflüsterte: »Lass ihn, bitte. Er ist heute mal wieder ein Arschloch, ich weiß. Aber er hat auch wirklich gute Seiten.« Und irgendwas in seinen Augen wirkte in diesen Sekunden derart verzweifelt, dass ich ihm den Gefallen tat. Kolton hingegen wich meinem Blick aus und setzte sich zurück auf die Couch. Im Grunde war er nicht wirklich besser als Wyatt. Dass er sich ihm nur halbherzig widersetzte und es zuließ, dass sein bester Freund ständig diesen Mist von sich gab, machte ihn gewissermaßen zum Komplizen.

»Besonders prickelnd finde ich die Vorstellung, dich beim Sex mit einer Frau zu beobachten, übrigens auch nicht«, sagte ich schlicht und erhaschte aus dem Augenwinkel ein Schmunzeln in Koltons Gesicht, das entweder der Szene im Fernsehen oder meiner Aussage geschuldet war.

»Setz dich zu uns und …«

Ich drehte mich zu Aiden. »Das mit der Pasta ist eine nette Geste, aber …«

»Ich halte für einen Abend die Klappe«, kam es überraschend aus der Küche. »Es ist … «

Ich hob die Hand, um ihn zu stoppen, weil ich befürchtete,

dass wieder irgendein unangebrachter Mist aus seinem Mund kommen würde. »Sag nichts. Ich komme gleich.«

In meinem Zimmer setzte ich mich einen Moment aufs Bett. Heute war viel geschehen. Die erfolglose Suche nach Dad, das Gespräch mit Mom. Dann die Auseinandersetzung mit Wyatt. Aber ich hatte unmöglich länger schweigen können. Viel zu lange hatte ich seine dummen Kommentare hingenommen.

Ich ließ mich auf den Rücken fallen und starrte die Decke an. Lachen drang aus der Küche in mein Zimmer, und ich glaubte, die Stimmen von Haisley und Blaze zu hören. Aber ich war zu müde. Auch wenn Aiden extra vegane Zutaten für mich besorgt hatte, was ich wirklich zu schätzen wusste, fühlte ich mich einfach zu ausgelaugt. Das Lernen forderte mich immens, und das Leben mit meinen Mitbewohnern hatte ich mir anders vorgestellt. Dass es mal Streit geben würde, damit hatte ich gerechnet. Aber dass mich gleich zwei absolut nicht leiden konnten, hatte ich nicht vorausgesehen.

Es klopfte zweimal an meiner Tür.

»Komm rein.« Ich vermutete, dass es Haisley war, und hatte recht.

»Was ist los?«, fragte sie und setzte sich zu mir aufs Bett.

»Bloß ein anstrengender Tag«, wehrte ich ab, weil ich ihr ausnahmsweise nicht mein Herz ausschütten wollte. Manchmal war es heilsam, zu schweigen.

»Okay.« Sie lächelte mitfühlend. »Darf ich dir was erzählen?«

»Nur zu.« Ich setzte mich auf. Haisleys Strahlen wirkte Wunder.

»Ich hab ihn gefragt«, sagte sie und hielt sich die Hand vor den Mund, um das Quieken, das aus ihrer Kehle drang, ein wenig zu unterdrücken. »Ich hab Kolton gefragt.«

Haisley war über alle Ohren verliebt in Kolton, und sie hatte mir schon mehrmals erzählt, wie gern sie sich mit ihm verabreden würde. Um ehrlich zu sein, hatte ich nicht mehr daran geglaubt, dass die beiden ausgehen würden. Und auch wenn ich mich für meine Freundin freute, bescherte mir die Neuigkeit ein verräterisches Ziehen in der Bauchgegend. »Cool«, bemerkte ich und überspielte das beklemmende Gefühl in meinem Inneren.

Haisley zog die Augenbrauen aufmerksam nach oben. Ihr entging nichts, selbst wenn ich mich noch so sehr bemühte. »Sei nicht traurig. Lass uns für dich auch ein Date suchen«, schlug sie vor.

»Suchen?«

Sie zuckte mit den Schultern. »Klar, vielleicht versuchst du mal eine Dating-App?«

Ich seufzte und strich ihr eine lose Strähne hinters Ohr. »Keine Dating-Apps. Da verzichte ich lieber.«

»Egal, wir finden schon jemanden für dich.« Sie stand auf, zupfte ihren langen Strickpulli, der mit rosa Perlen besetzt war und wunderbar mit ihren glänzenden Creolen harmonierte, zurecht und näherte sich der Tür.

»Keine Dates, Haisley. Das würde Wyatt nicht verkraften.«

Sie sah über die Schulter und lachte. »Genau deshalb solltest du es dir überlegen. Stell dir vor, Wyatt könnte dich beim Sex hören, er würde ausrasten.« Ihre Augen strahlten vor Begeisterung.

Darauf würde ich lieber verzichten. Mein Leben war schon kompliziert genug. Aber das behielt ich für mich.

»Jetzt komm.« Sie öffnete die Tür und bedeutete mir, vorzugehen.

Tatsächlich saß ich wenige Minuten später auf einem Sessel im Wohnzimmer und aß Pasta. Haisley hockte auf der Lehne und hatte ihre Beine über meine gelegt. Das sah nicht gerade bequem aus, aber ihr schien es zu gefallen.

»Ein klarer Vorteil, wenn man schwul ist«, stellte Wyatt mit vollem Mund fest. »Mädels lieben dich.«

Ich schluckte den Bissen runter und suchte nach einer Antwort, während alle Blicke auf mich gerichtet waren.

»Du bist doch nur neidisch«, erklärte Haisley.

Ich blies die angestaute Atemluft aus meinen Lungen und überlegte, ob ich mich wirklich dazu herablassen sollte, etwas zu entgegnen. »Das Grundkonzept von Homosexualität verstehst du, oder?«, fragte ich dann doch.

»Kannst ja auch auf Frauen abfahren.«

Haisley öffnete den Mund, um etwas zu erwidern, aber ich kam ihr zuvor. Aiden schüttelte den Kopf und murmelte Unverständliches. Offensichtlich nervten ihn Wyatts dämliche Ansagen genauso, obwohl ich überzeugt war, dass er immer an seiner Seite bleiben würde, egal wie dumm sich Wyatt verhielt.

»Dann wäre ich bisexuell oder pan oder ...« Ich schüttelte den Kopf. Wollte ich ihm allen Ernstes erklären, welche Sexualitäten es gab und wie sie sich unterschieden? »Vergiss es.«

Deutlich spürte ich Koltons Blick auf mir. Aber ich war nicht bereit, mich auf eine weitere Diskussion einzulassen. Ich wollte diese leckere Pasta verspeisen und einen ruhigen Abend genießen. Das war alles, wonach ich mich sehnte. Weiteren Meinungsverschiedenheiten wollte ich heute Abend aus dem Weg gehen. War das denn zu viel verlangt?

»Ich will es aber nicht vergessen«, sagte Wyatt und durchbohrte mich mit seinem Blick.

Ein Raunen ging durch die Runde. Jeder hier hatte für heute genug und verstanden, dass ich nicht länger über meine Sexualität sprechen wollte. Nach LGBTQ+-Aufklärung war mir heute nicht, egal wie sehr ich die Community schätzte und mein Bestes gab, um ihr gerecht zu werden. Aber Wyatt? Der war doch ein *lost case*.

Für einen klitzekleinen Moment schloss ich die Augen, atmete einige Mal durch, bis ich genügend Energiereserven gesammelt hatte. »Okay.« Meine Stimme klang versöhnlich sanft.

Das immerhin bekam ich schon mal hin.

»Ich bin schwul, das bedeutet, dass ich ausschließlich Männer gut finde.« Ich wartete, ob er mir folgen konnte, und als er nickte, fuhr ich fort. »Wenn ich bisexuell wäre, würden mir Männer und Frauen gefallen.«

Wieder nickte er. »Ich bin kein Idiot, ich kann dir folgen«, beharrte er genervt.

Allem Anschein nach hatte ich ein wenig zu langsam gesprochen.

»Aber ich halte Bisexualität für eine Lüge. Das behaupten Leute, die sich nicht als homosexuell outen wollen.«

»Können wir die Serie weitergucken?«, schlug Kolton vor, wofür ich ihm unendlich dankbar war. Wyatt zu erklären, dass man sowohl Frauen als auch Männer gleichermaßen begehren und romantische Gefühle für sie entwickeln konnte, war offenbar sinnlos.

Wyatt zuckte mit den Schultern. »Meinetwegen.«

Alle schienen erleichtert, als wir uns dem Fernseher zuwandten. »Wow! Sieh dir den Arsch an«, rief Wyatt dämlich grinsend. »Die Frau ist bestimmt um die vierzig, aber seht sie euch an.«

»Aufhören. Sofort.«

Haisley krallte sich gerade noch rechtzeitig am Sessel fest, als ich aufsprang und die Schüssel mit der Pasta zur Seite stellte.

Sämtliche Augenpaare waren auf mich gerichtet.

»Wo liegt das Problem?«, fragte Kolton verständnislos und riss sich nur schwer vom Bildschirm los. »Sie ist eben heiß …«

»Hört sofort auf!«

Entgeistert und fragend starrte die Runde mich an.

»Wenn es dir um Feminismus geht, dann keine Sorge. Ich komme klar damit«, beruhigte mich Haisley und versuchte, mich zurück auf den Sessel zu ziehen.

»Das hier …«, jemand hatte die Serie angehalten, als ich darauf deutete, »… ist meine Mom. Ich will nie wieder hören, dass sie irgendjemand vögeln möchte oder ihren Arsch geil findet, verstanden?«

Aiden brach in schallendes Lachen aus. »Nein, ist sie nicht.«

Koltons Ausdruck war eine Mischung aus verzweifelt und … angewidert? Haisley blickte mich entgeistert an. Und Wyatt verstand die Welt nicht mehr. Als wäre der Tag nicht schon schlimm genug gewesen, fühlte ich mich wieder einmal vollkommen allein und verloren auf diesem Campus.

9

Kolton

»Kommst du mit auf ein Bier?«, fragte Wyatt und zog sich den Helm vom Kopf. Eine Haarsträhne klebte an seiner Stirn. Das Training hatte uns einiges abverlangt, auch ich spürte meine müden Muskeln. Meine Schulter schmerzte. Allerdings würde mich das nicht daran hindern, später noch eine Runde über den Campus zu joggen.

»Heute nicht.«

»Klar, Kolton, *heute* nicht.« Wyatt schüttelte den Kopf, seine dunklen Augen suchten nach Antworten. Ich konnte mir gut vorstellen, was in ihm vorging. Denn ich hatte mich verändert. Ich war nicht mehr derselbe. Meinen Zwillingsbruder zu verlieren war nichts, was ich einfach so wegsteckte. Und ich konnte mir auch nicht vorstellen, dass sich das jemals wieder ändern würde. Es war, als existierte ich nicht mehr richtig. Unvollständig und leer beschrieb das vorherrschende Gefühl in mir wohl am besten. Jeder verdammte Tag fühlte sich so an. Einer reihte sich an den anderen. Selbst die Vorlesung von Professor Lewis, zu dem ich immer aufgesehen hatte, brachte nicht mal annähernd Enthusiasmus in mir zum Vorschein. Ich leugnete es nicht, mein Leben hatte sich maßgeblich verändert. Ich hatte mich verändert.

Ich seufzte und sah zu unseren Teamkollegen, die sich zu den Umkleiden aufmachten. Coach Tucker sah kurz zu uns rüber, ehe auch er uns den Rücken zukehrte. Der Himmel war beinahe wolkenfrei, und ich musste die Augen etwas zukneifen, weil mich die Sonnenstrahlen blendeten. Wyatts Gesicht war von einem hauchdünnen Schweißfilm überzogen, eine tiefe Furche bildete sich zwischen seinen Augen.

»Sind wir eigentlich noch Freunde?«

Seine Frage überraschte mich. Dass sich Wyatt über Themen wie Freundschaft ernsthaft Gedanken machte, war neu.

»Manchmal habe ich das Gefühl, du willst keine Zeit mit mir verbringen. Wir gehen noch nicht mal mehr zusammen zum Krafttraining. Selbst das machst du allein, meist erst spätabends.«

Dem konnte ich nichts entgegensetzen. Wyatt lag richtig, auch wenn mir das selbst erst jetzt so richtig bewusst wurde. Auch Haisley hatte ich oft vertröstet, indem ich unsere Verabredung immer wieder vor mir herschob.

»Wenn ich dich damit verletzt habe, tut es mir leid. Das hat nichts mit dir zu tun.«

»Mich verletzt?« Wyatt lachte und trommelte sich auf die Brust. »Schon vergessen? Ich trage eine Rüstung.«

»Selbst Ironmans Anzug hält nicht alles und jeden fern.«

Wyatt überlegte, und seine Augen bildeten Furcht einflößende Schlitze. »Weißt du, ich bin besser als Tony Stark.«

Ich lachte. Das war schon eher der Wyatt, den ich kannte. Stark und unverwundbar. Zumindest zeigte er sich so.

»Also, Tony, jetzt gleich soll ich für Social Media posen und ein paar Fragen beantworten. Nachher muss ich etwas für einen Kurs erledigen. Wenn es danach nicht zu spät wird, stoße ich auf ein Bier zu euch, okay?«

Wyatt schien mir gar nicht mehr richtig zuzuhören. Er schaute seitlich an mir vorbei, als hätte er einen Geist gesehen. »Was zur Hölle hat die Schwuchtel auf unserem Platz zu suchen?«

Ich folgte seinem Blick und sah Vance auf uns zukommen. Er trug einen weißen Hoodie kombiniert mit einer engen zerschlissenen Jeans, die seine kräftige Beinmuskulatur umhüllte. Seine Beine waren mir bisher nie aufgefallen. In der rechten Hand baumelte eine Kamera, während Vance mit Dr. Martens über den Rasen schlurfte. Oh nein. Es durfte nicht wahr sein, dass ausgerechnet er derjenige sein würde, der die Fotos von mir schoss.

»Du hättest erwähnen können, dass wir heute noch einen Termin haben«, blaffte ich ihn an.

»Wann denn? Heute Morgen, als du mir meine Lautsprecher geklaut hast?«

»Als ich dir freundlicherweise einen Tee zubereitet und wir beide einen zauberhaften geruchs- und geräuscharmen Moment erlebt haben. Und … Kopfhörer. Benutz endlich Kopfhörer!« Die Musik, die Vance hörte, war kaum auszuhalten. Selbst das quietschende Geräusch, wenn man mit Fingernägeln über eine dieser alten Schultafeln fuhr, war erträglicher.

Wyatt verabschiedete sich von mir und ignorierte Vance, dem inzwischen meine volle Aufmerksamkeit galt. Ein Teil in mir fühlte sich auf seltsame Weise von Vance angezogen, und gleichzeitig verspürte ich ihm gegenüber immer noch diese Ablehnung. Zugegeben, das war widersprüchlich, aber ich konnte es nicht ändern. Er war ungewollt in mein Leben getreten und nervte andauernd. Dass er mir so gelassen gegenübertrat, obwohl er bestimmt ahnte, dass ich ihn am liebsten auf den Mond schießen würde, empfand ich als herausfordernd und frech. Genoss er es, mich in den Wahnsinn zu treiben?

»Außerdem hab ich sie nicht geklaut, sondern entwendet.«

»Verzeihung. Deine Argumentation und Darlegung des Sachverhaltes sind ja nahezu bahnbrechend. Ich bin sicher, dass du es irgendwann zu einem intoleranten, ignoranten und mittelmäßigen Anwalt schaffen wirst.«

»Wenigstens studiere ich etwas, das Sinn ergibt und die Menschheit braucht.«

Vance' Brustkorb blähte sich auf, ehe er die Augen für einen kurzen Moment schloss. Als er sie wieder öffnete, lag Verachtung in seinem Blick. Konnte es sein, dass ich ihn genauso nervte wie er mich?

»Natürlich. Nachdem du es auf die Law School geschafft hast und mir bis dahin weiterhin auf die Nerven gegangen bist, steht dir eine blühende Zukunft bevor. Mörder vor Gericht verteidigen. Äußerst ehrenwert.«

Das Gespräch führte zu nichts. Wenn wir so weitermachten, standen wir hier in einer Stunde noch rum, um uns Beleidigungen an den Kopf zu werfen. Wir waren in einer Spirale gefangen und stürzten nur noch tiefer. »Lass uns die Fotos machen, dann haben wir es hinter uns gebracht.«

Vance zögerte, musterte mich noch einen Moment, ehe er nickte und sich daraufhin umsah. Dann deutete er ein paar Meter zur Seite. »Lauf von dort auf mich zu.«

Damit alles möglichst schnell vorbei war, legte ich keinen Widerspruch ein und tat, wie mir geheißen.

»Du wirkst etwas verkrampft«, rief er.

Weil ich verkrampft war. Jeder Schritt fiel mir plötzlich schwer. Meine Beine fühlten sich an wie Blei, und dass eine Kamera auf mich gerichtet war, machte die Situation keineswegs besser. Bei solchen Shootings war meist Hardin an meiner Seite gewesen, was das Ganze noch schwieriger machte. Alles, was ich zum ersten Mal ohne ihn erlebte oder tat, verlangte mir viel Kraft ab.

»Und?«, fragte ich, nachdem er mich dreimal im Kreis gejagt hatte und konzentriert auf den kleinen Monitor sah, um die Fotos zu begutachten. Bedauerlicherweise wirkte er nicht wirklich zufrieden, es war seiner Miene deutlich abzulesen. Aber da war noch mehr. Ich erkannte die Leidenschaft, die in ihm steckte. Er brannte für die Fotografie, das verriet mir das Leuchten in seinen Augen, als er zu mir zurücksah.

»Lass uns das wiederholen. Denk an eine grandiose Aktion oder einen Erfolgsmoment während eines Spieles zurück. Wie hast du dich damals gefühlt? Dann lauf auf mich zu.«

Augenrollend zeigte ich ihm, was ich von seinem Vorschlag hielt. Dennoch gehorchte ich wieder, weil ich mir gerade nichts sehnlicher wünschte, als endlich von ihm wegzukommen. Und vielleicht auch, weil ich seine Arbeit respektierte. Ich mochte Menschen, die sich für Dinge begeisterten.

Ich joggte ein paar Meter, ehe ich den Helm aufsetzte und mich an das letzte gemeinsame Spiel mit meinem Bruder erinnerte. Field Goal. Hardin jubelte, dann verlor ich den Boden unter den Füßen und fand mich in seinen Armen wieder. Kraftvoll hob er mich hoch, wirbelte mich herum, drehte sich mit mir im Kreis und schrie mir dabei so laut ins Ohr, dass es wehtat. Dann setzte er mich ab und grinste siegessicher. »Noch drei Punkte, und sie sind im Arsch, Bruderherz.« Das waren seine Worte gewesen, als wir zum letzten Mal gemeinsam auf dem Spielfeld gestanden hatten. Und als würde ich den Moment erneut durchleben, erfasste mich ein unbeschreibliches Glücksgefühl, das dem damals nahekam.

Mit Hardin an meiner Seite war es möglich gewesen, jede Hürde und jeden Gegner mit Leichtigkeit zu bezwingen. Jetzt fühlte es sich an, als hätte er Besitz von mir genommen. Leben kroch in meine erschöpften Beine, Wärme breitete sich in meinem Bauch aus. Das Gefühl war schön und beängstigend zugleich. Denn ich ahnte, dass es nur von kurzer Dauer sein würde. In wenigen Sekunden würde mich die Realität einholen. Eine Realität, für die ich verantwortlich war.

»Perfekt. Wir haben es.« Vance rüttelte mich wach und nahm mir das berauschende Empfinden. Wie aus dem Nichts stach es unter meinen Rippen. Mit einem Schlag löste ein brennender Schmerz die Wärme von eben ab. Mein Herz stolperte vor sich hin. Ich fasste mir an die Brust, die sich plötzlich viel zu eng anfühlte, während mein Körper von einem unkontrollierbaren Zittern erfasst wurde. Das Stechen und Beben, das durch mich hindurchrauschte, bezwang mich. Ich fiel auf die Knie; keuchte, rang nach Luft. Aber es fühlte sich so an, als befände ich mich unter Wasser. Ich hatte keine Chance, meine Lungen mit genügend Sauerstoff zu versorgen.

»Ruhig ein- und ausatmen, Kolton.«

Ich versuchte es, aber es gelang mir nicht. Das Gefühl, zu ersticken, war stärker. Mein Sichtfeld änderte sich, schwankte und wurde trüber. Und als der Schwindel unerträglich wurde, schloss ich die Augen.

»Kolton, sieh mich an.«

Meine Lider waren zu schwer, um sie zu öffnen.

»Kolton, sieh mich an«, wiederholte Vance entschieden und berührte mich. Sanft übte er Druck aus. Und auf einmal … fühlte ich mich zum ersten Mal seit Monaten nicht mehr allein. Plötzlich war da jemand, der mir seine Hand reichte und mir beistand. Ich. War. Nicht. Allein.

»Einatmen und wieder ausatmen.«

Jetzt fiel es mir leichter. Ich folgte der Anweisung von Vance und konzentrierte mich auf das Tempo, das er vorgab. Allmählich ließ der Druck auf meiner Brust nach. Ich öffnete die Augen und griff nach seiner Hand. Widerstandslos verschränkten sich seine Finger mit meinen. Ich. War. Nicht. Allein.

»Atme«, flüsterte er, als sich unsere Blicke fanden. Seine Augen waren voller Wärme und Verständnis. Er gab mir den Halt, den ich so lange vergebens gesucht und in mir selbst nicht gefunden hatte. Vance war hier. Kniete mit mir auf dem Rasen und kümmerte sich kein bisschen darum, was irgendjemand über uns dachte, der zufällig an uns vorbeikam. Und ich war ihm unendlich dankbar dafür, auch wenn es mir schwerfiel, das zuzugeben.

Vance' Blick glitt über mein Gesicht, blieb für den Bruchteil einer Sekunde an meinen Lippen hängen, bevor er mir wieder in die Augen sah. So intensiv, als könnte er bis in mein Innerstes blicken. Vergessen war das beklemmende Gefühl, der starke Schmerz von eben, als ich die grauen Sprenkel um seine Iris betrachtete. Winzige Schneekristalle.

»Nimmst du irgendwelche Drogen?«

Ich blinzelte fassungslos und war überrascht, dass er mich unverblümt danach fragte. Es lag weder Vorsicht noch Verachtung in seinem Tonfall, als hätte er mich etwas vollkommen Selbstverständliches gefragt.

Ich schüttelte den Kopf. Erstaunlicherweise machte mich seine Frage nicht wütend.

Er nickte. »Doping?«, bohrte er weiter, blieb dabei aber neutral und sachlich.

»Nein«, antwortete ich aufrichtig.

Ein zartes Lächeln umspielte seine Lippen. Er wirkte erleichtert, und sein Lächeln gefiel mir. Ich mochte es, wie sanft er mich betrachtete und wie dabei sein Grübchen an der Wange zum Vorschein kam. Ich konnte ihn nicht leiden, genoss es aber, ihn anzusehen. Es ergab keinen Sinn.

»Dann solltest du dich dringend mal von einem Arzt durchchecken lassen, oder ...«

»Wir haben vierteljährlich Checks. Blutabnahmen und den ganzen Kram.«

»Vielleicht hattest du eine Panikattacke. Lass dich zur Sicherheit untersuchen.«

Panikattacke.

»Ich hab mir die Schmerzen nicht eingebildet.«

Vance betrachtete mich mit so viel Mitgefühl, dass sich mein innerer Widerstand legte. »Glaubst du, dass sich Menschen, die unter Panikattacken leiden, ihre Symptome einbilden?«

»Schon, ja.«

Er schüttelte den Kopf. »Eher nicht«, sagte er und schmunzelte.

Was auch immer das eben war, ich nahm mir vor, Vance' Ratschlag zu beherzigen und mich demnächst untersuchen zu lassen. Leistungssport strapazierte den Körper. Nicht umsonst gab es manchmal Zwischenfälle, bei denen junge Menschen während eines Spieles umfielen und ins Krankenhaus kamen. In den schlimmsten Fällen sogar starben.

»Wieder alles okay?«, fragte er und senkte den Blick auf unsere Hände.

Abrupt ließ ich ihn los. »Sorry.«

Er lächelte zaghaft, fast schüchtern. »Nicht dafür.«

Wofür dann? Was er für mich getan hatte, war nicht selbstverständlich. Insbesondere, weil ich mich ihm gegenüber so oft schlecht benahm. Weil er mich an den meisten Tagen so furchtbar aufregte. Er konnte eben nerven. Oft. Außer jetzt gerade.

Als wir uns erhoben, bot er mir seinen Arm an, damit ich mich abstützen konnte. Inzwischen ging es mir wieder gut. Ich war nur etwas wackelig auf den Beinen, und die Schulter schmerzte. Nichts, womit ich nicht auch allein zurechtkam.

»Gut, wenn wir dann fertig sind, würde ich mich jetzt mal unter die Dusche stellen.«

Vance warf einen Blick über das Feld. »Allein?«

»Willst du etwa mitkommen?« Mir war noch etwas schummrig zumute, aber den Hauch von Arroganz in meiner Stimme bekam ich einwandfrei hin.

»Verlockendes Angebot, aber … nein.« Schmunzelnd fuhr er sich durchs Haar, dann änderte sich seine Miene. Sorgenvolle Falten zeichneten sich auf seiner Stirn ab.

»Ich bin mir ziemlich sicher, dass noch jemand in der Dusche ist, aber wenn es dich beruhigt, dann komm halt mit.«

»Was?«

Okay, jetzt nervte er wieder.

»Du willst mit zu den Duschen, also komm«, blaffte ich und setzte mich träge in Bewegung. Das Training und der Zusammenbruch eben waren nicht spurlos an mir vorübergegangen.

Zuerst vernahm ich keine Schritte hinter mir, aber irgendwann schloss er auf. »Vor wenigen Minuten hattest du einen Zusammenbruch. Schon vergessen? Nur deshalb will ich …«

»Schon klar.«

»Verdammt, Kolton. Du bist nicht der Mittelpunkt der Welt. Nicht jeder steht auf dich, auch wenn das für dich schwer zu glauben ist.«

Dass er sich genauso fürchterlich über mich aufregte, amüsierte mich. Ich spürte Vance' Seitenblick, ignorierte ihn aber und schmunzelte stattdessen. »Als ob du Nein sagen würdest, wenn du die Gelegenheit dazu bekämst.« Ich konnte es mir nicht verkneifen, die Worte lauerten nur so auf meiner Zunge.

»Überleg dir lieber, ob du mir überhaupt gewachsen wärst«,

konterte Vance und überraschte mich einmal mehr mit seinem Scharfsinn. Meistens wirkte er introvertiert und nachdenklich. Doch in den richtigen Momenten schien er sich völlig klar darüber zu sein, wie er auf Menschen wirkte. Selbstbewusst, schlagfertig, humorvoll.

Vance folgte mir durch den Gang und zögerte, als ich ihm die Tür zu den Umkleiden aufhielt. Der gewohnte Geruch nach frischem Schweiß und Duschgel strömte uns entgegen. »Nach dir.« Ich grinste und bedeutete ihm, vorzugehen.

Er schüttelte den Kopf. »Was, wenn noch jemand da ist?«

»Damit kannst du doch umgehen, oder? Wäre ja nicht der erste nackte Kerl, dem du gegenüberstehst.« Eben noch hatte er so souverän gewirkt, aber jetzt kniff er plötzlich.

»Ich verspüre keine große Lust, es mit einem oder gleich mehreren Footballspielern aufzunehmen und mich …«

Das war neu und wurde gerade äußerst spannend. Vermutlich konnte Vance der gesamten Mannschaft die Stirn bieten, wenn er einen guten Tag hatte. »Ach, Wyatt und ich sind dir also nicht genug?«, zog ich ihn auf.

Vance' Gesichtsausdruck änderte sich schlagartig. Er ließ sich leicht herausfordern. Er hob das Kinn, und obwohl er kleiner und nicht ganz so muskulös war wie ich, wirkte er kräftig. Als könnte er es mit mir aufnehmen, was natürlich völlig absurd war. Ich trieb mindestens zweimal täglich Sport, er machte dagegen morgens ein bisschen Yoga und vollführte manchmal irgendwelche Kampfsportposen. Er hatte keine ernsthafte Chance gegen mich, aber beeindruckt war ich trotzdem.

Als wir die weitläufige Umkleidekabine betraten, er jeden Winkel abgesucht und kein Geräusch vernommen hatte, spürte ich deutlich, wie die Anspannung von ihm abfiel. »Niemand hier«, stellte er fest und rümpfte die Nase. »Riecht ein bisschen streng.«

Ich hatte mich an den Schweißgeruch schon lange gewöhnt. Vermischt mit dem Geruch von Duschgel, roch es nicht aufdringlich, aber die Luft war stickig, und es war nicht zu leugnen, dass sich in dem Raum viele Männer mit viel Testosteron im Körper aufgehalten hatten.

»War zu erwarten, oder?«

Vance verzog das Gesicht. »Um ehrlich zu sein, habe ich gar nichts erwartet und schon gar nicht, dass ich mich in den Duschräumlichkeiten der Harvard Crimson aufhalten werde.«

Bei genauerem Hinsehen bemerkte ich, dass er immer noch ein wenig unsicher aussah. Erneut blickte er sich um und rieb seine Handflächen an seinen Jeans.

»Nervös?«, fragte ich in dem Wissen, dass er sich in seiner Haut so gar nicht wohlfühlte und jeden Moment damit rechnete, irgendjemand könnte den Raum betreten und ihn als … Ich wollte das Wort noch nicht mal in Gedanken aussprechen. Denn wen Vance vögelte oder nicht, war mir letztlich egal, und ich wollte ihn nicht beleidigen. Wyatts Verhalten ihm gegenüber war unangebracht. Aber konnte ich daran etwas ändern? Wyatt stammte aus einer Militärsfamilie, und was sein Dad und seine Brüder von Homosexualität hielten, konnte ich mir gut vorstellen. Sie waren stockkonservativ und katholisch. Undenkbar, dass sie jemanden akzeptierten, der einer gläubigen und heteronormativen Welt nicht entsprach. Wyatt verhielt sich nicht anders. Er piesackte Vance, weil er homosexuell war. Ich war mir sicher, unter anderen Umständen würden die beiden miteinander auskommen. Wyatts Toleranz gegenüber Vance' Musik war wesentlich größer als meine. Und die Sache mit dem Fleisch war ihm vermutlich völlig gleichgültig. Ihm ging es nur darum, einen weiteren Grund vorschieben zu können, um Vance zu kritisieren und ihn ein bisschen mehr zu hassen. Ihn unter keinen Umständen irgendwann doch zu mögen.

Wyatt war schwierig, aber kein schlechter Mensch.

»Keine Ahnung, sollte ich das sein?« Erst nach einer langen Pause stellte Vance die Gegenfrage. Ich hatte keinen Schimmer, aber ich schätzte meine Teamkollegen eigentlich nicht als homophob ein.

»Ich denke nicht. Wyatt ist wohl der Einzige, der ein Problem damit hätte«, überlegte ich laut, entledigte mich meines Trikots und zog mir den Brustschutz vom Körper. Dabei entging mir nicht, wie Vance' Augen größer wurden. Er bemühte sich, nicht zuzusehen, während ich mich auszog. Besonders erfolgreich war er dabei nicht.

»Okay, vermutlich sollte ich besser draußen warten«, murmelte er und vermied es, mich dabei direkt anzusehen. »Du wirkst wieder fit.«

Mich störte seine Anwesenheit nicht, also zog ich mich weiter aus. »Du wolltest nicht, dass ich allein dusche«, erinnerte ich ihn und amüsierte mich zugegebenermaßen ein wenig.

»War das eine Aufforderung?«, entgegnete er. Weil er mir inzwischen den Rücken zugewandt hatte, konnte ich sein Gesicht nicht sehen. Schade. Ich fragte mich, ob er genauso mutig gewesen wäre, hätten wir einander in diesem Moment direkt angesehen.

Plötzlich verspürte ich den Impuls, bei Vance keine falschen Hoffnungen zu erwecken. Natürlich wollte ich nicht, dass er mit mir duschte. Was für ein Schwachsinn.

»Ich stehe auf Frauen, schon vergessen?«

Ich vernahm ein heiseres Lachen, das von den kahlen Wänden widerhallte. »Wie könnte ich das vergessen.«

Ich hielt inne. »Wie meinst du das?«

Er schwieg, während ich mittlerweile nackt hinter ihm stand.

Zugegeben, jetzt gerade fühlte es sich nicht so an, als stünde ich mit meinen Teamkollegen in der Umkleide. Die Atmosphäre war intimer, das konnte ich nicht leugnen. Die Stimmung. Die Stille. Ich hätte mir längst ein Handtuch umwickeln können, aber ich tat es nicht.

»Der gefeierte Quarterback und herausragende Student. Selbst wenn du homosexuell wärst, würdest du dazu stehen?«

Ich schnaubte. »Die Frage stellt sich doch gar nicht erst.«

Vance drehte sich um und sah mir in die Augen. Sein Blick war intensiv. Ein Schauder durchfuhr mich, doch als ich ihn realisierte, war er schon wieder fort. Es war merkwürdig, ihm nackt gegenüberzustehen und in sein nachdenkliches Gesicht zu blicken. Nicht verkehrt. Nur anders.

»Ob sich die Frage stellt oder nicht, kannst nur du beantworten.«

Mein Blick senkte sich auf seine Lippen. Plötzlich war da wieder dieser Wunsch, herauszufinden, wie es sich anfühlte, ihn zu küssen. Mein Mund fühlte sich auf einmal trocken an. Es war völlig verrückt. Noch nie hatte ich das Bedürfnis verspürt, einen Kerl zu küssen.

Mit einer Unschuldsmiene biss Vance sich auf die Unterlippe, und seine Mundwinkel deuteten ein Schmunzeln an. Vance ahnte, was in mir vorging. Und ich stand nackt vor ihm. Nackt! Und wenn ich dieser Situation nicht sofort entfloh, konnte ich nicht garantieren, dass ich nicht vielleicht …

»Du solltest duschen. Kalt.«

Es war, als schlüge mir jemand mitten ins Gesicht. Adrenalin peitschte durch meinen Körper, doch der prüfende Blick nach unten zeigte, dass alles in bester Ordnung war. Als ich wieder aufsah und Vance mich mit einer hochgezogenen Augenbraue musterte, wusste ich, dass ich gerade ziemlich in der Scheiße steckte. Es war ihm nicht entgangen, was mein Blick zu bedeuten gehabt hatte. Ich wollte einfach nur noch fliehen. Weshalb ich ihm wortlos den Rücken zukehrte und mich in Bewegung setzte. Es war eine verdammt miese Idee gewesen, ihn mit in die Umkleidekabine zu nehmen. Eine völlig bescheuerte Idee.

»Kolton?«

Ich hielt inne, gab mir aber nicht die Blöße, zu ihm zurückzusehen. »Was?«

»Lass es mich sein, wenn du es herausfinden willst.«

Abrupt drehte ich mich jetzt doch zu ihm um, fassungslos über seine Worte, sein Angebot. »Ich will definitiv nichts *herausfinden*«, sagte ich und begegnete seinen grauen Augen, die mich zu durchschauen glaubten.

Er grinste. »Schade, ich küsse verdammt gut.«

Irgendwas in meiner Magengrube schlug einen Purzelbaum. Ob vor Aufregung oder Ekel, konnte ich nicht einschätzen. Vance brachte mich völlig durcheinander.

»Sosehr du dir auch wünschst, mich zu küssen ... Spoiler: Es wird nie geschehen«, beharrte ich und war mir sicher, dass meine Lippen seine niemals berühren würden. Niemals.

Doch anstatt beleidigt fortzugehen, breitete sich sein Grinsen weiter aus. »Manche Spoiler sind nur da, um in die Irre zu führen.«

Ich konnte nicht fassen, was er von sich gab, und fragte mich ernsthaft, woher er dieses Selbstvertrauen nahm. Denn ich würde ihn bestimmt nicht küssen. Nicht in diesem Leben.

10

Vance

Es klopfte an der Tür, und noch bevor ich reagieren konnte, flog sie bereits auf, und Haisley spazierte wie selbstverständlich in mein Zimmer. Sie ließ sich auf mein Bett plumpsen und seufzte theatralisch. »Er ist einfach nicht da«, murmelte sie. »Dabei waren wir verabredet.«

Ich stieß mich vom Tisch ab, rollte mit dem Stuhl in ihre Richtung und gestand mir ein, dass ihr Besuch mehr als gelegen kam. Immerhin hatte ich jetzt einen guten Grund, eine Pause einzulegen und das Lehrbuch für eine Weile wegzuschieben.

»Mit wem warst du verabredet?«, fragte ich, obwohl ich es mir denken konnte. Sie sprach von meinem Mitbewohner. Wem sonst.

»Na, Kolton. Wir waren vor einer halben Stunde verabredet, und niemand weiß, wo er steckt.«

Dass Kolton nahezu jede freie Minute mit Sport verbrachte, war nun wirklich nichts Neues, aber dass er ein Date mit Haisley vergaß, das hätte ich ihm nicht zugetraut. Ich hatte den Eindruck gewonnen, dass er sie wirklich mochte. »Kolton hat vergessen, dass er mit dir verabredet war?«, fragte ich ungläubig.

Ich erntete einen vernichtenden Blick. Zu Recht. »Danke, streu Salz in die Wunde. Nur zu.« Sie warf ihre Hände in die Luft. »Vielleicht wäre es besser gewesen, ihn erst gar nicht nach einem Date zu fragen«, überlegte sie und runzelte die Stirn. »Ich meine, er kann jede haben.«

Da lag sie nicht falsch. Allerdings hatte ich nicht den Eindruck, Kolton würde seine Beliebtheit bei Frauen ausnutzen. Bisher hatte ich ihn nur mit ihr zusammen gesehen. »Vielleicht ist ihm was dazwischengekommen.«

»Klar, aber dann kann man eben mal kurz Bescheid geben, meinst du nicht?«

»Bestimmt gibt es eine simple Erklärung dafür«, wagte ich einen weiteren Versuch, um sie zu beruhigen. »Oder er kommt jeden Moment nach Hause und ist nur spät dran.«

Kopfschüttelnd schaute sie ins Leere. »Ich bin einfach nicht gut genug für ihn. Er hat kein Interesse.«

»Okay, Hais.« Ich setzte mich zu ihr aufs Bett und nahm ihre Hand. »Wenn, dann ist er nicht gut genug für dich, denn du bist ausnahmslos und ohne Zweifel toll. Er ist ein Idiot. Das ist alles.«

Sie zog einen Schmollmund. »Und ... ich habe mich ohne Zweifel und ausnahmslos in den Idioten verliebt«, gab sie zu und blinzelte. »Aber ... seine Lippen. Der Kuss. Er war magisch. Das muss doch was zu bedeuten haben«, schwärmte und jammerte sie zugleich.

Ich konnte ihre Gefühle gut nachvollziehen. Auch ich war einmal unglücklich verliebt gewesen, und obwohl es nicht mal zu einem Kuss gekommen war, hatte mir der Kerl das Herz gebrochen. Der Witz an der Sache war, dass er es bis heute vermutlich noch nicht mal ahnte. Aber so spielte das Leben nun mal. »Weißt du, Hais, über eine Kennenlernphase hinwegzukommen kann schwieriger sein als die Trennung nach einer jahrelangen Beziehung.«

»Woher willst du das wissen?«

Ich zuckte mit den Schultern. »Meine Mom.«

»Du musst ja nicht über deine Mom hinwegkommen«, scherzte sie.

»Das meine ich nicht. Ich denke, sie wollte ihre Erfahrung mit mir teilen. Sie hat mir mal erklärt, dass wir uns in die Vorstellung, in die Illusion von jemandem verlieben können, ohne den Menschen wirklich zu kennen. Dass wir uns eine Zukunft mit ihm ausmalen. Anders verhält es sich bei Beziehungen. Da weiß man um die realen und negativen Eigenarten des anderen. Nicht alles wird durch die rosarote Brille betrachtet. Das ist der Grund, weshalb man über eine Kennenlernphase oftmals schwerer hinwegkommt als über eine Beziehung.«

Haisley überlegte. »Aber ich kenne Kolton doch schon.«

»Aber ihr wart nie auf einem richtigen Date, oder?«

Sie ließ meine Hand los, zog ihre Beine an ihren Oberkörper und stützte ihr Kinn auf die Knie. Dabei wirkte sie so zerbrechlich.

»Versetzt zu werden fühlt sich mies an.«

Ich schlang den Arm um die Schulter meiner Freundin und zog sie an mich. »Vielleicht findet sich eine Erklärung, weshalb er nicht aufgetaucht ist. Sieh es locker und lass es auf dich zukommen.«

Abermals seufzte sie tief. »Ich hoffe so sehr, dass ihm sein Handy gestohlen wurde und er irgendwo festhängt, weißt du?«

Ich nickte. Natürlich wünschte ich mir, die Sache mit ihr und Kolton würde klappen. Aber wenn ich ganz ehrlich mit mir selbst war, konnte ich das Brennen in meiner Brust nicht leugnen. Ich wünschte meiner Freundin alles Glück auf Erden. Trotzdem fühlte sich der Gedanke, sie und Kolton zusammen zu sehen, nicht gut an. So ehrlich musste ich sein. Kolton verhielt sich zeitweise toxisch, aber das war nicht alles. In meinem tiefsten Inneren spürte ich, dass es besser war, mich von ihm fernzuhalten. Womöglich hätte ich das schon früher tun sollen. Bevor wir uns im Kino begegnet waren und ich erfahren hatte, dass er ehrenamtlich in einem Kinderheim arbeitete. Vor unserem Zusammentreffen, als er sturzbetrunken gewesen war und ich ihn nach Hause begleitet hatte. Vor der merkwürdigen Unterhaltung in der Umkleidekabine, nachdem er auf dem Spielfeld zusammengebrochen war. Ich war ihm bereits viel zu nahe gekommen. Und ich hatte ihm gegenüber Dinge erwähnt, die ich bereute. Die Sätze waren unüberlegt aus mir herausgepurzelt. Sobald er in meiner Nähe war, passierte das. Ich konnte es nicht verhindern. Es war falsch gewesen, mit ihm zu flirten. Immerhin hatte ich gewusst, wie viel Kolton Haisley bedeutete. Aber ich hatte das nie vorsätzlich gemacht, es war einfach geschehen.

»Wird schon wieder«, murmelte Haisley und streckte ihre Beine aus. »Mal was anderes. Eigentlich wollte ich Kolton fragen, aber …«

Gespannt lauschte ich ihren Worten. Hais war meine beste Freundin, sie würde doch nicht auf die wahnwitzige Idee kommen, mich nach einem Date zu fragen? Spürbar beschleunigte sich mein Puls. Und das auf eine denkbar schlechte Weise.

»Dad gibt anlässlich seines Geburtstages ein Essen, und ich darf eine Freundin oder einen Freund mitbringen. Sutton ist verhindert, Blaze ebenso, und da dachte ich an dich.«

Bestürzt sah ich sie an. »Ich bin also deine vierte Wahl?« Es machte mir nicht wirklich was aus, aber ich nahm sie nur zu gern auf den Arm.

Sie lachte auf und nickte mit glasigen Augen. »Jep. Allerdings die beste.«

Familienessen waren nichts, wonach ich mich sehnte, aber Haisley würde ich den Gefallen nicht ausschlagen. »Ich bin liebend gerne deine Begleitung.«

Freudestrahlend schaute sie mich an. Doch als wir draußen die Tür zufallen hörten, erstarb ihr Lächeln, und ihre mandelförmigen Augen weiteten sich. »Was soll ich ihm sagen? Ich will nicht, dass er denkt, ich hätte die ganze Zeit auf ihn gewartet«, sprudelte es panisch aus ihr. »Kann ich mich hier verstecken?« Sie sah sich in meinem Zimmer um. »Unter dem Bett?«

Ihr Verhalten überraschte mich, zugleich machte es mir bewusst, dass sie tatsächlich bis über beide Ohren in Kolton verknallt war.

»Lass mich nachsehen, okay? Und nein, du verkriechst dich auf keinen Fall unter meinem Bett. Das ist keine Option«, sagte ich strenger, als ich beabsichtigt hatte. Aber die Vorstellung, dass Hais sich seinetwegen dermaßen verbog und offensichtlich ihren Selbstwert verlor, machte mich rasend vor Wut.

Ich trat zur Tür und warf noch einen schnellen Blick über die Schulter, um sicherzugehen, dass sie noch auf meinem Bett saß und nicht versuchte, unter das Bett zu schlüpfen oder aus dem Fenster zu klettern. Zugetraut hätte ich es ihr allemal. Doch sie verweilte an Ort und Stelle und kaute auf ihren Fingernägeln herum.

Ich nahm einen tiefen Atemzug, um mich für Kolton oder wen auch immer zu wappnen und das Bild von Haisley zu verarbeiten, das sich mir eben geboten hatte.

Der Flur war leer, aber auf dem Boden lagen Koltons Sneaker. Wyatt stellte seine immer in das Schuhregal. Eine seiner wenigen guten Eigenschaften, wie ich fand. Ich kannte keinen Menschen, der so ordentlich und penibel war wie er. Jedenfalls blieb nur wenig an mir hängen. Um ehrlich zu sein, sogar kaum etwas, weil Aiden und er sich um so ziemlich alles kümmerten, was Ordnung und Sauberkeit betraf.

Eilig prüfte ich das Wohnzimmer, fand es aber ebenso leer vor. Ich wollte ganz sichergehen, dass er nicht da war, bevor ich zu Haisley zurückkehrte, weshalb ich vor Koltons Tür innehielt und lauschte. Weil ich nichts hören konnte, legte ich mein rechtes Ohr an das Holz und hielt den Atem an. Zuerst war es still, doch dann ging alles plötzlich furchtbar schnell. Ich hörte Schritte, mein Herz begann, wild zu schlagen, und im nächsten Augenblick sprang die Tür auf. Ich stolperte mit rudernden Armen einen Schritt nach vorne und krachte beinahe gegen Koltons Brust.

»Ernsthaft?«, wetterte er und kniff die Augen zu bösartigen Schlitzen zusammen. »Spionierst du an meiner Zimmertür?«

Ich öffnete den Mund, nur um ihn gleich darauf wieder zu schließen. Doch ich fasste mich schnell und straffte meine Schultern. Denn hier ging es schließlich nicht um mein Befinden, sondern darum, Hais beizustehen. Ich wollte ihr Interesse vertreten, nicht meines. Lässig verschränkte ich die Arme vor der Brust und begegnete ihm mit demselben Missfallen wie er mir. »Wo warst du?«, fragte ich vorwurfsvoll.

Überrascht und gleichzeitig belustigt, blinzelte er. »Ich lasse dir bei Gelegenheit meinen Terminplan zukommen, da du offensichtlich sehr an meinem Leben interessiert bist.«

Mittlerweile ermattete mich seine aufgesetzte Arroganz, sodass ich ein lautstarkes Schnauben von mir gab. »Du hast deine Verabredung mit Haisley vergessen«, pfefferte ich ihm entgegen. Kurz schaute er beunruhigt und fasste sich dann schnell.

Unbeeindruckt zuckte er mit den Schultern. »Wir sind morgen verabredet. Donnerstag.«

Mir klappte der Kiefer nach unten. Wollte er mich auf den Arm nehmen?

»Heute. Ist. Donnerstag.«

Schockiert riss er die Augen auf, dann blickte er auf seine Armbanduhr. »Shit«, zischte er.

Passenderweise traf *Shit* Koltons Zustand ziemlich gut.

...

Nachdem Haisley und Kolton beschlossen hatten, den Abend doch noch gemeinsam zu verbringen, aber nirgends hatten hingehen wollen und ich mich in meinem Zimmer ohnehin nicht aufs Lernen konzentrieren konnte, war ich aufgebrochen, um mir das Harvard Art Museum anzusehen. Und ich bereute meine Entscheidung kein bisschen. Auch wenn es bereits in einer Stunde schloss.

Ich schlenderte durch die Räume und nahm mir dabei viel Zeit, verweilte vor Gemälden, die mich besonders beeindruckten. Die Stimmung im Museum war angenehm ruhig. Die Kunstwerke erzählten eine eigene Geschichte, während die Menschen sie still betrachteten. Der Besuch hatte sich gelohnt, und ich nahm mir vor, bald wiederzukommen, um die Sonderausstellung über Fotografie in den Sechzigerjahren in aller Ruhe zu bestaunen.

Irgendwann kam die Durchsage, dass das Museum in wenigen Minuten schließen würde. Zum ersten Mal, seit ich in Harvard war, verspürte ich eine innere Zufriedenheit. Umgeben von Kunst, fühlte ich mich unbeschwert. Doch sobald ich das Museum verlassen hatte, erinnerte ich mich daran, dass ich eigentlich hätte lernen sollen. Dass Haisley und Kolton in der Wohnung auf mich warteten oder eben nicht, weil sie Gott weiß was trieben. Schlagartig holte mich die beschissene Realität ein. Auf der Suche nach meinem Dad war ich bisher keinen Schritt weitergekommen.

Vielleicht war es an der Zeit, die Hoffnung aufzugeben. Ein Foto war schließlich kein Beweis. Außerdem war ich nicht sicher, ob der Mann auf dem Bild, das ich gefunden hatte, überhaupt mein Vater war. Sie wirkten zwar so vertraut, aber bei Haisley und mir verhielt sich das ähnlich. Und wir waren kein Paar. Womöglich befand ich mich auf dem Holzweg. Es wäre alles so viel einfacher gewesen, hätte Mom jemals mit mir über meinen Dad gesprochen und das Geheimnis nicht bis heute für sich behalten.

Wer jahrelang Geheimnisse und Schweigen aushielt, würde doch auch die Wahrheit ertragen. Gab es etwas Schlimmeres als Ungewissheit? Natürlich schmerzten Schicksalsschläge fürchterlich, und es konnte Jahre dauern, bis man sie einigermaßen verarbeitet hatte. Aber wenigstens kannte man die gottverdammte Wahrheit.

Viele Jahre hatte ich Zuversicht in mir getragen, meinen Dad kennenzulernen. Am Weihnachtsmorgen hatte ich nur diesen einen Wunsch gehabt. Jahr für Jahr. Santa sollte mir meinen Dad bringen. Ich hatte keine Geschenke gewollt und mir stattdessen einen Dad gewünscht, wie ihn andere Kinder hatten. Dass er mir diesen einen Wunsch nicht erfüllte, hatte mich unsagbar traurig gestimmt.

An dem Bedürfnis hatte sich kaum etwas geändert. Die Hoffnung, er würde eines Tages in mein Leben treten, begleitete mich immer noch. Ich verlangte noch nicht einmal eine Erklärung, wo er all die Jahre gesteckt hatte. Einzig unser Kennenlernen in der Gegenwart würde zählen. Die Vergangenheit konnte man ohnehin nicht ändern oder rückgängig machen. Wenn mich meine morgendlichen Meditationen eine Sache gelehrt hatten, dann, dass ich im Hier und Jetzt leben sollte. Dass es sinnlos war, an Vergangenem festzuhalten. Denn das Leben fand heute statt, nicht gestern.

Egal, wie ich es drehte und wendete: Die Hoffnung, meinen Dad endlich kennenzulernen, war zu meinem ständigen Begleiter geworden. Deshalb war die Wahrheit unumgänglich, egal wie hart sie war, denn sie löste die Hoffnung ab. Irgendwann, wenn man sich an die Wahrheit gewöhnt hatte, würde sie erträglicher sein. Zeit war der Schlüssel, und so viel mehr. Denn Zeit war auch Macht und Heilung.

Mit der Hoffnung verhielt es sich anders. Sie trat wieder und wieder von Neuem zum Vorschein und begleitete mich mein ganzes Leben. Sie ließ sich nicht abschütteln, verdrängen oder vergessen. Sie war wie eine Pflanze, die immer wieder nachwuchs, egal wie häufig man sie ausriss. Die Wurzel war tief in der Erde verankert. Sie war der Ursprung. Solange die Wurzel im Boden steckte, würde sie an die Oberfläche gelangen und die Pflanze zum Vorschein bringen. Solange sie nicht vernichtet wurde, nährte sie sich immer weiter. Und nichts als die Wahrheit würde sie zunichtemachen. Doch manchmal konnte die Hoffnung auch zur Enttäuschung führen, dann, wenn die Wahrheit ihr Versprechen nicht erfüllen konnte.

Kein Wunder, dass ich Philosophie studierte, schüttelte ich über mich selbst den Kopf. Zurück in meinem Zimmer – Kolton und Haisley waren Gott sei Dank nicht da, als ich nach Hause kam –, widmete ich mich den abfotografierten Jahrbucheinträgen. Ich durchforstete Artikel aus Debattierklubs, sah mir dazugehörige Fotos an und ging Namenslisten durch, bis meine Lider schwer wurden. Irgendwann gab ich auf, putzte mir die Zähne und legte mich ins Bett. Die Decke über mir war genauso leer wie mein Kopf. Die Suche nach meinem Dad schien vollkommen aussichtslos. Vielleicht war Harvard doch nicht der Ort, an dem ich die Wahrheit über mich herausfinden würde. Vielleicht gab es sie gar nicht.

II

Kolton

»Herzlich willkommen in unserer heutigen Sendung beim Harvard Radio, liebe Zuhörerinnen und Zuhörer. Für alle, die sich manchmal fragen, ob sie selbst das Problem sind, spiele ich jetzt Taylor Swift mit *Anti-Hero*.« Haisleys Stimme schallte aus den Lautsprechern. Es war nicht neu, sie im Radio zu hören, aber seit unserem Kuss und dem Date fühlte es sich irgendwie anders an.

Wir waren befreundet. Sie und Blaze hingen oft bei uns rum. Das hatte sich im letzten Semester so ergeben. Eines Abends war der Strom in ihrer Wohnung ausgefallen, und sie waren zu uns rübergekommen. Seit diesem Abend waren die beiden häufig bei uns, und irgendwann hatte Aiden ihnen unseren Schlüsselcode anvertraut, was er bis heute nicht zugab. Inzwischen verbrachten wir ständig Zeit zusammen. Aiden, Blaze und Haisley hatten sogar eine Lerngruppe gebildet.

Anfangs war ich skeptisch gewesen, was Haisley betraf. Nicht, dass ich etwas zu verbergen gehabt hatte, aber ich hatte Vorbehalte gegenüber der Tochter unseres Präsidenten gehabt. Weshalb sie überhaupt in unserem Gebäude wohnte, verstand ich bis heute nicht. Soweit ich wusste, besaß ihre Familie ein Haus, das weniger als zwei Kilometer entfernt lag. Zudem hatte sie keine Geschwister, die nervten. Die Sinnhaftigkeit, sich eine Wohnung zu mieten, erschloss sich mir nicht. Immerhin waren die Kosten für das Apartment erheblich, und das Haus ihrer Eltern bot bestimmt genügend Platz.

Nichtsdestotrotz waren wir von Beginn an auf einer Wellenlänge. Ich schätzte ihren Humor und ihre Fürsorge. Haisley war cool und konnte auch mal über nicht ganz so angebrachte Witze lachen. Anders als ihre Kommilitoninnen war sie für fast jeden Spaß zu haben und machte aus einer Mücke nie einen Elefanten. Außerdem war ihre Kürbissuppe legendär. Ein altes Familienrezept, das sie mit ins Grab nehmen würde, wie sie immer betonte.

Haisley war in vielerlei Hinsicht wunderbar. Nicht nur das, sie war beliebt, intelligent und ausgesprochen hübsch. Ich sollte verrückt nach ihr sein, aber ich war es nicht. Sie schien perfekt für mich zu sein, und doch hatten der Kuss auf der Party und auch unser Abschiedskuss gestern keine Gefühle in mir ausgelöst, die über unsere freundschaftliche Vertrautheit hinausgingen. Es fühlte sich an, als hätten sich unsere Lippen bereits unzählige Male berührt. Dabei war das gestern erst unser zweiter Kuss gewesen, und der sollte sich doch eigentlich atemberaubend anfühlen. Jedenfalls, wenn das zwischen uns etwas zu bedeuten hatte.

Vielleicht lag es an dem vielen Training oder daran, dass ich nicht vorhatte, während des Studiums eine feste Freundin zu haben. Es blieb ohnehin schon kaum Zeit zwischen Sport und Vorlesungen. Und bestimmt lag es auch daran, dass ich vor Kurzem meinen Bruder verloren hatte. Das war keine Basis für eine Beziehung. Ich hatte mich verloren und musste mich erst einmal selbst wiederfinden. Wie um alles in der Welt sollte ich mich auch noch um Haisley kümmern? Zurzeit war ich ja schon mit mir selbst überfordert. Zumindest konnte ich mir das mittlerweile eingestehen. Mir war bewusst, dass ich an mir arbeiten musste. Wäre da bloß nicht dieser wilde Schmerz in mir gewesen, der mich innerlich zerriss, mich auf den Boden drückte und mir die Luft zum Atmen raubte. Ich konnte das nicht. Noch nicht. Also erstickte ich meine Gefühle lieber mit dem Training. Der Sport war zu meiner Droge geworden, und wie jede Substanz war er im Überfluss ungesund.

Diesen Sommer hatten furchtbare Dinge meinen Weg gekreuzt. Und mich zu verlieben, das war nach alldem unvorstellbar. Dass Haisley mich nach einem Date gefragt hatte, kam nach unserem Kuss nicht überraschend. Aber ich selbst hätte sie vermutlich nicht um eine Verabredung gebeten. Ich war nicht bereit für eine Beziehung und würde es – wenn überhaupt – langsam angehen wollen. Unverbindlich. Aber ob Haisley das auch so sehen würde?

Vermutlich sollte ich mir nicht über etwas den Kopf zerbrechen, das noch gar nicht passiert war, und die Zukunft einfach auf uns zukommen lassen. Denn wenn mich das Leben eines gelehrt hatte, dann, dass eine falsche Entscheidung alles ändern und zerstören konnte. Unabhängig davon, wie durchdacht der Plan war.

Ich brachte die letzten Meter zum Stadion hinter mich und begrüßte meine Teamkollegen.

»Tucker möchte einige neue Spielzüge integrieren«, informierte mich Wyatt.

Was auch immer er plante, ich war hier, um hart zu trainieren, und ich war bereit, dafür alles zu geben, solange wir Yale in den Arsch treten und als Sieger vom Platz gehen würden.

Nachdem uns Tucker mehrmals angebrüllt und eine halbe Stunde länger als geplant auf dem Spielfeld behalten hatte, entließ er uns. Aber nicht, ohne jeden Einzelnen von uns noch mit einem schonungslos harten Blick zu strafen. Einige Teamkollegen verließen das Feld mit hängenden Köpfen. Wir waren ausgelaugt und erschöpft. Und obwohl sich mein müder Körper mit jedem Schritt rächte, hätte ich nichts gegen eine weitere Einheit gehabt.

»Wir haben nicht alles gegeben«, murmelte ich an Wyatt gewandt, der meinen Blick kopfschüttelnd und verständnislos einfing.

»Es hat sich eher so angefühlt, als wäre er völlig durchgedreht. Hast du bemerkt, dass Bear auf dem Boden lag und keine Luft mehr bekommen hat?« Wyatt runzelte die Stirn und sah mich aus zornigen Augen an. »Das ist scheiße, Mann, so läuft kein gutes Training ab«, fauchte er und schlug mit der Hand gegen den Spind.

»Er will doch nur das Beste aus uns rausholen«, entgegnete ich irritiert, weil ich nicht nachvollziehen konnte, was plötzlich in ihn gefahren war. »Das hier ist die Ivy League und kein Hobby-Softball-Verein, bei dem nach jedem Training Cupcakes verteilt werden.«

»Das rechtfertigt noch lange nicht, dass er uns mit seinen Übungen beinahe ins Krankenhaus bringt.« Wyatts Worte wurden zunehmend aggressiver, und auch ich spürte Wut in mir aufkommen. Warum konnte er nicht erkennen, wie wichtig das Spiel gegen Yale für unsere Mannschaft war? Nicht nur für uns. Für ganz Harvard.

»Ich werde nicht als Verlierer vom Platz gehen.«

Wyatt zog sich das schweißnasse Trikot über den Kopf und nahm den Schulterschutz ab. »Niemand tut das gern, aber ein lausiges Training macht uns nicht gleich zur schlechtesten Mannschaft der Ivy League.«

Ich schnaubte, zog mich ebenfalls aus und hängte Knie- und Oberschenkelschützer auf den Haken. In der Umkleidekabine war es stiller als sonst. Vereinzelt waren Wortfetzen zu hören, untermalt vom prasselnden Wasser, das aus den Duschräumen drang. Keine Lobeshymnen, keine Sprüche, wie heldenhaft und genial das Training gewesen war.

»Nein. Aber weiterbringen tut es uns kein bisschen«, beharrte ich, als ich mich ausgezogen hatte und mich in Richtung der Duschen aufmachte.

»Weißt du, Kolton, manchmal läuft es eben nicht glatt, und das ist auch in Ordnung. Sonst würden wir all die schönen Momente nicht zu schätzen wissen. Und was du nicht vergessen solltest: Wir sind Menschen aus Fleisch und Blut, wir sind keine Maschinen. Selbst die funktionieren nicht immer reibungslos. Du kannst nicht davon ausgehen, dass wir alle unsere Körper wie Abschaum behandeln. Sie drillen und zerstören, wie du es machst.«

Die Deutlichkeit seiner Worte überraschte mich. Wyatt war niemand, der sonst große Reden hielt. Als ich über meine Schulter zu ihm blickte, sah er beinahe traurig aus. Auch er hatte sich über den Sommer verändert und litt darunter, dass Hardin nicht mehr an unserer Seite war. Bei all der Wut und Trauer hatte ich fast vergessen, dass meine Freunde ebenso eine wichtige Person in ihrem Leben hatten gehen lassen müssen.

Tief in meinem Inneren wusste ich, wie viel Wahres in seinen Worten steckte. Trotzdem prallten sie an mir ab. In den letzten Monaten hatte ich mir einen Schutzschild aufbauen müssen, eine Rüstung, hinter der ich mich vor der Welt verstecken konnte. Sosehr mir mein Verstand auch zuflüsterte, dass Wyatt recht hatte, sorgte sie dafür, dass seine Worte mich nicht erreichten. Und bevor ich die Duschen betrat, waren sie bereits in Vergessenheit geraten.

...

Nach dem bescheidenen Platztraining war ich noch joggen gewesen. Ich war eben erst zurück in unsere Wohnung gekommen, aber sobald ich den Laptop hochklappte, konnte ich Vance' Meditationsklänge durch die Wand vernehmen. Ich schloss die Augen, versuchte, mich auf komplizierte Spielzüge zu konzentrieren, und gab nach wenigen Minuten auf. Die Musik war so nervtötend, als klopfte jemand fortwährend gegen die Wand. Ich spürte, wie sie sich durch meinen Körper schlängelte und jede Zelle einnahm, besitzergreifend. Mich an einen Ort zurückführte, der unglaublichen Schmerz bedeutete. Der Moment, an dem ich mich von meinem Bruder verabschieden hatte müssen. Immer wenn ich sie hörte, holte mich die Erinnerung an Hardins Beerdigung ein.

Statt Vance zur Rede zu stellen, ließ ich mich tiefer in den Stuhl sinken und öffnete die Schreibtischschublade. Darin lag ein Bild von Hardin und mir. Ich nahm es heraus, hielt es in den Händen und starrte meinen Bruder und mich an. Es waren die wenigen stillen Momente, wie dieser, die mich so abgrundtief quälten, wie es kein Training der Welt vermochte. Tränen flossen über meine Wangen, doch dieses Mal wischte ich sie nicht fort, sondern ließ ihnen freien Lauf. Pausenlos strömten sie aus meinen Augenwinkeln, wanderten über mein Gesicht bis an mein Kinn, gaben sich dem freien Fall hin, bis ihr Weg am Kragen meines Polos endete. Der nasse Baumwollstoff klebte unangenehm auf meiner Haut, doch die letzte Träne war noch lange nicht vergossen.

Es tat so scheißweh, und ich hatte nach Wochen, nach Monaten immer noch keinen blassen Schimmer, wie ich die Lücke in meinem Herzen füllen sollte. Wie ich je damit zurechtkommen sollte, dass meine bessere Hälfte von mir gegangen war, wo ich doch einen wesentlichen Teil dazu beigetragen hatte. Wie ich jemals ein normales Leben führen sollte, wo doch eine so große Schuld auf mir lastete.

Als es an der Tür klopfte, fuhr ich zusammen und schaffte es gerade so, die Tränen abzuwischen, bevor Vance im Türrahmen erschien. Er zögerte. Kurz schien es, als hätte er vergessen, weshalb er gekommen war.

»Was willst du?«, fragte ich und räusperte mich, als ich bemerkte, wie brüchig meine Stimme klang.

Sein Blick wanderte zu meiner rechten Hand, in der ich noch immer das Foto von Hardin und mir hielt. Schnell schob ich es unter ein Buch, das auf dem Schreibtisch lag. Eine betretene Stille füllte den Raum aus. Sie war warm und weich, nicht feindselig, wie so oft zwischen uns.

»Hätte ich gewusst, dass du dich in deinem Zimmer aufhältst, dann hätte ich die Musik nicht angemacht«, sagte er ruhig und erstaunte mich einmal mehr.

»Ach, was du nicht sagst.«

Vance kniff die Augen zusammen und verschränkte die Arme vor der Brust. Sein Blick glitt langsam über mein Gesicht, bis er mich wieder direkt ansah. Es lag etwas Unergründliches in seinen grauen Augen. »Es wird dich überraschen, aber tatsächlich versuche ich, dir nicht ständig auf die Nerven zu gehen.«

Überrascht hob ich eine Augenbraue. »Nicht?«

»Nein, Kolton«, erwiderte er mit dunkler Stimme. Der tiefe, ruhige Ton seiner Worte ließ mich innehalten. Wie er meinen Namen aussprach, die einzelnen Buchstaben betonte, berührte mich auf eine Weise, die neu für mich war. Ungewohnt. »Tatsächlich habe ich es nicht zu meiner Lebensaufgabe auserkoren, dir auf den Wecker zu gehen.«

»Natürlich nicht«, gab ich mit einer Prise Sarkasmus im Tonfall wider. »Aber du bist doch bestimmt nicht gekommen, um dich dafür zu entschuldigen, oder?«

Vance schüttelte den Kopf und musterte mich eindringlich.

Und das wiederum stellte etwas mit mir an. Löste eine Unruhe in mir aus.

»Wir sind zwar keine Freunde, aber wenn es irgendwas gibt, das ich für dich tun kann, lass es mich wissen, okay? Wir sind Mitbewohner, und egal, wie sehr wir uns auf die Nerven gehen, wir teilen uns am Ende des Tages dasselbe Zuhause. Ich bin da, wenn du etwas brauchst.«

Spätestens jetzt war mir klar, dass er wusste, dass ich geheult hatte. Vermutlich war es mir sogar noch anzusehen. Und erstaunlicherweise war es mir egal. Es störte mich nicht weiter, dass ausgerechnet er mich so gesehen hatte. Schwach und leidend. Alles, was ich sonst nicht verkörperte, sondern sorgsam vor meinem Umfeld versteckte.

Nach einem Moment des Schweigens gab ich meine übliche Arroganz zum Besten. »Danke, aber nicht nötig.«

Vance nickte lediglich und biss sich dabei auf die Lippe. Er kannte meinen Schutzschild mittlerweile besser als die meisten, so oft hatte er ihn bereits zu Gesicht bekommen. Wie von selbst fiel mein Blick auf die Stelle, an der sich seine Zähne in die Unterlippe gruben.

Warum zur Hölle starrte ich Vance andauernd auf den Mund? Das musste auf der Stelle aufhören.

»Mein Angebot steht jederzeit«, sagte er, ehe er den Blick durch den Raum schweifen ließ, kurz an Hardins Trikot hängen blieb, das ich an der Wand angebracht hatte, und schließlich die Tür hinter sich schloss.

Wie so oft ließ er mich mit einem sonderbaren Gefühl zurück, das ich nicht einordnen konnte. Ich wollte mich nicht damit auseinandersetzen, was Vance in mir auslöste. Manchmal hoffte ich insgeheim, dass Wyatt wieder irgendeinen Mist von sich gab und Vance endgültig aus dem Apartment vertrieb. Das war hinterhältig und gemein, doch mir gefiel die Vorstellung, Vance nicht länger über den Weg zu laufen.

Ich verschanzte mich noch eine Zeit hinter meinen Lehrbüchern. Erst als mein Gehirn völlig müde war und ich nichts mehr aufnehmen konnte, mir die Zeilen, die ich las, unverzüglich wieder entfielen, verließ ich mein Zimmer, um mir eine Kleinigkeit zum Essen zuzubereiten. Wyatt chillte auf der Couch und sah sich eine Dokumentation über die Army an. Er überlegte, sich irgendwann auf Kriegsrecht zu spezialisieren. Es war sein Dad gewesen, der ihn auf die Idee gebracht hatte, als Wyatt den Wunsch geäußert hatte, an die Law School zu gehen. Er war das schwarze Schaf der Familie. Jedenfalls für seinen Dad, der nicht nachvollziehen konnte, warum sich Wyatt gegen die Army entschieden hatte. Ich beneidete ihn nicht darum, denn ich kannte seinen Dad und die unmöglichen Anforderungen, die er an ihn und seine Geschwister stellte. Anstatt einer liebevollen Umarmung vor dem Schlafengehen hatte er Kniebeugen machen müssen, ehe er sich die Zähne putzen durfte. Wyatt sprach nicht häufig über seine Kindheit. An jenem Abend war es der Whiskey gewesen, der aus ihm gesprochen hatte. Das war ein Jahr her, und seitdem hatte er nie wieder etwas preisgegeben. Ich würde den Anblick nie vergessen, wie er die Flasche unter Tränen an seinen Mund geführt, einen kräftigen Schluck genommen, mir diesen Einblick gewährt hatte, sich geöffnet und das Ganze anschließend mit einem künstlichen Lächeln wieder abgetan hatte.

Wyatt nickte nur knapp, als er mich bemerkte. Wir hatten unser Streitgespräch in der Umkleidekabine nicht weitergeführt.

»Reichst du mir ein Glas?«, fragte ich Vance, der natürlich auch in der Kochnische stand und mir den Zugang zur Vitrine verwehrte. Es wäre wirklich von Vorteil, wenn wir nicht zusammenwohnten.

Er wich zur Seite und hob unschuldig die Hände. »Unmöglich.« Sie waren über und über mit Teig bekleckert.

Ich seufzte und verzog das Gesicht. »Will ich wissen, was du zubereitest?«, brummte ich und beugte mich umständlich zur Vitrine. Es war nicht ausreichend Platz in der Küche, sodass ich mit der Brust aus Versehen an seinen Rücken stieß. Ich verharrte, als ich die Wärme seines Körpers durch den dünnen Baumwollstoff seines T-Shirts zu spüren meinte. Bestimmt bildete ich mir das nur ein. Immerhin war auch ich bekleidet und trug ein Poloshirt. Und doch fühlte es sich an, als läge eine Wärmflasche auf meiner Brust. Im nächsten Moment wurde meine Kehle ganz trocken. An der Stelle, an der sich unsere Körper berührten, begann es, sanft zu prickeln. Und das war … elektrisierend.

Was um alles in der Welt geschah hier? Ich war wie erstarrt. Meine Brustwarzen kribbelten und wurden hart. Und ich konnte nur beten, dass Vance nichts von alledem mitbekam. Schnell holte ich das Glas aus dem Schrank und wich zurück. Dann warf ich einen eiligen Blick auf die Couch, auf der Wyatt lag, und atmete erleichtert auf, weil er nichts mitbekommen hatte und weiterhin gespannt auf den Fernseher schaute.

Doch als ich mich wieder umdrehte und Vance' Blick begegnete, fiel das Kartenhaus zusammen. Ihm war die Reaktion meines treulosen und verwirrten Körpers natürlich nicht entgangen.

»Hatte ein hartes Training heute«, rechtfertigte ich mich, bevor er etwas sagen konnte. Was er ohnehin nicht vorhatte. Stattdessen trat er schweigend näher, und in seinen Mundwinkeln deutete sich ein unverschämtes Lächeln an. Ich stand wie angewurzelt da, unfähig, mich zu bewegen. Das konnte nur am anstrengenden Training liegen. Meine Beine waren schwer und schienen mit dem Boden verwurzelt zu sein.

Sein Lächeln breitete sich immer weiter aus, und sein Schweigen löste Unruhe in mir aus. Es war krank und lächerlich. Warum sollte ich in seiner Gegenwart nervös werden?

Abermals biss sich Vance auf die Unterlippe, und über seine Augen schien sich ein dunkler Schleier zu legen, der seinen Blick bedrohlich aussehen ließ. Ich konnte ihn belügen, aber nicht mich. Denn ich konnte spüren, wie das Blut durch meine Adern rauschte und mein Körper Feuer fing.

»Heute ist es das Training, morgen wieder der Alkohol, was?«, flüsterte er, und als mich sein warmer Atem traf, schluckte ich schwer. Für eine Millisekunde senkte ich die Lider, nahm seinen angenehmen Atem in mich auf, dann blinzelte ich und widersetzte mich den Empfindungen, die sich in mir anbahnten.

Mein Körper war einfach am Ende, ich musste zur Ruhe kommen. Er spielte mir einen Streich. Dass ich Vance attraktiv fand und seine Nähe etwas in mir auslöste, war schlichtweg meinem schlechten Zustand zuzuschreiben. Ich hatte seit Monaten keinen Sex gehabt und trainierte jede freie Minute. Das war die Ursache für meine Reaktion. Noch nie hatte ich mich zu einem Mann hingezogen gefühlt. Warum sollte sich das plötzlich ändern? Ich mochte Frauen, ihre Figur, ihre weiche Haut und … alles an ihnen. Und den einzigen Schwanz, den ich je als annehmbar empfunden hatte, war mein eigener.

»Du solltest deine eigenen Wünsche nicht auf mich projizieren.«

Vance' Grinsen breitete sich nur noch weiter aus. »Was wünsche ich mir denn?«, fragte er herausfordernd. Wachsam musterte er jede meiner Regungen. Ich durfte mir jetzt bloß keinen Fehler erlauben.

»Ich denke, du willst mich küssen«, antwortete ich und spürte sogleich, wie eng mein Hals wurde.

Das hier entwickelte sich zu einem wahren Desaster.

»Was ich will, spielt keine Rolle.«

»Sondern?« Ich konnte meinen Herzschlag hören. Wild und aufdringlich pochte es unter meinen Rippen.

»Was willst du, Kolton?« Seine Stimme klang sanft und legte sich wie eine warme Decke um mich, beruhigte mich, hüllte mich in Geborgenheit. Langsam wich das Lächeln aus seinem Gesicht. Er sah mich ernst an, drängte mich jedoch nicht zu einer Antwort. Was zur Hölle passierte hier gerade?

»Ich weiß es nicht«, gab ich zu und war schockiert über meine Ehrlichkeit. Denn augenblicklich wusste ich gar nichts mehr. Sein Blick lag schwer auf mir, ich versank in seinen Augen … und genoss es. Ein Moment, den ich niemals hatte kommen sehen, der mich verwirrte und den ich mir unbewusst seit Wochen herbeigesehnt hatte. Auf einmal vergaß ich alles um mich herum. Es war, als schaute ich nach einem sehr harten Winter zum allerersten Mal auf eine blühende Wiese. Ich hatte vergessen, wie es sich anfühlte, loszulassen. Die Anspannung aufzugeben. Einfach nur zu sein.

»Wenn du bereit bist, wirst du es wissen«, durchbrach er unser Schweigen.

»Und wenn nicht?«

»Dann begehst du womöglich den größten Fehler deines Lebens«, sagte er voller Sicherheit. Eine zarte Gänsehaut rollte über mich hinweg, und mir war bewusst, wie richtig er lag.

»Es wäre nicht der einzige Fehler in meinem Leben.«

»Wir haben das Schicksal nicht in der Hand, Kolton. Aber wir können es lenken.«

Im Flur rumpelte es, eine Sekunde später vernahmen wir ein »Autsch«, woraufhin wir uns gleichzeitig und abrupt voneinander abwandten. Und dann stand auch schon Aiden vor uns. Mit schmerzverzerrter Miene rieb er sich über den Ellenbogen. »Habt ihr euch schon wieder gezankt?«

»Nein«, kam es von Vance und mir wie aus einem Mund.

Misstrauisch sah Aiden zwischen uns hin und her, zuckte dann aber mit den Schultern. »Machst du Gnocchi?«, fragte er Vance, dessen Gesicht zu strahlen begann.

»Wie schön, dass wenigstens einer hier meine Kochkünste zu schätzen weiß.«

»Ich liebe es, wenn du das Essen zubereitest«, schwärmte Aiden euphorisch.

»Halt die Klappe, Aiden«, polterte Wyatt und warf ihm einen vorwurfsvollen Blick zu. »Wechsel bloß nicht ans andere Ufer.«

Und dann wurde mir schlagartig bewusst, dass sich Wyatt die ganze Zeit über im selben Raum aufgehalten hatte. Mein Puls schnellte hoch, doch … wir hatten leise gesprochen, der Fernseher war gelaufen, und er hatte sich nicht in unsrer unmittelbaren Nähe befunden. Bestimmt hatte er nichts von unserem Gespräch mitbekommen. Jedenfalls hoffte ich das.

»Dabei ist das Gras hier viel grüner«, konterte Vance. Aus dem Augenwinkel nahm ich wahr, wie er seine Finger in den Teig grub. Er knetete ihn leidenschaftlich, während ich mich aus der Gefahrenzone entfernte und mich zu Wyatt auf die Couch gesellte, obwohl mich die Dokumentation kein bisschen interessierte. Ab und zu warf ich Wyatt einen prüfenden Seitenblick zu, um auch ganz sicherzugehen, dass er eben nichts von unserem Gespräch mitgehört hatte. Ich konnte mir nicht vorstellen, was sonst passieren würde. Und nahm mir vor, dass ich es auf keinen Fall noch einmal darauf anlegen würde.

12

Vance

»Schick siehst du aus.« Haisley drückte mir einen Kuss auf die Wange. »Und du duftest umwerfend.« Sie roch an meinem Hals und schloss die Augen. »Wow!«

»Das Kompliment gebe ich gerne zurück.« Sie trug ein blaues Kleid und sah darin fantastisch aus. Es schmiegte sich perfekt an ihre Taille und fiel um ihre Beine in Wellen hinab. Es war elegant, passte aber dennoch zu ihrem ausgefallenen Stil. Ihre Haare hatte sie zu einem wilden Dutt gebunden, und an ihren Ohrläppchen baumelten kleine Discokugeln. Ich liebte ihr Outfit.

»Bereit?«, fragte sie, als ich noch lange nicht damit fertig war, sie zu bewundern.

Deutlich spürte ich die Aufregung in mir. Immerhin würde ich in Kürze mit dem Präsidenten von Harvard an einem Tisch sitzen und hatte keinen Schimmer, was mich erwarten würde. Auf keinen Fall wollte ich negativ auffallen. Das zumindest stand weit oben auf meiner Agenda. Zur Sicherheit hatte ich die letzten Stunden damit verbracht, mich über die politische Lage unseres Landes zu informieren, und sogar die Namen der Senatorinnen und Senatoren auswendig gelernt. Dennoch hoffte ich inständig, dass wir uns über andere Themen unterhalten würden.

»Ist dein Dad Demokrat oder Republikaner?«

Haisley machte sich über meine Nervosität lustig und kicherte. »Das verrate ich dir nicht. Du wirkst angespannt, bist du nervös?«

»Und wie«, gab ich zu, woraufhin sie meine Aufregung mit einer Handbewegung abtat und mich in Richtung des Fahrstuhles schob.

»Du wirst die paar Stunden überstehen«, versicherte sie, als wir mit dem Aufzug direkt in die Parkgarage fuhren und ich einen letzten prüfenden Blick in den Spiegel warf. »Komm schon. Du siehst klasse aus.«

Ich atmete tief durch und folgte ihr. Nach nur wenigen Metern hielten wir bei einem gelben Mini Cooper. Der Wagen passte zu ihr. Sie grinste und drückte auf die Fernbedienung. »Willst du fahren?«, bot sie lächelnd an.

Dankend lehnte ich ab, denn ich war viel zu aufgeregt, um uns sicher ans Ziel zu bringen.

Doch schon nach ein paar Minuten wünschte ich mir, ich hätte ihr Angebot angenommen. Als Haisley die Auffahrt hochfuhr, befürchtete ich, dass sie das Schild umfahren würde, das dort angebracht worden war und den Weg Richtung Ausfahrt wies. Und als sie abrupt vor der Schranke anhielt, um sich aus dem Fenster zu lehnen und an den Automaten zu gelangen, fragte ich mich, ob ich die Fahrt mit ihr überleben würde. Sie benötigte mehrere Anläufe, bis sich das Tor träge in Bewegung setzte, sie wieder ganz ins Wageninnere kletterte und mich vom Fahrersitz aus breit angrinste.

»Es ist nur eine kurze Fahrt, aber Goose kommt so selten raus, dass ich ihm auch mal eine Ausfahrt gönnen muss.« Im nächsten Moment drückte sie das Gaspedal durch, sodass der Wagen zuerst gar nicht in Fahrt kam und eine Sekunde später stark beschleunigte.

Ich war mir ziemlich sicher, dass Goose auf diese Fahrt hätte verzichten können.

Vor dem Stoppschild hielt sie abrupt an. Immerhin hatte sie es nicht umgefahren. Als sie im nächsten Moment ruckartig anfuhr, starb der Motor ab, und mein Oberkörper rutschte nach vorne. Ich war angeschnallt, trotzdem stützte ich mich mit den Händen am Armaturenbrett ab.

»Ups, doofe Kupplung.«

Erst jetzt fiel mir auf, dass Hais einen Wagen mit Schaltung fuhr. Ich war noch nie mit Schaltgetriebe gefahren, aber mit der Kupplung würde ich schonender umgehen, so viel stand fest.

Inzwischen nahm das flaue Gefühl in meiner Magengegend zu, und mir wurde übel. Haisley bremste vor jeder Kreuzung unsanft ab und schnitt Kurven. Es war die Hölle.

»Schon mal an einen Wagen mit Automatik gedacht?«, fragte ich vorsichtig, nachdem sie Goose in der Auffahrt geparkt hatte.

Sie warf mir einen giftigen Blick zu. »Willst du damit andeuten, dass Frauen schlechte Autofahrerinnen sind?«

Diesen Vorwurf konnte ich unmöglich auf mir sitzen lassen. »Natürlich nicht. Vielleicht … bist du nur nicht die routinierteste Fahrerin. Circa neunzig Prozent der Menschen in unserem Land fahren mit Automatikgetriebe. Warum du also nicht auch?«

Die Schärfe wich aus ihrem Blick. »Goose und ich sind so.« Sie kreuzte Zeigefinger und Mittelfinger. »Ein Team.«

Diese Diskussion würde ich nicht gewinnen, deshalb ließ ich es gut sein. Im nächsten Augenblick öffnete sich auch schon die Tür zu Haisleys Elternhaus. Wir tauschten noch schnell einen Blick, ehe wir den Wagen verließen und Haisley auf ihren Dad zulief. Während sie sich in den Armen lagen, zupfte ich am Saum meines Jacketts und betrachtete die prächtige Fassade des Hauses. Es war eher eine kleine Villa. Das Gebäude wirkte eindrucksvoll und war mit bodentiefen Fenstern und einer großzügigen Veranda ausgestattet.

»Mr Hiddleston, es freut mich, dass Sie meine Tochter begleiten.« Haisleys Dad, Mr Jefferson, hielt mir die Hand entgegen, und anstatt sie zu schütteln, stand ich regungslos vor ihm, bis mir Hais einen Hieb in die Seite verpasste und mich zurück ins Hier und Jetzt holte.

»Präsident Jefferson, vielen Dank für die Einladung und alles Gute zu Ihrem Geburtstag.« Die Worte stolperten äußerst gedrungen aus mir heraus. Dabei hatte ich vorhin noch vor dem Spiegel geübt und wollte unbedingt einen guten Eindruck hinterlassen.

Meine Zeit in Harvard schien ohnehin begrenzt, wenn sich nicht bald etwas änderte. Wenn ich die Universität verlassen musste, dann wenigstens aufgrund meiner schlechten Leistung und nicht, weil ich das Haus des Präsidenten in Flammen gesetzt hatte.

Er lächelte milde, und irgendetwas in seinen Augen verriet mir, dass er mich nicht verurteilen würde, sollte ich tatsächlich einen Fauxpas begehen und versehentlich das falsche Besteck zur Hand nehmen. Eine umgestoßene Kerze, die das Haus entflammte, würde er mir allerdings gewiss nicht verzeihen.

»Kommt rein.« Er machte einen Schritt zur Seite und gewährte uns mit einer ausschweifenden Handbewegung Einlass. Sofort umhüllte uns ein herrlicher Duft nach Bratkartoffeln. Es roch himmlisch. Und ich war erleichtert, denn Haisley hatte ihren Eltern offensichtlich gesagt, dass ich vegan lebte, was bei vielen Einladungen nicht ganz so gut ankam. Mit Salzkartoffeln und Salat gab ich mich gern zufrieden. Ich war nicht wählerisch, solange ich keine tierischen Produkte essen musste.

Hais' Mom empfing uns in der Küche. Sie und Haisley hatten dasselbe Lächeln. Eines, das einen sofort einnahm oder eben um den Finger wickelte. Nicht nur das, sie sahen sich insgesamt ziemlich ähnlich. Ihre Mom wirkte jung. Nur vereinzelte Lachfältchen um ihre Mundwinkel und an den Augen verrieten, dass sie keine Geschwister sein konnten.

»Ich habe mich an einem veganen Gericht versucht, ich hoffe, es schmeckt Ihnen«, sagte sie und zog mich in eine flüchtige Umarmung.

»Bestimmt, Mrs Jefferson, vielen Dank für Ihre Gastfreundschaft.«

Sie lächelte und strich ihr Kleid zurecht. »Setzt euch doch schon mal in den Salon.«

Ich ließ Haisley den Vortritt, bevor ich ihr und Mr Jefferson in den Nebenraum folgte. Dort saßen bereits einige Gäste, und wir umrundeten den Tisch, um alle zu begrüßen. Dann bekamen wir einen Platz zugewiesen. Haisley kannte alle Gäste. Ich hatte mir gerade mal zwei Namen merken können. An dem festlich gedeckten Tisch fanden immerhin mehr als zwanzig Personen Platz, die ich zum ersten Mal sah. Es war nicht leicht, sich alle Gesichter und Namen unmittelbar einzuprägen.

»Siehst du, gar nicht so schlimm«, flüsterte Haisley in mein Ohr, ehe sie die Stoffserviette nahm, sie entfaltete und auf ihrem Schoß platzierte.

Der Abend gestaltete sich nett. Die Gespräche waren angenehm, und selbst als sich Haisleys Dad nach meinem Studium erkundigte und ich ehrlich antwortete, dass es um meine Leistungen aktuell eher mittelmäßig bestellt war, reagierte er gelassen, nicht urteilend.

»Haben Ihre Eltern ebenfalls in Harvard studiert, Mr Hiddleston?«, fragte Mr Jefferson, als er nach einem Stück Brot griff.

»Ja, meine Mutter hat hier Psychologie studiert und mein …« Ich zögerte, denn eigentlich vermutete ich nur, dass mein Dad ebenfalls hier studiert hatte. Letztendlich besaß ich nur dieses eine Bild, auf dem womöglich gar nicht mein Dad zu sehen war. Solange Mom nicht die Wahrheit über ihn verriet oder ich nicht selbst herausfand, wer er war, konnte ich mich dazu nicht äußern. »Über meinen Vater weiß ich kaum etwas.« Das war eine glatte Lüge. Keine absichtliche, aber dennoch eine Lüge. Im Grunde wusste ich überhaupt nichts über ihn.

Betretenes Schweigen folgte. Als Haisley neben mir quiekte und aufgeregt meinen Oberarm tätschelte, war ich ungeheuer erleichtert. »Vance' Mom hat nicht nur hier studiert, sie ist die Hauptdarstellerin von Five Of One.«

Zuerst war ich dankbar, weil sie das gedrückte Schweigen unterbrochen hatte. Allerdings hatte ich nicht vorhergesehen, was dann passieren würde. Es folgten unzählige Fragen über die Serie, die ich nicht beantworten konnte, weil selbst Mom das Ende nicht absehen konnte oder wusste, wie viele Staffeln es noch geben würde. Ob meine Mom wenigstens ein bisschen so sei wie der Charakter, den sie spielte, war wohl eine der am häufigsten gestellten Fragen. Soweit es mir möglich war, beantwortete ich jede von ihnen geduldig. Und tatsächlich konnte ich einige Parallelen zur Serienfigur erkennen, aber das würde ich für mich behalten.

»Wer möchte Erdnussbutter zum Eis?«, rief Mr Jefferson.

»Für mich, bitte.« Hais' Dad reichte mir das Glas, ohne mich dabei anzusehen. Ich überlegte, ob ich etwas Falsches gesagt oder getan hatte. Aber als er mir einen Augenblick später ein flüchtiges Lächeln schenkte, nachdem ich mich bedankt hatte, fiel die Anspannung von mir ab.

Wenn mich Mr Jefferson nicht leiden konnte, dann lag es nicht an mir. Ich hatte mich mit allen hier Anwesenden höflich unterhalten und Hais nicht in Verlegenheit gebracht, beruhigte ich mich selbst.

»Eis mit Erdnussbutter. Das ist so eklig. Ich hätte nicht gedacht, dass das außer Dad noch jemand isst«, empörte sich Hais.

Deutlich spürte ich ihren angewiderten Seitenblick auf mir, der mich jedoch keineswegs aus der Ruhe brachte. Bereits als Kind hatte ich diese Kombination andauernd gegessen, ich hatte einfach nicht genug davon bekommen können. »Du verpasst etwas, wenn du es nicht wenigstens versuchst.« Grinsend sah ich sie an.

Aber sie verzog nur das Gesicht, schielte in meine Schüssel und schüttelte vehement den Kopf. »Dad und du, ihr habt keinen Geschmacksinn.«

...

Das Geburtstagsessen bei Haisleys Eltern war gut verlaufen. Allerdings saß mir die stürmische Heimfahrt mit Goose noch in den Knochen, als ich zu Hause die Schuhe abstreifte und in mein Zimmer ging. Ich legte das Jackett ab und löste den Krawattenknoten. Dann putzte ich mir die Zähne und klatschte mir eiskaltes Wasser ins Gesicht. Das half nur bedingt, aber zumindest linderte es ein kleines bisschen das flaue Gefühl im Magen.

Als Hais ihren Goose in die Tiefgarage gelenkt hatte, hatte ich befürchtet, all das leckere Essen nicht bei mir behalten zu können. Und ich hatte mir geschworen, nie wieder mit Goose mitzufahren, wenn Hais am Steuer saß.

Es war kurz vor Mitternacht, und ich kam nicht zur Ruhe. Um in die Meditation zu finden, brauchte ich für gewöhnlich Musik. Ich hatte mich so daran gewöhnt, dass es ohne die Klänge nur halb so viel brachte und manchmal gar nicht klappte, in die Entspannung zu finden. Jetzt war es zu spät, und Kolton würde mir den

Kopf abreißen, wenn ich es wagte, die Musik auch nur leise abzuspielen. Kopfhörer wiederum störten mich. Sie engten mich ein, weshalb ich es lieber ganz bleiben ließ.

Ich nahm meine Krawatte ab und legte sie über den Stuhl, als ich ein leises Klopfen an der Tür vernahm. Als ich sie öffnete, verspürte ich sofort das Bedürfnis, mich zu verteidigen.

»Ich bin eben erst gekommen und habe *keine* Musik gehört«, entgegnete ich trotz des verräterischen Kribbelns in meinem Bauch, bevor Kolton auf mich losgehen konnte.

Was sonst sollte er mitten in der Nacht von mir wollen? Und warum zur Hölle sah er so verboten heiß aus? Das dunkle T-Shirt schmiegte sich eng an seinen Köper. Seine ausgeprägte Muskulatur zeichnete sich unter dem dünnen Baumwollstoff ab. Die Jogginghose saß tief, und ich befürchtete, dass jeden Moment ein schmaler Spalt seiner Haut zwischen Hose und T-Shirt hervorblitzen könnte. Das wäre mein Untergang. Wenn ich ihn noch einmal nackt sah, konnte ich für nichts mehr garantieren.

Seine Haare hingen ihm in feuchten Strähnen in die Stirn, vermutlich hatte er eben erst geduscht und war vom Training nach Hause gekommen. Das T-Shirt spannte an den Oberarmen, seine Brust wirkte geradezu mächtig. Ich war mir sicher, dass er mich problemlos hochheben konnte, wenn er es denn wollte. Wie kam ich nur auf solche Gedanken? Ich war nicht Herr meiner Sinne.

Vielleicht war Kolton mein Superman, auch wenn er sich nicht so verhielt. Denn Superman war nett zu Menschen, half ihnen. Kolton konnte dagegen noch nicht mal die Musik ertragen, die ich morgens brauchte, um in den Tag zu starten. Er war definitiv kein Superheld. Ich war offenbar einfach nur verblendet, sobald er vor mir stand.

»Darf ich rein?«, flüsterte er und nickte über meine Schulter hinweg.

Kolton wollte mein Zimmer betreten, und ich benötigte einen Augenblick, bis ich mit klopfendem Herzen realisierte, dass er in Frieden kam. Zu leugnen, dass er eine starke Wirkung auf mich ausübte, war mittlerweile unmöglich. Ein Blick in seine einzigartigen grünen Augen reichte aus, um mich meine Worte vergessen zu lassen. Als er mich auf forsche und zugleich neugierige Weise ansah, begann mein Herz, unerwartet schnell zu schlagen.

Das durfte nicht geschehen. Meine beste Freundin war Hals über Kopf in Kolton verliebt. Dass er diese Empfindung in mir auslöste, war schlichtweg unfair Haisley gegenüber.

Aber ich haderte nicht länger, zog die Tür weiter auf und ließ Kolton hinein.

»Könntest du sie schließen?«, fragte er, während er jeglichen Blickkontakt vermied. In diesem Moment wirkte er verlegen, beinahe schüchtern. So hatte ich ihn noch nie erlebt.

Mein gesamter Körper reagierte auf seine Nähe in meinem Zimmer, und ich hatte Mühe, das Zittern in meinen Händen zu verstecken, als ich seiner Bitte nachkam und die Tür schloss.

Er hatte die Hände tief in den Hosentaschen seiner Jogginghose vergraben und sah mich nun verstohlen an. Am liebsten hätte ich mir die Kamera geschnappt und ein Foto von ihm gemacht. Diesen Augenblick festgehalten, das Bild unter mein Kopfkissen gelegt und es jeden Abend vor dem Schlafengehen hervorgeholt, um mir einen kurzen Blick darauf zu erlauben. Und dann plötzlich spielte sich vor meinem inneren Auge ein Szenario ab. Haisley lag auf meinem Bett, sie hielt sich den Bauch vor Lachen, schnappte ein Kissen und pfefferte es mir an den Kopf. Dann hörte sie ein Rascheln unter ihrem Körper, fand das Bild und starrte mich voller Entsetzen an. Ihre unausgesprochene Frage versetzte mir einen Stich in die Brust. Schuldbewusst begegnete ich ihrem Blick und …

»Letztens meintest du …« Kolton seufzte entmutigt, fand die Worte nicht, um weiterzusprechen. Er brachte es immer noch nicht zustande, mich direkt anzusehen. Unruhig und Hilfe suchend wanderte sein Blick durch mein Zimmer. Mal betrachtete er mein Bett, dann den Schreibtisch, bis er einen willkürlichen Punkt auf dem Boden fixierte. Sein Verhalten war verwirrend. Intuitiv trat ich auf ihn zu, was sich als Fehler erwies, denn beinahe gleichzeitig vergrößerte er den Abstand zwischen uns. Ich wollte ihm im wahrsten Sinne des Wortes nicht zu nahe treten. Hätten Hais oder Aiden inmitten meines Zimmers gestanden und nicht gewusst, weshalb sie gekommen waren, wäre meine Reaktion gleich ausgefallen.

Die Stille im Zimmer war aufgeladen, und nicht zum ersten Mal in seiner Gegenwart befürchtete ich, mein Herz würde dermaßen laut schlagen, dass er es hören konnte. Mein Brustkorb schien zu vibrieren. Nicht, weil ich Kolton so umwerfend fand. Das tat ich, keine Frage. Aber es war die Sorge, dass irgendetwas mit ihm nicht stimmte. Jetzt gerade machte er keinen souveränen Eindruck auf mich.

Seit ich von dem Schicksalsschlag wusste, der ihm widerfahren war, verhielt ich mich achtsamer. Dass er mit dem schweren Verlust kaum zurechtkam, war nicht zu übersehen. Er schädigte sich jeden Tag aufs Neue, nur um sich selbst zu bestrafen. Und jetzt stand er nachts in meinem Zimmer, unfähig, einen vollständigen Satz von sich zu geben. Das fand ich besorgniserregend.

»Kolton, du … bist zu mir gekommen. Worüber willst du mit mir sprechen?«

Sein Brustkorb hob sich zu einem heftigen Atemzug, seine Hände hatte er weiterhin in seinen Hosentaschen vergraben, und inzwischen starrte er auf irgendeinen Punkt hinter mir an der Wand.

»Was immer es ist, du kannst mir vertrauen«, wagte ich einen weiteren Versuch. Ich würde niemandem von seinem Besuch erzählen und sein Geheimnis, was immer es auch war, für mich behalten. Ich würde ihn nicht ausliefern oder bloßstellen und war mir sehr wohl bewusst, dass er in gewisser Hinsicht im Rampenlicht stand. Vermutlich gab es in Harvard niemanden, der ihn nicht kannte.

Sein Kiefer spannte sich an. Es war ihm anzusehen, dass er einen inneren Kampf mit sich ausfocht. Worum es dabei ging, wusste nur er.

Allmählich entspannte sich sein Kinn, und sein Blick fand meinen. Ohne Vorwarnung schnellte mein Puls hoch, und mein Bauch begann, wie verrückt zu kribbeln.

»Ein Kuss, Vance.«

Es herrschte Stille, während mir mein Herz bis zum Hals schlug. Nichts in seiner Miene deutete auf einen Scherz hin, und dennoch war ich überzeugt davon, dass das einer sein musste.

»Ein Kuss«, wiederholte ich tonlos.

Er schluckte hart, wirkte ein bisschen verzweifelt und zugleich überfordert, als er sich mit der Hand durchs Haar fuhr. Dann starrte er kurz an die Decke und schnappte erneut nach Luft, ehe er zu mir zurücksah. Und es war sein Gesichtsausdruck, der ein Feuer in mir entfachte.

»Ich bitte dich um einen Kuss.«

Entsetzt starrte ich ihn an, wartete darauf, dass etwas geschah, das die Situation auflöste, und unterdrückte all die Empfindungen, die in mir hochkamen. Eine versteckte Kamera. Haisley, die sich für ihre Radiosendung ein neues Format ausgedacht hatte und die Aufnahmen hinterher für ihre Sendung verwenden würde. Etwas, das dieses Szenario real und verständlich auf mich wirken ließ. Dass Kolton in der Vergangenheit auf mich reagiert hatte, war mir nicht entgangen. Aber ich ging davon aus, dass ich der erste homosexuelle Mann war, mit dem er mehr Zeit verbrachte. Da passierte es durchaus, dass man sich das eine oder andere Mal eigenartig verhielt, weil man besonders darauf achtete, seinem Gegenüber keine falschen Hoffnungen zu machen. Aber jetzt das?

»Unmöglich.« Ich schüttelte den Kopf.

»Es ist unmöglich, mich zu küssen?«, fragte er vorsichtig und befand sich zugleich wieder in der Rolle des selbstbewussten Mannes. Das kurze Zucken in seinem Mundwinkel, das einfach nur umwerfend war, verriet ihn. Er war kopfüber ins kalte Nass gesprungen, war sich seiner Sache inzwischen aber sehr sicher.

Jetzt war ich derjenige, der nach Luft schnappte. Das alles konnte doch nicht wahr sein. Der heißeste und begehrteste Kerl auf dem ganzen Campus stand in meinem Zimmer und bat mich um einen Kuss. Das war …

»Ich bin kein Versuchskaninchen. Frag … Wyatt.«

Er schnaubte. »Lass es mich sein, das waren *deine* Worte.«

Ich erinnerte mich an unser Gespräch in der Küche und … verdammt, ich war vorlaut gewesen und hatte nicht nachgedacht. Was in seiner Gegenwart häufiger vorkam, als mir lieb war. »Okay, dann eben Aiden. Er wäre vermutlich nicht abgeneigt«, schlug ich vor.

Koltons Stirn legte sich in nachdenkliche Falten. »Meinst du, er steht auf Männer?«

»Woher soll ich das wissen?«, fuhr ich ihn an, denn gerade fühlte ich mich wie der Beauftragte für Homosexuelle in unserer Wohngemeinschaft. Es kam immer wieder vor, dass ich stundenlange Monologe über Homosexualität halten sollte. Erst vor Kurzem hatte mich meine Tante einmal zu Tee und Kuchen eingeladen. Was sie mir nicht gesagt hatte, war, dass sie ihren kompletten Buchclub eingeladen und dieser unzählige Fragen gesammelt hatte, die ich beantworten sollte. Auch wenn die Damen aus ihrem Buchclub nett und offen gewesen waren, hasste ich solche Situationen. Und auch jetzt hatte ich keine Lust, den Schwulenexperten zu spielen. Ich hatte keinen Schimmer, was in Aiden vorging. »Ich denke, er wäre zumindest nicht abgeneigt, wenn Wyatt ihm mehr Aufmerksamkeit schenken würde.«

Kolton machte große Augen. »Nein.«

»Gott, Kolton. Ich bin nicht allwissend, es ist nur eine vage Vermutung.«

Dann dehnte sich wieder diese unbehagliche Stille zwischen uns aus. Ratlos betrachteten wir uns.

»Was, denkst du denn, geschieht, wenn du mich küsst?«, fragte ich, weil ich schon immer gewusst hatte, dass mir Männer gefielen. Lange bevor ich ein Mädchen oder einen Jungen geküsst hatte. Im Grunde hatte ich es bereits in der Grundschule geahnt. Mein Herz hatte immer einen Tick schneller geschlagen, sobald mir ein Junge gefiel. Bei Mädchen, die ich hübsch gefunden hatte, war das anders gewesen.

»Ich habe keine Ahnung. Deshalb will ich es ja herausfinden.«

»Ich bezweifle stark, dass du hinterher genau weißt, was du willst. Gefühlsproben lassen sich nicht einfach wie Experimente durchführen.« Ich deutete zwischen uns. »Das wird nicht funktionieren. Dieser Kuss würde dir nichts bedeuten und dir deshalb keinen Aufschluss geben, ob du vielleicht auch auf Männer stehst.«

Kolton sah mich mit sanften Augen an, als täte es ihm leid, mich um den Gefallen zu bitten. Als wüsste er, dass es ein Fehler war. Und verdammt, das war es auch.

»Würde dir der Kuss etwas bedeuten?«

Seine Frage schnürte mir die Kehle zu und hinderte mich daran, zu antworten. Verflucht, das würde er. Und das durfte ich nicht zulassen. Meine Ausgangslage war allerdings äußerst verzwickt. Kolton stand in meinem Zimmer, roch herrlich frisch nach Duschgel und sah zudem unfassbar sexy aus. Ich durfte ihn nicht haben, wollte ihn aber unbedingt.

»Vance?«, flüsterte er mit rauer Stimme.

Noch immer verwehrte mir ein Knoten im Hals eine Antwort. Das verschaffte mir etwas Zeit.

»Ausgeschlossen«, stieß ich mühsam aus.

Zögernd nickte er. »Ich werte das als ein klares Nein.«

Etwas in mir zog sich schmerzhaft zusammen, seine Worte taten mir weh. Natürlich war das eine Lüge. Aber ich durfte mir die Wahrheit nicht eingestehen.

Sein Blick glitt langsam über mein Gesicht, ehe sich ein hauchzartes Lächeln um seinen Mund andeutete. Wieder sah er mir tief in die Augen und sorgte damit für eine umwerfende Gänsehaut, die mich schonungslos überrollte.

»Willst du wissen, was ich denke?«

Gefangen in seinem Blick, nickte ich ihm zu.

»Der Kuss hätte uns beiden gefallen«, flüsterte er bedeutungsvoll. Mein Herz pochte unaufhörlich, ich konnte das Blut in meinen Ohren rauschen hören und musste mich aktiv daran erinnern, zu atmen. Als er an mir vorbeitrat, schlossen sich meine Finger gerade noch rechtzeitig um sein Handgelenk. Es war kräftig und warm. Eine Welle des Glücks erfasste mich, stellte meinen gesamten Körper auf den Kopf und löste ein aufregendes Durcheinander in ihm aus. Meine Kehle war staubtrocken, als er innehielt und sich nicht losriss, was er mit Leichtigkeit hätte tun können. Deutlich spürte ich seinen schnellen Puls unter meinen Fingern. Vielleicht war es auch meiner.

Ich senkte den Blick, betrachtete meine Hand, die seine so heftig umklammerte, dass bestimmt ein Abdruck zu sehen sein würde. Langsam löste ich meinen Griff und schaute zu ihm auf.

Koltons Augen funkelten. Ich las darin den Drang, herausfinden zu wollen, wie es sich anfühlte, einen Mann zu küssen. Mich zu küssen.

Das Schweigen zwischen uns erdrückte mich förmlich, und als er sich wie unabsichtlich über die Oberlippe leckte, hörte ich auf, nachzudenken, zog ihn an seinem T-Shirt hastig an mich und drängte meine Lippen auf seine. Ich küsste seinen wunderbar weichen Mund. Sein Körper prallte an meinen, bereitwillig öffneten sich seine Lippen und ließen mich seine Zunge spüren. Der Kuss glich einem Feuerwerk. Ich reagierte so heftig auf ihn, dass ich kaum Luft bekam. Aufhören konnte ich dennoch nicht, denn das Beste daran war, dass Kolton mich zurückküsste. Ohne jegliche Zurückhaltung oder Vorsicht. Er küsste mich leidenschaftlich und hingebungsvoll. Da waren nur noch unsere Lippen, unsere Zungen, die sich gegenseitig erkundeten. Und seine Hand, die an meinen Nacken glitt. Die Last seines Körpers, die mich gegen die Zimmertür presste. Das heisere Stöhnen, das den Raum erfüllte.

Wir waren wie zwei ausgehungerte Teenager, deren Eltern sie zum ersten Mal für ein paar Minuten allein ließen. Wir fielen regelrecht übereinander her. Und ich bekam nicht genug von ihm, konnte nicht anders, als ihn noch näher an mich heranzuziehen, weil ich ihn einfach spüren musste, weil ich mehr von ihm brauchte. Hemmungslos schlüpfte meine Hand unter sein T-Shirt und glitt mit den Fingerkuppen über seine Wirbelsäule. Kolton fühlte sich unglaublich gut an. Trotz seines stählernen Körpers war seine Haut weich, und ich wollte ihn überall berühren.

Er küsste mich wild und stürmisch, neckte mich, ließ mich seine Zähne spüren und saugte an meiner Unterlippe. Ich wurde langsam hart und stöhnte leise an seinen Lippen. Und dann fühlte ich nur allzu deutlich an meinen Hüften, dass ihn unser Kuss ebenfalls erregte. Und das war … Haisley! Wie konnte ich sie nur vergessen?

Ich schnappte nach Luft, fasste an Koltons starke Oberarme und drückte ihn von mir. Einen Moment verharrte er noch an meinem Mund, sah mich mit seinen dunklen Augen an, ehe er mich schwer atmend entließ.

»Fuck!«, fluchte er und fuhr sich durchs Haar.

Ich lehnte mich an die Tür und legte meinen Kopf in den Nacken, versuchte, meine Atmung unter Kontrolle zu bringen, zu begreifen, was eben geschehen war.

»Nein«, stieß ich kopfschüttelnd aus, als sich meine Lungen einigermaßen erholt hatten.

»Das wird nicht wieder passieren«, kam er mir zuvor.

»Das will ich hoffen«, antwortete ich eine Spur zu barsch, aber ich war noch immer völlig fassungslos darüber, was eben geschehen war. »Hais und … überhaupt!«

»Haisley und ich sind nicht zusammen, wir daten«, beharrte er, doch ich konnte erkennen, dass auch er sich schuldig fühlte. Das alles ging nicht spurlos an ihm vorbei. Ja, sie waren nicht exklusiv und hatten, soweit ich informiert war, auch noch nicht miteinander geschlafen. Aber ich kannte Haisleys Gefühle, sie war völlig vernarrt in ihn. Niemals hätte ich ihr das antun dürfen. Wie Kolton das sah, konnte mir gleichgültig sein. Hier ging es um meine Freundschaft mit Haisley, und man küsste nun mal nicht den Kerl seiner besten Freundin. So was gehörte sich nicht.

»Das war eine einmalige Sache. Nicht schlecht, aber …«

»Wir wissen beide, dass es mehr als nur ›nicht schlecht‹ war. Das war sehr deutlich spürbar, wenn du verstehst, was ich meine. Aber wiederholen wird sich das nicht, damit liegst du richtig«, schnitt ich ihm das Wort ab.

Daraufhin stieß ich mich von der Tür ab. Kolton wusste meine

Geste zu deuten, schob sich an mir vorbei und verließ fluchtartig den Raum, ohne mich ein weiteres Mal anzusehen oder sich in irgendeiner Form zu rechtfertigen. Ich war mir fast sicher, dass er mich morgen und womöglich für den Rest seines Lebens ignorieren würde. Und das Ziehen in meiner Brust verriet mir unverblümt, dass mir das kein bisschen gefallen würde. Auch wenn ich alles daransetzen musste, diesen Kuss zu vergessen.

13

Kolton

»Clare, mach mal langsam.« Ich lachte auf und versuchte, sie daran zu hindern, an mir hochzuklettern, weil sie ihre Arme viel zu fest um meinen Hals geschlungen hatte und ich dadurch kaum Luft bekam. Außerdem bohrte sich ihr Knie schmerzhaft in meinen Rücken. »Komm, lass uns in den Klettergarten gehen«, schlug ich stattdessen vor und reichte ihr meine Hand, sobald sie mich endlich freigelassen hatte.

»Ihr könnt jetzt nicht raus, gleich kommt der Fotograf«, warf Fatima sichtlich gestresst ein. Sie räumte bereits seit Stunden sämtliche Spielsachen und Turngeräte von der einen Seite auf die andere. Es fiel ihr nicht auf, dass das keinen Sinn ergab.

»Der Fotograf?«

Verständnislos betrachtete sie mich. »Klar, deshalb hab ich dich doch angerufen. Es werden neue Bilder für die Homepage und den Spendenaufruf gemacht.«

Ich erinnerte mich zwar nicht daran, aber im Grunde war es auch egal. Dann spielten Clare und ich eben im Turnsaal weiter.

»Klettern«, beharrte die Kleine und zog einen Schmollmund, als ich den Kopf schüttelte.

»Lass uns lieber im Turnsaal einen Parcours bauen.«

Clare riss vor Freude ihre Arme in die Höhe und sprintete los.

Kopfschüttelnd schaute ich ihr nach. »Die Kleine hält mich ganz schön auf Trab.«

»Tja, du siehst heute auch nicht gerade ausgeschlafen aus«, stellte Fatima fest und schleppte vier übereinandergestapelte Stühle gleichzeitig herum.

»Was genau willst du eigentlich damit bezwecken, und warum lässt du dir nicht helfen?«

Sie setzte die schwere Last ab, streckte ihren Rücken durch und seufzte. »Keine Ahnung. Offen gestanden weiß ich selbst nicht, was ich hier anstelle.«

»Das kann ich dir sagen. Du schleppst seit Stunden Zeug herum, und es ändert sich kaum etwas. Lass uns die Tische in den Nebenraum tragen, ich gebe Collin Bescheid, damit sie nach Clare sieht.«

»Eine Kulisse sollte das werden«, murmelte sie erschöpft und warf die Hände in die Luft. »Sieht nicht danach aus.« Enttäuscht pustete sie sich eine Haarsträhne aus dem Gesicht und blickte auf die gestapelten Möbel.

»Das ist nicht nötig«, vernahm ich eine Stimme, die ich nur allzu gut kannte. Fatima und ich drehten uns gleichzeitig zu ihr um.

Mein Plan, Vance aus dem Weg zu gehen, war schneller fehlgeschlagen, als ich befürchtet hatte. Ich war nicht gefasst darauf, ihn so bald wiederzusehen. Weshalb ich mich heute Morgen aus dem Apartment geschlichen hatte, bevor meine Mitbewohner aufgewacht waren. Ich hatte mir die Trainingstasche geschnappt, war ins Fitnessstudio gegangen und anschließend beim offiziellen Training aufgeschlagen. Meine Kurse fanden am späten Nachmittag statt, und abends wollte ich wieder ins Fitnessstudio. Ein perfekter Plan, wie ich fand. Allerdings hatte ich nicht damit gerechnet, dass ich Vance ausgerechnet hier über den Weg laufen würde.

»Wie meinen Sie das?«, fragte Fatima und schüttelte Vance' Hand.

»Vance, schön, Sie kennenzulernen«, begrüßte er sie charmant schmunzelnd.

Ich hingegen hasste ihn für dieses Lächeln. Natürlich redete ich mir das nur ein. In Wahrheit gefiel es mir, sehr sogar. Vance hatte eine einnehmende Ausstrahlung, die Stärke und Geborgenheit vermittelte und einem das Gefühl einhauchte, alles würde gut werden. Einerseits war er liebenswert, andererseits furchtbar nervig. Ich mochte seine Gesellschaft, auch wenn er mir tierisch auf den Sack ging. *Fuck!* Die Erinnerung an unseren Kuss gestern kam schon wieder hoch. Umwerfend heiß und wild. Er war perfekt gewesen.

»Kolton?«, riss mich Fatima aus meinen Gedanken, wofür ich ihr unendlich dankbar war. Doch als ich Vance' Blick begegnete, er mich mit einer hochgezogenen Augenbraue musterte, war ich mir sicher, dass er haargenau wusste, woran ich eben gedacht hatte. Schon wieder.

»Vance meinte, er werde uns einfach so fotografieren. Im Alltagsgeschehen, das klingt doch wunderbar, findest du nicht?« Sichtlich erleichtert wanderten ihre Mundwinkel nach oben. »Ich gebe den anderen schnell Bescheid.«

Im nächsten Augenblick standen wir uns allein gegenüber. Genau das, was ich vermeiden hatte wollen. Zumindest für ein paar Tage, bis Gras über die Sache gewachsen war.

»Ernsthaft, das Heart Children's Center?«, fuhr ich ihn an, nachdem ich sicher war, dass alle Kinder außer Hörweite waren.

Vance kniff die Augen zusammen. »Woher soll *ich* wissen, dass du hier arbeitest?«

»Die Sache im Kino?«

Seine wütenden Augen sprachen Bände. »Deine Arroganz ist nicht zu übertreffen, was? Bis vor wenigen Stunden wusste ich noch nicht mal, dass Harvard dieses Kinderheim unterstützt, geschweige denn, dass ich Bilder machen soll. Wir haben nie darüber gesprochen, wie die Einrichtung heißt, für die du tätig bist.«

Ich war genervt. Die Vorstellung, dass Vance für die nächsten Stunden hier sein würde und mich bei der Arbeit mit den Kids beobachtete, störte mich immens.

»Okay.« Vance platzierte seine Kamera und all den Kram, den er mitgebracht hatte, auf einem der freien Tische. »Ich kann gut nachvollziehen, dass du mir aktuell lieber aus dem Weg gehst und …« Er beendete den Satz nicht, sondern hantierte stattdessen mit seiner Kamera herum und steckte zwei Teile des Stativs zusammen. Dabei wirkte er äußerst konzentriert.

»Ich hab keinen Schimmer, was du mir mitteilen möchtest«, bemerkte ich, weil er offenbar nicht vorhatte, den Satz zu beenden.

Vance stöhnte, weil das Teil in seinen Händen nicht sofort einrastete. »Womöglich bist du einer der besten Studenten dieses Jahrganges, das Herzstück deines Footballteams und … stehst eben auch auf Männer.« Er kniff die Augen zusammen und wiegte den Kopf hin und her, so, als müsste er ernsthaft darüber nachdenken. »Okay, du stehst sogar ziemlich sicher auf Männer. Aber du bist nicht der Mittelpunkt der Erde. Du bist nicht die gottverdammte Sonne, Kolton.«

Ich war überrascht, wie verärgert Vance plötzlich klang. Sein Verhalten ließ Wut in mir aufsteigen. Denn er hatte keinen Schimmer, was ich aktuell durchmachte. Es stand ihm nicht zu, ein Urteil über mich zu fällen.

»Und falls dir in den Sinn kommt, ich wüsste nicht, was du gerade durchmachst und wie verwirrend so ein Kuss sein kann, dann irrst du dich gewaltig. Spoiler: ICH BIN SCHWUL.« Vance dermaßen rasend zu erleben war neu für mich. Seine Augen sprühten förmlich Funken. »Und weißt du, was, am allermeisten bin ich wütend auf mich selbst, weil ich meine beste Freundin betrogen habe, was dir völlig egal zu sein scheint.«

»Haisley ist auch meine Freundin, und ich werde das klären, versprochen.«

»Was soll das heißen? Dass du eure Dates in Zukunft nicht mehr vergisst oder ihr weiterhin Interesse vorgaukelst, obwohl du keines hast?«

Gott, ich wusste nicht, wohin mit dieser Wut in mir. Es triggerte mich, dass er mir das alles unterstellte, als ob ich vorsätzlich gehandelt hätte. Haisley war cool, ich mochte sie. Aber Verabredungen waren schließlich dafür da, um herauszufinden, ob man sich zusammen etwas vorstellen konnte. »Es war ein einziges Date, das ist noch lange keine Liebeserklärung.«

»Dates bedeuten etwas, für mich jedenfalls. Das hätte nicht passieren dürfen.«

»Bereust du den Kuss?«, fragte ich, ohne nachzudenken. Mit einem Schlag wurde die Wut in meinem Inneren leiser. An ihre Stelle trat ein anderes Gefühl, das allerdings nicht viel angenehmer war. Unsicherheit.

Vance begegnete meinem Blick und zögerte. Er biss sich auf die Unterlippe und schien ernsthaft über die Antwort nachdenken zu müssen. Und das tat überraschenderweise scheißweh.

»Ich bereue ihn nicht«, gab ich zu, als ich sein Schweigen nicht länger ertrug. Und es kostete mich immense Kraft, das zuzugeben.

Denn auch wenn ich die Erfahrung hinter verschlossener Tür genossen hatte, durfte sich das nicht wiederholen. Nicht während meiner Footballzeit und nicht, wenn es bedeutete, mich vor meinen Eltern zu outen. Ich wollte sie nicht noch mehr enttäuschen, als ich es ohnehin schon getan hatte.

Vance zu küssen hatte sich unglaublich gut angefühlt. Richtig. Wahr. Aber das bedeutete noch lange nicht, dass ich bisexuell war. Sich auszuprobieren gehörte doch zum Leben dazu. Ja, ich hatte den Kuss genossen. Aber das würde nichts an meiner Zukunft ändern. Niemals würde ich mich ernsthaft auf ihn einlassen und anderen Menschen eine Angriffsfläche bieten. Das war unvorstellbar.

...

»Und komm bloß nicht auf den Gedanken, dir irgendeine schwule Scheiße auszudenken«, lallte Wyatt. Ich fühlte mich seltsam ertappt, was dämlich war. Denn Wyatt konnte unmöglich von dem Kuss wissen. Und außerdem machte mich ein Kuss noch lange nicht schwul.

Haisleys Augen tränten vor Lachen, Aiden grinste wie ein bescheuertes Honigkuchenpferd, und selbst Blaze, der sich sonst eher still verhielt, klatschte vergnügt in die Hände. »Lasset die Spiele beginnen!«, rief er aus.

»Ey, wo warst du so lange?«, fragte Wyatt und sah mich vorwurfsvoll an.

»Vorlesungen. Training. Bibliothek. Wir sind hier, um zu studieren, schon vergessen?«, konterte ich schneidend, weil es mir furchtbar auf die Nerven ging, mich rechtfertigen zu müssen. Was glaubte er, wer er war? Meine Mom? Der Gedanke an meine Eltern versetzte mir einen Schlag in die Magengrube. Mom und Dad interessierten sich kaum noch für mein Leben. Vielleicht ging ich mit Wyatt zu hart ins Gericht, immerhin schien er sich um mich zu sorgen. Wahrscheinlich sollte ich seine Fürsorge zu schätzen wissen.

»Was zur Hölle meinst du mit schwuler Scheiße?« Vance, den ich bisher nicht wahrgenommen hatte, steckte seinen Kopf über die Rückenlehne unserer Couch. Seine grauen Augen schossen bitterböse kleine Pfeile auf Wyatt ab, der mit den anderen am Tisch saß.

Vance schon wieder zu begegnen, noch dazu in unserer Wohnung, war schwierig für mich. Immerhin hatte ich ihn gerade erst aus dem Kopf bekommen, nachdem er den halben Tag im Kinderheim verbracht und mich bei meiner Arbeit gestalkt hatte.

Seine Wangen waren gerötet, sein Blick glänzend verklärt. Es war nicht zu übersehen, dass auch er das eine oder andere Gläschen getrunken hatte. Sobald mir bewusst war, was das bedeutete, peitschte Adrenalin durch meinen Körper. Panik stieg in mir auf. Vance war noch nie betrunken gewesen, jedenfalls erinnerte ich mich nicht daran. Was, wenn er jemand war, der redselig wurde und Geheimnisse ausplauderte? Dinge, die niemand erfahren durfte. Was, wenn er von unserem Kuss erzählte?

Schief grinsend kratzte sich Wyatt am Kinn. »Na, du weißt schon. An den Arsch grapschen und so weiter«, erklärte er und zuckte mit den Schultern, als gehörten sexuelle Übergriffe zum Alltag eines homosexuellen Mannes.

Vance legte seine Hände auf die Rückenlehne des Sofas und bettete sein Kinn darauf. Als wäre er ganz Ohr, welchen Unsinn Wyatt noch von sich geben würde. Seine Augen funkelten. Ich war mir nicht sicher, ob vor Erheiterung oder Wut. Vielleicht eine Mischung aus beidem.

»Sonst noch was?«, fragte er geduldig.

Aiden, Blaze und Haisley waren bisher stille Zeugen oder schlichtweg zu betrunken, um sich dem Gespräch anzuschließen.

Ich wiederum stand hilflos daneben und konnte die beiden kaum verstehen, so laut klopfte mein Herz.

»Hör nicht auf ihn«, warf Haisley schließlich erstaunlich souverän ein, und auch Aiden und Blaze nickten zustimmend. Offensichtlich hatte ich mich geirrt, was ihren Zustand betraf. Sie waren nicht völlig betrunken.

Doch Vance hatte Blut geleckt. »An den Schwanz fassen ist dann wohl auch nicht drin, oder?«

Wyatt verzog das Gesicht, griff nach seinem Glas und nahm gleich mehrere Schlucke. Dabei ließ er Vance keine Sekunde aus den Augen. »Ekelhaft«, kommentierte er, nachdem er ausgetrunken hatte.

Weil ich das Desaster, das sich hier zuspitzte, bestimmt nicht nüchtern ertrug, schenkte auch ich mir ein Glas Wodka ein und nahm ein paar kräftige Schlucke. Sogleich spürte ich, wie sich der Alkohol in meiner Blutbahn ausbreitete und mich wärmte. Ich hatte seit Mittag nichts gegessen, hinzu kam das fordernde Training mit der Mannschaft und meine zusätzlichen Einheiten. Mein Körper würde sich morgen gewiss rächen, aber für den Augenblick war ich einfach nur dankbar, dass der Alkohol meine Panik milderte. Wenn Vance unseren Kuss ausplauderte, würde ich ihn bestreiten. Auf keinen Fall würde ich die Wahrheit zugeben.

»Schade, dann werden wir zwei uns also nicht küssen, Wyatt. Ich bin untröstlich.«

Ich bemühte mich, nach außen die Fassung zu bewahren und Vance' Blick zu meiden. Vermutlich reichte ein einziger Blickkontakt aus, um mich zu verraten. Aus dem Augenwinkel nahm ich wahr, wie Wyatt einen Pappbecher durch den Raum in Richtung

Vance pfefferte. Auf der Stelle wurde es still. Glücklicherweise verfehlte der Becher sein Ziel und landete auf dem Boden.

»Fuck, Wyatt! Es reicht«, schimpfte Aiden, und auch Haisley legte heftigen Protest ein.

»Klar, jetzt bin ich wieder der Idiot. Aber ich habe nichts falsch gemacht. Ich. Bin. Nicht. Schwul. Er ist das gottverdammte Problem, nicht ich.« Wyatt erhob sich, torkelte einen Schritt zurück und stieß dabei beinahe den Stuhl um. Sein Gesichtsausdruck wirkte verbissen hart und zugleich traurig, vielleicht sogar leidend. Und in dieser Sekunde flehte ich insgeheim, dass Vance die Klappe halten würde.

»Vance, verzieh dich doch einfach in dein Zimmer, merkst du denn nicht, was du hier anrichtest?«, platzte es aus purer Angst, er könnte mich verraten, aus mir heraus. Ich wollte ihn loswerden und mich in Sicherheit wissen. Wer konnte schon sagen, wie viel er noch trinken und dann vielleicht ausplaudern würde. Vance blinzelte mich ungläubig an. Dann ergriff Haisley wieder das Wort, Blaze' und Aidens Stimmen mischten sich darunter. Doch meine Aufmerksamkeit galt Vance. Seit seinem Einzug sorgte er für Unruhe, vor allem in meinem Leben. Er sollte verschwinden, am besten für immer.

Erstaunlicherweise ließ sich Vance kaum etwas anmerken. Nur ein Zucken seines Kiefers verriet, wie verletzt er war. Er löste den Blick von mir, erhob sich und umrundete die Couch. Im Vorbeigehen rammte er mich an der Schulter, sodass ich zur Seite stolperte. Ich war ihm nicht rechtzeitig aus dem Weg gegangen und erstaunt, wie heftig seine Reaktion ausfiel, wie kräftig er mich aus dem Weg gestoßen hatte. Noch überraschter war ich allerdings darüber, wozu ich imstande gewesen war, nur um meinen Arsch zu retten. Aber ich wollte eben um alles in der Welt verhindern, dass jemand von letzter Nacht erfuhr. Vielleicht würde sich Vance nach dem heutigen Abend eine neue Bleibe suchen und mein Leben nicht länger auf den Kopf stellen. Bei dem Gedanken daran, dass er ausziehen würde, spürte ich die verdrängten Schuldgefühle aufkommen. Verdammt. Ich wollte Vance nicht verletzen, aber mir fiel auch nichts Besseres ein, um mich selbst zu schützen. Ich war ein erbärmliches, feiges Arschloch.

Haisley sah mich mit Tränen in den Augen an. Blaze und Aiden betrachteten mich mit entsetzten Mienen. Nur Wyatt riss triumphierend seine Faust in die Luft.

»Dass Hardin gestorben ist, tut uns allen leid. Wir wissen, wie schwer das für dich sein muss, und … vermissen ihn selbst jeden verdammten Tag. Aber … das gibt dir nicht das Recht, dich wie ein Arschloch zu benehmen«, sagte Aiden, stand auf und zog sich in sein Zimmer zurück. Blaze und Haisley tauschten einen bedeutsamen Blick, dann verließen auch sie wortlos das Wohnzimmer. Ich hörte noch, wie sich Haisley und Vance unterhielten. Bestimmt wollte sie sichergehen, dass es ihm gut ging, ehe sie das Apartment verließ.

»Lass uns darauf trinken, dass wir den Idioten vertrieben haben!«, jubelte Wyatt, nahm die Wodkaflasche und füllte unsere Gläser. Dass dabei mehr Flüssigkeit auf dem Tisch landete als im Becher, schien ihm nicht weiter aufzufallen. »Wir brauchen hier niemanden wie *ihn*, nicht wahr?«

Mein Magen rebellierte hart und unbarmherzig. Ich hatte nichts gegessen, nur getrunken, und die wenigen Schlucke Alkohol wogen schwer. Im nächsten Moment verschwamm Wyatt vor meinem Sichtfeld. Ich schleppte mich gerade noch rechtzeitig in mein Zimmer, schaffte es bis ins Badezimmer, warf mich auf die Knie, beugte mich über die Toilette und erbrach mich. Meine Kehle brannte von der bitteren Flüssigkeit, die sich unter schweren Krämpfen mühselig hochkämpfte. Ich fragte mich, ob das als

Strafe für mein Verhalten ausreichen würde. Ob es irgendetwas gab, das mein Benehmen rechtfertigen konnte. *Angst.* Ich hatte schlichtweg Angst um meinen guten Ruf. Angst vor der Wahrheit. Und Angst war ein verdammt schlechter Begleiter, wenn es darum ging, das Richtige zu tun oder zu sagen. Angst brachte die dunkelsten Seiten von Menschen zum Vorschein. Angst machte alles kaputt.

14

Vance

Eiligen Schrittes verließ ich den Hörsaal, dabei begleiteten mich Professor Cowens Worte, die er zu Beginn der Vorlesung gesagt hatte. »Erkenntnis ist Stärke. Einem fremdbestimmten Weg stur zu folgen, ohne ihn zu hinterfragen, bedeutet, sich der eigenen Erkenntnis zu verwehren.«

Je öfter ich den Satz gedanklich wiederholte, desto verständlicher wurde er. Es steckte viel Wahres darin.

Ich saß weiterhin brav in den Kursen, lauschte den Professoren und bemühte mich, ihren Vorträgen zu folgen. Die meiste Zeit empfand ich ihre Themen jedoch als uninteressant, sodass meine Gedanken ständig abdrifteten. Die Abgabetermine für die Hausarbeiten rückten näher, bald würden die Prüfungswochen beginnen, und ich konnte mich kaum dazu überwinden, ein Buch aufzuschlagen oder auch nur einen kurzen Blick in die Mitschriften zu werfen. Stattdessen nahm ich noch häufiger meine Kamera in die Hand. Bearbeitete bis spätnachts Bilder, fütterte meinen Instagram-Account und hatte kurz entschlossen an einem nationalen

Fotowettbewerb teilgenommen, was mich wiederum eine ganze Nacht gekostet hatte. Mein Leben in Harvard entwickelte sich in eine völlig verkehrte Richtung. Ich wusste das. Mom würde es verstehen, wenn ich Harvard verlassen wollte und mir eingestand, dass ein Studium nichts für mich war. Gleichzeitig fragte ich mich, was wäre, wenn die Suche nach meinem Dad erfolgreich verlaufen wäre. Vermutlich hätte ich mich in den Kursen und Vorlesungen besser konzentrieren können. Denn die meiste Zeit fragte ich mich, ob ich irgendetwas übersehen hatte. Und wenn ich ausnahmsweise mal nicht an meinen Dad dachte, schwirrte Kolton in meinem Kopf umher. Es war kein Wunder, dass ich hinterherhing.

Sosehr ich Mom liebte, und vermutlich auch, weil ich so hart um die Aufnahme in Harvard gekämpft hatte, wollte ich mir nicht eingestehen, dass sie recht behielt. Schließlich hatte sie mir von Anfang an mitgeteilt, dass sie mich nicht in Harvard sah, und mir nahegelegt, an einer anderen Universität zu studieren. Hätte ich das bescheuerte Foto von ihr und diesem Mann nicht entdeckt, hätte ich vermutlich nie mit dem Gedanken gespielt, mich in Harvard zu bewerben.

»Vance!«, rief Haisley, als ich das Gebäude verließ und die späte Herbstsonne meine Nasenspitze traf. Es war ein perfekter Tag, um Fotos zu schießen, doch nachdem sich die Ereignisse gestern Abend und auch schon die Nacht davor überschlagen hatten, hatte ich unser Apartment ausnahmsweise ohne Kamera verlassen. »Ich hab heute Morgen auf dich gewartet, und du gehst nicht an dein Telefon.« Atemlos schloss sie zu mir auf. »Das mit gestern Abend tut mir leid, ich hätte eingreifen müssen.«

Es fiel mir schwer, sie direkt anzusehen. Das schlechte Gewissen nagte an mir, ich war ihr bewusst aus dem Weg gegangen. Gestern schon hatte ich kaum mit ihr gesprochen. Immerhin hatte ich meine beste Freundin hintergangen. Auf die schlimmste aller möglichen Arten. Ich hatte das unausgesprochene No-Go gebrochen. Sister before Mister. Und das Schlimmste war, dass meine Gedanken weiterhin pausenlos um Kolton kreisten. Dass ich nicht aufhören konnte, an den Kerl zu denken, der mich zudem wie Dreck behandelt hatte.

»Schon okay, ich kann für mich selbst einstehen. Du musst mich nicht ständig in Schutz nehmen«, erwiderte ich schließlich und hatte Mühe, ihr wenigstens einen Seitenblick zu schenken.

Schuldbewusst lächelte sie. »Ich fühle mich dennoch schlecht.«
Ich fühlte mich schlecht.

»Und weil du heute nicht ins Tattee Bakery & Café gekommen bist, hab ich dir eben einen Mandeltee besorgt, als kleine Wiedergutmachung sozusagen.«

Mein Gewissen fraß mich buchstäblich auf. Was konnte ich tun, um mein Verhalten wiedergutzumachen? Nichts, rein gar nichts.

»Sogar mit Hafermilch.« Sie lächelte stolz, weil sie dieses Mal daran gedacht hatte.

»Danke.« Ein kurzer Blick in ihre Augen reichte aus, um mich noch miserabler zu fühlen als zuvor. Und das war schon fast unmöglich.

»Kolton reagiert nicht auf meine Nachrichten«, murmelte sie kaum hörbar, während ich am Tee nippte. Beinahe hätte ich mich verschluckt, weil ihre fragenden Augen mich im Stillen um Rat baten.

»Zeit für einen kleinen Spaziergang?«, schlug ich vor, weil sie mir so unfassbar leidtat. Sie war meine Freundin, ich wollte für sie da sein.

Sie schaute kurz auf ihr Handy, dann nickte sie. »Ein paar Minuten hab ich noch.«

Es war noch angenehm warm, weshalb viele den Tag nutzten,

auf der Wiese saßen und die Sonnenstrahlen an diesem herrlichen Herbsttag genossen. Ich bereute es, die Kamera nicht dabeizuhaben. Alle Menschen um uns herum wirkten glücklich oder zumindest zufrieden. Als wäre Harvard das reinste Paradies. Nur Haisley und ich schlenderten mit bedrückten Mienen über den Campus, als wäre der Himmel mit tief hängenden dunklen Wolken bedeckt.

»Hast du einen Ratschlag für mich?«

Verschwende nicht deine Zeit mit diesem Typen.

Um der Frage auszuweichen, schaute ich hoch in die Baumwipfel und beobachtete, wie sich die rot-gelb gefärbten Blätter im Wind wiegten. Intuitiv wusste ich, dass sie nicht lockerlassen würde, ehe ich ihr antwortete.

»Ich glaube, dass ... ich der Falsche bin, wenn es um Kolton geht.«

Sie seufzte. »Sein Benehmen dir gegenüber war mehr als daneben, ich weiß.«

Sie sah so unfassbar traurig aus, dass ich sie, ohne zu überlegen, in die Arme schloss. »Manchmal ist er ein ziemlich arroganter Mistkerl. Das ist wahr. An deiner Stelle würde ich das Gespräch mit ihm suchen, und wenn er wieder eine schlechte Ausrede parat hat, würde ich es gut sein lassen.«

»Vielleicht braucht er einfach mehr Zeit, nach allem, was dieses Jahr vorgefallen ist«, überlegte sie.

Ich biss mir auf die Zunge, um ihr nicht zu widersprechen, konnte es dann aber doch nicht lassen. Es fühlte sich falsch an, meine Meinung für mich zu behalten. Vor allem, weil sie mich um Rat gefragt hatte. »Wenn wir uns verlieben, sind wir häufig verblendet. Sehen nur das Gute in der Person und übersehen die Red Flags. Hais, ihr kennt euch nicht erst seit gestern, gib ihm also meinetwegen noch eine Chance, aber wenn er dich dann immer noch warten lässt ...«

»Ich … möchte ihn nicht aufgeben.«

Sie sah so verliebt aus in diesem Moment, dass es mir das Herz zerriss.

»Meine Mom meinte mal, die Beziehung zwischen ihr und meinem Dad sei anfangs auch nicht leicht gewesen. Mittlerweile ist sie froh, nicht aufgegeben zu haben.« Dann hielt sie abrupt inne und griff so fest nach meinem Arm, dass ich den halben Inhalt meines Bechers verschüttete. Zum Glück landeten nur ein paar Spritzer auf meinen Sneakers. »Ich weiß, ich hab dich das schon mal gefragt, aber … Trifft Kolton jemand anders? Ihr wohnt zusammen, du müsstest das doch wissen.«

Hitze stieg mir in die Wangen. Wie kam ich aus der Nummer wieder raus?

»Ich habe nicht mitbekommen, dass er sich mit einer anderen verabredet. Er trainiert ständig.« Es war immerhin die halbe Wahrheit, redete ich mir ein, um mein schlechtes Gewissen zu verdrängen.

Sie pustete die angestaute Luft aus und fuhr sich durchs Haar. »Okay, war nur so ein Gedanke.«

»Hais, sprich mit ihm. Es geht dir nicht besonders gut mit der Situation gerade. Kolton ist es nicht wert, dass du dich schlecht fühlst. Niemand ist das.«

»Das stimmt.« Sie lächelte schwach und blickte erneut auf ihr Handy. Kurz huschte Enttäuschung über ihr Gesicht, vermutlich, weil Kolton noch immer nicht auf ihre Nachrichten geantwortet hatte. »Ich muss los.«

Ihr geknickter Anblick machte mich traurig. Sie wirkte vollkommen verändert, so kannte ich sie nicht. »Bis später.«

Sie eilte los, drehte sich dann aber noch mal zu mir um und lief rückwärts weiter. »Am Wochenende fahren wir nach Cape Cod. Ich hab völlig vergessen, dir Bescheid zu geben. Bist du dabei?«

»Ich muss lernen.«

»Wir alle sollten das. Aber wir gönnen uns noch dieses eine Wochenende, bevor die Prüfungswochen starten. Ist eine Tradition.«

»Und wie kommen wir dorthin?«

»Goose!«, hörte ich sie noch rufen, ehe der tosende Wind, der gerade einsetzte, ihre Stimme verschluckte.

Etwas zu erwidern war zwecklos, sie war bereits außer Hörweite. Aber unter keinen Umständen würde ich mich auf eine Autofahrt mit ihr einlassen. Ausgeschlossen. Sie und Goose waren ein miserables Team.

...

Den restlichen Tag verschanzte ich mich in meinem Zimmer. Ich schrieb einen Essay über Ethik und stellte fest, wie wenig Freude ich dabei empfand. Ab und zu ging das bestimmt jedem so. Aber bei mir schien es zum Dauerzustand zu werden. Zudem blieb so gut wie nichts, was ich lernte, in meinem Kopf hängen. Egal wie viele Stunden ich am Schreibtisch verbrachte.

Nach einem Blick auf die Uhr nahm ich mein Smartphone und stellte Harvard Radio an. Haisley musste längst auf Sendung sein. Sie war unterhaltsam, und die Musik, die sie spielte, gefiel mir auch. Sie und ihre Co-Moderatorin Sutton gaben ein gutes Duo ab. Gerade debattierten sie hitzig über einen alten Song von U2. Wenig überraschend wurden sie sich nicht einig, aber es war urkomisch, ihnen dabei zuzuhören. Als die Sendung zu Ende war, sichtete ich noch einmal die Fotos, die ich aus den Jahrbüchern in der Bibliothek gemacht hatte.

Als ich die Bilder erneut erfolglos durchging, realisierte ich meine aktuelle Situation. Die Recherche nach meinem Dad war hoffnungslos, als Student glänzte ich ebenso wenig. Außerdem war ich ein beschissener Freund, und meine Mitbewohner hassten mich so sehr, dass ich vermutlich bald wohnungslos war. Das war also mein neues Leben hier in Harvard. Na super.

Nach diesem eher deprimierenden Nachmittag telefonierte ich abends mit Mom. Sie würde mich an Thanksgiving in Malibu erwarten oder zu mir nach Boston fliegen. Ihr war beides recht. Endlich mal wieder ein Grund zur Freude. Nachdem sich meine Laune gebessert hatte, lud ich die Bilder, die ich gestern im Kinderheim gemacht hatte, auf den Laptop, um sie zu bearbeiten. Doch sobald ich die ersten Schnappschüsse begutachtet hatte, war das kurze Hoch schon wieder dahin.

Kolton, wie er ein kleines Mädchen anlächelte.

Kolton, wie er einen Teller wegräumte.

Kolton, wie er einen Jungen beim Klettern stützte.

Kolton in Nahaufnahme. Und Koltons Hand in Nahaufnahme. Ich hatte nicht anders gekonnt, als ihn zu fotografieren. Es gab kaum ein Bild, auf dem er nicht zu sehen war. Verdammt. Nicht mal den Auftrag hatte ich ordentlich erledigt.

Ich entschied mich für ein Bild, bei dem er direkt in die Kamera schaute. Ausdrucksstarker Blick. Ein Schmunzeln in seinen Mundwinkeln. Kolton war ohne Zweifel ein perfektes Fotomodell. Ich brauchte das Bild kaum zu bearbeiten. Hier und dort eine Schattierung, ein paar kleinere Retuschen, und schon waren sie Meisterwerke, die man ohne Weiteres in einer Galerie hätte ausstellen können.

Ich hatte nicht bemerkt, wie spät es bereits war. Erst als es draußen dunkel wurde, schaute ich auf die Uhr. Die Zeit war verflogen, ich hatte bestimmt drei Stunden damit verbracht, die Fotos zu sichten und zu bearbeiten. Und Kolton anzuhimmeln.

Mein unterer Rücken schmerzte, als ich noch schnell meine

Mails prüfte, um zu sehen, ob es bereits eine Rückmeldung vom Fotowettbewerb gab. Keine Neuigkeiten. Enttäuscht stand ich auf und streckte meinen Rücken. Ich würde später ein paar Yogaübungen machen, um die Schmerzen zu lindern. Weil mein Magen grummelte, entschied ich mich, davor noch eine Kleinigkeit zu kochen. Als ich mein Zimmer verließ und nur Aiden im Wohnzimmer vorfand, war ich erleichtert.

»Hey, wegen gestern …«

»Alles gut, du kannst ja nichts dafür, wenn sich Wyatt und Kolton so benehmen. Ich meine, es sind *deine* Freunde, aber …«

»Autsch.« Aiden rümpfte die Nase. »Egal was ich jetzt sage, ich kann sie vermutlich in kein besseres Licht rücken, was?«

»Nope.« Ich schüttelte den Kopf, blickte aber aufmunternd in seine Richtung, um ihm zu zeigen, dass ich ihm tatsächlich nicht böse war.

»Willst du was kochen?«, fragte er, als ich unschlüssig in den offenen Kühlschrank starrte.

»Lust habe ich keine, aber das Gemüse muss weg.«

»Cool, ich hab auch Hunger. Was hältst du davon, wenn wir gemeinsam kochen?«, schlug Aiden begeistert vor und rutschte vom Barhocker. »Ich hab noch Champignons und vegane Schlagsahne in meinem Fach.« Er schob mich zur Seite und fing an, die Zutaten aus dem Kühlschrank zu räumen. »Pasta Funghi?«

»Klingt perfekt.«

»Gut, du schnippelst die Champignons, und ich kümmere mich um den Rest.«

»Ich wusste gar nicht, dass du gerne kochst«, bemerkte ich.

Aiden zuckte mit den Schultern. »Seit ich wegen des Meniskus mit dem Basketballtraining pausiere, kommt mir jede Ablenkung gelegen.«

Ich holte Schneidebrett und Zwiebel aus der Schublade,

schnappte mir die Verpackung mit den Champignons und machte mich an die Arbeit. »Das mit deiner Verletzung wusste ich nicht.«

»Ist nichts, worüber ich gerne spreche.«

»Verstehe.«

»Zwei Wochen noch. Dann kann ich wieder spielen.«

Aiden warf einen prüfenden Blick auf mein Brett. Skeptisch hob er eine Augenbraue.

»Was?«

Er zögerte. »Kannst du die Stücke etwas dünner schneiden?«

Ich schmunzelte. Wenn es um Ordnung und Sauberkeit ging, war Aiden durchaus penibel. Aber dass er auch beim Kochen so perfektionistisch war, hätte ich nicht gedacht.

»Ist nicht leicht hier mit uns, oder?« Er musste nicht ausführen, worauf er hinauswollte. Ich wusste auch so, wovon er sprach.

»Vermutlich wäre ich in einer Wohngemeinschaft mit weniger heteronormativen Menschen besser aufgehoben.«

»Mhm«, brummte er, gab Öl in eine Pfanne und die geschnittene Zwiebel hinzu. Anschließend rührte er zweimal um, ehe er den Topf für die Nudeln auf den Herd stellte.

»Ich weiß, das entschuldigt sein Verhalten nicht, aber Wyatt ist …«

»Ein Idiot?«

Er seufzte schwer. »Das ist er, ja. Allerdings hat er auch gute Seiten.«

Ich lachte auf. »Die sind mir bisher verborgen geblieben.«

»Touché.«

Das Wasser kochte, Aiden gab Salz hinzu und schüttete die Nudeln in den Topf.

»Hast du noch eine Aufgabe, die du mir zutraust?«

Aiden bedachte mich mit einem vorwurfsvollen Blick und

boxte mir in den Arm. »Das war gemein. Aber ... nein, den Rest schaffe ich allein.«

»Wyatt ist dir wichtig, was?«, fragte ich, weil mir aufgefallen war, dass er ihn oft in Schutz nahm. Kolton, der sich manchmal genauso danebenbenahm, fand bei ihm kaum Erwähnung.

Aiden legte den Kochlöffel zur Seite und sah mich dann ernst an. »Hardin war mein bester Freund. Natürlich waren er und Kolton unzertrennlich, niemand konnte sich zwischen die beiden stellen. Aber auch ich habe damals einen der wichtigsten Menschen in meinem Leben verloren. Nach dem Unfall ließ Kolton keinen an sich ran, und Wyatt war in dieser Zeit für mich da. Obwohl er selbst litt. Die Freundschaft mit ihm bedeutet mir viel.«

Das klang schön. Zumindest konnte ich mir jetzt gedanklich ausmalen, dass Wyatt ein Herz besaß, selbst wenn er es mir nie zeigen würde.

»Es ist verständlich, dass er dir etwas bedeutet.«

Aiden ließ meine Feststellung unkommentiert und kümmerte sich stattdessen weiter um das Essen.

»Sollte dir Wyatt mal so richtig auf die Nerven gehen, lass es mich wissen. Dann können wir gemeinsam über ihn herziehen. Ich hab immer ein offenes Ohr für dich, und da ich hier ohnehin nicht sehr beliebt bin, bestimmt auch Zeit, dir in aller Ruhe zuzuhören.«

»Ich glaube, Wyatt und Kolton können dich durchaus leiden. Sie brauchen nur eine Weile, um sich an dich zu gewöhnen.«

Haltlos prustete ich los. Es geschah einfach, ich hatte es nicht verhindern können. »Bestimmt. Ich wohne ja erst seit mehreren Wochen hier. Das ist sicher nur eine Frage der Zeit«, bemerkte ich ironisch.

Aiden reagierte nicht darauf, sondern goss schweigend und in aller Ruhe das Nudelwasser ab, bevor er sorgfältig die Soße untermischte.

»Ich bin gleich wieder zurück«, sagte ich, weil ich vorhin vergessen hatte, die bearbeiteten Fotos zu speichern. Das wollte ich vor dem Essen unbedingt noch erledigen. Nicht, dass die ganze Arbeit umsonst gewesen war.

Doch als ich mein Zimmer betrat, setzte mein Herz einen Schlag aus. Ihn hatte ich dort nicht erwartet. Ich konnte meinen Augen kaum trauen. »Was zur Hölle hast du in meinem Zimmer zu suchen?«, blaffte ich und spürte, wie mein Puls hochschnellte.

Kolton stand an meinem Schreibtisch und scrollte durch die Bilder, die ich vorhin geöffnet hatte. Er erschrak, als ich ihn ansprach, richtete sich ruckartig auf und entfernte sich vom Laptop. »Die Tür stand offen.«

Ich kochte innerlich vor Wut. »Du kannst nicht einfach in mein Zimmer kommen und in meinen Sachen stöbern. Schon mal was von Privatsphäre gehört?«

Sofort erwachte seine Arroganz zum Leben. Wie immer, wenn er sich rechtfertigen musste. Seine Brust schien regelrecht anzuschwellen, und sein Blick wurde feindselig. Der Schreck, dass ich ihn ertappt hatte, saß offenbar nicht allzu tief. »Ich stöbere nicht in *deinen* Sachen, sondern offensichtlich in *meinen*, wenn man bedenkt, dass ich auf jedem ...«

»Halt die Klappe!«, unterbrach ich ihn. Ich war außer mir. Kolton hatte entdeckt, dass er auf so ziemlich allen Fotos zu sehen war. Und er hatte auch bemerkt, dass ich seine Hände fotografiert hatte.

Verflucht peinlich!

»Die Bilder eignen sich gut für die Kampagne, und du ... bist eben fotogen«, redete ich mich aus der Misere, schaute ihm dabei aber keine Sekunde in die Augen und klappte gleichzeitig den Bildschirm meines Laptops runter.

Er schmunzelte weiterhin sein arrogantes und unwiderstehliches Grinsen, und als ich ihn doch kurz von der Seite ansah, bereute ich es sofort.

»Ich bin zu weit gegangen«, sagte er irgendwann in die Stille des Raumes hinein.

»Wann? Jetzt eben oder gestern oder vielleicht immer?« Ein heiseres Lachen drang aus mir. Ich konnte es nicht fassen, wie dreist er sich benahm.

»Lässt du mich mal bitte ausreden?«

»Ungern«, brummte ich, woraufhin er schnaubte.

»Jetzt verhältst du dich albern«, warf er mir vor.

»Du benimmst dich permanent daneben und wirfst mir vor, ich würde mich albern benehmen?« Ich war außer Kontrolle und hätte ihm am liebsten etwas gegen den Kopf geworfen. Aber Gewalt war nie eine Lösung und ich ein Pazifist.

»Vance.« Sein Gesichtsausdruck veränderte sich, wirkte sanfter. Ihm schien wichtig zu sein, was auch immer er loswerden wollte. »Mein Verhalten gestern war unterirdisch. Es tut mir leid.«

»Okay«, antwortete ich, und weil ich es nicht ertrug, in seine grünen Augen zu sehen, wandte ich mich zum Gehen.

»Okay? Mehr hast du nicht zu sagen?«

»Nein, weil ich nicht glaube, dass es dir aufrichtig leidtut. Also verschwinde aus meinem Zimmer, bevor ich dich mit Wushu-Künsten rausbefördere.«

»Du drohst mir mit Wushu? Was zur Hölle ist das überhaupt?«

»Wenn du noch mal meine Sachen durchsuchst, wirst du es herausfinden.« Und weil Kolton noch immer keine Anstalten machte, mein Zimmer zu verlassen, floh ich aus meinen eigenen vier Wänden.

Als ich zurück zu Aiden stieß, brauchte ich einen Augenblick, um die Auseinandersetzung gerade von mir abzuschütteln. Inzwischen hatte er die Pasta auf zwei Tellern angerichtet und mit frischen Kräutern versehen.

»Lecker!« Wie aus dem Nichts tauchte Haisley auf und steckte ihre Nase etwas in die Höhe, um zu schnuppern. »Habt ihr eine Portion für mich übrig? Das riecht vorzüglich.«

Aiden brummte. »Du wohnst hier nicht. Blaze und du könnt auch mal selbst für euch sorgen.«

Sie streckte ihm die Zunge raus. »Könnten wir, tun wir aber nicht. Außerdem willst du doch unbedingt mit in das Ferienhaus meiner Eltern, oder irre ich mich?«

Aiden gab sich geschlagen und spendierte Haisley die Hälfte seiner Pasta. »Es ist echt schön dort«, erklärte er mir mit traurigem Blick auf seine restliche Portion. Haisley und ich grinsten uns an, und für einen Augenblick konnte ich Kolton aus meinen Gedanken verbannen. Bloß wie lange?

15

Kolton

Das erste trainings- und spielfreie Wochenende der Saison war angebrochen, und mein geplanter Flug nach New York war wegen eines Streikes der Piloten storniert worden. Die letzten Tage hatten mich mitgenommen, und auch wenn es für mich seit dem Tod meines Bruders schwer war, Zeit im Haus meiner Eltern zu verbringen, hatte ich mich dennoch auf die gemeinsamen Stunden mit Mom und Dad gefreut.

Wir hatten stattdessen telefoniert, und zum ersten Mal seit Langem hatte ich das Gefühl gehabt, dass Mom sich tatsächlich Zeit für das Gespräch genommen hatte. In den letzten Monaten hatte ich oft den Eindruck gehabt, meine Eltern ertrugen es nicht, mich zu sehen. Weil Hardin und ich uns so ähnlich sahen. Es ging mir ja selbst so. An manchen Tagen kostete es mich immense Kraft, in den Spiegel zu schauen. In gewisser Hinsicht konnte ich es ihnen also nicht verübeln. Außerdem waren sie in der Kanzlei sehr eingespannt. Ich war erwachsen und musste selbst für mich sorgen. Trotzdem tat es weh, dass sie sich so wenig für mich interessierten. Von außen betrachtet, lief in meinem Leben alles glatt. Meine Noten waren sogar besser als die meiner Eltern früher. Aber meine akademische Leistung erfüllte mich nicht. Auch sportlich gesehen lief alles hervorragend, und häufig fragte ich mich, womit ich das verdient hatte. Warum ausgerechnet mir dieses Glück zuteilwurde. Wer dafür sorgte, dass ich diese Erfolge erzielte. Ich hatte im Leben viel Glück gehabt. Aber das Unglück wog dennoch schwerer.

Aiden, Blaze, Vance und Haisley würden übers Wochenende nach Cape Cod fahren. Als Haisley mich letzte Woche gefragt hatte, ob ich mitkommen würde, hatte ich abgelehnt, weil meine Pläne damals noch anders ausgesehen hatten. Dass sie sich inzwischen geändert hatten, behielt ich jedoch für mich.

»Fährst du jetzt doch mit uns?«, fragte Aiden.

Ich hatte ihm gegenüber nicht erwähnt, dass ich nicht fliegen würde. »Woher ...«

»Der Streik?«, half er mir auf die Sprünge. Natürlich berichteten die Medien davon. Wie hatte ich das außer Acht lassen können?

»Klar, komm mit. Wir haben genug Platz«, warf Haisley ein, bevor sie sich ein Stück von der Paprika in den Mund steckte, die Aiden für die Fahrt klein schnitt und in eine Plastikbox schichtete.

»Harry schmeißt morgen eine Party und hat mich eingeladen. Ich bleibe also hier«, winkte ich ab und ließ mich auf die Couch sinken. Dass ich das Apartment ganz für mich hatte, weil auch Wyatt unterwegs sein würde, kam äußerst selten vor. Die Zeit würde ich nutzen, um ... Was genau würde ich eigentlich tun, außer allein zu trainieren, weil ohnehin kein offizielles Training stattfand? Ich würde auf keinen Fall auf Harrys Party gehen.

»Harry? Jeder Freshman schmeißt coolere Partys als er. Nichts gegen dich, Vance«, bemerkte Aiden grinsend.

»Prima, dann wäre das ja geklärt. In einer halben Stunde starten wir. Pack deine Klamotten ein«, rief Haisley begeistert dazwischen. Es schien, als hätte ich keine andere Wahl.

»Dann lass uns auf jeden Fall deinen Wagen nehmen und nicht Haisleys.« Aiden stapelte die vorbereiteten Essensboxen und gab sie in eine Tüte. »In dem Kleinwagen wäre es ohnehin kuschelig geworden.«

»Äh, mein Wagen ist allerdings gerade in der Werkstatt.«

Aidens Gesichtsmuskeln erschlafften.

»Der Zeitpunkt war perfekt, weil er an dem Wochenende ohnehin nur rumgestanden hätte.«

»Okay, macht nichts. Rucksack oder kleine Sporttasche, lasst uns umpacken. Ich gebe Blaze schnell Bescheid«, kommandierte Haisley pragmatisch.

»Sie nimmt uns alle im Mini mit?« Ich konnte mir beim besten Willen nicht vorstellen, wie das funktionieren sollte.

»Ich fürchte, ja. Pack deine Sachen und hör auf, dir den Kopf zu zerbrechen. Irgendwie wird es schon klappen.« Aiden verschwand schnell in seinem Zimmer, und weil Haisley Pünktlichkeit enorm wichtig war, tat ich es ihm gleich, machte mich an die Arbeit und stopfte alles Notwendige in einen Rucksack. Der Reißverschluss war kaum zuzubekommen. Erst nach mehreren Versuchen klappte es. Ich bedauerte, dass ich keine Trainingssachen mitnehmen konnte, und zog mir deshalb schnell ein Outfit zum Laufen drüber. Für die Fahrt würde das auf jeden Fall genügen, und außerdem konnte ich so nach unserer Ankunft direkt eine Einheit am Strand einlegen. Es war bestimmt ganz gut, mal rauszukommen, selbst wenn mich Cape Cod an meinen Bruder erinnerte. Es gab ohnehin kaum einen Ort, der das nicht tat. Wir waren ständig zusammen gewesen und hatten selten etwas ohneeinander unternommen.

Als ich in der Tiefgarage ankam, verstauten Haisley und Blaze ihre Rucksäcke bereits im Kofferraum. »Passt doch«, stellte Haisley zufrieden fest, nachdem sie meinen und Aidens ebenfalls untergebracht hatte.

»Du fährst auch mit?«, fragte Vance überrascht, als er zu uns stieß. Er klang beinahe entsetzt.

»Ist das ein Problem?«, herrschte ich zurück, weil ich mich längst bei ihm entschuldigt hatte und mich seit Tagen ordentlich benahm. Jedenfalls bemühte ich mich in seiner Gegenwart und hatte auch Wyatt zurechtgewiesen, was seine Bemerkungen ihm gegenüber betraf. Es war zwar nur ein Tropfen auf den heißen Stein, aber ich gab mein Bestes.

Vance' Augenbrauen wanderten immer höher, er betrachtete zuerst den Wagen, dann uns und schüttelte daraufhin vehement den Kopf. »Was ist bloß in euch gefahren?«, fragte er entgeistert.

Ich verdrehte die Augen. »Findest du nicht, dass du übertreibst?«

Vance lachte auf und deutete auf sich. »Ich übertreibe? Euch ist schon bewusst, dass Hais' Goose mit nur vier Sitzen ausgestattet ist, oder?«

»Nein!« Haisley blinzelte überrascht, riss die Hintertür ihres Wagens auf, schaute hinein und nickte. »Sieht eng aus.«

»Du wusstest nicht, dass dein Auto ein Viersitzer ist?«, empörte sich selbst Aiden, der gewöhnlich die Ruhe bewahrte.

Haisley wirkte gereizt. »Ich sitze halt nie auf der Rückbank«, giftete sie zurück.

»Ich bleibe hier, das ist kein Problem«, sagte ich schnell, bevor die Situation eskalierte. Immerhin war ich derjenige, der in letzter Sekunde dazugestoßen war.

»Das klappt schon. Blaze, Vance und ich sitzen hinten.«

Während Vance und ich uns weiterhin anstarrten und ungläubig den Kopf schüttelten, kletterte Blaze gefolgt von Haisley auf die

Rückbank. Blaze rutschte nach hinten, und Haisley platzierte ihren Allerwertesten zwischen seine Beine. Das sah mehr als ungemütlich aus, aber die beiden schien es nicht weiter zu stören. Haisley zog den Gurt über ihren Körper und schaffte es tatsächlich, ihn einzurasten, sodass im Fall eines Unfalles beide geschützt waren.

»Absolut safe!«, verkündete sie begeistert.

Vance und ich legten den Kopf schief und linsten in den Wagen, um uns selbst ein Bild davon zu machen. »Ich weiß nicht«, bemerkte ich.

Vance wirkte nachdenklich. »Allerdings bringen die beiden vermutlich weniger Kilos auf die Waage als dieser eine Defensive Tackle aus deiner Mannschaft.«

»Bear?«

»Der Kerl wiegt garantiert mehr als die beiden zusammen«, beharrte Vance, dann kletterte auch er in den Wagen und legte den Gurt an.

»Ich habe keinen blassen Schimmer, wie ihr die lange Fahrt überstehen wollt«, murmelte ich und nahm neben Aiden Platz. Der Sitz war ziemlich weit nach vorne geschoben, sodass meine Knie gegen das Armaturenbrett stießen.

»Dann mal los.« Aiden startete den Motor. Bereits nach ein paar Minuten jammerte Blaze, weil irgendetwas in seinen Hintern pikste.

»Warte, ich komm sicher ran«, murmelte Haisley erstickt und verrenkte sich umständlich, was ich über den Kosmetikspiegel in der Sonnenblende beobachten konnte.

»Sagt mal, was genau treibt ihr zwei eigentlich, wenn ihr mal nicht bei uns rumhängt?«, fragte Aiden und warf einen kurzen Blick in den Rückspiegel.

»Natürlich nichts«, hielt Haisley empört dagegen.

»Autsch!«, schrie Blaze in dem Moment auf.

Die Fahrt hatte gerade erst begonnen, und zum allerersten Mal seit Langem brach ein lautes Lachen aus mir heraus. Ich konnte nicht aufhören, bis mein Bauch wehtat und ich langsam wieder zur Ruhe fand. Doch ein kurzer Blick in den kleinen Spiegel genügte vollkommen, und ich prustete sofort wieder los.

...

Das Haus lag direkt am Dünenstrand. Cape Cod war atemberaubend schön, idyllisch und still. Im Herbst waren kaum Menschen hier. Während Aiden und Blaze sofort ins Haus eilten, um vermutlich die Zimmer mit Blick auf den Ozean zu ergattern, genoss ich noch einen Moment lang das Meeresrauschen und die einmalige Kulisse. Das dunkelblaue Wasser schlug meterhohe Wellen, es war beeindruckend, mit welcher Kraft sie aneinanderprallten. Eigentlich war es zu kalt, um die Schuhe auszuziehen, ich konnte dennoch nicht widerstehen, zog Sneakers und Socken aus, um meine Füße in den Sand zu stecken. Es war kühl, aber immer noch angenehm. Die feinen Körner schmiegten sich an meine Fußsohle, bahnten sich einen Weg zwischen meine Zehen. Es fühlte sich an wie eine sanfte Massage, als ich durch den Sand in Richtung Wasser stapfte. Ein leichter Wind blies mir durchs Haar und verlieh mir ein Gefühl von Freiheit, vielleicht Unbeschwertheit. Gerade war ich sehr froh darüber, dass ich nicht im Flieger saß und stattdessen an diesem Ort sein durfte. Ich nahm einen tiefen Atemzug, inhalierte die feuchtsalzige Luft und schloss die Augen.

»Lass Aiden nicht durch!«, brüllte Wyatt und warf meinem Bruder den Ball zu.

Aiden war noch nicht mal ein begnadeter Hobbyfootballer. Der Sport lag ihm einfach nicht. Und zu meinem Bedauern war ausgerechnet ich mit

Aiden in einem Team gelandet und würde gegen meinen Bruder und Wyatt verlieren.

Hardin lachte. »Du überschätzt Aiden!«, rief er zurück, woraufhin ich die Chance nutzte, dazwischenging und den Ball mit Leichtigkeit abfing.

»Verflucht!«, hörte ich Hardin und Wyatt wie aus einem Mund rufen. Und im nächsten Moment landete ich mit dem Gesicht frontal im Sand.

Wir spielten ohne Regeln und auch nur zum Spaß, weshalb ich den Ball unter mir festhielt und nicht vorhatte, ihn kampflos an Hardin abzugeben. Er hatte sich mit seinem ganzen Gewicht auf mich geworfen.

»Komm schon, du weißt, dass ich der Stärkere von uns beiden bin.«

Er zwickte mich in die Seite, weil er wusste, wie kitzelig ich war. »Das ist unfair! Du bist eine Minute älter, aber nicht stärker als ich!«

Doch er hörte nicht auf und kämpfte verbissen um den Ball. Als ich mich vor Lachen nicht mehr halten konnte und Sand auf meiner Zunge spürte, gab ich mich geschlagen.

»Unfaire Methode!«, protestierte ich, als er endlich von meinem Rücken kletterte.

Hardin verzog das Gesicht. Es fehlte nur noch, dass er die Zunge rausstreckte. »Geschwisterliebe.«

Ich rieb mir den Sand vom Körper, und Hardin wandte sich ab. Ein Fehler, den er sofort bereuen würde. Ich sprintete los, sprang auf seinen Rücken, und schließlich landeten wir beide im Sand.

»Du Arsch!«, stieß er lachend aus.

»Selber Arsch!«, entgegnete ich, als wir uns voneinander gelöst hatten und uns atemlos gegenübersaßen.

Sein Lächeln erstarb, dann wurde seine Miene ungewohnt ernst. »Weißt du, ich wäre an keinem einzigen Tag meines Lebens glücklich, wenn du nicht an meiner Seite wärst. Du bist mein Zuhause.«

Ich schluckte schwer, weil es mir genauso ging. Unsere Eltern waren wunderbar, auch wenn sie viel arbeiteten. Ich liebte sie. Aber ohne Hardin fühlte ich mich unvollständig. Er war der Kern meiner Familie. Weil wir immer füreinander da waren. Lange Zeit hatten wir uns zu Hause ein Zimmer mit Hochbett geteilt. Wir hatten es einfach nicht ertragen, allein zu schlafen. Etwas hatte gefehlt. Erst irgendwann während der Highschool hatte sich das geändert. Und gemeinsam hatten wir schon das eine oder andere Kindermädchen in den Wahnsinn getrieben, was Mom immer rasend gemacht hatte, weil Dad und sie sich große Mühe gegeben hatten, jemanden zu finden, der ihren Ansprüchen gerecht wurde und einen liebevollen Umgang pflegte.

Wyatt schnalzte genervt mit der Zunge. »Jetzt hört bloß auf! Ich kann euer Zwillingsgeschwafel nicht mehr hören.«

»Du bist doch nur neidisch«, wehrte ich ab und erhob mich. Ich hielt meinem Bruder die Hand hin, um ihm aufzuhelfen.

»Komm, machen wir sie fertig!« Hardin zwinkerte mir zu und drückte mir den Football an die Brust. »Wyatt, du und Aiden bildet jetzt ein Team«, bestimmte er.

»Fuck! Niemals!«, protestierte dieser und erntete prompt einen vernichtenden Blick. Aiden war sichtlich enttäuscht, weil niemand mit ihm zusammen spielen wollte.

Hardin und ich mussten breit grinsen und ließen unsere Handflächen siegessicher aneinanderklatschen.

Ich vernahm ein Räuspern hinter mir und blinzelte rasch die aufkommenden Tränen fort. Die Erinnerung hatte mich fortgerissen. Es war einer der schönsten Tage im letzten Jahr gewesen. Ein Tag, wie er nie wieder kommen würde. Mein gesamtes Leben würde ohne meinen Bruder nie wieder so sein, wie es vorher gewesen war. Glücklich und voller Zuversicht.

Vance stellte sich neben mich und sah ebenfalls aufs Meer hinaus.

»Was ist?«, fragte ich und machte kein Geheimnis daraus, dass er mich störte.

»Möchtest du wissen, mit wem du im selben Zimmer schläfst?«

»Aiden?«, rief ich, ohne den Blick von den Wellen abzuwenden, weil es etwas unfassbar Beruhigendes hatte und ich lieber dem Wellenrauschen lauschen wollte, als mich mit Vance zu unterhalten. Seine Anwesenheit löste eine Unruhe in mir aus, und ich war erleichtert gewesen, dass er während der Fahrt kaum gesprochen hatte.

»Nope.«

Mein Herz schlug schneller, weil ich eine wichtige Sache völlig vergessen hatte. »Haisley?«

Lass es nicht sie sein, bat ich im Stillen, weil ich während der letzten Tage noch keinen passenden Moment gefunden hatte, um mich mit ihr auszusprechen. Ihr zu sagen, dass das mit uns keine gute Idee gewesen war. Vermutlich machte sie sich immer noch Hoffnungen. Für mich war das allerdings ausgeschlossen, spätestens seit …

»Es ist weder Haisley noch Blaze«, hörte ich Vance sagen, und kurz glaubte ich, er würde sich sogar darüber freuen.

»Ausgeschlossen. Wir schlafen bestimmt nicht im selben Zimmer. Ich nehme die Couch.«

»Sei nicht kindisch.«

Vorwurfsvoll sah ich ihn von der Seite an. »Warum hast du denn nichts dagegen unternommen?«

Vance lachte und drehte sich in meine Richtung. »Was hätte ich denn tun sollen?«

»Du hättest sagen können, dass du dir mit mir kein Zimmer teilen möchtest«, antwortete ich verständnislos.

»Okay, stattdessen mit Blaze, den ich kaum kenne?«

»Blaze ist still, selbst ich weiß nicht viel über ihn. Warum nicht mit Haisley, ihr hängt doch auch sonst ständig zusammen rum?«

»Weißt du, was? Ich gehe gern ins Haus und erkläre allen, weshalb wir uns kein Zimmer teilen können.« Zornig und enttäuscht stapfte Vance davon.

Niemals würde er unser Geheimnis ausplaudern, dachte ich, als ich ihm nachsah. Doch je näher er dem Haus kam, desto unsicherer wurde ich.

Würde er nicht, oder? Verflucht!

Ich eilte ihm hinterher und erlitt beinahe einen Herzstillstand, als er die Eingangstür vor mir erreichte.

»Was ist los?«, fragte Haisley, die gerade in der Küche stand und unsere Getränke verstaute.

»Wo steckt Vance?«

»Eben nach oben gegangen.« Sie deutete zur Treppe, die in den oberen Stock führte. »Er überlegt, auf der Couch zu schlafen. Allerdings ist sie viel zu hart und unbequem, um eine ganze Nacht darauf zu verbringen.«

Ich warf einen Blick auf die Couch. Sie sah ganz ordentlich aus. »Vielleicht sollte ich darauf schlafen.«

Haisley lachte. »Blödsinn, euer Zimmer ist das größte und euer Bett riesig.« Sie legte den Kopf schief und kniff die Augen zusammen. »Sag mal, willst du etwa nicht mit Vance in ein Zimmer, weil er auf Männer steht? Das wäre … furchtbar. Benimm dich bloß nicht wie Wyatt«, schimpfte sie, und zwischen ihren Augen bildete sich eine Falte. Sie sah gerade ganz schön Furcht einflößend aus, zumal sie in ihrer Hand eine Flasche hielt, die durchaus als Wurfgegenstand eingesetzt werden konnte. Und je länger ich nichts erwiderte, desto wütender wurde sie.

»Nein!« Ich hob meine Hände. »Es ist nur …«

»Weißt du, Hais, ich bin so umwerfend und heiß, dass Kolton vermutlich Angst hat, morgen aufzuwachen und festzustellen, dass er über Nacht schwul geworden ist.«

Vance stand am Treppenabsatz und grinste.

Allerdings war mir gerade so überhaupt nicht nach Scherzen zumute. Während Haisley kicherte, rumorte mein Bauch, als siedelte sich dort ein lästiger Ameisenstaat an.

Was mich jedoch am meisten störte, war nicht die Tatsache, dass er sich über mich lustig machte, sondern dass er dabei auch noch so verdammt anziehend auf mich wirkte. Schnellen Schrittes kam er die Treppe herunter, das graue Shirt spannte über seiner Brust. Fein definierte Erhebungen zeichneten sich bei jeder Bewegung unter dem Stoff ab und ließen mich eine Sekunde länger hinsehen als beabsichtigt. Seine Haare waren leicht lockig, wie immer hatte er sie mit Wachs gebändigt, nur diese eine Strähne schien ihm pausenlos in die Stirn zu fallen. Und das Parfüm, das in meine Nase stieg, als er an mir vorbeitrat, vernebelte mein Gehirn. Es roch holzig, herb und … Machte er das extra? Wollte er herausfinden, ob ich tatsächlich auf Männer stand?

»Ich werde der Versuchung widerstehen«, scherzte ich, obwohl ich das Ganze überhaupt nicht lustig fand.

Haisley schmunzelte und sah dabei extrem süß aus. Auch sie roch herrlich, ein bisschen nach Vanille. »Davon gehe ich aus.« Sie zwinkerte mir zu. »Ich mache mich schnell frisch. Bestellen wir heute Abend Pizza?«

»Gute Idee«, kam mir Vance mit seiner Antwort zuvor.

Haisley räumte die letzte Flasche in den Kühlschrank, ehe sie nach oben verschwand.

Unterdessen kramte Vance in einer Schublade.

»Was suchst du?«

»Keine Ahnung, Hais meinte vorhin, dass ich ein paar Spiele für den Abend zusammensuchen soll.«

»Nicht schon wieder«, brummte ich. Letztes Jahr hatten wir beim Spielen so viel getrunken, dass wir am nächsten Morgen kaum ansprechbar gewesen waren. »Wir könnten auch einfach einen Film gucken«, schlug ich vor.

Vance' Mundwinkel zuckten, als er mich neugierig musterte. »Hast du Angst, dass du mir angetrunken nicht widerstehen kannst?«

Mein Herz machte einen Satz. »Sei still«, zischte ich und sah mich schnell um.

»Kolton, beruhige dich. Niemand kann uns hören. Die anderen haben sich in ihren Zimmern verschanzt und …«, Vance verzog das Gesicht, »… Igitt, ich will mir gar nicht vorstellen, was Aiden oder Blaze unter der Dusche treiben.«

»Nicht jeder masturbiert unter der Dusche.«

»Das, mein Lieber, kann ich von mir nicht behaupten.« Vance grinste, und ich ahnte, dass er mich aus der Reserve locken wollte. »Allerdings würde ich dir zuliebe dieses Wochenende darauf verzichten.«

»Wie nett von dir!«

»Weißt du, was wirklich nett wäre?«

Mir schwante Böses. Vance' Gesichtsausdruck wurde ernst.

»Was?«

»Wenn du endlich mit Haisley sprechen und sie nicht länger hinhalten würdest.«

»Wir haben uns eben unterhalten.«

Vance trat einen Schritt auf mich zu, und sein Parfüm stieg mir umgehend in die Nase. Sofort kehrten die Erinnerungen an unseren Kuss zurück, und ich spürte, wie mir die Hitze in die Wangen stieg. Irgendwie schaffte ich es, nicht auf seinen Mund zu starren und seine Körpernähe zu ignorieren. Wie zur Hölle sollte ich mir heute Nacht ein Bett mit ihm teilen? Mein Puls raste jetzt schon, ganz zu schweigen von meinen feuchten Handflächen. Ich war so was von geliefert. Mich zu einem Mann hingezogen zu fühlen war

Neuland für mich. So ungewohnt und anders. Und ... es bereitete mir Angst.

»Sag ihr endlich, dass du kein Interesse an ihr hast und nur mit ihr befreundet sein möchtest.«

»Woher willst du wissen, dass ich kein Interesse habe?«, hielt ich dagegen. Haisley war hübsch. Sie war ...

»Kolton, das ist offensichtlich.«

Ich schnaubte und entfernte mich von ihm, weil mir seine Nähe nun doch zu viel wurde. »Du hast keinen Plan, was in mir vorgeht«, sagte ich und kehrte ihm den Rücken zu. Ich hatte zwar keinen Schimmer, wo genau sich unser Zimmer befand, aber ich würde es schon herausfinden.

»Zweite Tür links«, rief er mir hinterher.

Ich schleppte mich nach oben und schloss die Tür hinter mir. Für einen Moment durchatmen, meine Gedanken sortieren und mich ernsthaft fragen, weshalb ich überhaupt mitgekommen war. Ich hätte wissen müssen, dass das nur Ärger bedeutete. Dabei wohnten wir ja auch in Harvard zusammen. Aber hier war es anders, weil wir uns ein Zimmer teilten. Weil wir in dem Ferienhaus Tag und Nacht gemeinsam verbrachten und nicht jeder sein eigenes Ding durchzog. Es war naiv von mir gewesen, mitzukommen. Jetzt saß ich hier fest, mitten im Schlamassel. Und noch schlimmer: in einem Zimmer mit Vance.

16

Vance

»Nein!«, protestierte Kolton, als ich die Musik auf meinem Handy laut stellte. »Auf keinen Fall!«

»Du hattest das Zimmer jetzt eine geschlagene Stunde für dich, geh doch nach unten zu den anderen.«

Kolton plagte sich mit Sit-ups. Schweiß stand auf seiner Stirn. Eben noch hatte er unzählige Liegestütze gemacht. Es war nicht so, dass ich den Anblick nicht genoss. Aber ich brauchte einfach mal einen Moment für mich. Es war anstrengend, dauernd in seiner Nähe zu sein. Das setzte mir zu, besonders dann, wenn ich bemerkte, wie sehr Haisley ihn anhimmelte. Vermutlich konnte man über mich dasselbe behaupten, wenn man genau hinsah.

»Fünfzehn Minuten für mich, Kolton. Nicht mehr und nicht weniger. Warum machst du die Übungen nicht mit Aiden gemeinsam?«

»Weil ich meine Ruhe haben möchte«, erklärte er und klang dabei so ausgepowert, dass ein klitzekleiner Hoffnungsschimmer in mir aufkeimte. Vielleicht würde er danach völlig erschöpft ins Bett fallen und das restliche Wochenende verschlafen.

Ich stellte mich über ihn, ein Bein links und eines rechts neben seiner Hüfte, und schaute geradewegs auf ihn hinab. Angestrengt setzte er sich auf, rutschte etwas zurück und stöhnte erschöpft. Ich biss mir auf die Unterlippe, weil ich seinen Anblick aus der Entfernung definitiv unterschätzt hatte.

»Und so schließt sich der Kreis. Ich will auch meine Ruhe oder zumindest meine Musik hören.«

Sein Brustkorb hob und senkte sich schnell. »Ich bin noch nicht fertig.«

Er sah vollkommen erschöpft aus, und ich befürchtete, er würde sich mit den Sit-ups in einen komatösen Zustand befördern. Ob das möglich war, wusste ich nicht. Aber was er tat, sah nicht gesund aus.

»Dein Herzmuskel wird es dir danken, wenn du jetzt aufhörst.«

Er schnaubte. »Du hast doch überhaupt keine Ahnung.«

Kolton verhielt sich derart stur, dass ich nicht gegen ihn ankommen würde. Und dennoch hatte ich nicht vor, nachzugeben, dieses eine Mal wollte ich mich durchsetzen. Ich nahm mein Handy, stellte die Musik wieder an und legte mich auf den Boden.

»Vance!«, fauchte er.

»Halt die Klappe, Kolton.«

»Gott, du bist so nervig.«

Aus dem Augenwinkel nahm ich wahr, dass er nach meinem Handy griff. In Sekundenschnelle stand ich auf den Beinen und bekam ihn am Unterarm zu fassen. Ich wandte einen Griff an, den ich vom Wushu kannte und bei dem es keine Rolle spielte, dass er mehr Kraft besaß als ich. Es ging dabei vielmehr um Geschwindigkeit und die richtige Ausführung.

»Verdammt, das tut weh!«

»Es tut nur weh, wenn du dich wehrst. Halt still und gib mir mein Handy zurück«, forderte ich.

Sein Gesicht war gerötet von der Anstrengung, und seine Stirn glänzte feucht. Aber seine Augen funkelten wütend, und ich konnte erkennen, dass er sich überlegte, wie er mich zu Boden werfen konnte. Kolton war niemand, der kampflos aufgab. Er hatte Blut geleckt. Das Tanktop klebte an seiner Haut. Ein hauchzarter süßlicher Schweißgeruch umhüllte mich und sorgte dafür, dass ich eine Millisekunde unaufmerksam war. Im nächsten Augenblick landete ich auf dem Boden.

»Keine Musik.«

»Die Musik ist nicht dein wahres Problem, das ist dir schon bewusst, oder?«

»Fuck you, Vance«, warf er mir entgegen, und kurz überkam mich Angst, er würde mir wehtun.

Aber ich ließ mir nichts anmerken und grinste nur. »Wenn das möglich wäre, würde ich es tun, du Arschloch!«

Jetzt wurde es Kolton zu viel, er strafte mich mit einem vernichtenden Blick, atmete schwer und ließ schließlich von mir ab. Kurz darauf fiel die Badezimmertür lautstark ins Schloss. Allerdings konnte ich die Vorstellung, wie das Wasser der Regendusche auf seine Haut prasselte, er den Kopf in den Nacken legte, den Mund einen Spalt öffnete und diese Minuten unter der Dusche genoss, nicht aus meinem Kopf kriegen. Gänsehaut überkam mich, und je länger ich in der Fantasie gefangen war, desto erregter wurde ich.

Ich versuchte, das Bild zu verwerfen. Tiefe Atemzüge in den Bauch hinein, um diese wieder langsam und lange auszuatmen. Spürbar wurden meine Beine und Arme leichter, und mein Puls beruhigte sich, bis ich endlich vollkommen in die Entspannung fand.

»Was zur Hölle … was stimmt nicht mit dir?« Koltons Worte rissen mich unsanft aus der Meditation. Ich wusste zuerst nicht, wie mir geschah, setzte mich ruckartig auf und realisierte, worauf er hinauswollte. »Das nennst du meditieren?«

Unter meiner Jogginghose zeichnete sich eine deutliche Erektion ab, was mir furchtbar unangenehm war. Ich konnte mich nicht erinnern, wann mir das zum letzten Mal passiert war. Vermutlich war die Vorstellung, dass er nebenan seinen nackten Körper reckte, dafür verantwortlich. Die Fantasie, die ich mir eben erlaubt hatte. Und für die ich jetzt büßen würde.

»Tantra. Nur eine kleine Übung«, log ich, weil ich von solchen Praktiken keinen Schimmer hatte. Nicht mal ansatzweise, aber das würde ich ihm auf keinen Fall verraten und stattdessen an meiner Behauptung festhalten.

Er war entsetzt. Sein Blick huschte noch mal zu meinem Schritt, aber zum Glück hatte der Schreck dafür gesorgt, dass meine Erregung abgeklungen war.

»Und dann kommst du und … nichts.« Ich blickte zwischen meine Beine und zuckte daraufhin lässig mit den Schultern. »Du brauchst dir also keine Sorgen zu machen, dass ich dir heute Nacht zu nahe komme«, erklärte ich und flüchtete ins Badezimmer. Sobald ich meine Klamotten ablegte, mich unter die Dusche stellte und die Wärme des Wassers auf meinen Körper prasselte, kehrte meine Erektion jedoch umgehend zurück. Ich lehnte mich an die Wand. *Fuck.* Das durfte einfach nicht sein. Wenn das den ganzen Abend so weiterging und ich unkontrolliert hart wurde, würde ich durch die Hölle gehen. Und nicht nur das, es wäre unfassbar peinlich. Ich konnte den anderen nicht noch mehr Angriffsfläche bieten.

Die einzige Lösung bestand darin, nach meinem Schwanz zu fassen und mir Erleichterung zu verschaffen. Obwohl sich Kolton vermutlich noch im Zimmer befand und weiß Gott was mit mir anstellen würde, wenn er herausfand, was ich hier trieb.

Ich hatte die Tür abgeschlossen. Er würde mir nicht den Kopf abreißen, weil er nichts davon mitbekommen würde. Wie automatisch schlossen sich meine Finger um den Schaft, und ich gab mich meiner Fantasie und Erregung hin. Himmel, es war so verdammt wohltuend und gleichzeitig notwendig. Es dauerte nicht lange, und ich stöhnte erstickt. Der Orgasmus rauschte über mich hinweg, Welle um Welle, ehe die Kontraktionen nachließen. Ich verharrte noch einen Augenblick, wusch mich dann und stellte das Wasser ab. Als ich mich fertig angezogen hatte und nach dem Knauf griff, schlug mein Herz schneller. Und als ich aus dem Badezimmer trat und mich Kolton vom Bett aus beobachtete, fühlte ich mich seltsam ertappt. Er sagte nichts, hob stattdessen aber bedeutungsvoll eine Augenbraue.

»Geht es dir jetzt besser?«, erkundigte er sich, woraufhin ich einen zweiten Blick in seine Augen riskierte, den ich sogleich bereute. Wissend. Hochmütig. Neugierig. Aber ich befreite mich von dem Gedanken, denn er konnte ganz sicher nicht wissen, dass ich noch vor wenigen Minuten masturbiert hatte.

»Klar, was sonst.« Ich konterte gelassen und bot ihm keine weitere Angriffsmöglichkeit. Es schien zu klappen. Zwar spürte ich Koltons Blick weiterhin auf mir ruhen, aber immerhin schwieg er. Warum er noch immer nicht zu den anderen nach unten gegangen war und stattdessen auf dem Bett lag, war mir ein Rätsel.

Inzwischen lag er auf dem Rücken und starrte ins Leere. Es war merkwürdig, ihn so zu sehen. Er wirkte ein bisschen niedergeschlagen, vielleicht sogar verloren. Trotz seiner arroganten Sprüche empfand ich beinahe Mitleid mit ihm.

Zur Abwechslung wollte allerdings nicht ich derjenige sein, der seine schlechte Laune abbekam, weil ich mich erkundigte, was in ihm vorging. So zurücklassen konnte ich ihn aber auch schlecht. Schließlich waren wir ... Ja, was waren wir eigentlich? Freunde wohl kaum. Mitbewohner, die sich an den meisten Tagen hassten, sich unter besonderen Umständen küssten und im betrunkenen Zustand um sich sorgten?

»Du siehst mitgenommen aus«, wagte ich einen Versuch, während ich meinen Lieblingshoodie aus dem Rucksack zog. Er war grau, ohne Aufdruck und eine Nummer zu groß, aber ich liebte ihn, weil er so gemütlich war. Als ich ihn überzog, vernahm ich ein sanftes Brummen. »Tust du wirklich.«

Abermals brummte er leise, aber tief.

Ich rollte mit den Augen, was er nicht sehen konnte. Warum war ich überhaupt auf die Idee gekommen, nachzuhaken? Ich ärgerte mich, dass ich immer wieder versuchte, mich mit ihm anzufreunden. Es war besser, ein Nein zu akzeptieren, als stets zurückgewiesen zu werden. Er hatte schließlich Freunde. Sollten sich doch Wyatt oder Aiden um ihn kümmern.

»Verrätst du mir irgendwann den wahren Grund, weshalb du mich nicht leiden kannst?«, hörte ich mich fragen und verpasste mir selbst eine imaginäre Ohrfeige. Wie konnte es sein, dass meine Gedanken und mein Mund keine Einheit bildeten?

»Deine Musik und deine Küchen-Eskapaden nerven.« Langsam setzte er sich auf und schlang seine Arme um die Knie. Kolton auf dem Bett sitzend war keine gute Basis für eine ernsthafte Unterhaltung. Schon gar nicht, wenn er mich dabei ansah. Nicht mit diesem Blick.

»Vielleicht nervt dich das, okay. Aber jemand wie du steht da doch drüber. Das ist kein wahrer Grund. Eher eine lahme Ausrede, die schwer nachvollziehbar ist. Wie im Film. Zwei Menschen treffen sich, hassen sich aus irgendwelchen unerfindlichen Gründen – in Wahrheit wollen sich die Drehbuchautoren nichts Bahnbrechendes einfallen lassen und Zeit sparen –, und irgendwann werden sie beste Freunde oder ein Liebespaar. Enemies to Lovers nennt man das, glaube ich. Was wohl aus uns wird?« Ich schaffte es nicht, mein Lächeln zu unterdrücken.

»Weder noch.«

»Gibst du wenigstens zu, dass die Musik oder meine Kocherei nicht das eigentliche Problem sind?«

Er lächelte schwach. »Sie nerven gewaltig.«

»Das ist aber nicht alles, oder?«

Er rieb sich übers Gesicht und raufte sich dann die Haare. »Ich hasse es, dass du eingezogen bist. Weil … du in meinem Zimmer lebst, und ich in Hardins gezogen bin. Weil alles anders ist. Und ich nachts aufwache und nicht wieder einschlafen kann, weil sich meine Gedanken andauernd im Kreis drehen. Um den Unfall, um Hardin und gemeinsame Erinnerungen. Es ist wie eine Spirale, in der ich gefangen bin.« Tränen sammelten sich in seinen Augenwinkeln. Mich berührte seine Ehrlichkeit, mit der ich nicht gerechnet hatte. Kolton wirkte in diesem Moment unglaublich verletzlich. Es brach mir das Herz, ihn so zu erleben, und ich überlegte, ob ich näher treten und ihn trösten sollte. Ob er das zulassen würde. Unter keinen Umständen wollte ich eine Grenze überschreiten. Nicht jetzt, nachdem er bereit gewesen war, sich mir zu öffnen.

»Was kann ich tun, damit es dir besser geht?«

Eingehend betrachtete er seine Hände. Ich konnte sehen, wie eine Träne über seine Wange lief und schließlich von seinem Kinn tropfte. Der Anblick zerriss mich innerlich. Es war unerwartet, Kolton derart aufgelöst zu erleben, und ich fühlte mich hilflos, nichts für ihn tun zu können. Es waren seine leisen und sanften Tränen, die seinen großen Schmerz ausdrückten. Ich erkannte den Kummer, den er täglich im harten Training erstickte.

»Es ist, als hätte ich mich verloren, aufgegeben, ohne es selbst entschieden zu haben. Nichts ist noch von Bedeutung.« Er richtete seinen Blick auf mich. »Schwierig zu erklären.«

»Es wird besser«, versicherte ich ihm.

»Wann?« Seine Augen flehten um eine Antwort.

»Das kann ich dir nicht sagen.«

Koltons Gesichtsausdruck wirkte mutlos.

»Du befindest dich gerade in einem dunklen Tunnel und hast keinen Schimmer, wie du da wieder rauskommen sollst. Aber es gibt immer einen Ausgang, selbst wenn das bedeutet, dass du einen harten Weg auf dich nehmen musst und länger dafür brauchst, als du willst. Lass die Trauer und all die Wut in dir zu und … wenn du bereit bist, steckst du sie in eine kleine Box, packst sie weg und schaust nach vorne. Und wann immer du das Bedürfnis verspürst, wütend oder traurig zu sein … Die Box verschwindet nicht, du bewahrst sie auf und trägst sie bei dir. Gib deinen Gefühlen Raum, wenn es nötig ist.«

»Eine Box?« Misstrauisch und ein klein wenig belustigt sah er mich an.

»Keine reale Box. Sie existiert in deinen Gedanken.«

»Schon klar, aber …«

»Was hast du zu verlieren, wenn du es versuchst?«, unterbrach ich ihn.

»Nichts, weil ich bereits alles verloren habe«, flüsterte er kaum hörbar, sodass mir ein Schauder über den Rücken jagte. Kolton so ehrlich und verletzlich zu erleben, wie er dasaß und mich zumindest ein bisschen in sein Leben ließ, stellte etwas mit mir an. Vielleicht konnten wir doch Freunde werden, vielleicht würde Kolton bald einen Weg finden, um den Verlust seines Bruders zu verarbeiten.

Vermutlich war es keine gute Idee, mich mit ihm anzufreunden. Verliebt in den Freund, das deutete auf eine jahrelange Aneinanderreihung von Enttäuschungen hin. Ein Leiden im Stillen.

»Du solltest es wenigstens versuchen«, wiederholte ich und wandte den Blick von ihm ab.

Sobald ich unser Zimmer verlassen hatte, hörte ich Haisley, Aiden und Blaze unten lachen. Allerdings war ich noch nicht so weit, zu ihnen zu stoßen. Die Unterhaltung mit Kolton hallte noch in mir nach. Als wäre ein Teil seiner Trauer auf mich übergegangen. Ich spürte die Leere und die Einsamkeit in mir, einen wichtigen Menschen verloren zu haben. Obwohl ich das nicht hatte. Es war sonderbar. Ich wusste, dass es möglich war, Energien anderer Person zu erspüren und unbewusst aufzunehmen. Aber das gerade war neu für mich. Deshalb nahm ich mir die Zeit, die ich brauchte, und betrachtete die zahlreichen Bilder, die an der Wand des Treppenaufganges hingen.

Haisley, wie sie neben einer Sandburg stand, die größer war als sie. Vermutlich war sie auf dem Bild gerade mal zehn gewesen. Sie grinste frech in die Kamera. Ein toller Schnappschuss, wie ich fand. Ich schaute mir die restlichen Familienfotos an, die sich nicht wesentlich von anderen unterschieden, aber hübsch anzusehen waren.

»Was treibst du hier?«

Ich fuhr zusammen, weil ich Kolton nicht hatte kommen hören.

»Wonach sieht es denn aus?«

»Du siehst dir Fotos an.«

»Richtig.«

»Aber warum? Niemand interessiert sich für alte Familienfotos. Und du stehst da schon eine ganze Weile rum.«

Gerade als ich mich zu ihm umdrehen wollte, blieb ich an einem Bild hängen, das mein Herz einige Schläge aussetzen ließ. Ich hielt mitten in der Bewegung inne, starrte auf das Foto und traute meinen Augen nicht. Ich war wie angewurzelt.

»Das ist Haisleys Dad. Du tust so, als hättest du ein Ufo entdeckt.« Koltons Stimme drang nur dumpf zu mir durch. Das Blut rauschte in meinen Ohren. Und für einen Moment wurde mir schwindelig. Vermutlich, weil ich aufgehört hatte, zu atmen.

Auf dem Bild war Haisleys Dad in jungen Jahren vor der Annenberg Hall zu sehen. Ich erkannte ihn sofort wieder. Er trug denselben Pulli wie auf dem Bild mit Mom. Die Qualität dieses Fotos war weit besser als das, das Mom besaß. Aber eine Sache war todsicher. Haisleys Dad war der Unbekannte von meinem Bild. Daran gab es keinen Zweifel.

Kolton berührte mich an der Schulter. »Jetzt komm schon, lass uns zu den anderen gehen.«

Meine Gedanken drehten sich so schnell wie ein Karussell, und mein Herz klopfte furchtbar wild. Sogar meine Hände zitterten. Trotzdem schaffte ich es, mich langsam von dem Bild zu lösen, immer noch vollkommen gefesselt von meiner Erkenntnis. Erinnerungen an das Abendessen bei Haisleys Eltern drängten sich in meine Gedanken. Wie Mr Jefferson mich angesehen hatte, als ich von meiner Mutter erzählt hatte. Dann die Sache mit der Erdnussbutter und dem Eis. Ich kannte niemanden außer ihm, der Erdnussbutter mit Zitroneneis aß. Niemanden!

Der Schock saß tief, doch jetzt war nicht der richtige Zeitpunkt, um die Sache aufzuklären. Es war ausgeschlossen, dass es sich bei dem Foto um einen anderen Mann handelte. Auch wenn ich es nicht dabeihatte, um es zu vergleichen: Ich hatte es so oft angesehen, dass ich jedes Detail in Erinnerung behalten hatte.

Irgendwie musste ich das Wochenende überstehen, die Neuigkeit in meine eigene kleine Gedankenbox packen und, sobald ich mit Mom darüber gesprochen hatte, eine Lösung finden, wie ich damit umgehen wollte. Vor allem musste sie mir erklären, warum sie all die Jahre ein Geheimnis daraus gemacht hatte.

Für mich stand in diesem Moment fest, dass ich meinen Dad gefunden hatte. Wie absurd, all die Wochen, die ich in der Bibliothek verbracht hatte. Dabei hätte ein Wochenendausflug nach Cape Cod gereicht. Dabei hatte ich unwissend längst neben ihm gesessen. Er musste es sein. Warum sonst hätte Mom das Foto auf dem Dachboden verstecken sollen? Ausgerechnet dieses. All die anderen Erinnerungen bewahrte sie in einer Truhe in ihrem Schlafzimmer auf. Vermutlich war das auch der Grund, weshalb sie so selten von ihrer Zeit in Harvard sprach, ich aber jedes Mal, wenn ich den Versuch wagte, sie danach zu fragen, Traurigkeit in ihren Augen erkannte. Plötzlich ergab alles Sinn. Auf der Feier von Haisleys Dad hatte ich angenommen, dass ich etwas Falsches gesagt oder getan hatte. Aber dem war gar nicht so gewesen. Ich hatte einfach nur von meiner Mutter erzählt, von der Serie, in der sie mitspielte und die er schließlich kennen musste. Und spätestens, als ich das Zitroneneis mit Erdnussbutter gegessen hatte, musste auch er sich sicher gewesen sein. Dafür brauchte es keinen DNA-Test. Ich war mir sicher, er war mein Dad. Deshalb hatte meine Mom nicht gewollt, dass ich nach Harvard gehe. Deshalb hatte ich das tiefe Vertrauen verspürt, an diesem Ort die Wahrheit über meinen Vater herauszufinden. Über mich. Und erst dann fiel mir plötzlich Haisley ein. Haisley, die an meinem ersten Abend auf dem Campus vor mir gestanden hatte, mich in ihr Leben geschlossen hatte, obwohl es dafür keinen Grund gegeben hatte. Sie war kein Freshman mehr, sie hatte bereits Freunde und war mir dennoch nicht von der Seite gewichen. Ich schluckte. Meine Kehle war trocken. Es war unheimlich, aber … die Suche nach meinem Dad war am Ende doch erfolgreich gewesen.

17

Kolton

Vance wirkte seit unserem Gespräch abwesend. War es falsch gewesen, mich ihm anzuvertrauen? Meine innersten Gedanken mit ihm zu teilen, hatte ich nicht vorgehabt. Aber als er vorhin nachgehakt, mich dabei aufrichtig und interessiert angesehen hatte, konnte ich nicht anders. Ohne lange darüber nachzudenken, dass wir uns in Wahrheit nicht nahestanden.

Oft war es leichter, über Gefühle zu sprechen, wenn man mit der anderen Person nicht eng verbunden war. Das ergab kaum Sinn, aber ich hatte es schon oft gehört. Außerdem war Vance im richtigen Moment für mich da gewesen. Jetzt wirkte es allerdings so, als hätte ich meinen ganzen Ballast bei ihm abgeladen. Denn ich hatte mich mittlerweile von der Ankunft und den aufkommenden Erinnerungen an meinen Bruder erholt. Seine unbeschwerte Stimmung hatte sich dagegen verändert. Sein Gesicht wirkte jetzt verschlossen, fast düster. Seine sonnige Ausstrahlung war wie weggeblasen. Er schien bedrückt und nachdenklich zu sein.

»Also, seid ihr dabei? Aiden, Blaze und ich wollen zum Leuchtturm spazieren.« Haisley sah zwischen Vance und mir hin und her. »Kommt schon, wir können doch nicht nur im Haus rumhängen.«

Vance merkte offenbar noch nicht mal, dass Haisley mit uns sprach. Er starrte auf einen wahllosen Punkt an der Wand.

Wir waren bereits letztes Jahr hier gewesen, und die Kulisse war traumhaft gewesen. »Ich bin dabei, und du, Vance?«, hakte ich nach.

Er blinzelte überrascht. Aber zumindest reagierte er, als ich ihn direkt ansprach. Auch wenn er keinen Schimmer hatte, worum es ging.

»Hol deine Jacke, wir wandern zum Leuchtturm.« Ich fragte nicht mehr, ob er mitwollte. Weil er nicht den Eindruck vermittelte, als könne er in den nächsten Minuten eine Entscheidung treffen. Die kurze Wanderung würde ihm guttun. Zumindest würde sie seinen abwesenden Zustand nicht verschlimmern. Sauerstoff bewirkte wahre Wunder.

Blaze, Aiden und Haisley schlüpften bereits in ihre Jacken. »Kommt ihr?«, rief Aiden, als Vance weiterhin auf der Couch sitzen blieb und nicht in die Gänge kam. Ich reichte ihm meine Hand, um ihn hochzuziehen.

»Warte, ich muss noch schnell eine Nachricht tippen, geh schon mal vor zu den anderen«, meldete er sich endlich zu Wort.

»Kennst du den Weg?«, hakte ich zweifelnd nach, weil ich befürchtete, dass das nur ein Vorwand war, um mich loszuwerden. Vielleicht hatte er keine Lust, uns zu begleiten, wollte aber nichts sagen. Ich hatte keine Ahnung, weshalb er sich plötzlich so anders verhielt.

Auf seiner Stirn zeichneten sich sorgenvolle Falten ab, während er angespannt auf das Display starrte und wie verrückt tippte.

»Okay.« Er atmete tief durch, dann hob er den Blick. »Leuchtturm. Wo?«

Jetzt wirkte er schon eher wie der Vance, den ich kannte.

»Nicht weit von hier, nimm deine Kamera mit.«

Vance war gerade dabei, aufzustehen, als er innehielt und mich überrascht ansah.

»Na ja, du machst doch gern Bilder, oder nicht?«

Jetzt musterte er mich voller Misstrauen. »Klar, aber ich bin bisher immer davon ausgegangen, dass dich die Kamera genauso nervt wie meine Musik oder vegane Ernährung.«

»Du meinst, weil du mich bei der Arbeit pausenlos fotografiert hast?«, zog ich ihn auf.

»Blödsinn«, hielt er verärgert dagegen.

»Mhm.«

»Was?« Seine Augen funkelten jetzt ungeduldig, und soweit ich Vance kennengelernt hatte, würde er nicht aufgeben, bis ich mit der Sprache rausrückte.

»Hunderte Fotos von mir befinden sich auf deinem Laptop.«

»Du übertreibst. Das stimmt nicht.«

Keine Ahnung, wie viele es tatsächlich waren, aber die, die ich gesehen hatte, waren äußerst gelungen.

»Nur dein Laptop kennt die genaue Anzahl«, bemerkte ich und zwinkerte ihm zu. Warum um alles in der Welt hatte ich das schon wieder getan? Inständig hoffte ich, dass er mein Zwinkern nicht falsch interpretierte und sich keine Hoffnungen machte. Doch dann zwinkerte er zurück. Oje.

»Ich werde mich zusammenreißen und mich auf die Landschaft konzentrieren. Versprochen.«

Sein Smartphone vibrierte. Es schien, als wartete er auf eine dringende Nachricht. Enttäuschung huschte über sein Gesicht, als er einen schnellen Blick auf sein Handy warf, bevor er es wieder in seiner Hosentasche verstaute.

»Ich bin nicht wahnsinnig gut darin, aber ... ich schätze, dass ich es dir schuldig bin. Wenn es etwas gibt, worüber du sprechen möchtest, werde ich dir zuhören.«

Vance presste seine Lippen fest aufeinander. Aber nicht vor Zorn, sondern weil er sich über mich amüsierte und das mit aller Kraft zu unterdrücken versuchte.

»Ernsthaft? Eben sahst du so aus, als hättest du etwas furchtbar Schreckliches erfahren. Dass in den nächsten Tagen ein Komet auf die Erde treffen und unser aller Leben ausrotten wird oder so.«

»So schlimm war es dann doch nicht«, behauptete er mit erhobener Augenbraue.

»Kommt ihr jetzt endlich?«, forderte uns Aiden von der Terrasse auf. »Wir wollten vor Sonnenuntergang zurück sein.«

Vance eilte hoch, um seine Kamera zu holen. Anschließend schlüpften wir in unsere Jacken. Als wir das Haus verließen, waren die drei schon nicht mehr zu sehen. Erst als wir den weitläufigen Abschnitt des Dünenstrandes erreichten, entdeckten wir unsere Freunde in der Ferne. Sie hatten einiges an Vorsprung.

»Wettrennen?«, schlug Vance vor, was mich erstaunte. Ich wusste, dass er sich bewusst ernährte, Kampfsport ausübte und meditierte. Aber glaubte er ernsthaft, dass er es mit mir aufnehmen konnte?

»Dir ist bewusst, dass du keine Chance gegen mich hast, oder?«

»Weißt du, das Leben dreht sich nicht ständig um Sieg oder Niederlage. Manchmal geht es darum, Dinge einfach zu tun.«

Was er sagte, berührte mich. Wann hatte ich zuletzt etwas aus purem Spaß gemacht? Football bereitete mir mehr als genug davon, aber hatte ich wirklich jemals ohne Ziel vor Augen gespielt? Daran erinnerte ich mich nicht. Es ging schließlich immer darum, zu gewinnen. Selbst wenn ich gegen oder mit Hardin gespielt hatte, wie letztes Jahr am Strand. Sieg oder Niederlage. Dazwischen existierte nichts. Zumindest nicht für mich.

»Auf die Plätze, fertig …« Und schon sprintete er los. Kein fairer Start. Dennoch blickte ich ihm schmunzelnd hinterher. Die Kamera baumelte auf seinem Rücken, während er alles zu geben schien und ein beeindruckendes Tempo vorlegte.

Aber ich würde ihn nicht gewinnen lassen. Jedenfalls nicht, nachdem er zu unfairen Mitteln gegriffen hatte. Der Sand unter meinen Schuhen gab nach, und es erforderte mehr Kraft, ihn einzuholen, als gedacht. Aber schon wenige Sekunden später schloss ich zu ihm auf. Er warf mir einen verbissenen Seitenblick zu und versuchte, schneller zu rennen, doch seine Geschwindigkeit ließ allmählich nach. Ich ergriff die Chance und zog mühelos an ihm vorbei.

Als ich Haisley, Aiden und Blaze erreichte, war ich etwas aus der Puste. Ich drehte mich zu Vance um, und just in diesem Moment stolperte er über seine Beine und landete im Sand.

»Ach du lieber Himmel! Hast du dich verletzt?«, rief Haisley besorgt und eilte zu Vance. Doch dieser lachte bloß, während er sich aufsetzte, sich die Sandkörner aus seinem Gesicht und von seiner Jacke wischte.

So sah es also aus, wenn man wahrhaftig Spaß hatte, unabhängig davon, ob man gewann oder nicht. Als er sich endlich beruhigt hatte, versicherte er Haisley, dass er unverletzt sei, und sie atmete erleichtert auf.

»Na, das sah mal spektakulär aus«, grunzte Aiden.

Sorgfältig prüfte Vance seine Kamera, ehe er und Haisley zu uns kamen. »Das war knapp«, verkündete er stolz.

»War es nicht. Du hast einen Frühstart hingelegt. Ich habe gewonnen, obwohl du einen Vorsprung hattest.«

Er grinste frech. »Und wenn schon. Nicht jeder kann von sich behaupten, sich mit dem erfolgreichsten Quarterback der Saison ein Rennen geliefert zu haben.«

Ich verdrehte die Augen. Für mich sah ein Zweikampf anders aus, aber wenn er Freude daran hatte, würde ich sie ihm nicht nehmen. »Meinetwegen.«

Der weiße Turm mit der dunklen Kuppel war bereits zu erkennen. Die Sonne kämpfte sich zwischen den Wolken immer wieder hindurch und schien sich am Ende durchzusetzen. Vance eilte voraus und schoss andauernd Fotos. Was genau er festhielt, war mir ein Rätsel. Die Dünen und den Ozean musste er inzwischen zur Genüge fotografiert haben.

Während Vance mit seiner Kamera beschäftigt war und Blaze und Aiden ein paar Meter vor uns über irgendetwas diskutierten, was ich nicht verstehen konnte, trotteten Haisley und ich schweigend nebeneinanderher. Es war Zeit, ehrlich mit ihr zu sein. Ihr mitzuteilen, dass sie für mich eine enge Freundin war, aber nicht mehr. Es gab wahrlich bessere Orte als diesen romantischen Strand und die gemeinsame Zeit im Haus ihrer Eltern, um ihr das mitzuteilen. Aber wie lange wollte ich noch warten? Es hatte schon genügend Möglichkeiten gegeben, die ich nicht ergriffen hatte, weil ich schlichtweg zu feige oder mir noch unsicher gewesen war, was uns betraf. Aber wenn ich von Beginn an ehrlich zu mir selbst gewesen wäre, hätte ich mir eingestehen müssen, dass ich mir nicht vorstellen konnte, sie zu daten. Da war kein Kribbeln gewesen. Nie. Haisley war eine tolle Frau. Loyal, hilfsbereit und humorvoll. Aber das nützte nichts, wenn ich mich nicht zu ihr hingezogen fühlte. Nichts für sie empfand.

Gab es überhaupt einen geeigneten Moment, um jemandem mitzuteilen, dass man kein Interesse hatte?

Ich räusperte mich und schaute sie von der Seite an. Ihre Haare waren zu einem Zopf geflochten, sie trug eine bunte Mütze, die ihr zu groß war und auf dem Kopf ein wenig abstand. Sie sah süß aus, als sie meinen Blick erwiderte und ihre Mütze an den Seiten weiter über ihre Ohren stülpte.

»Ich hab's kapiert, Kolton«, durchbrach sie die Stille zwischen uns. Sie lächelte schwach, riss den Blick von mir los und schaute stattdessen aufs Meer hinaus. Das Wellenrauschen verlieh unserem Gespräch eine gewisse Dramatik, obwohl es noch nicht mal begonnen hatte.

»Was?«, fragte ich dümmlich. Allerdings war ich mir wirklich nicht ganz sicher, worauf sie hinauswollte. Immerhin konnte ich keine Gedanken lesen.

»Du antwortest verspätet oder gar nicht auf meine Nachrichten. Fragst nicht nach weiteren Dates. Ich weiß, was das bedeutet.«

Sie hatte den Mut, das anzusprechen, wovor ich mich drückte. Spätestens seit jenem Abend, an dem ich Vance geküsst hatte, wusste ich, dass aus Haisley und mir nichts werden würde. Als seine Lippen auf meine getroffen waren, hatte mich eine Aufregung durchströmt, die bei Haisley ausgeblieben war. Es war so anders gewesen. Leidenschaftlich und impulsiv. Auch wenn ich mir das nur ungern eingestand.

»Du bist ... wundervoll, intelligent, humorvoll, absolut cool – sonst würdest du es mit uns Jungs wohl kaum aushalten – und atemberaubend hübsch ...«

»Atemberaubend?«

»Ja, Haisley. Atemberaubend«, versicherte ich ihr und meinte es auch so.

Sie versuchte sich an einem Lächeln. »Na, dir habe ich den Atem offenbar nicht geraubt.« In ihren Augen glitzerten Tränen, und der Wind trug das Übrige dazu bei. Je näher wir dem Leuchtturm kamen, desto heftiger blies er uns ins Gesicht. Auch in meinen Augenwinkeln sammelten sich Tränen, und ich konnte nicht sagen, ob es von dem Gespräch mit ihr kam oder vom Wind. Letztlich war es egal. Sie zu verletzen fühlte sich furchtbar an.

Ich griff nach ihrer Hand. Sie blickte zu mir auf, und es zerriss mir das Herz, als ich bemerkte, wie verletzt sie war. »Wie das zwischen uns gelaufen ist, tut mir leid. Sehr sogar. Ich möchte nicht, dass du an dir zweifelst. Ich habe es verbockt.«

»Mach ich nicht. Ich bin atemberaubend, schon vergessen?« Sie lächelte das entzückendste Lächeln, das ich je an ihr gesehen hatte. Obwohl es mir wehtat, sie zu verletzen, war ich auch erleichtert. Wir würden weiterhin befreundet bleiben. Füreinander da sein, selbst wenn es nicht auf die Art geklappt hatte, die wir uns erhofft hatten.

»Das bist du.« Ich hauchte ihr einen Kuss auf die Wange und schloss sie in meine Arme. Ihr Körper bebte, und ich hielt sie fest, bis sie sich einigermaßen beruhigt hatte. Erst dann entließ ich sie aus der Umarmung. Eilig wischte sie sich die Wangen trocken.

»Möchtest du umkehren?«

Vehement schüttelte sie den Kopf. »Auf keinen Fall. Ich lass mich doch nicht vom Weg abbringen«, erklärte sie.

Nein, das würde sie nicht. Sie würde jeden noch so großen Stein aus dem Weg räumen, darüberklettern oder einen kleinen Umweg wählen. Aber sie würde sich von nichts und niemandem abbringen lassen, um ihr Ziel zu erreichen. Der Leuchtturm stand für all das, was sie sich vornehmen würde. Selbst wenn Idioten wie ich ihren Weg kreuzten. Von Haisley konnte ich einiges lernen.

Unsere Freunde befanden sich bereits am Fuße des Leuchtturmes. Aiden winkte uns wie verrückt zu. Wir winkten zurück und eilten los.

Anders als vorhin war das Schweigen zwischen uns jetzt nicht mehr unangenehm. Es war in Ordnung. Die Stille war sogar beruhigend. Nur das Rauschen des Meeres begleitete uns.

»Ihr zwei Turteltauben«, bemerkte Aiden augenzwinkernd, als wir endlich beim Leuchtturm ankamen.

Haisley und ich tauschten einen kurzen Blick, ignorierten jedoch seine Anspielung. Vermutlich war es ohnehin zu frisch, um Fragen oder Kommentaren ausgesetzt zu werden. Wir ließen ihn in dem Glauben.

Blaze musterte dagegen besorgt seine Mitbewohnerin. Er ahnte, dass zwischen uns etwas vorgefallen war. Doch Haisley nickte ihm zu und hob ihre Mundwinkel an. Es versetzte mir einen Stich in der Brust, dass ihr Lächeln ihre Augen nicht erreichte. Es würde sicher noch eine Weile dauern, bis sie über die Situation hinweg war.

Der Wind toste eisig, aber der Blick auf den Leuchtturm, der inmitten der Düne stand und hoch in den Himmel ragte, war einmalig. Als ich jetzt auf den Ozean schaute und Vance sich in mein Blickfeld schob, schluckte ich schwer. Unweit von uns kniete er im Sand. Er hatte einige Möwen entdeckt und fotografierte sie aus verschiedenen Perspektiven. Ich konnte es von hier aus nur erahnen und hatte zudem keine Ahnung von Fotografie, aber Vance steckte unfassbar viel Liebe in diese Bilder und schien darin vollkommen aufzugehen. Es bewegte mich, ihn dabei zu beobachten, wie hingebungsvoll und leidenschaftlich er sich seinem Hobby widmete.

Als Vance eine unachtsame Bewegung machte und die Möwen damit aufschreckte, ergriff er sofort die Gelegenheit, um auch das festzuhalten. Die Vögel schwebten durch die Luft und ließen sich vom Wind tragen. Ein faszinierendes Schauspiel. Bestimmt hatte ich sie schon unzählige Male dabei beobachtet, aber bisher nie wahrgenommen, wie entspannt sie durch die Luft segelten und ein Gefühl von Freiheit ausdrückten.

Vance schulterte seine Kamera, kletterte über einen schmalen Felsen und näherte sich uns. Er hatte die Kapuze über seinen Kopf gezogen, die Jacke geöffnet, und ich stellte mir kurz vor, wie ich meine Hände in die Seitentaschen steckte, ihn an mich zog und wärmte. Gedanken, die ich mir nicht erlauben durfte, die ich aber auch nicht verhindern konnte. Meine Gedanken waren frei. Verbote ignorierten sie, egal wie oft ich versuchte, es ihnen einzureden.

Vance und ich. Wir hatten keine Zukunft. Er war lediglich eine falsche Abzweigung, die ich genommen hatte. Eine Sackgasse, aus der ich fliehen musste. Und das unverzüglich, ohne mich umzudrehen. Mich auf ihn einzulassen passte schlicht und einfach nicht in mein Leben. Und ich hatte nicht vor, der schwule Quarterback zu werden. Meine Sportkarriere wäre damit schneller beendet, als sie begonnen hatte.

Harvard setzte sich für queere Menschen ein. Intoleranz und Homophobie wurden auf dem Campus nicht geduldet. Doch Coach Tucker wäre wohl alles andere als begeistert, wenn ich ihm sagen würde, dass ich mich in einen Mann verliebt hatte. Abgesehen davon, dass ich das nicht war. Ich war nur verwirrt und in der Gegenwart von Vance nicht ganz bei Sinnen. Das bedeutete aber noch lange nicht, dass ich homosexuell oder bisexuell oder etwas anderes war.

Aber als Vance direkt vor mir stand und sich unsere Blicke begegneten, machte mein Herz einen verräterischen Satz. Dennoch würde ich weiter dagegen ankämpfen, auch wenn es bedeutete, mein wahres Selbst zu unterdrücken.

Vance und ich durften nicht sein.

Nicht in diesem Leben.

18

Vance

Noch Stunden später hatte ich das Bild vor Augen, wie sich Kolton und Haisley beim Spaziergang in den Armen gelegen hatten. Sie hatten so vertraut gewirkt. Zusammen gaben sie ein perfektes Bild ab. Ich fühlte mich schlecht, weil ich mich nicht für meine Freundin freuen konnte. Stattdessen plagte mich ein fieses Stechen, ein Schmerz in der Brust, der sich nur mit einem Wort erklären ließ: Eifersucht. Ich war neidisch auf das, was Haisley und Kolton verband, und das tat scheißweh. Zumal ich mich in einen Kerl verliebt hatte, der ohnehin nichts von mir wissen wollte, mich nur als Versuchskaninchen benutzt und aus Langeweile geküsst hatte. Außerdem hatte ich Haisley hintergangen. Und als wäre das Potenzial dieses Dramas noch nicht vollkommen ausgeschöpft, sah es jetzt auch noch so aus, als wären Hais und ich Geschwister. Das alles war … verdammt viel für einen Nachmittag am Strand.

Bevor wir nach Cape Cod gefahren waren, war ich mir sicher gewesen, dass die Suche nach meinem Dad vergebens war. Außerdem war ich überzeugt davon gewesen, dass Kolton keine Gefühle für Hais hegte. Innerhalb kurzer Zeit hatte sich das Blatt gewendet. Plötzlich wirkten die beiden so vertraut, als hätte jemand die Mauer der letzten Wochen zwischen ihnen durchbrochen. Seit wir ins Haus zurückgekehrt waren, gingen sie viel lockerer miteinander um, kicherten und scherzten unentwegt.

Was für eine bescheuerte Situation, in die ich mich begeben hatte. Verliebt in den Kerl meiner besten Freundin und womöglich Halbschwester. Selbst wenn es dafür noch keinen Beweis gab, die Indizien sprachen dafür. Es machte einfach so viel Sinn, dass Haisley und ich Geschwister waren. Da war dieses Gefühl in mir, die Selbstverständlichkeit unserer Vertrautheit seit der ersten Begegnung. Es musste so sein: Mr Jefferson war mein Dad und Hais meine Halbschwester.

Vorhin hatte ich kurz den Eindruck gewonnen, Hais sei traurig. Doch dann hatte sie lauthals gelacht und sich über eine Sache amüsiert, die letztes Jahr zwischen Wyatt und Aiden vorgefallen war.

»Was in Cape Cod geschieht, bleibt in Cape Cod.« Haisley kicherte.

Aidens Wangen färbten sich rosa. Ich wurde neugierig, was damals geschehen war, vermutete aber, dass sie kein Wort darüber verlieren würden.

Bisher hatte sich seit dem Rückweg vom Leuchtturm keine Gelegenheit geboten, mit Haisley allein zu sein, weshalb ich nicht wusste, was zwischen ihr und Kolton vorgefallen war. Außerdem fühlte es sich falsch an, sie danach zu fragen. Was erhoffte ich mir davon? Ich wollte nur dieses miese Gefühl in meinem Magen loswerden. Aber sie deshalb auszufragen, ohne ihr meine Gefühle für Kolton zu gestehen, war arglistig.

Wenigstens hatten sie sich nicht vor meinen Augen geküsst. Der Abend war noch nicht vollkommen ruiniert. Noch nicht. Es war nämlich nicht auszuschließen, dass sich das schon in den nächsten Minuten änderte und ich Zeuge davon würde, wie meine Halbschwester meinen Crush küsste. Das hatte durchaus Potenzial für Hollywood. Vielleicht ließ sich die Geschichte an Moms Produzenten verkaufen. Dann hätte ich wenigstens genügend Geld, um mich so lange auf irgendeiner Insel zu verkriechen, bis sehr viel Gras über die Sache gewachsen war.

»Wahrheit oder Pflicht?«, fragte Blaze.

Ich hasste dieses Spiel, aber die anderen nickten begeistert.

»Wann haben wir beschlossen, dass wir Wahrheit oder Pflicht spielen?«, fragte ich verwundert und überlegte. Wir hatten Pizza gegessen, Drinks gemixt und uns über einen Ausflug, den wir im nächsten Monat zusammen unternehmen wollten, unterhalten. Von einem Spiel war nicht die Rede gewesen.

Haisley zog ihre Füße an die Brust und legte das Kinn auf den Knien ab. Sie schmunzelte. »Da gibt es nichts zu beschließen. Das machen wir immer, wenn wir hier sind.«

Blaze und Aiden stimmten ihr nickend zu.

»Genau genommen sind wir gerade zum zweiten Mal in diesem Jahr hier«, warf Kolton schulterzuckend ein.

Haisley schnalzte mit der Zunge. »Das zählt nicht«, erwiderte sie gedehnt, fast schon verständnislos. Ich hatte also die Wahl, mich entweder in mein Zimmer zu verkriechen oder eben mitzumachen.

Ich nahm einen tiefen Atemzug, ehe ich mich für Wahrheit entschied und es sofort bereute, als ich in die wissensdurstigen Augen der anderen blickte. Gott sei Dank war Wyatt nicht dabei. Aber selbst Blaze, den ich sonst als ruhig und zurückhaltend einschätzte, hatte plötzlich ein teuflisches Funkeln in seinen Augen. Aiden und Haisley schnitten Grimassen, und was Kolton tat, wusste ich nicht. Er saß auf dem Sessel zu meiner Rechten. Ich wagte noch nicht mal einen kurzen Seitenblick.

»Ach ja, du … hast immer die Wahl. Wenn du die Frage nicht beantworten möchtest oder deine Pflicht nicht erfüllst, darfst du ein Kleidungsstück fallen lassen und von Dads selbst gebranntem Gin trinken.« Haisley grinste bitterböse.

»Und ich dachte, du magst mich«, murmelte ich.

»Sehr sogar. Das macht Spaß, du wirst sehen«, erwiderte sie, woraufhin ich Blaze betrachtete, der schon ein bisschen angetrunken war. Kein Wunder, er hatte beim Cocktailmixen vorhin von allen Spirituosen einmal probiert. Er grübelte noch, vermutlich, weil er sich eine besonders heikle Frage für mich ausdachte.

»Okay«, sagte er mit einem diabolischen Grinsen. »Vance, wenn du dich entscheiden müsstest …« Es folgte eine bedeutungsvolle Pause. Ich erwartete das Schlimmste, gleichzeitig wollte ich nicht wahrhaben, dass ausgerechnet Blaze, der sonst so unauffällig war, sich eine vernichtende Frage zurechtgelegt hatte. Das passte nicht zu seinem Charakter.

Ich versuchte, mich zu entspannen, und ließ mich tiefer in die Couch sinken.

»Aiden, Wyatt oder Kolton …«, mein Magen zog sich zusammen, »… mit wem würdest du Sex haben wollen?«

In Sekundenschnelle schoss das Blut in meine Wangen. Mein Blick fiel auf das randvolle Glas vor mir. Immerhin blieb mir die Wahl, zu trinken, wenn ich nicht antworten wollte.

»Ach, komm schon. Sei kein Spielverderber, die Frage ist doch gar nicht so übel«, beschwerte sich Aiden, weil ich zögerte.

Ich hingegen fand sie furchtbar, und mein Magen sah das ähnlich. Oder er hatte die Pizza nicht vertragen. Jedenfalls zwickte und rumorte es in mir, dazu kam ein nervöses Kribbeln, das sich immer weiter ausdehnte. Ich konnte doch unmöglich zugeben …

»Kolton«, offenbarte ich ehrlich, ohne jemanden dabei direkt anzusehen. Sein Name war aus mir rausgeplatzt. Ich beugte mich vor, schnappte mir den Cocktail und nahm einen kräftigen Schluck davon. Das Brennen des Alkohols linderte meine Beschwerden. Ich wusste nicht, ob es Haisleys oder Koltons Blick war, der so schwer auf mir lag. Aber ich konnte ihn deutlich spüren.

»Interessant. Ich hätte auf Aiden getippt«, offenbarte Blaze schulterzuckend. »Du bist an der Reihe.«

Ich wollte alles andere als an der Reihe sein. Ich hatte keinen Schimmer, wen oder was ich fragen sollte, weshalb ich erneut zu dem Glas griff und gleich mehrere Schlucke trank.

»Blaze …«, setzte ich an, doch sofort erntete ich Einspruch.

»Die Person, die dich gewählt hat, darf nicht zurückgefragt werden«, erklärte Haisley.

Wie um alles in der Welt sollte dieses Spiel für Spaß sorgen? Ich fühlte mich, als säße ich bei einer wichtigen Prüfung. Und ich durfte keinesfalls das Falsche sagen. Haisley würde ich bestimmt nicht wählen, denn meine Freundin bloßzustellen kam für mich nicht infrage.

Das war ein dummes Spiel.

Ich war erleichtert, als sich der Alkohol zunehmend in meinem Körper ausbreitete und sich die Anspannung in mir löste. Jedenfalls ein wenig. »Aiden, Wahrheit oder Pflicht?«

Er musterte mich mit zusammengekniffenen Augen. »Wahrheit.«

Ich überlegte, doch mir fiel keine gute Frage ein, die ich ihm stellen konnte. Seine Miene wirkte furchtlos, als wäre er jeder Aufgabe gewachsen, was mich gewissermaßen erstaunte. Denn ich glaubte längst, zu wissen, dass Aiden eine bedeutende Sache geheim hielt.

»Was genau ist zwischen Wyatt und dir letztes Jahr vorgefallen?«

In Aidens Mundwinkel lauerte ein dunkles Lächeln. Doch anstatt zu antworten, leerte er das Glas Gin. Während er es abstellte, verzog er das Gesicht, als hätte er in eine Zitrone gebissen. Er schüttelte sich. »Ekelhaft«, beschwerte er sich mit verbissener Miene.

Dann fragte er Haisley, wie alt sie gewesen war, als sie ihren ersten Kuss bekommen hatte. Und Haisley wiederum verdonnerte Kolton zu fünfzig Liegestützen. Zugegebenermaßen war es dann doch noch unterhaltsam geworden, und als Blaze auf dem Couchtisch seine Hüften schwang, erreichte die ausgelassene Stimmung ihren Höhepunkt. Das war vermutlich vor allem dem Gin zuzuschreiben, von dem wir inzwischen alle getrunken hatten.

Langsam hatten wir genug vom Alkohol, uns Löcher in den Bauch gefragt und die eine oder andere Peinlichkeit über uns ergehen lassen. Aiden hatte fast alle Kleidungsstücke geopfert und saß nur noch in Boxershorts da. Kolton trug immerhin noch Jeans. Und ich bemühte mich, den Blick nicht länger als nötig in seine Richtung schweifen zu lassen. Was viel Disziplin erforderte.

Aus dem Augenwinkel nahm ich wahr, wie sich Haisley und Kolton verstohlene Blicke zuwarfen. Trotz des Alkohols im Blut – oder vielleicht sogar deshalb – führte ihr Anblick unweigerlich zu einem qualvollen Ziehen in meiner Bauchgegend. Es war nervtötend und aufreibend und machte mich angriffslustig. Ein Impuls, der sich in mir nur selten durchsetzte.

»Hast du schon mal einen Mann geküsst, Kolton?«, erkundigte ich mich provokant und richtete meinen Blick auf ihn, als ich endlich wieder an der Reihe war. Auf einmal schienen seine Augen einen dunkleren Farbton anzunehmen, wirkten nahezu bedrohlich. Dennoch hielt ich seinem Blick stand und dachte nicht daran, wegzusehen und aufzugeben. Ich beobachtete, wie sich sein Brustkorb zu einem schweren Atemzug ausdehnte und er sich unbewusst auf die Unterlippe biss. Seine Augen bildeten schmale Schlitze, als er wortlos und ohne den Blick von mir abzuwenden zum Glas griff, dieses an seinen Mund führte und in einem Zug leerte.

Die Rache würde kommen. Inzwischen schossen Koltons Augen unzählige kleine giftige Pfeile auf mich ab. Er war stocksauer. Aber immerhin hatte ich jetzt seine volle Aufmerksamkeit.

Aiden prustete los. »Mann, dir ist schon bewusst, dass der Drink in Wahrheit kein Ausweg ist, sondern dich verrät.«

Haisley und Blaze schwiegen, während sich Koltons Aufmerksamkeit auf Aiden verlegte. »Wahrheit oder Pflicht?«, fragte er mit undurchsichtiger Miene und tiefer Stimme.

»Pflicht.«

»Küss Vance«, forderte Kolton, und sogleich schnellte mein Blick zu Aiden. War er jetzt völlig verrückt geworden? Warum wollte er, dass wir uns küssten?

»Äh, nein!«, stieß ich aus.

Aidens Stirn legte sich in drastisch tiefe Falten, als er zuerst den Alkohol anvisierte und dann an sich herunterschaute, um festzustellen, dass er nur noch Boxershorts trug. »Ich kann nichts mehr ausziehen … und wenn ich noch was trinke, kotze ich«, flüsterte er mehr zu sich selbst als zu mir. »Sollen wir es einfach … ich meine, für dich ist das bestimmt kein Problem, oder?«

Es. War. Ein. Verdammtes. Problem.

Ich war irre wütend und hatte es satt, das Versuchskaninchen zu sein. Seit ich in das Apartment gezogen war, musste ich mich mit ihrer homophoben Scheiße auseinandersetzen. Ich war halt der schwule Mitbewohner, den man eben mal küssen konnte, nur um wieder zur gewohnten Tagesordnung überzugehen und zu verdrängen, dass man eigentlich bi- oder homosexuell war.

»Vance, bei Wahrheit oder Pflicht haben wir doch immer alle irgendwen geküsst, das hat nichts zu bedeuten«, warf Haisley beschwipst ein.

Ungläubig schüttelte ich den Kopf. Wie konnte ausgerechnet sie behaupten, dass ein Kuss nichts bedeutete. Das tat er. Immer. Selbst wenn es nur für den Moment war. Es war immerhin ein verfluchter Kuss.

»Wir sind doch nicht mehr in der Grundschule. Vielleicht war es da noch cool, sich auszuprobieren. Aber mittlerweile studieren wir in Harvard. Habt ihr ernsthaft nichts Besseres zu tun?« Ich lachte auf, weil ich es selbst nicht fassen konnte, dass wir nichts weiter im Kopf hatten, als ein dämliches Trinkspiel zu spielen. »Ich bin nicht der Typ, den ihr eben mal küssen könnt, um herauszufinden, wie es sich mit einem Mann anfühlt. So … läuft das nicht.«

Einsichtig nickte Aiden, und seine glasigen Augen wirkten jetzt ein bisschen wie die eines sehr traurigen Teddybären. »Nur damit du es weißt, wenn ich einen Mann küssen würde, dann dich«, murmelte er geschlagen.

Wir hatten definitiv genug getrunken.

»Aiden«, sagte ich entschieden und fing seinen Blick auf. »Wir wissen beide, dass du in Wahrheit lieber einen anderen küssen würdest.«

Er öffnete den Mund, nur um ihn gleich darauf wieder zu schließen. Dann hob er die Hand, setzte noch mal von Neuem an, doch auch jetzt brachte er keinen Ton hervor.

»Leute, ich mag euch. Sehr. Aber hört auf mit dem Mist. Seid ehrlich mit euch und küsst verdammt noch mal die Menschen, die ihr tatsächlich küssen wollt.« Als ich mich erhob, schwankte der Boden unter meinen Füßen. Für einen Moment schloss ich die Augen, und als ich sie wieder öffnete, wurde es besser. »Schlaft gut«, verabschiedete ich mich flüchtig, ehe ich die Treppe erklomm. Zu meiner eigenen Sicherheit hielt ich mich an dem Geländer fest, weil das Schwindelgefühl noch nicht völlig verschwunden war.

Nachdem ich das Zimmer erreicht hatte, schlüpfte ich aus meinem Hoodie und warf ihn achtlos auf den Boden. Das tat ich sonst nicht. Es war ein sicheres Zeichen dafür, dass ich eindeutig zu viel getrunken hatte. Und als ich im Badezimmer in den Spiegel über dem Waschbecken sah, mir sozusagen selbst in die Augen blickte, wurde mir bewusst, wie sehr mich die Sache mit Kolton und Haisley mitnahm. Wie es mich plagte, meinen Dad gefunden zu haben. Einen Mann, der eine Tochter hatte, um die er sich kümmerte, für seinen Sohn jedoch nichts übrighatte.

Irgendwann senkte ich den Blick, weil ich mein Angesicht nicht länger ertrug.

Der Junge, der ohne Dad aufgewachsen war.

Der Junge, der schwul war.

Der Junge, der nicht ehrlich zu seiner besten Freundin war.

Ich vernahm das Öffnen der Zimmertür. Bestimmt war Kolton gekommen. Allerdings hielt sich meine Lust, ihm unter die Augen zu treten, ziemlich in Grenzen. Was schwierig werden würde, weil wir uns schließlich ein Bett teilten.

Ein Poltern, gefolgt von einem Fluchen. Er war irgendwo dagegengestoßen. Aber selbst das änderte nichts daran, dass ich mit gesenktem Kopf, meine Arme an den Seiten des Waschbeckens abgestützt, im Badezimmer verweilte und mir die Zeit nahm, die ich benötigte. All das Chaos der letzten Stunden verarbeitete, oder es zumindest versuchte.

Aber keine Sekunde später spürte ich Koltons Gegenwart in meinem Nacken. Fühlte seine Wärme, obwohl er mich nicht berührte, roch sein herbes Parfüm. Er war mir verflucht nahe gekommen. Ich war mir fast sicher, gegen seinen Oberkörper zu stoßen, wenn ich mich auch nur einen Zentimeter bewegte. Mein Puls raste, als mir klar wurde, dass er die Nähe beabsichtigte, sogar provozierte. Mich durchfuhr ein Kribbeln. Und dann traf sein warmer Atem auf meinen Nacken, und eine Gänsehaut überrollte mich. Jede Zelle in mir spielte verrückt, mit dem Alkohol im Blut hatte ich mich nicht länger unter Kontrolle. Vielleicht hatte ich das sowieso nie, wenn er in meiner Nähe war.

»Was willst du?«, fragte ich mit heiserer Stimme. Jede Silbe verriet, wie erregt ich war.

Als er nicht antwortete, hob ich den Kopf und begegnete seinem Blick im Spiegel. Dunkel. Hungrig. Alles an Kolton schrie nach Sex. Er wollte mich, und der Alkohol half ihm, jegliche Bedenken über Bord zu werfen.

Und dann berührte er mich. Seine Fingerkuppen glitten in meine Halsbeuge, hauchzart strich er über die Kuhle entlang meiner Schulter und Arme. Dabei nahm er sich Zeit und ließ mich keine Sekunde aus den Augen. Meine Lider flatterten. Es kostete mich immense Kraft, sie nicht zu senken.

Seine sanften Berührungen zündeten meinen Körper an, und die Art, wie er mich dabei ansah, ließ mich alles vergessen. Ich brannte lichterloh. Nur ein klitzekleines Stück lehnte ich mich zurück, weil ich dem Drang, seinen Oberkörper zu spüren, nicht länger widerstehen konnte. Sein Brustkorb hob und senkte sich schnell, und sein Herz pochte wie verrückt.

Was gerade geschah, war falsch. Und zugleich hatte ich noch nie solche Sehnsucht verspürt. Wenn wir uns nicht augenblicklich küssten, verlor ich den Verstand. Es war mir unmöglich, mein unbändiges Verlangen nach Kolton auch nur noch eine Sekunde länger zu unterdrücken.

Sein Blick war weiterhin voller Lust und dunkel. In seinem Mundwinkel lauerte ein sexy Lächeln. Er hauchte mir einen Kuss auf das Schulterblatt. Seine Lippen verweilten auf meiner Haut.

Warm und weich. Ich dachte schon, er würde sich entfernen, einen Schritt zurückgehen, das alles bereuen, aber stattdessen zog er eine Spur von Küssen entlang meines Schlüsselbeines. Ich genoss das Prickeln seiner elektrisierenden Liebkosungen in vollen Zügen. Als ich endlich wieder zu atmen begann und mich einigermaßen unter Kontrolle glaubte, gruben sich Koltons Zähne in meine Haut und schickten Schmerzimpulse wie kleine Stromstöße durch mich hindurch. Unvermittelt brach ein Stöhnen aus mir. Behutsam umspielte seine Zunge die sensible Stelle und linderte das schmerzende Pochen. Gott, es war …

Als sich unsere Blicke unter schweren Atemzügen erneut begegneten, wünschte ich mir nichts mehr, als mit ihm zu schlafen. Wenigstens ein Mal, nur heute Nacht. Das würde vor allem für mich schmerzhaft enden, aber … ich wollte es. Ich wollte ihn. So unbedingt.

Irgendetwas Wildes nahm Besitz von mir. Rasch drehte ich mich zu ihm herum und drängte ihn an die Wand. Wir waren gleichermaßen erstaunt, woher diese Kraft auf einmal gekommen war. Vermutlich war es dem Überraschungseffekt zuzuschreiben, dass ich ihn mit so einer Leichtigkeit an die Wand pressen konnte. Hätte er auch nur ansatzweise damit gerechnet, wäre ich wohl chancenlos gescheitert.

Er blinzelte überrascht, schien sprachlos zu sein.

»Du und Hais …«, ich bekam die Worte nur schwer über meine Lippen, »… liegt euch den ganzen Tag schon in den Armen und …«

Seine Miene wurde weich. »Wir sind nur Freunde«, flüsterte er, woraufhin ich schnaubte. Denn das hatte den ganzen Abend über nach mehr als nur Freundschaft ausgesehen. »Ich habe ihr gesagt, dass ich nicht in sie verliebt bin. Wir haben uns ausgesprochen.«

»Hast du ihr auch gestanden, dass du mich geküsst hast? Dass du vorhast, es wieder zu tun?«

Er biss sich auf die Unterlippe, und seine Lider senkten sich für einen Moment. »Das ist nicht fair, Vance. Ich habe mit ihr geredet, aber …«

»Deine Experimente mit mir behältst du lieber für dich, schon klar«, beendete ich den Satz, was mir schwerfiel, weil wir uns so verdammt nahe waren. Unsere Oberkörper berührten sich nach wie vor, und zwischen unsere Münder passte gerade noch ein Blatt Papier.

»Du bist kein Experiment«, hauchte er, dabei kitzelte sein Atem meine Lippen. Und das Beängstigende daran war, dass ich ihm glaubte.

Mein Blick glitt über sein schönes Gesicht, die ausgeprägten Wangenknochen hinab auf seine Lippen, bis zu dem kaum sichtbaren Grübchen an seinem Kinn, das von einem Bartschatten verdeckt wurde. Fuck, er raubte mir den Atem. Und … er roch so fabelhaft, dass ich kaum einen klaren Gedanken fassen konnte. Eines wusste ich: Ich wollte sein gottverdammtes Experiment sein, selbst wenn ich mir damit selbst das Herz aus der Brust riss, es auf den Boden warf und mit meinen Füßen drauftrat.

»Aiden. Du wolltest, dass ich ihn küsse.«

»Ich … war ein Idiot«, sagte er mit rauer Stimme. Und ich hing an seinen Lippen, als wäre mein Leben von ihnen abhängig. Ein Teil von mir ahnte, wie lächerlich das war. Aber ich ignorierte ihn, und als Kolton meinen Namen flüsterte, verschloss ich meinen Mund mit seinem. Wild. Drängend. Der Kuss schmeckte bittersüß, war heiß und verflucht gefährlich. Er war alles, wonach ich mich lange gesehnt hatte.

Ungeduldig zupfte ich am Saum seines T-Shirts. Fahrige, hektische Bewegungen. Kolton lächelte an meinem Mund, löste sich von mir und schlüpfte aus dem Baumwollstoff. Als ich seinen makellosen Oberkörper so hautnah vor mir sah, biss ich mir auf die Unterlippe ... Er war perfekt. So unfassbar perfekt, dass ich mich nicht mal traute, ihn anzufassen. Kaum zu glauben, dass ich mit dem Frauenschwarm und Quarterback der Harvard Crimson, Kolton Evans, knutschte. Meine heimlichste Fantasie war wahr geworden.

Kolton streichelte meine Wange und schmunzelte auf seine einnehmende Weise. »Wie lange willst du mich noch ansehen?«, flüsterte er in mein Ohr, sodass mich sein Atem kitzelte.

Als er mir wieder mehr Raum gab, war ich kurz davor, zu protestieren. Dieses sexy Lächeln, das in seinen Mundwinkeln hing, sein vor Erregung lodernder Blick. Und zugleich lag etwas Ehrliches, Aufrichtiges in seinen Augen. Er wollte mich. Allerdings zweifelte ich keine Sekunde daran, dass er mich morgen – was auch immer gleich geschehen würde – auf einen fernen Planeten verbannen wollen würde. Vielleicht wäre er gnädig und wählte einen, auf dem ein Leben im Entferntesten möglich war.

»Hm ... keine Ahnung«, seufzte ich und bewunderte seine stählerne Brust. Meine Finger zitterten, als ich über die Wölbungen seines Bauches streichelte und sie schließlich in der Gürtelschlaufe seiner tief sitzenden Jeans einhakte. Zischend sog Kolton den Atem ein, und sein Lächeln erstarb. Er legte den Kopf in den Nacken, soweit es die Wand, an der er lehnte, ermöglichte. »Wie sehr wirst du mich morgen dafür hassen?«, fragte ich und hauchte einen Kuss auf seine linke Brust. Seine Haut war weich und roch genauso umwerfend wie alles andere an ihm. Herb, aber dennoch süß.

»Ich werde uns beide hassen«, antwortete er zögernd, und als ich sanft an seiner Brustwarze saugte, murmelte er ein heiseres »Fuck«, das mich ermutigte, weiterzumachen und mehr Druck auszuüben. Er schob mir seine Hüfte entgegen, sodass ich seine Erregung trotz des Stoffes zwischen uns deutlich spürte. Er war hart und … mächtig. Wie alles an Kolton. Ich presste mich an ihn und gab ihm, wonach er verlangte. Er rieb sich an mir, stöhnte an meinem Mund, ehe seine Lippen über meine strichen und sich unsere Zungen wiederfanden. Atemlos und gierig. Als gäbe es kein Morgen mehr.

Unangekündigt packte mich Kolton an den Hüften, wir taumelten und landeten beinahe in der Dusche. Ich konnte mich gerade noch so an den Hochschrank klammern. Ein Porzellanbehälter brach, als er zu Boden fiel, gefolgt von einigen Duschgels, die geräuschvoll durch das Badezimmer kullerten. Aber das hinderte uns nicht daran, uns hemmungslos zu küssen, während unsere Hände über unsere Körper eilten, als verpassten sie etwas, wenn sie auch nur eine Millisekunde stillhielten.

»Ich habe Angst«, stieß Kolton zwischen unseren Küssen hervor, und als ich die Bedeutung seiner Worte wahrhaftig begriff, setzte mein Herz einige Schläge aus.

Ich verlangsamte das Tempo, küsste ihn sanft, ehe ich an seinen umwerfenden Lippen verharrte. »Wovor hast du Angst?«

»Ich …« Er verstummte sogleich. Ich beobachtete, wie sich sein Kehlkopf träge bewegte.

»Wir machen nichts, was du nicht willst«, flüsterte ich und gab ihm noch einen zarten Kuss. Er blinzelte, wirkte unruhig. Daraufhin trat ich einen Schritt zurück, doch sofort fasste er mich am Unterarm und zog mich wieder an sich.

»Du musst nur ein Wort sagen, und ich höre auf, okay?« Als er mich schweigend betrachtete, wurde ich unsicher, ob er überhaupt begriff, von welchem Wort ich sprach.

»Nein, Kolton. Du kannst jederzeit Nein sagen.«

Stille senkte sich auf uns nieder, und ich konnte unsere beiden

Herzschläge hören. Doch dann überwand er die wenigen Millimeter, und seine Lippen trafen erneut auf meine. Sanft streichelte er mit der Zunge über meine Oberlippe. Ich öffnete den Mund und gebot ihr Einlass. Es war ein beherrschter, aber intensiver Kuss, der meinen Körper zum Zittern brachte.

Ich passte mich seinem Tempo an. Zärtlich wanderten seine Hände über meinen Rücken, und ich kostete den Moment in vollen Zügen aus. Kolton war einfühlsam und hingebungsvoll. Bereit, so viel von sich zu geben.

»Wie steht es um die Angst?«, erkundigte ich mich, als seine Lippen auf meinen ruhten.

»Vorhanden«, brummte er atemlos, gefolgt von einem heftigen Kuss, der auch mir den Atem raubte. Binnen weniger Sekunden änderte sich die Stimmung zwischen uns. Als hätte jemand einen Schalter umgelegt. Er drängte seinen trainierten Körper an meinen, presste seine Erregung an meine, und als ihm bewusst wurde, was gerade geschah und wie erregt auch ich war, erstarrte er. Deutlich spürte ich, wie sich seine Muskeln anspannten. Ich schuf uns etwas Platz, hinterließ eine Spur von zärtlichen Küssen entlang seines Halses, die er bereitwillig annahm. Seine heiseren Atemzüge waren die Bestätigung, dass die Lust überwog. Also machte ich weiter.

Küssend bahnte ich mir einen Weg auf seinem Körper, knabberte sanft an seiner Brustwarze, bis ich schließlich an seinem Bauchnabel verharrte, um mir selbst eine kleine Pause zu gewähren. Koltons Haut zu erkunden, sie zu schmecken, ihm nahe zu sein, berauschte mich.

Als ich mich bereit dazu fühlte, wagte ich einen Blick in Koltons Augen. Ich erkannte eine unbändige Lust, aber auch eine gewisse Panik. Weshalb ich uns Zeit verschaffte, ihn beobachtete, während meine Hand vorsichtig und langsam an die Knöpfe seiner

Jeans wanderte. Abermals verharrte ich. Sein Gesichtsausdruck blieb unverändert. Als ich den obersten Knopf öffnete, sog Kolton die Luft scharf ein, und seine Bauchmuskeln traten stark hervor. Der Jeansstoff spannte noch deutlicher über seiner Schwellung, ich gewann den Eindruck, sie würde stetig zunehmen, was eigentlich unmöglich war.

Meine Kehle wurde trocken, und mein Herz schlug mir inzwischen bis zum Hals, während ich Knopf um Knopf öffnete. Behutsam hakte ich meine Finger in die Seiten seiner Jeans. Ich rechnete fast damit, dass er mich von sich stoßen würde, weshalb ich wachsam war und wiederholt zu ihm aufsah.

Doch der Anblick, der sich mir bot, übertraf alles Bisherige. Kolton hatte den Kopf in den Nacken gelegt und seinen Mund sinnlich geöffnet. Ich strich über den dünnen Baumwollstoff seiner Boxershorts. Sein Schwanz war prall und zuckte erwartungsvoll unter meinen Berührungen. Ich vernahm ein keuchendes »Fuck«, als ich ihn weiterstreichelte und dabei mehr Druck ausübte.

Da seinerseits kein Einwand kam, hakte ich die zweite Hand in seine Jeans und zog sie langsam über seinen Hintern. So verschaffte ich Kolton genügend Zeit, sollte er es sich anders überlegen.

Er leistete keinen Widerstand. Stattdessen schob er selbst seine Finger unter die Boxershorts, stülpte sie ab, strampelte die Jeans von seinen Beinen und präsentierte mir seinen perfekten Schwanz. Er war ... gewaltig, etwas nach links geneigt und beispiellos schön. Zur Krönung dieses einmaligen Anblickes glänzte auf seiner Spitze ein großer Lusttropfen. Mich länger zurückzuhalten war unmöglich. Behutsam umspielte ich seine Eichel und erntete sogleich ein heiseres Keuchen. Es folgten unverständliche

Worte, eingehüllt in Stöhnen, als ich endlich meine Lippen um seine Spitze schloss und seine gesamte Länge in mir aufnahm.

Unvermittelt gruben sich Koltons Finger in mein Haar und gaben das Tempo vor. Ich war überrascht, wie sinnlich sein Stöhnen klang, wie hingebungsvoll er meinen Mund empfing und wie sehr er sich auf mich einließ. Und irgendwann hörte ich auf, darüber nachzudenken, folgte meinem Impuls und verwöhnte ihn, genoss es, ihn zu schmecken, ihn zu fühlen und ihm so verdammt nahe zu sein. Mit jedem weiteren Keuchen belohnte er mich, erfüllte und befriedigte er auch mich. Ich konnte es schwer beschreiben, aber ich sehnte mich so sehr danach, dass Kolton zum Höhepunkt kam. Dass ich ihn dazu brachte.

Ich überließ ihm die Führung, umspielte seine Eichel mit meiner Zunge, wann immer er das Tempo verringerte, saugte sanft daran, woraufhin er erstickt keuchte und mehr davon verlangte. Und ich gab ihm liebend gern alles, wonach er sich sehnte.

Seine Finger krallten sich fester in mein Haar, die Stöße wurden zunehmend entfesselter, seine muskulösen Beine zitterten, sein Schwanz zuckte, und ein raues Knurren drang aus seiner Kehle, als ich einen salzigen Geschmack auf meiner Zunge schmeckte. Ich genoss es, ihn kommen zu spüren, seine sanften Zuckungen zu fühlen, und gab ihm die Zeit, die er brauchte, um dem Orgasmus nachzuspüren. Erst als er sich vollkommen beruhigt hatte, seine Atmung flach und ruhig wurde, zog ich mich zurück und blickte zu ihm auf. Doch Kolton hielt seine Lider fest aufeinandergepresst, und ich befürchtete, dass er zurück in die Realität kehrte. Wenn die Lust langsam abebbte und er begriff, dass ich es gewesen war, der ihm einen so umwerfenden Orgasmus beschert hatte, wie würde er dann reagieren?

Ich verschränkte meine Hand mit seiner, was er erstaunlicherweise zuließ, nur um die Verbindung zu ihm nicht zu verlieren.

Dann erhob ich mich, hielt ihn weiterhin fest und beugte mich umständlich zum Waschbecken, um meinen Mund mit Wasser auszuspülen. Danach wagte ich einen Blick in den Spiegel. Seine Miene schien hart.

»Hey ...«, flüsterte ich kaum hörbar und näherte mich ihm. Und als er sich weiterhin nicht bewegte, mein Herz unzählige Schläge auszusetzen schien, legte ich meine flache Hand auf seinen Brustkorb und hieß jeden wilden Schlag seines Herzens willkommen. Doch mir fehlten die passenden Worte, also schwieg ich. Es verging eine Weile der Stille, die nur vom Tropfen des Wasserhahns unterbrochen wurde. Und als sich das wilde Pochen unter seinem Brustkorb beruhigt hatte, begegnete ich erneut seinem Blick. Eine einsame Träne rollte aus seinem Augenwinkel. Es zerriss mir das Herz. Aber Kolton wandte sich nicht ab, sondern betrachtete mich mit ausdrucksloser Miene.

»Du ... bist unglaublich schön«, flüsterte er schließlich mit belegter Stimme, zog mich in eine Umarmung und hauchte mir einen Kuss aufs Haar. Dann spürte ich etwas, das mir Angst einflößte. Denn sein gesamter Körper bebte.

Und ich wartete, bis der Traum vorbei war und mich das wahre Leben wieder heimsuchen würde.

19

Kolton

Ich lag bestimmt seit über einer Stunde wach. Im Zimmer war es dunkel, nur der Mondschein fiel durchs Fenster und ließ die Umrisse einzelner Möbel erkennen. Doch die Tatsache auszublenden, dass Vance bloß eine Armlänge von mir entfernt lag, war völlig ausgeschlossen.

Noch immer hinderte mich das Adrenalin, das vorhin wild durch meine Adern gerauscht war, daran, zur Ruhe zu kommen. Wenigstens für eine kurze Zeit zu vergessen, zu verdrängen, wie es sich angefühlt hatte, als Vance mich geküsst und mir den besten Blowjob meines Lebens gegeben hatte. Wann immer ich glaubte, dass ich in den Schlaf finden würde, war es, als schlösse sich sein Mund wieder um meinen Schwanz. Die Wärme, der Druck, dieses unbeschreibliche Empfinden, das mich einhüllte und mich so fühlen ließ wie nie zuvor, erwachte dann von Neuem zum Leben. Niemals zuvor hatte ich etwas Vergleichbares erlebt.

Vance vermochte es, mich mit einem einzigen Kuss in seinen Bann zu ziehen. Der süße Geruch seiner Haut schien an meinem

Körper zu haften, obwohl ich mich lange unter die Dusche gestellt hatte. In mir herrschte ein Chaos, das ich nicht in Worte fassen konnte. Und das Unerträgliche daran war, dass ich seit dem Moment, als sich Vance' Lippen um meinen Schwanz geschlossen hatten, wusste, dass ich mehr davon brauchte. Und zwar unbedingt. Mein Magen krampfte allein bei der Vorstellung daran, wie gravierend sich das womöglich auf meine Karriere auswirken konnte. Wie auch immer ich es anstellen würde: Ich musste Vance widerstehen.

Ich drehte mich auf die Seite, bewahrte den Abstand zwischen uns und betrachtete im Dunkeln die Umrisse von Vance' entspanntem Gesicht. Sinnliche Lippen, geschlossene Lider, von einem dichten Wimpernkranz eingefasst. Ein markantes Kinn. Dennoch wirkte sein Gesicht fast jungenhaft, wenn er lächelte. Doch Vance war alles andere als ein Junge. Neben mir lag ein attraktiver Mann, der mein Innerstes in Aufruhr versetzte, all mein Wissen über mich selbst auf den Kopf stellte und mein verdammtes Herz höherschlagen ließ. Und wenn ich mir erlaubte, an unsere Küsse zurückzudenken, spürte ich es zwischen meinen Beinen schon wieder kribbeln. Dann konnte ich an nichts anderes denken, als ...

»Kannst du nicht einschlafen?« Langsam öffnete er die Augen und betrachtete mich. Und ich wünschte, er hätte mich nicht dabei ertappt, wie ich ihn angestarrt und beim Schlafen beobachtet hatte. Ich könnte mich rausreden, mich von ihm abwenden, die Augen schließen und so tun, als wäre das alles nicht geschehen. Aber ich war nicht stark genug ...

»Eher nicht«, gestand ich.

Ein Lächeln legte sich über sein Gesicht, und seine Augen füllten sich mit Wärme. Ich hatte nichts zu befürchten. Vance würde mich nicht verurteilen oder auslachen. So war er nicht. Bei ihm fühlte ich mich in Sicherheit. Ich wusste, dass ich ihm vertrauen konnte. Und das tat ich auch. Ja, ich hatte ihn gehasst, aber ... ich hatte mich in seiner Gegenwart immer geborgen gefühlt. Selbst wenn er auf meinen Nerven herumtrampelte. Vielleicht gerade deshalb.

»Denk weniger darüber nach.«

Gott, er war so verführerisch, wie er neben mir lag und mir zuflüsterte. Wie sollte das funktionieren? Nicht nachzudenken war einer der miesesten Ratschläge, die man jemandem geben konnte. Ein Gedanke jagte den nächsten, und beinahe jeder davon drehte sich um Vance.

Ich räusperte mich, um die Enge in meinem Hals zu überwinden. »Wie ... soll das gehen?« Unvermittelt überschlug sich etwas in meinem Bauch. Wenn ich es nicht besser gewusst hätte ... Ausgeschlossen. Das war unmöglich. Unter keinen Umständen war ich in Vance verliebt.

»Lass es einfach zu und messe dich nicht an irgendwelchen Erwartungen, wie du zu sein hast. Wenn du einen Mann küssen willst, tu es. Wenn du traurig bist, weil du deinen Bruder vermisst, dann sei traurig. Gefühle ständig zu unterdrücken macht sie nur schlimmer.«

Natürlich hatte er recht. Doch so leicht war das nicht. Ich war Spitzenathlet, ein Vorzeigestudent und ... »Du meinst, ich soll meine Schwächen zugeben?«

Vance' Gesichtsausdruck wurde weich. Er holte Luft und biss sich auf die Lippe. »Ich fühle mich nicht schwach ...«

»So ... war das nicht gemeint«, unterbrach ich ihn. »Du bist ... unglaublich, aber so bin ich eben nicht.«

Er berührte mich an der Wange. Hauchzart fuhr er an meinem Kinn entlang, ohne mich dabei aus den Augen zu lassen. Seine Berührung hinterließ eine brennende Spur, der ich unter gesenkten Lidern nachspürte, während seine Hand an meinem Gesicht ruhte.

»Bei ›unglaublich‹ habe ich aufgehört zuzuhören.« Ein sexy Lächeln hing in seinen Mundwinkeln.

»Es ist … alles so neu und ungewohnt für mich.«

»Was?«

Es fiel mir schwer, darüber zu sprechen. Aber was hatte ich heute Nacht noch zu verlieren? »Von dir berührt zu werden«, sagte ich schließlich, und meine Kehle fühlte sich dabei an, als hätte ich Unmengen an Mehl verschluckt.

Seine Augen funkelten in der Dunkelheit und schienen den Raum aufzuhellen, als er sich meinem Mund näherte und mir einen unschuldigen Kuss auf die Lippen hauchte. Noch bevor ich diesen erwidern konnte, entzog er sich mir wieder.

»Und wie fühlt sich das an?«

»Ungewohnt.«

Er bedachte mich mit einem intensiven Blick, der einen heißkalten Schauder auslöste. Dann näherte er sich mir erneut und strich mit seiner Zunge über meine Oberlippe. Unbeschreiblich zart. Verführerisch. »Gut oder schlecht?«, raunte er, ohne sich von mir zu lösen. Sein warmer Atem traf auf meine feuchten Lippen. Es war, als gösse er Öl in ein ohnehin schon brennendes Feuer. Es war geradezu elektrisierend und rief eine unbändige Lust nach mehr in mir hervor.

»Immer noch ungewohnt«, stieß ich mühsam aus.

Er schmunzelte an meinen Lippen. Ein Lächeln, das mir vertraut war. Vance vermochte es, mich mit einem einzigen Blick um den Verstand zu bringen. »Ich weiß es nicht. Beängstigend?«

Er küsste sich an meinem Kinn entlang bis hin zu der empfindlichen Stelle an meinem Hals und verharrte dort. »Okay«, flüsterte er, »dann verrate ich dir, wie es sich für mich anfühlt.« Sanft knabberte er an meinem Ohr, ehe er fortfuhr. »Ich mag, wie du riechst.« Er neckte mich mit seiner Zunge, ehe er sachte hineinbiss. »Und … wie du schmeckst.« Seine Stimme klang sinnlich, erregte mich. Ich wagte es nicht, einzuschätzen, wie lange ich das wilde Pochen in meinem Inneren noch ertragen konnte, ohne ernst zu nehmende gesundheitliche Schäden davonzutragen. »Ich mag deinen Bart.« Er streichelte mit der Nasenspitze darüber, bis er meine mit seiner berührte. Seine Augen loderten vor Lust. Das Grau darin wirkte wie das eines Wolkenbruches, dunkler denn je. Unaufhörlich klopfte mein Herz, und es überforderte mich geradezu, wozu er mit sanften Berührungen imstande war. Ich war wie Butter in seinen Händen, die mit jeder Berührung schneller schmolz. Nein, in Wahrheit war ich vermutlich eher ein jämmerlicher Eiswürfel in der Wüste.

»Deine Haut …« Er richtete sich auf und kletterte über mich, sodass ich auf dem Rücken zum Liegen kam. Dann lächelte er auf mich herab. Um genau zu sein, saß er auf meinem verdammt harten Schwanz. Und als mir klar wurde, dass er spüren konnte, wie hart ich schon wieder war, überkam mich Panik. Es konnte doch nicht sein, dass ich so schnell so erregt war. Was würde er bloß denken? Ich hatte doch eben erst …

Vance betrachtete mich aufmerksam. Ihm war natürlich nicht entgangen, dass ich mich unwohl fühlte. Sein Gesichtsausdruck änderte sich, wurde ernst. Er streichelte über meinen Bauch. »Deine Haut fühlt sich an wie Seide. Ich mag deine feinen Härchen.« Sein Zeigefinger tänzelte vom Bauchnabel abwärts entlang des schmalen Streifens, was ein kleines Feuerwerk zwischen meinen Beinen auslöste.

Er biss sich auf die Unterlippe, während sein Blick gemächlich über meinen Oberkörper glitt. Gott, Vance' Anblick brachte mich um den Verstand. Und als er sich über mir bewegte und eine Reibung erzeugte, schnellte ich hoch und packte ihn an seinen Oberschenkeln, weil ich die Intensität seiner Berührung keine Sekunde länger ertrug. Damit schränkte ich ihn in seiner Bewegungsfreiheit ein, was mir zumindest genügend Zeit verschaffte, um mich ein wenig zu beruhigen.

»Ich mag es, wie du dich anfühlst«, fuhr er mit rauer Stimme fort. »Alles an dir und …«, er stockte, »… wie rührend du dich um die Kinder kümmerst … wie schön du bist, wenn du es zulässt und zeigst, wer du wirklich bist.«

Zitternd hielt ich ihn gefangen. Wir waren uns jetzt näher als je zuvor, aber dieses Mal behielt ich die Kontrolle, was mir Sicherheit vermittelte. So konnte ich jede seiner Bewegungen einschränken und stoppen. Denn auch wenn sich mein Körper danach sehnte, hatte ich immer noch Bedenken. Vance war meine Schwachstelle.

»Wer bin ich denn in Wirklichkeit?« Ich nahm all meinen Mut zusammen, schob das Kinn vor und sah ihm tief in die Augen.

»Du bist perfekt, stehst dir aber selbst im Weg.«

»Tu ich das?«

»Was, glaubst du, ändert sich, wenn du mich in dein Leben lässt?«

»Alles.«

Vance schüttelte kaum merklich den Kopf. »Du wärst immer noch du selbst.«

»Ich …«, meine Stimme zitterte vor Verlangen, »… du bist ein Mann, das … ändert alles.« Das Bedürfnis, die Sehnsucht, Vance zu spüren, ihm so nahe zu sein, wie es auch nur möglich war, stieg mit jeder verdammten Sekunde an.

Er fuhr mir durchs Haar und bedachte mich verständnisvoll aus seinen hinreißenden Augen. »Du hast nichts zu verlieren, wenn wir miteinander schlafen.«

»Und wenn es mir gefällt?«

Er schmunzelte sexy und biss sich auf die Unterlippe. »Oh, es wird dir gefallen«, prophezeite er und verschloss seinen Mund mit meinem. Seine Lippen waren weich und heiß. Dann verlagerte er sein Gewicht, und sofort versteifte ich mich unter ihm, reagierte panisch und hielt ihn fest.

»Ich hab eine Scheißangst«, hörte ich mich sagen, woraufhin er sich zurückzog und mein Gesicht zwischen seine Hände nahm.

»Aber du willst es?«, hakte er einfühlsam nach.

Wärme breitete sich in meiner Brust aus. Zögernd nickte ich, während mir das Herz bis zum Hals schlug und ich das Gefühl hatte, nicht genügend Sauerstoff in meine Lungen zu befördern. Und plötzlich war ich es, der ihn küsste. Entschlossen und ungehemmt.

Nahezu dankbar stöhnte Vance an meinem Mund, wiegte seine Hüften, rieb sich an mir. Ich erkundete seinen Körper, als wollte ich alles an ihm auf einmal entdecken. Ihn zu berühren war überwältigend. Während ich über seinen Rücken glitt und seine definierten Muskeln unter meinen Fingern wahrnahm, wurde mir bewusst, wie gut er sich anfühlte. Es spielte jetzt gerade keine Rolle, dass er ein Mann war. Es ging um ihn als Person. Vance erregte mich. Und das aufregende Kribbeln in mir zeigte deutlich, dass ich es kaum erwarten konnte, mehr von ihm zu bekommen.

Küsse, die leidenschaftlicher nicht sein konnten. Hände, die begierig über jeden Millimeter nackter Haut herfielen. Wir schienen gleichermaßen hungrig nacheinander zu sein. In diesem Augenblick wollten wir uns so unbedingt, dass es beunruhigend, sogar unheimlich war.

Aber für mich gab es kein Zurück.

»Zieh dich aus.«

Ohne zu zögern, folgte Vance meiner Anweisung. Er schlüpfte aus seiner karierten Baumwollhose, die er immer trug, wenn er schlief. Sobald er nackt war, huschte mein Blick unvermittelt zu seinem Schwanz. Einerseits überforderte mich sein Anblick, andererseits wollte ich ihn anfassen und …

Vance bemerkte meine Unsicherheit, reichte mir die Hand und zog mich aus dem Bett. Ich kam zum Stehen, doch meine Beine fühlten sich schwach an. Während wir uns tief in die Augen sahen, wanderten Vance' geschickte Finger an den oberen Rand meiner Boxershorts. Problemlos stülpte er sie nach unten, sodass ich sie nur noch von den Füßen zu streifen brauchte. In meinen Ohren rauschte es, weil ich nicht wusste, was jetzt folgen würde. Ich hatte keinen verdammten Plan und war irre nervös. Dabei hatte ich eigentlich immer einen Plan im Leben. Und wenn das nicht der Fall war, dann hatte den zumindest Tucker oder Hardin. *Fuck!*

Doch dann küsste Vance mich. Ein stiller, einfühlsamer Kuss, der all meine Gewissensbisse verschwinden ließ. Er setzte meinen Ängsten und Sorgen unvermittelt ein Ende. Als könnte Vance meinen Herzschlag hören, beendete er den Kuss erst, als sich mein Puls einigermaßen beruhigt hatte. Dann betrachtete er mich einen Augenblick, ehe er etwas aus dem Seitenfach seines Rucksackes holte. Es war zu dunkel, um zu sehen, was genau er zwischen seinen Fingern hielt. Aber ich ging davon aus, dass er ein Kondom geholt hatte. Und die Vermutung trieb meinen Puls weiter in die Höhe. Die Vorstellung, dass er in mich …

»Atme, Kolton.« Vance legte den Kopf schief und musterte mich. Und tatsächlich, als ich nach Luft schnappte, bemerkte ich erst, dass ich allem Anschein nach vergessen hatte, zu atmen.

»Komm«, flüsterte er, und wie in Trance folgte ich ihm zurück aufs Bett. Wir küssten uns weiter, und es fiel mir jetzt nicht mehr schwer, mich ihm voll und ganz hinzugeben. Wir küssten uns lange, und ich hatte keine Ahnung, welches Keuchen aus meinem oder seinem Mund kam. Es spielte keine Rolle. Ich hörte auf zu denken, und das fühlte sich verdammt gut an.

Unsere Bewegungen wurden heftiger, und als Vance seine Härte gegen meine rieb und dabei lustvoll an meinem Mund stöhnte, befürchtete ich, mich nicht länger beherrschen zu können. »Warte.«

Vance hielt inne.

Ich schluckte schwer und fuhr mir übers Gesicht. »Fuck«, stieß ich aus. Wenn er so weitermachte, würde ich innerhalb der nächsten Minute kommen. Das war beschämend.

Vance hauchte einen Kuss auf die Stelle, wo sich mein Herz befand, und ein Schauder durchströmte mich. »Wenn du das nicht möchtest, hören wir sofort auf. Wenn es aber nur Bedenken sind, dass du dich dumm anstellen oder zu früh kommen könntest, dann lasse ich das nicht zu, Kolton. Ehrlich. Wir befinden uns hier nicht auf dem Footballplatz. Niemand sieht zu. Du musst ausnahmsweise mal nicht perfekt sein. Und ich bin nicht dein Coach, der dich zu Liegestützen verdonnert, wenn etwas nicht so läuft, wie es sollte. Es gibt gerade nur uns zwei. Was geschieht oder nicht, es wird sowieso fantastisch, weil …«, er biss sich auf die Unterlippe und lächelte, »… du fantastisch bist.«

Seine Worte berührten mich, und ich wusste selbst nicht, weshalb ich derart mit mir haderte. Doch, schon, weil … er ein Mann war und sich jede Berührung wie ein erstes Mal anfühlte.

»Schlaf mit mir«, hörte ich mich sagen und legte meine Lippen fordernd auf seine. Vance erwiderte den Kuss, seine Zunge glitt über meine Oberlippe, er knabberte daran und neckte mich, ehe er seinen Mund auf meinen presste und ich mich verlor.

Irgendwann fühlte ich nur noch ihn. Seinen warmen Atem, seine vollen Lippen. Seine Erregung. Haut an Haut. Und ich ließ es geschehen. Das Prickeln in meinen Lenden steigerte sich, bis

Vance den Kuss entschleunigte und aufhörte, sich auf mir zu bewegen. Ich protestierte, wollte ihn aufhalten, doch dann richtete er sich auf und bedachte mich mit seinem Lächeln, das ungeahnte Gefühle in mir hervorrief. Mit einem lustvollen Blick griff er nach dem Kondom, das er vorhin zur Seite gelegt hatte, nahm es zwischen seine Zähne und öffnete die Packung.

Er nahm den Blick keine Sekunde von mir, während er ein Stück nach hinten rutschte und mit der Hand über meine Länge streichelte. Einige Male wiederholte er das, langsam und vorsichtig, doch er übte genügend Druck aus, um mir ein Stöhnen zu entlocken. Meine Erregung zu verbergen war ohnehin sinnlos. Denn mein Körper war ein mieser Verräter, allen voran mein harter, pulsierender Schwanz, der sich in seiner Handfläche mehr als wohlfühlte. Eingehend verfolgte ich seine Bewegungen, und als mein Blick auf seinen erregten Schwanz fiel, riss mich eine brachiale Welle der Lust mit. Es war heiß im Zimmer, zumindest mir war unglaublich heiß. Es machte mich so dermaßen an, dass … Sein Schwanz erregte mich mehr als alles andere. Und gerade als ich meinem Impuls folgen und ihn berühren wollte, wenigstens kurz, stülpte er mir das Kondom über. Gekonnt prüfte er, ob die Spitze saß, ehe er mir einen Kuss auf die Lippen drückte. Er verharrte an meinen Lippen, sein Blick huschte noch einmal prüfend über meine Miene, bevor er sich wieder aufrichtete und nach einer weiteren Verpackung griff. Geschickt öffnete er auch diese, presste etwas Gleitgel auf seine Handfläche und verteilte die Flüssigkeit auf meinem Schaft. Mein Herz schlug mir bis zum Hals, und so oft, wie das heute bereits der Fall gewesen war, würde es mich nicht wundern, wenn es bald explodierte.

Ich konnte nicht anders, als Vance dabei zu beobachten, wie seine Finger, die er eben befeuchtet hatte, hinter seinem Rücken verschwanden. Und ich ahnte, dass er sich für mich vorbereitete.

Das war ungewohnt, aber es machte mich an. Gleich würde ich in ihm sein und …

Vance' Lippen auf meinem Mund rissen mich aus den Gedanken. Es folgte ein intensiver Kuss, ehe er meinen Schwanz an seinen Eingang dirigierte. Ich spürte einen Widerstand, bevor er wieder flüsterte: »Atme, Kolton.« Dann drängte er sich mir entgegen, und seine Wärme umschloss mich. Es war … intensiv und eng, sodass ich schockiert keuchte, bevor ich ein lautes Stöhnen von mir gab … *FUCK!*

Vance richtete sich auf, biss sich auf die Unterlippe, sein Gesicht war in schmerzvolle Lust getränkt, während er mich vollständig in sich aufnahm. Mein Atem ging heftig. Kurz glaubte ich zu hyperventilieren. Wir nahmen uns die Zeit, die wir brauchten. Vance, um sich an die Dehnung zu gewöhnen, und ich, um mich damit abzufinden, dass das gerade alles übertraf, was ich bisher erlebt hatte.

Nach einer Weile der Stille begann er, sich vorsichtig zu bewegen, und schenkte mir ein heiseres Stöhnen, als er sich langsam auf mir niederließ. Dieses einmalige Gefühl, ihm dermaßen nahe zu sein, diesen intimen Moment mit ihm zu erleben, schickte unzählige heißkalte Schauder durch mich hindurch. Ich war unfassbar dankbar, diese Erfahrung mit ihm zu machen.

Schon wenige Sekunden später bäumte ich mich auf, weil ich ihn noch mehr spüren wollte, zog ihn fest an mich und küsste ihn stürmisch. Wir bewegten uns immer schneller, leidenschaftlich, und zugleich achtsam.

Wir ritten dem Höhepunkt entgegen, und mein ganzer Körper bebte. Der Drang, ihn noch mehr zu berühren, übermannte mich. Während sich Vance unter mir bewegte und ich ihn fest umschlungen hielt, wanderte meine freie Hand an seine Erregung. Meine Finger umschlossen seinen verdammt harten Schwanz, und ich musste mir auf die Lippen beißen, um ein Schmunzeln des Glückes, der völligen Erfüllung, zu unterdrücken.

Das blieb Vance nicht verborgen. Lächelnd schüttelte er den Kopf und zog mich noch fester an sich. Plötzlich fasste ich Mut. Ich umschloss seinen Schaft mit mehr Druck, rieb seine Länge, während ich mich weiter in ihm bewegte, glitt mit dem Daumen über seine Eichel und passte das Tempo an. Vance veränderte den Winkel, sodass ich noch tiefer in ihn eindrang. Dann spürte ich ein Zittern, das sich in meinem gesamten Körper ausbreitete. Ein weiterer Stoß, meine Hand, die fest über seinen Schaft glitt. Sein Schwanz, der sich so perfekt an mich schmiegte. Ein Keuchen und Stöhnen, das den Raum erfüllte. Heftig und unkontrolliert. Und schließlich: die Explosion.

Wir ließen uns vollkommen fallen. Vance legte seine Hand über meine, führte mich, und mich packte eine gigantische Welle der Lust, die mich mit sich riss. Ich kam heftiger denn je, stöhnte in voller Lautstärke und hielt Vance dabei fest umschlungen. Er zitterte genauso und kostete das Zucken meines Schwanzes aus, während ich weiter in ihm verharrte. Dann folgte er mir mit einer letzten schnellen Bewegung. Er schrie vor Lust, und sein warmes Sperma verteilte sich über und zwischen unseren Fingern. Es störte mich kein bisschen, im Gegenteil.

Danach herrschte Stille. Wir hielten inne, wagten es nicht, uns auch nur einen Millimeter zu bewegen. Wir spürten unseren Orgasmen nach, lauschten unseren schwer pochenden Herzen. Es gab nur uns beide.

Zwei Herzen, die füreinander schlugen.

Zwei Menschen, die sich begehrten.

Zwei Körper, die gerade unglaublichen Sex gehabt hatten.

Für den Moment spielte es keine Rolle, dass Vance ein Mann war. Dieser Augenblick war einfach nur echt.

20

Vance

»Na, endlich aus dem Dornröschenschlaf erwacht?«, bemerkte Aiden, als ich in die Küche trat, um mir eine Tasse Tee zu machen. Sein Tonfall klang ironisch, was ungewöhnlich für ihn war.

Es war bereits Mittag. Ich hatte ausgeschlafen und noch lange wach im Bett gelegen. Als ich aufgewacht war, war Kolton bereits verschwunden gewesen. Zuerst hatte ich angenommen, dass er joggen gegangen war und jeden Moment zurück auf unser Zimmer kommen würde. Vergebens hatte ich darauf gewartet. Irgendwann hatte ich mich dazu aufgerafft, meine Höhle zu verlassen und mich dem Tag zu stellen.

Nachdem Kolton und ich gestern eng aneinandergekuschelt eingeschlafen waren – was sich rückblickend äußerst surreal anfühlte –, hatte ich gehofft, wir könnten heute Morgen zumindest noch kurz miteinander sprechen. Um ehrlich zu sein, wollte ich sehen, wo wir standen. Ich wollte sichergehen, dass er nicht ausflippte, dass zwischen uns alles in Ordnung war. So in Ordnung es überhaupt sein konnte, in Anbetracht der Tatsache, dass wir Haisley hintergangen hatten und Kolton eigentlich heterosexuell war.

Ich fühlte mich grottenschlecht. Nicht nur die letzte Nacht lastete schwer auf meinen Schultern, mich belastete außerdem die Sache mit meinem Vater. Gestern Nacht hatte ich das verdrängen können, aber jetzt kreisten meine Gedanken ständig darum. Was für ein Zufall es gewesen war, das Bild zu entdecken. Wie ich ihn zur Rede stellen wollte und wie Haisley darauf reagieren würde. Es war wie eine Endlosschleife, die ich gestern mit Alkohol zum Stillstand gebracht hatte und die jetzt wieder von vorn begann. Ich fühlte mich unfassbar hilflos, weil ich nicht nachvollziehen konnte, was zwischen Mom und Dad schiefgelaufen war. Und ich befürchtete, dass ich die ganze Wahrheit nie erfahren würde.

Zunächst mal galt es, Mut zu fassen und das Gespräch zu suchen. Natürlich fürchtete ich mich vor der Reaktion meines Dads. Und für einen Moment wünschte ich mir, das Bild nie entdeckt zu haben. Mein halbes Leben hatte mich die Frage beschäftigt, wer mein Dad war. Jetzt, wo ich mir fast sicher war, war der Zauber, des Rätsels Lösung gefunden zu haben, wie weggewischt.

Aiden musterte mein Profil, während ich mir eine Tasse schnappte, sie mit Tee befüllte und schließlich einen Schluck davon trank. Und als er nicht damit aufhörte, mich von der Seite zu betrachten, kam mir ein Gedanke, den ich lieber schnell vergessen wollte. Sein Zimmer schloss direkt an unseres an. Was, wenn er Kolton und mich gehört hatte? Sofort verwarf ich diese Vorstellung, denn auch Aiden hatte gestern weit über den Durst getrunken. Bestimmt war er in sein Bett gefallen und sofort eingeschlafen. Es gab also keinen Grund zur Sorge.

»Trinkspiele sind eher nichts für mich«, antwortete ich gelassen.

»Vance, da bist du ja, gerade wollte ich nach euch sehen«, bemerkte Haisley, als sie eiligen Schrittes zu uns stieß.

»Uns?«

Sie runzelte die Stirn. »Ja«, antwortete sie irritiert. »Schläft Kolton noch? Wir wollen bald los.«

Aidens Blick brannte sich auf mein Gesicht, während ich Haisley musterte, als spräche sie eine Sprache, von der ich kein Wort verstand. »Ich dachte …«

»Ist er nicht«, kam mir Aiden zuvor.

»Dann guck ich mal, ob er vielleicht draußen am Strand ist.« Sie kehrte uns den Rücken zu, schob die Glastür auf und verschwand nach draußen.

Ein unangenehmes Schweigen entstand zwischen Aiden und mir, und ich vermied es, ihn direkt anzusehen. Warum auch immer. Da war so ein Impuls in mir, es besser nicht zu tun.

»Ich dachte, er wäre bei euch«, sagte ich und konzentrierte mich auf die dunkle Flüssigkeit in meiner Tasse.

»Ist er nicht.« Irgendwas lag in Aidens Tonfall, das meine Sorge von eben bestätigte.

Aus Verlegenheit leerte ich die Tasse zu schnell und verbrannte mir dabei die Zunge. Der Tee war viel zu heiß, um ihn in einem Zug auszutrinken. Aber mir fiel nichts anderes ein. Ich räumte die Tasse in den Geschirrspüler und ließ mir das Brennen auf der Zunge nicht anmerken. Alles, was ich wollte, war, aus dieser beschissenen Situation zu fliehen. Und das schleunigst.

»Okay. Dann packe ich mal meinen Rucksack«, murmelte ich, ohne Aiden anzusehen, und machte auf dem Absatz kehrt.

»Vance?«

Als er meinen Namen rief, erstarrte ich. Mein Kopf befahl mir, weiterzugehen, aber mein Körper hinderte mich daran. Es wäre eine immense Erleichterung, wenn sich die beiden öfter einig wären.

»Was?« Widerwillig drehte ich mich in seine Richtung.

Aiden musterte mich skeptisch. »Du solltest dringend etwas gegen deine Flecken am Hals unternehmen. Man könnte meinen, du hättest mit einem Waschbären gekämpft.«

Alles in mir sackte zusammen, und meine Gliedmaßen fühlten sich an, als wären sie in Blei gegossen. Gedankenlos fasste ich mir an den Hals, die Stelle war tatsächlich druckempfindlich.

Aiden wusste Bescheid. Verdammt!

»Ist wohl eine Allergie«, erwiderte ich und trat verräterisch von einem Bein aufs andere. Gab es jemanden, der noch schlechter log als ich?

Er schnaubte. »Leg dir einen Schal um den Hals oder borg dir Haisleys Make-up.« Er schnitt eine Grimasse. »Obwohl, besser nicht, denn das wirft nur Fragen auf, und du willst doch nicht deine Freundin belügen, oder?«

Ich schloss die Augen. »Das ist nicht fair.«

»Nicht fair?«

Als ich sie wieder öffnete, verschränkte er die Arme vor der Brust und wartete auf eine Erklärung.

Ich wusste nicht, ob ich weiterhin lügen oder die Wahrheit preisgeben sollte. Er schien sie ohnehin zu kennen, weshalb jede weitere Lüge womöglich nur alles verschlimmerte. »Ich wollte nicht ...«

»Dann wäre es nicht geschehen, oder? Also belassen wir es dabei. Ich vergesse, was ich gesehen ...«, er seufzte augenrollend, »... und vor allem gehört habe.«

Sprachlos nickte ich und machte mich aus dem Staub. Während ich das Zimmer aufräumte und meine Kleidungsstücke in den Rucksack stopfte, schwand die Hoffnung, Kolton würde jeden

Moment zur Tür reinkommen. Nachdem ich die Zähne geputzt hatte, räumte ich die restlichen Sachen aus dem Badezimmer in meinen Kulturbeutel und verstaute auch diesen im Rucksack. Danach schaute ich aufs Handy. Bis auf einen verpassten Anruf von Mom gab es keine Neuigkeiten.

Vermutlich war es naiv, zu glauben, Kolton würde mir eine Nachricht hinterlassen. Er war spurlos verschwunden, hatte offenbar fluchtartig das Haus verlassen, und bestimmt war ich der Grund dafür gewesen. Die Erkenntnis versetzte mir einen schmerzvollen Stich in der Brust. Wie hatte ich das zulassen können?

Ich fuhr zusammen, als es an der Tür klopfte.

»Er ist seit drei Stunden weg.« Haisley ließ sich aufs Bett sinken und wirkte nachdenklich. »Dad erwartet mich später zum Abendessen.«

Als Haisley ihren Dad erwähnte, durchbohrte mich der nächste schmerzhafte Stich. Ich beobachtete sie eingehend … Sahen wir uns ähnlich? Ihre Nase glich meiner, und auch ihre Lippenpartie entsprach meiner.

»Hab ich da etwas?« Sie wischte sich über die Stelle zwischen Nase und Oberlippe.

»Nein. Sorry«, wiegelte ich ab, ehe ich mich weiter verriet.

Gedankenversunken blickte Hais ins Leere. »Vielleicht plagen ihn meinetwegen Gewissensbisse.«

»Gewissensbisse?«

Sie blinzelte aufkommende Tränen aus den Augen. »Kolton hat mich gestern abserviert und … irgendwie war das okay. Gestern jedenfalls. Heute hingegen …«, sie warf ihre Hände in die Luft, »… ich weiß auch nicht, es tut schon ein bisschen weh«, gab sie zu und sah mich aus traurigen Augen an.

Vorhin hatte ich mich grottenschlecht gefühlt. Inzwischen

steigerte sich mein Empfinden in etwas, das ich nicht mal in Worte fassen konnte. Das Gefühl in meinem Inneren war schlicht und ergreifend grauenhaft.

Und noch schrecklicher war es, dass ich vor ihr auf die Knie fiel, ihre Hände drückte und ihr lieb gemeinte Worte zuflüsterte. Es war so falsch, und dennoch konnte ich nicht anders, als ihr zuzureden, wie toll und wunderbar sie war, dass sie einen Typen finden würde, der sie schätzte und weit besser zu ihr passte. Dass Kolton es nicht wert war. Und das war die mieseste Lüge von allen. Denn Kolton war es wert, durch die Hölle und wieder zurück zu gehen. Ich hatte so viel mehr von ihm gesehen, als er zu zeigen bereit gewesen war.

»Wir sollten längst im Wagen sitzen, meinst du ... er kommt zurecht?« Sie wischte sich eine Träne aus den Augen und ließ ihren Blick durch den Raum schweifen.

»Lass uns seine Sachen zusammenpacken, okay?«, schlug ich vor. Vielleicht befand er sich längst auf dem Heimweg, hatte sich ein Uber bestellt oder einen Mietwagen organisiert. Von hier nach Harvard zu kommen war nicht schwer. Sein Handy trug er bei sich, zumindest lag es hier nirgends rum. Seine ID und Kreditkarte hatte er ohnehin darauf gespeichert. Wyatt und er hatten sich letztens noch darüber unterhalten, wie praktisch das war. Er war bestimmt ohne uns los. Vermutlich brauchte er einfach etwas Zeit für sich.

...

»Kolton?«, brüllte Aiden lauthals und stürmte durch die Wohnungstür. Wir folgten ihm, und als keine Antwort kam, klopfte er energisch an seine Zimmertür. »Ich komm da jetzt rein, du Arsch!« Seine Stimme war voller Wut und Sorge. Was überwog, konnte er wohl selbst nicht beurteilen. Und auch mein Körper rebellierte, seitdem wir im Auto gesessen hatten.

Inzwischen machte ich mir ernsthaft Gedanken, ob ihm etwas zugestoßen war. Während der Fahrt hatte ich genug Zeit gehabt, um mich damit verrückt zu machen. Aber Kolton wusste, was er tat. Vermutlich musste er gerade für sich sein.

Sobald die Sorge abgeklungen war, flammte Zorn auf, und ich war mir sicher, Kolton hatte schlichtweg Panik bekommen. Das rechtfertigte aber nicht, seine Freunde allein zu lassen, manchmal verhielt er sich eben idiotisch.

Aidens Geduldsfaden riss. Er stieß die Tür auf, machte einen beachtlichen Schritt und stand mitten im Zimmer. Allein. Von Kolton fehlte jede Spur.

»Verdammte Scheiße!«, fluchte er, und sein Blick streifte meinen. Er machte mich für Koltons Verschwinden verantwortlich, daran gab es keinen Zweifel.

Haisley seufzte müde. »Ich muss los. Gebt ihr mir Bescheid, sobald es News gibt?«

»Klar«, versicherte ich ihr, selbst vollkommen aufgelöst und überfordert mit der Situation.

Als sie und Blaze gerade das Apartment verlassen wollten, hörten wir ein Rascheln vor der Tür. Aufregung. Hoffnung. Erleichterung. All das verspürte ich zugleich. Nicht nur ich. Wie vom Blitz getroffen, verharrten wir, und es wurde mucksmäuschenstill.

»Hey, Leute.« Wyatt stand nichts ahnend vor uns. Er blinzelte überrascht, weil wir ihn alle schweigend anstarrten.

»Weißt du, wo Kolton steckt?«, platzte es ausgerechnet aus mir heraus.

Wyatt lachte und schlüpfte aus seinen Schuhen. »Er war doch mit euch unterwegs.«

»Weißt du, wo er steckt?«, wiederholte Aiden.

Wyatts Stirn legte sich in sorgenvolle Falten. »Verarsch mich nicht, okay?« Unsicherheit klang in seiner Stimme mit. »Seit Stunden versuche ich, ihn anzurufen, aber er geht nicht ran.«

Haisley hielt inne. »Das ... hört sich echt nicht gut an. Ruft mich bitte an, sobald ihr etwas wisst, okay? Ich muss leider wirklich los.« Tränen schimmerten in ihren Augen, bevor sie und Blaze das Apartment verließen.

»Das ist selbst für Kolton untypisch. Ist was vorgefallen?«, hakte Wyatt nach.

Wir folgten ihm ins Wohnzimmer. Aiden nahm auf der Couch Platz, ich setzte mich auf einen der Hocker, starrte auf den Boden und massierte meine Schläfen. Der Druck hinter meiner Stirn nahm zu, fürchterliche Kopfschmerzen setzten ein, und mein Herz raste, weil ich mir so große Vorwürfe machte. Zu Recht.

Aiden und ich schwiegen.

»Ernsthaft? Betrifft es Hardin?« Wyatt sah von Aiden zu mir und wieder zurück. Unverständnis spiegelte sich in seiner Miene.

»Nein«, antwortete Aiden schließlich.

Wyatt wirkte erleichtert »Okay. Kolton ist erwachsen. Er wird bestimmt jeden Augenblick auftauchen und ... Keine Ahnung, vielleicht meint er mal wieder, einen Marathon laufen zu müssen.« Gelassen zuckte er mit den Schultern und nahm sich ein Red Bull aus dem Kühlschrank.

»Das dachten wir auch erst, aber inzwischen ist er seit Stunden verschwunden.«

»Und wenn schon. Vielleicht seid ihr ihm gehörig auf den Sack gegangen«, wiegelte Wyatt ab, was Aiden und mich keinesfalls zufrieden stimmte. Er hingegen schien sich kaum Gedanken zu machen. Immerhin war Wyatt Koltons bester Freund, wenn es ihm keine Sorgen bereitete, reagierten wir womöglich über.

Doch irgendetwas bescherte mir weiterhin Unbehagen.

Wyatt öffnete die Dose, dabei strömte der aufdringliche Red-Bull-Geruch in meine Nase. Er wirkte unbeschwert, als er den Energydrink an seine Lippen führte und davon trank. Dann klingelte sein Handy, ich zuckte merklich zusammen und erntete dafür von Wyatt ein Augenrollen. »Entspann dich mal, du bist echt …« Er verstummte, nachdem er sein Smartphone aus der Hosentasche gezogen und auf das Display gesehen hatte. »Koltons Mom«, krächzte er, und seine Gelassenheit verschwand von einem Moment auf den nächsten. Mir wurde schlecht.

»Mrs Evans«, sagte er, und keine Sekunde später weiteten sich seine Augen. »Nein. Ich weiß von nichts, aber … warten Sie kurz.«

Er stellte die Dose auf die Theke und drückte sich das Handy an die Brust. »Habt ihr irgendeinen Scheiß eingeworfen?«, flüsterte er mit bebender Stimme.

Ich verstand nicht, worauf er hinauswollte.

Aiden und ich wechselten einen verwirrten Blick und begriffen erst dann, worauf er anspielte.

»Habt ihr Drogen genommen?«, presste er mit mahlendem Kiefer hervor.

»Nein«, antworteten Aiden und ich gleichzeitig.

Was zur Hölle war mit Kolton passiert?

Wyatt musterte uns abschätzig, ehe er tief Luft holte und nickte. »Wenn ihr mir nicht die Wahrheit sagt, dann …«

Aiden trat auf Wyatt zu. Er legte eine Hand auf seine Schulter und schaute ihm in die Augen. »Wir haben keine Drogen konsumiert«, versicherte er mit Nachdruck.

»Was ist mit dem selbst gebrannten Gin?«, warf ich ein und tigerte aufgebracht umher. »Der hat immerhin …«

»Nein. Keine Drogen. Nur hochprozentigen Alkohol.«

Besorgt starrte ich Wyatt an, hoffte inständig, endlich zu erfahren, was mit Kolton geschehen war. Doch wie Aiden übte ich mich in Geduld. Wyatt nickte, versicherte Koltons Mutter, dass keine Drogen im Spiel gewesen waren, und beendete dann das Gespräch. Sein Blick war auf Aiden gerichtet, doch es war, als schaute er durch ihn hindurch.

»Was ist passiert?« Aidens Stimme zitterte, er stand ebenfalls unter Schock, wusste aber besser mit der Situation umzugehen als ich.

Wyatt presste die Lippen fest aufeinander, und sein Blick huschte zur Decke, ehe er kräftig durchatmete und es uns erzählte: »Kolton liegt mit akutem Nierenversagen im Krankenhaus.«

21

Kolton

Licht, das mich blendete, obwohl meine Augen geschlossen waren. Meine Mundhöhle und meine Lippen fühlten sich ausgetrocknet an, als hätte ich tagelang nichts getrunken.

»Ein akutes Nierenversagen kann viele Ursachen haben. Ihr Sohn ist jung. Die Chancen, dass sich seine Organe vollkommen erholen, stehen zweifellos gut.«

Organe erholen.

Ist jung.

Gute Chancen.

Ich begriff nichts. Und noch viel weniger, warum meine Lider so schwer waren, dass ich sie kaum öffnen konnte. Außerdem spürte ich einen dumpf pochenden Schmerz in meinem Rücken.

»Wir ... hätten ihnen von Beginn an sagen müssen, dass wir nicht ihre leiblichen Eltern sind«, hörte ich Mom sagen. »Wenn Kolton eine Spenderniere braucht, kommen wir womöglich nicht infrage.« Ungehalten schluchzte sie auf, und ich bemerkte, wie sich das Bett bewegte.

»Mrs Evans, wir sind zuversichtlich und weit davon entfernt, dass Ihr Sohn auf eine fremde Niere angewiesen ist.«

»Sagen Sie mir nicht, was ich denken soll. Mein Sohn ist zweiundzwanzig Jahre alt und liegt mit Nierenversagen in Ihrem Krankenhaus. Mein Verstand sagt mir, dass er früher oder später auf eine Niere angewiesen sein wird. Er wird uns das nicht verzeihen. Und Hardin hat es auch nie erfahren ...«

Ich hatte meine Mom noch nie so außer sich erlebt. Gewöhnlich konnte sie kaum etwas aus der Bahn werfen. Sie war tough und zeigte nur selten ihre Emotionen. Jetzt schien sie an ihre Grenzen zu stoßen.

Ich strengte mich an, meine Lider aufzuschlagen, aber es wollte nicht gelingen. Und der jämmerliche Versuch, etwas zu sagen, misslang ebenfalls. Dabei musste ich herausfinden, ob ... Bestimmt war das ein Traum. Ein Albtraum. Wo zur Hölle befand ich mich sonst, und weshalb bekam ich es nicht hin, auch nur einen Ton von mir zu geben?

Panik breitete sich in mir aus. Dann piepste es schrill. »Mr. Evans? Können Sie mich hören? Sie befinden sich im Violet Hospital Boston. Ihre Eltern sind ebenfalls hier ...«

Meine Eltern.

Adoptiert.

Spenderniere.

Ich gab einen gequälten Laut von mir und schaffte es endlich, meine Augen zumindest einen klitzekleinen Spalt zu öffnen. Mom saß an meiner Seite und hielt meine Hand. Sorgenvoll und mit geröteten Augen betrachtete sie mich. Dad stand am Fenster und trat sofort ans Bett.

»Was ist ...« Ich räusperte mich, aber in meinem Rachen schmerzte es, und ein metallischer Geschmack breitete sich auf meiner Zunge aus. »Hardin und ich sind adoptiert?«, fragte ich trotz des unangenehmen Gefühls. Und es klang, als hätte eine andere Person im Raum die Frage gestellt, als würde ich mich am Kopfende des Bettes befinden und fremde Menschen beobachten.

Es herrschte Stille, und es kostete mich immense Kraft, die Augen vollständig zu öffnen. Aber irgendwie bekam ich es hin. Mein Sichtfeld war eingeschränkt, ein Schleier schien über allem zu hängen.

»Wir sind adoptiert?«, wiederholte ich meine Frage, und auch dieses Mal kam es mir so vor, als wäre es nicht ich, der hier gerade meine Eltern konfrontierte.

»Sie sollten sich ausruhen, später können Sie …«

»Wurden wir adoptiert?«, krächzte ich so laut, dass Mom erschrak und meine Hand fest drückte. Ich meinte, ein Wimmern zu hören.

Dad ergriff das Wort. »Kolton, wir … lieben dich, du bist unser Sohn«, versicherte er, und auch wenn ich Dad niemals zuvor mit so viel Wärme in seinen Worten sprechen gehört hatte, klang seine Antwort wie eine Lüge.

»Könnt ihr mir bitte die Wahrheit sagen?«

»Sie sollten sich wirklich beruhigen«, vernahm ich die Stimme der Ärztin.

Flehend blickte Dad auf mich herab, dann schloss er die Augen, als sammelte er Kraft, ehe er mir die ungeschönte Wahrheit präsentierte. »Ja. Wir haben dich und Hardin adoptiert, als ihr einen Monat alt wart.«

Mein Blick huschte von Dad zu Mom, die sich inzwischen die Hände vors Gesicht hielt und heftig schluchzte.

»Beruhige dich.« Dad hauchte Mom einen Kuss aufs Haar. »Alles wird gut.«

Ich fragte mich, wovon er sprach. Wie sollte ich ihnen diese Lüge jemals verzeihen? Ich hatte soeben erfahren, dass Mom und

Dad nicht meine leiblichen Eltern waren, hatte meinen Bruder verloren und ... Wer zur Hölle war ich überhaupt?

Die Ärztin räusperte sich. »Ich komme später wieder. Ihre Werte bessern sich langsam, aber wir müssen der Sache auf den Grund gehen. Wie es aussieht, haben Sie keine Drogen konsumiert. Allerdings zeigen unsere Ergebnisse, dass Sie Ihren Körper zu sehr strapazieren. Da müssen wir ansetzen.« Sie bemühte sich um ein ermutigendes Lächeln und ließ uns dann allein.

Ich wünschte, sie hätte Mom und Dad gleich mitgenommen. Am liebsten wäre ich jetzt allein gewesen.

Lediglich das leise, monotone Surren der medizinischen Geräte erfüllte den Raum. Ich starrte an die Decke, Mom hielt meine Hand, und Dad verharrte neben dem Bett. Ich hatte keinen Schimmer, wie lange wir nicht miteinander sprachen, aber die Ruhe hatte etwas Befreiendes.

Ich war adoptiert.

Hardin war adoptiert.

Was er wohl dazu gesagt hätte?

Tränen bahnten sich ihren Weg. Der Schmerz, den ich vorhin im Rücken gespürt hatte, verlagerte sich und dehnte sich nun unter meinem Brustkorb aus.

Ich war adoptiert.

»Wolltet ihr uns das jemals sagen?«, hörte ich mich mit gebrochener Stimme fragen.

Schweigen.

Erst nach einer Weile räusperte sich Mom. »Wir ... Ja, das wollten wir. Unzählige Male haben wir es geplant, und sobald der Moment gekommen war und wir euch in die Augen sahen, konnten wir es nicht über uns bringen. Weil wir ... Für deinen Dad und mich wart ihr vom ersten Tag an unsere Kinder. Wir haben die Wahrheit aufgeschoben. Immer und immer wieder. Wollten einen geeigneten Zeitpunkt abwarten. Jetzt wissen wir, dass es ihn nicht gibt …« Sie verstummte und sah mich voller Reue an.

»Der passende Augenblick ist für Hardin nicht gekommen«, erwiderte ich hart und spürte, wie sich mein Kiefer anspannte.

»Es tut uns leid, Kolton.« Dad versuchte sich an einem Lächeln. »Wir … lieben dich. Verzeih uns, bitte.« So demütig hatte ich ihn noch nie erlebt.

Die Last auf meiner Brust nahm zu. Tränen strömten jetzt über meine Wangen. »Könnt ihr mir denn verzeihen, dass ich für Hardins Tod verantwortlich bin?«, schluchzte ich auf, und der Panzer über meinen Rippen, den ich monatelang als Schutzschild getragen hatte, brach endlich auf. Es tat höllisch weh, aber zumindest das Atmen fiel mir leichter, und auch die schwere Last wurde langsam erträglicher. »Es war meine Schuld. Wenn ich nicht gewesen wäre, hätte Hardin das Motorrad niemals ohne Helm gefahren.« Ich entzog Mom meine Hand und rieb mir damit übers Gesicht. »Er ist meinetwegen gestorben.«

Mom weinte, und auch Dads Augen füllten sich mit Flüssigkeit. Es war an der Zeit. Auch sie sollten die Wahrheit über jenen Abend erfahren.

»Ich habe Hardin dazu angespornt, das Motorrad ohne Helm zu fahren. Ich habe ihn auf dem Gewissen«, gestand ich heulend. Denn sie sollten, sie mussten verstehen, was ich angerichtet hatte.

»Dich trifft keine Schuld«, erwiderte Mom zu meiner Überraschung.

»Ich habe ihn ausgelacht, weil er nicht ohne Helm fahren wollte. Ich habe ihn dazu ermutigt, mir etwas zu beweisen«, erklärte ich hysterisch.

»Kolton.« Ich konnte sehen, wie sich Dads Kehlkopf bewegte, ehe er die richtigen Worte fand. »Dein Verhalten war leichtsinnig und hatte schlimme Folgen, aber ... dein Bruder hätte sich nicht darauf einlassen dürfen.«

»Ich trage die Verantwortung für seinen Tod.«

Aus Dads Augenwinkel löste sich eine einsame Träne. »Selbst wenn wir einen Schuldigen finden ...«, er schüttelte den Kopf, und seine Lippen bildeten eine schmale Linie, »... bringt uns das Hardin nicht zurück. Es hilft weder deinem Bruder noch dir, wenn du dir die Schuld für seinen Tod gibst. Unfälle geschehen. Sie sind tragisch, oft mehr als das. Jugendlicher Leichtsinn ebenso. Hör auf, dich damit fertigzumachen. Du erweckst Hardin damit nicht wieder zum Leben. Und machst dir dein eigenes kaputt. Wir können die Vergangenheit nicht ändern, sondern nur darauf achten, dass wir unsere Fehler in der Zukunft nicht mehr wiederholen.«

Es fiel mir zunehmend schwerer, Dad zu folgen, ich war müde, und mein Herz raste immer noch.

Er legte seine Hand auf meine Brust. »Ich liebe dich, mein Sohn.«

»Seid ihr deshalb nicht mehr nach Harvard gekommen, weil ich ...«

Sofort schüttelte Mom den Kopf, bevor ich den Satz überhaupt beenden konnte. »Wir haben uns nach dem Verlust mehr denn je in die Arbeit gestürzt, um die Leere in uns zu stillen. Wir waren so mit der Kanzlei beschäftigt, dass wir beinahe vergessen haben, dass wir noch einen Sohn haben, der am Leben ist. Wir ... auch wir machen Fehler. Aber das bedeutet nicht, dass wir dich nicht lieben. Manchmal, wenn ich dich anrufe und du nicht sofort an dein Handy gehst, überkommt mich die Angst, dass dir etwas zugestoßen sein könnte. Irgendwann habe ich deshalb gar nicht mehr angerufen. Wir haben uns vor dir versteckt, weil wir dich so sehr lieben und unfassbare Angst um dich haben.«

»Das klingt unlogisch«, murmelte ich.

Mom schniefte lächelnd. »Es ist die Wahrheit.«

Dad zog einen Stuhl heran und setzte sich damit direkt neben das Bett. Mom griff nach meiner Hand und streichelte mir sanft über den Handrücken. Das war ... schön.

Der Schock saß tief, und das würde sich vermutlich auch nicht so schnell ändern. Aber als ich meinen Eltern zuhörte, wie sie mir vom letzten Familienessen erzählten und wie daneben sich Onkel Paul mal wieder benommen hatte, verdrängte eine wohlige Wärme den Schmerz in meiner Brust. Es war so normal, ihnen zuzuhören. Und normal war genau das, was ich im Moment brauchte. Weitere Veränderungen würde ich vorerst nicht ertragen. Der Verlust meines Bruders. Die Tatsache, dass ich adoptiert war und ... Vance. Unter keinen Umständen sehnte ich mich jetzt noch nach irgendwelchen Neuigkeiten. Normal war genau richtig.

Irgendwann kam die Ärztin zurück und klärte mich über die Behandlung auf. Mittlerweile lagen weitere Testergebnisse vor, die vielversprechend aussahen. Junge Menschen konnten nach starker körperlicher Belastung ein Nierenversagen erleiden, oft regenerierten sich die Organe aber wieder, wenn man sich an einige wichtige Regeln hielt. Wir hatten also allen Grund zum Aufatmen.

»Wann kann ich wieder Football spielen?« Die Frage brannte auf meiner Zunge, seit sie den Raum betreten hatte. Ich fürchtete mich ein wenig vor der Antwort.

Ein Leben ohne Football war für mich unvorstellbar. Dass sie so lange mit ihrer Antwort wartete, deutete ich als kein gutes Zeichen.

»Für eine konkrete Prognose ist es noch zu früh. Möglicherweise werden Sie bald wieder Football spielen dürfen, aber ...«, sie machte eine bedeutungsschwere Pause und sah zu meinen Eltern, ehe sie ihre Aufmerksamkeit wieder auf mich richtete, »... Ihren Körper weiterhin derart zu strapazieren kann lebensbedrohlich werden.«

»Mein Sohn spielt in Harvard. Er ist nicht der erste Footballspieler, der regelmäßig trainiert«, warf Dad ein.

Sie ignorierte ihn und hielt den Blick fest auf mich gerichtet. »Wie viele Stunden, Mr Evans?«

Ich schluckte.

»Sieben Stunden täglich?«, riet sie, als ich nicht antwortete.

Ich schluckte schwer, während Moms und Dads erschrockene Blicke auf meinem Gesicht brannten.

»Acht?«

Hitze kroch in meine Wangen. »Schätze ... sechs«, gab ich zu.

»Du trainierst sechs Stunden täglich?«, hakte Mom aufgelöst nach. »Wann besuchst du denn deine Kurse? Deine Noten sind doch überdurchschnittlich ...«

»Mrs Evans, ich denke, genau das ist das Problem. Ihr Sohn trainiert zu hart, schläft, isst und trinkt außerdem zu wenig.«

Es herrschte betretene Stille.

»Okay«, murmelte ich und stellte mir einen Tagesablauf vor, bei dem ich weniger oft und hart trainierte.

Unmöglich.

Es war beängstigend, denn die Ärztin schien meine Gedanken lesen zu können. »Wenn Sie weiterhin Football spielen möchten, werden Sie Ihre Einstellung und Ihren Alltag ändern müssen. Vor allem aber Ihre Trainingseinheiten reduzieren«, beharrte sie.

Grundsätzlich verstand ich, worauf sie hinauswollte. Aber wie zur Hölle sollte ich das bloß anstellen? Nur wenn ich hart trainierte, erlangte ich das Gefühl der Unbeschwertheit zurück. Ich kompensierte damit meine Trauer, nur so konnte ich den Tag überstehen. »Was soll ich stattdessen tun?«

Ihre Augenbrauen wanderten ein Stück nach oben, sie verlor

an Strenge. »Sie studieren in Harvard. Ihnen wird doch bestimmt nicht langweilig. Lesen Sie ein Buch, gehen Sie ins Kino, treffen Sie Freunde, verabreden Sie sich mit Frauen. Was auch immer, wenn Sie Zeit dafür finden. Unternehmen Sie Dinge, die Ihnen Freude bereiten.«

Sport bereitete mir Freude.

Und der einzige Mensch, den ich treffen und mit dem ich mich fürs Kino verabreden wollte, war Vance. Und der war keine Frau. Ich brauchte das gottverdammte Training.

»Hören Sie zu. Wir unterhalten uns morgen weiter. Wenn alles gut läuft, werden Sie in zwei Tagen entlassen und können bereits in einer Woche wieder mit leichtem Training starten. Die Betonung liegt allerdings auf leicht.«

Die Aussicht beruhigte mich kein bisschen. Das Spiel gegen Yale würde in zwei Wochen stattfinden. Darauf wartete ich, seit das Semester begonnen hatte, und dafür musste ich in Bestform sein.

»Wir sprechen uns morgen.« Sie ließ keinen Widerspruch zu und verabschiedete sich.

Fassungslos schüttelte Mom den Kopf. »Sechs Stunden? Was stellst du nur an?«

»Jetzt ist nicht der geeignete Zeitpunkt für Vorwürfe, du hast die Ärztin gehört.« Dann wandte Dad sich an mich und lächelte sanft. »Wir bekommen das hin, aber … was das Training betrifft, darüber werde ich mich umgehend mit deinem Coach unterhalten.«

Ich schnaubte. »Dad, ich bin nicht mehr an der Highschool.«

»Aber du bist immer noch mein Sohn.«

»Coach Tucker und sein Team haben damit nichts zu tun. Das eigentliche Problem bin ich selbst. Ich habe täglich zwei weitere

Einheiten eingelegt. Tucker wusste nur bedingt Bescheid. Er hat mich sogar gewarnt. Mehrmals.«

Mom und Dad tauschten einen Blick, dann nickten sie einvernehmlich. »Wenn du eine Pause vom Studium und alldem brauchst, werden wir dich unterstützen. Vielleicht … was hältst du von einer Reise nach Europa? Frankreich soll wunderschön sein«, schlug Mom mit fast schon verträumten Augen vor. »Stell dir Paris vor.«

Ich kniff die Augen zusammen und warf Dad einen vielsagenden Blick zu. »Sie will nach Paris.«

Er lachte auf. »Offensichtlich.«

Mom strahlte. »Lasst uns gemeinsam nach Europa reisen.« Sie war geradezu euphorisch.

Ich konnte es nicht glauben. Meine Eltern, die mir immerzu gepredigt hatten, wie wichtig ein Studienabschluss war, die ihre Kanzlei als Lebensmittelpunkt betrachteten, schlugen mir vor, eine Auszeit einzulegen und stattdessen durch die Straßen von Paris zu flanieren?

Sosehr ich diese Unterhaltung zu schätzen wusste, merkte ich, wie ich immer schwächer wurde. Die Erschöpfung übermannte mich. »Den Bachelor schließe ich ohne Unterbrechung ab. Ich werde mir die Chance für die Law School nicht verbauen.«

»Natürlich wirst du das nicht, das wissen wir.« Mom lächelte und streichelte mir über die Wange.

»Keine Auszeit.«

»Aber … Schatz«, widersprach sie.

Ich bündelte meine letzten Reserven und lächelte. »Ich werde besser auf mich achten. Versprochen. Aber … ich liebe das Studium und kann es kaum erwarten, endlich Jura zu studieren. Ohne Unterbrechung.«

Sie nickte und zeigte sich einsichtig. »Versprich uns, dass du auf dich aufpasst, okay?«

»Das werde ich«, versicherte ich, bevor mir die Augen zufielen.

22

Vance

Ich gab fein gehackte Frühlingszwiebeln und etwas Öl in die Pfanne. Diesen Donnerstag war ich an der Reihe, für die WG zu kochen. Und wäre ich in den letzten Tagen nicht durch die Hölle gegangen, hätte es mir bestimmt auch Freude bereitet. Denn ich kochte gern. Eigentlich.

»Er wird jeden Moment kommen«, verkündete Wyatt und huschte aufgeregt durch unsere Wohnküche, richtete Kissen zurecht oder prüfte, ob er irgendwo einen Staubkrümel fand, den er übersehen hatte. Wyatt, das größte Arschloch, das auf dem Campus herumlief, präsentierte sich von einer völlig neuen Seite. Er hatte alles penibel für Koltons Rückkehr vorbereitet. Sogar sein Zimmer hatte er aufgeräumt und einen Drachenbaum gekauft, weil er fand, dass der Raum dadurch gemütlicher wirkte. Ich hatte nur einen kurzen Blick in Koltons Zimmer gewagt, musste Wyatt aber zugutehalten, dass er ordentliche Arbeit geleistet hatte. Er war fürsorglich und legte sich ins Zeug, jedenfalls was Kolton betraf. Mir gegenüber war er weiterhin feindselig gestimmt.

»Bereitest du das Steak zu?« Wyatt knallte mir das Fleisch sozusagen vor die Nase. »Kolton braucht Proteine.«

Ich nickte. Denn neuerdings unterließ ich die Versuche, Wyatt zu erklären, wie die Welt funktionierte. Zudem fühlte ich mich aktuell nicht in der Lage, irgendwelche Machtkämpfe auszutragen. Ich war es müde geworden, ihm beibringen zu wollen, was richtig oder falsch war. Und über vegane Ernährung wollte er ohnehin nichts wissen.

»Zwei Minuten scharf anbraten und danach kurz in den Ofen?«, fragte ich, um sicherzugehen, dass er mir hinterher nicht den Kopf abriss, sollte ich es falsch zubereiten.

Überrascht schaute er mich an. Vermutlich hatte er mit mehr Widerstand gerechnet. »Von beiden Seiten«, fügte er hinzu, woraufhin ich nickte und mich dem toten Tier widmete.

Es war ein ausgesprochen ekliges Gefühl, das Fleisch aus der Verpackung zu nehmen. Ein leicht saurer Geruch stieg mir in die Nase. Fleisch roch eben. Dass es mir auch einen Würgereiz bescherte, verbarg ich lieber. Mit nur wenigen Griffen hatte ich etwas Salz und Pfeffer darübergestreut und legte es in die Pfanne. Sofort brutzelte es vor sich hin. Während ich zusah, wie es von beiden Seiten langsam dunkler wurde, dachte ich über die letzten Tage nach.

Kolton hatte jeden meiner Anrufe ignoriert. Es herrschte Funkstille zwischen uns, und ich hatte keinen Schimmer, woran ich bei ihm war. Vielleicht würde er so tun, als wäre nie etwas geschehen. Vor den anderen sowieso. Aber ich hatte das ungute Gefühl, dass er das auch allein in meiner Gegenwart tun würde. Unsere gemeinsame Nacht verdrängen. Mir war bewusst, dass Kolton gerade andere Sorgen hatte und vor allem auf seine Gesundheit achten musste. Dennoch schmerzte der Gedanke, er würde mich fortan wie Luft behandeln. Und unsere gemeinsame Zeit damit zunichtemachen. Unabhängig davon hatte ich selbst genug Probleme. Ich war in Bezug auf meinen Dad noch immer nicht weitergekommen. Wie sollte ich Mr Jefferson bitte schön erklären, dass ich sein Sohn war? Wie würde Hais reagieren?

Ich nahm das Fleisch aus der Pfanne, legte es aufs Backblech und schob es in den vorgeheizten Ofen.

Kolton und Haisley waren nicht die Einzigen, die mir Bauchweh bereiteten. Bisher hatte ich nicht den Mut gefasst, mit Mom zu sprechen. Vielleicht ahnte sie aufgrund meiner ausbleibenden Anrufe, dass etwas los war. Jahrelang hatte sie geschwiegen, aber eines würde sie niemals: Sie würde mich nicht belügen, wenn ich die Wahrheit selbst herausfand. Wenn ich ihr einen Namen lieferte und sie mit der Wahrheit konfrontierte, würde sie antworten.

Wyatt deckte gerade den Tisch, als Aiden aus seinem Zimmer kam. »Das riecht fantastisch«, bemerkte er und ging Wyatt zur Hand. Er faltete Servietten und legte diese neben die Teller. »Wo stecken Blaze und Haisley?«, fragte er.

Wyatt inspizierte weiter den Tisch und prüfte, ob alles an Ort und Stelle war.

»Wir sind schon da«, trällerte Haisley.

»Was willst du denn damit?«, fauchte Wyatt sie an, als er den Blick auf sie richtete.

Haisley verstand nicht, worauf er hinauswollte. »Wein zur Genesung und Oreos zum Nachtisch, für Kolton.«

Wyatts Miene wurde todernst. »Auf keinen Fall.«

Unverständnis zeichnete sich in ihrem Gesicht ab. »Es ist nur Rotwein. Er wird ihn ohnehin nicht heute trinken. Rotwein beugt Herzinfarkten vor, und Kekse sind Balsam für die Seele.«

»Kein Alkohol und … Oreos sind Heroin fürs Gehirn. Weißt du, was Zucker in deinem Körper anrichten kann?«

Wow. Selbst ich legte den Kochlöffel zur Seite und lauschte seinen Worten. Ich war überrascht. Um ehrlich zu sein, beeindruckte mich sein Verantwortungsgefühl. Wyatt sorgte sich um Kolton. Er übertrieb maßlos, keine Frage, aber es zeigte, dass er wohl doch nicht das größte Arschloch auf Erden war. Oder auf dem Campus.

»Ein bisschen Zucker wird mich schon nicht ins Grab bringen.«

Wir fuhren alle herum. Kolton stand plötzlich im Türrahmen. Er trug eine Jeans und einen Wollpulli, der sich eng an seinen Oberkörper schmiegte. Ich scannte ihn von Kopf bis Fuß. Er sah aus wie immer. Nichts wies darauf hin, dass er im Krankenhaus gewesen war. Lediglich um die Nase herum war er blasser als sonst. Lächelnd fuhr er sich durchs Haar und wirkte dabei verlegen. Vermutlich, weil wir ihn stumm anstarrten. Da wurde selbst jemand wie er unsicher.

»Mann, willkommen zu Hause!« Es war Wyatt, der das Schweigen brach, sich euphorisch in Bewegung setzte und ihn in eine Umarmung zog. Wir konnten es weder sehen noch hören, aber irgendwas verriet mir, dass Wyatt an seiner Brust vor Glück wimmerte. Als er endlich bereit war, seinen Freund loszulassen, folgte Aiden, darauf Haisley und schließlich Blaze.

Jetzt wäre ich an der Reihe gewesen, aber ... ich konnte nicht. Wie angewurzelt blieb ich in der Küche stehen und brachte es einfach nicht übers Herz, zu ihm zu gehen. Er hatte meine Anrufe und Nachrichten ignoriert. Bestimmt konnte er auch darauf verzichten, dass ich ihn überschwänglich begrüßte und dabei womöglich anfing zu heulen. Denn danach war mir augenblicklich. Ich hatte mir in den letzten Tagen rund um die Uhr Gedanken gemacht, mich um ihn gesorgt. Eine einzige Nachricht von ihm hätte ausgereicht, aber stattdessen hatte er geschwiegen. Und das konnte nur bedeuten, dass er mich nicht in seinem Leben haben wollte. Umso schwieriger war es für mich, ihn jetzt zu sehen, wo er umwerfend wie eh und je aussah. Mein Blick fiel auf seine Hände, und das wiederum löste eine Reihe von Erinnerungen aus.

Als ich mich gerade wieder zum Herd umdrehen wollte, begegneten sich unsere Blicke. Seine Miene war unergründlich. Ich konnte sie nicht deuten. Aber ich fühlte, was in mir vorging. Wie verletzt ich war. Wir waren uns an jenem Abend so nahe gewesen, und jetzt, zwischen uns nur ein paar Meter, fühlte es sich an, als wäre er meilenweit entfernt. So nah und doch so fern.

Ich löste den Blick von ihm, als Haisley Kolton mit unzähligen Fragen löcherte. Wyatt und Hais umschwärmten ihn, während ich mich weiter ums Essen kümmerte.

»Kommst du klar?«, fragte Aiden und reichte mir einen Teller. Ich richtete das asiatische Gemüsegericht mit Sojabohnen darauf an.

Ich warf ihm einen Seitenblick zu. »Jetzt gerade?«

»Jep.«

»Geht so.«

»Verstehe«, murmelte er. Er reichte mir einen weiteren Teller, und ich wiederholte den Vorgang. »Er … sieht dich auch so an.«

Ich hielt kurz in der Bewegung inne. »Das bildest du dir ein«, antwortete ich und versuchte mich an einem Lächeln.

»Nein, Vance. Das tue ich nicht.« Er boxte mir gegen den Oberarm. »Das wird schon, Bro.«

Ich war verwundert, woher er seine Zuversicht nahm. Ich hatte meine längst verloren. In jeglicher Hinsicht.

Als wir am Tisch saßen, brachte Wyatt Kolton auf den neuesten Stand, was er im Training verpasst hatte. »Und du darfst in wenigen Tagen schon wieder trainieren?«, hakte Aiden interessiert nach.

»Sieht so aus.« Er lächelte, allerdings wirkte es nicht überzeugend, weil seine Augen dabei ernst blieben. Plötzlich fiel sein Blick auf mich. Beinahe blieb mir ein Stück Brokkoli im Hals stecken. Ich hustete, fing mich aber schnell wieder. Und als ich erneut aufsah, betrachtete er mich immer noch mit seinen unergründlich grünen Augen, die rätselhafter nicht sein konnten.

»Schmeckt es dir nicht, Hais?«, fragte ich. Mir war aufgefallen, dass sie ihren Teller kaum angerührt hatte.

Sie gabelte sich ein paar Erbsen auf und steckte sie in den Mund. »Doch, doch. Ich hab nur vorhin schon was gegessen.«

Mir fiel auf, dass sich Blaze' Stirn in Falten legte. »Wann vorhin? Wir waren doch die ganze Zeit zusammen.«

Sie rollte mit den Augen. »Zählst du neuerdings auch die Joghurts im Kühlschrank nach?«

Blaze verzog das Gesicht. »Natürlich nicht, ich meine ja nur.« Er widmete sich seinem Essen, und damit war die Sache vom Tisch. Für ihn jedenfalls. Auf mich wirkte es besorgniserregend, wie lustlos Hais in ihrem Gemüse stocherte. Sie sah dünner aus als sonst. Vielleicht lag es aber auch nur an dem weiten Kleid, das sie trug. Als sie eine Portion Reis auf ihre Gabel schob, verwarf auch ich den Gedanken. Vermutlich redete ich mir das bloß ein, um mich von meinen eigenen Problemen abzulenken.

Als wir mit dem Essen fertig waren, erledigten Blaze und ich den Abwasch, während es sich die anderen auf der Couch gemütlich machten.

»Welchen Film wollt ihr sehen? Einen mit Daniel Craig oder Henry Cavill?«, rief Aiden zu uns rüber.

Im Zweifelsfall fiel meine Wahl immer auf Henry, aber heute Abend hielt ich mich bei der Entscheidung zurück. »Ich bin raus«, sagte ich bloß, faltete das Geschirrtuch und hängte es zum Trocknen über den Türgriff des Backofens.

»Ach, komm schon, Vance«, jammerte Hais und zog einen Schmollmund.

Ich zuckte entschuldigend mit den Schultern. »Du weißt, wie es um meine Noten steht.« Ich hatte ihr erzählt, dass ich prokrastiniert und viel zu viel Zeit für Fotos aufgewendet hatte. Es war mühsam, den Stoff nachzuholen, weshalb ich deutlich hinterherhing. Dass die Prüfungen kommende Woche losgingen, sorgte für noch mehr Druck.

Während ich auf dem Bett lag und die Decke anstarrte, machte ich mir gedanklich eine Liste, was ich alles zu erledigen hatte. Und je mehr Punkte hinzukamen, desto schlimmer wurde es. Jede weitere Aufgabe schnürte mir die Kehle zu. Wenn ich weiterhin wartete und nichts unternahm, würde ich daran ersticken.

Ich griff nach meinem Handy, beantwortete einige Nachrichten auf Instagram, scrollte anschließend durch TikTok und schaute mir bestimmt eine Stunde lang lustige Videos an. Das war … Zeitverschwendung. Ich konnte dem Gespräch mit Mom nicht länger aus dem Weg gehen. Darüber hinaus musste ich ab jetzt jede freie Minute fürs Studium aufwenden und wenigstens so tun, als würde ich lernen, um hinterher behaupten zu können, ich hätte es zumindest versucht.

Seit ich von Cape Cod zurück war, hatte ich noch nicht mal die restlichen Bilder für Instagram aufbereitet. Auch diese musste ich spätestens übermorgen abgeben. All diese To-dos lagen mir wie ein verknoteter Wollknäuel im Magen, weder Ende noch Anfang waren erkennbar. Aber irgendwas musste geschehen, denn von selbst wurde es nicht weniger. Die Prokrastination war an ihr Ende gekommen.

Schließlich fasste ich meinen Mut zusammen und rief Mom an.

Es klingelte. Einmal. Zweimal. Dreimal. Mein Puls schnellte hoch, als sie endlich ranging.

»Hey, mein Schatz.« Sie klang fröhlich, bestimmt war sie mit

Freundinnen unterwegs oder mit Leuten vom Set essen. Der Augenblick war sicher nicht geeignet, um …

»Daniel Jefferson«, platzte es aus mir heraus.

Stille.

»Mom?« Meine Stimme zitterte.

Sie schwieg immer noch. Schnell prüfte ich das Display. Die Sekunden verstrichen, was bedeutete, dass die Verbindung funktionierte und sie mich hören musste.

»Lass uns persönlich darüber sprechen«, erwiderte sie mit zitternder Stimme.

»Ist Daniel Jefferson mein Dad?«

»Schatz …«

»Nein! Seit ich denken kann, hast du daraus ein Geheimnis gemacht. Ich akzeptiere keine Ausreden mehr. Mom, ich will eine ehrliche Antwort. Nicht später und nicht irgendwann. Ich will sie jetzt, verdammt.« Meine Hand zitterte, als ich mir das Smartphone fester ans Ohr drückte. Es war ungewohnt, in einem derart barschen Tonfall mit ihr zu sprechen, aber ich sah keine andere Möglichkeit. Ich musste die Wahrheit erfahren und hatte mich schon viel zu lange hinhalten lassen.

Sie räusperte sich. Ich stellte mir vor, wie sie mit sich haderte, wusste aber insgeheim, dass sie die Wahrheit nicht länger vor mir verbergen konnte. Es dauerte lange, bis sie mir endlich antwortete. »Ja, das ist er«, hörte ich sie atemlos flüstern.

Mr Jefferson war mein Dad.

Haisley war meine Halbschwester.

Ich schluckte schwer, und auch wenn ich mir bereits sicher gewesen war, traf mich die Wahrheit härter als gedacht. »Wusstest du, dass er eine Tochter hat?«

»Ich kann in wenigen Stunden bei dir sein, Schatz.«

Ich schnaubte und fuhr mir übers Gesicht. Jetzt wollte Mom

kommen, um mir die Hand zu halten? Nachdem ich es eigenständig herausgefunden hatte?

»Und ja, das wusste ich«, murmelte sie kleinlaut.

So mussten sich Ohrfeigen anfühlen. Brutal und brennend. Wenn man sie am wenigsten erwartete, trafen sie dich eiskalt.

»Sie heißt Haisley und ... ist meine beste Freundin hier.« Die Worte kamen mir schwer über die Lippen. Vor allem deshalb, weil ich Hais hintergangen hatte und es mir eigentlich nicht zustand, sie so zu bezeichnen.

»Das ... tut mir leid, das wusste ich nicht«, sagte sie am anderen Ende.

Wie auch.

Jetzt hatte ich zwar Gewissheit, aber besser fühlte ich mich trotzdem nicht.

»Ich werde ihn zur Rede stellen«, entschied ich, ohne zu wissen, wie ich das anstellen würde. Aber ich wollte von ihm wissen, weshalb er meine Mom und mich verlassen hatte und sich kein bisschen für mein Leben interessierte. Denn ich war mir sicher, dass Mom nicht dafür verantwortlich war.

»Erwarte nicht zu viel, okay?« Mom klang traurig.

Das bedeutete wohl, dass sie davon ausging, er würde sich auch nach all den Jahren nicht für mich interessieren. »Mach ich nicht«, versicherte ich ihr.

»Ich liebe dich, Schatz. Egal, was auch geschieht, vergiss das nicht.«

23

Kolton

Als ich vor ein paar Tagen aus dem Krankenhaus entlassen worden war, hatte ich mir fest vorgenommen, den Rat der Ärztin zu befolgen. Allerdings hatte ich zu diesem Zeitpunkt noch keine Vorstellung gehabt, wie ich das anstellen sollte. Irrtümlicherweise war ich davon ausgegangen, keinen Tag ohne Sport überstehen zu können. Nun ja, ich lebte. Und klar fehlte mir das Training, aber ich hatte mittlerweile begriffen, dass es weit wichtiger war, am Leben zu sein.

»Hey«, grüßte ich Vance, als er in die Küche kam. Es war untypisch, ihn um diese Zeit zu Hause anzutreffen.

Erstaunt hob er den Blick. Offenbar war auch er überrascht, mich zu sehen. »Hey«, gab er zurück und öffnete den Kühlschrank. Seitdem ich wieder zu Hause war, ignorierte er mich hauptsächlich.

Er gab Haferflocken und Nüsse in eine Schüssel, darüber goss er Mandelmilch. Dann räumte er die restlichen Zutaten zurück und machte sich auf den Weg in sein Zimmer. Mein Herz klopfte, als ich ihm hinterherblickte, weil ich wusste, dass ich den ersten Schritt machen musste. Ich sollte mich entschuldigen. Doch es fiel mir schwer, die Chance zu ergreifen. Denn ich wusste, dass ich Mist gebaut hatte. Und, dass meine Gefühle für ihn echt waren. Das Kribbeln in meinem Bauch, die Wärme, die ich spürte, sobald ich ihn sah oder wenn er lächelte: Ich konnte meine Gefühle nicht länger leugnen. Was ich für Vance empfand, war keine Laune. Es war verdammt echt.

Ich saß noch eine Weile auf dem Hocker, bevor ich all meinen Mut zusammennahm und an Vance' Tür klopfte. Selbst wenn er mich abweisen würde, was ich verdient hatte, schuldete ich ihm eine Erklärung.

»Kann ich reinkommen?«

»Das wirst du doch sowieso.«

Meine schweißnassen Handflächen verrieten, wie nervös ich war. Bevor ich eintrat, wischte ich sie mir an der Jeans ab.

Vance stand auf dem Drehsessel, hielt einen Becher in der Hand und versuchte, an die Decke zu gelangen. Der Sessel wackelte gefährlich unter seinen Füßen. In nur wenigen Schritten befand ich mich an seiner Seite und hielt ihn fest, damit er sich nicht ständig hin und her bewegte.

»Ich komm nicht ran.«

»Wenn du mir verrätst, wonach du suchst, dann kann ich es ja mal versuchen.«

Vance starrte mich mit wütenden Augen von oben herab an. »Jetzt möchtest du mit mir sprechen?« Er kletterte vom Sessel, stellte den Becher weg und verschränkte die Arme vor der Brust. Nicht nur seine Augen wirkten bedrohlich, sein gesamter Körper strotzte vor Zorn, sodass ich automatisch einen Schritt zurücktrat.

Und sein Zorn stellte noch viel mehr mit mir an. Er traf mich unvermittelt. Ein Stich ins Herz. Ich wollte nicht, dass Vance wütend auf mich war.

»Es tut mir leid.«

Seine Augen bildeten Schlitze, als er einen bedrohlichen Schritt auf mich zutrat. »Was? Dass wir miteinander geschlafen haben und du daraufhin abgehauen bist? Dass du beinahe gestorben wärst? Dass du kein einziges Mal abgehoben hast, als ich wissen wollte, wie es dir geht? Verdammte Scheiße, was davon tut dir leid?«

Seine Vorwürfe waren berechtigt, weshalb ich keine Sekunde darüber nachdachte und aufrichtig antwortete. »Alles, bis auf unsere gemeinsame Nacht.«

Vance schüttelte den Kopf und wandte den Blick ab. Es war ihm anzusehen, wie sehr ich ihn verletzt hatte.

»Was kann ich tun?«

»Das fragst du mich?«

»Vance ...«

Er presste die Lippen fest aufeinander, als sich unsere Blicke erneut fanden. Seine Augen spiegelten all den Schmerz und die Sorgen wider, die er in den vergangenen Tagen ertragen haben musste. »Es ist in Ordnung, dass du dir Zeit nimmst und erst verarbeiten musst, was in Cape Cod zwischen uns passiert ist. Und ich verstehe, dass du Hardin vermisst, um ihn trauerst und es dir schwerfällt, jemanden in dein Leben zu lassen. Das tue ich, wirklich. Aber ... du hast mich behandelt, als existiere ich nicht. Und das ist ...«

»Nicht in Ordnung«, beendete ich den Satz, woraufhin er mir nickend zustimmte und sein Blick milder wurde.

Seine Miene war weniger hart, wirkte aber dennoch distanziert. »Wie geht es dir?«, erkundigte er sich schließlich.

Seine Frage erstaunte und überforderte mich zugleich. Und sie bedeutete mir alles. So oft brachten Leute sie belanglos, unbedacht oder einfach nur als Floskel über die Lippen. Aber nicht Vance. Er wollte es wirklich wissen. Und nach allem, was vorgefallen war, überwältigte mich seine Empathie.

»Gut, schätze ich«, antwortete ich und unterdrückte das verräterische Zittern in meiner Stimme.

Er biss sich auf die Lippe, wirkte nachdenklich. »Und war das jetzt so schlimm?«

Ich schüttelte den Kopf. »Nein, war es nicht.«

»Ich wollte nur einmal deine Stimme hören und sichergehen, dass es dir so weit gut geht.«

»Ich weiß.« Und ich hatte ein furchtbar schlechtes Gewissen deshalb. »Ich brauchte einfach ein wenig Zeit für mich.«

»Nicht zu wissen, wo du steckst, und hinterher zu erfahren, dass du ernsthaft in Gefahr warst, war furchtbar.«

Ich wollte mich ihm nähern, tat es aber nicht. Der Drang, ihn in die Arme zu schließen, ihm nahe zu sein, war gewaltiger denn je. Doch die offen stehende Zimmertür und die Tatsache, dass jeden Augenblick jemand auftauchen konnte, hinderten mich daran. Es war erbärmlich, dass ich immer noch nicht zu meinen Gefühlen stehen konnte.

Vance blieb mein Hadern nicht verborgen. Er sah zur Tür und dann wieder zu mir zurück. »Kannst du mir wenigstens mit der Spinne helfen?« Er deutete an die Decke.

»Du versuchst, eine Spinne einzufangen?«

»Die machen mir Angst. Außerdem sind sie echt eklig.«

Ich schmunzelte. Vance fürchtete sich also vor Spinnen. Das war … irgendwie süß. Ich schnappte mir den Becher, ein Blatt Papier und fing die Spinne ein.

»Nein! Tu sie weg«, forderte er und hob die Arme vor sein Gesicht, als ich ihm den Becher überreichen wollte.

Ich öffnete das Fenster und entließ sie in die Freiheit. »Wusstest du, dass man jährlich bis zu acht Spinnen im Schlaf verschluckt?«

Vance verzog entsetzt das Gesicht. »Hör auf. Das ist ein Mythos.«

Lächelnd zuckte ich mit den Schultern. »Wer weiß.«

Vorsichtig lugte er in den Becher, und erst als er überprüft hatte, dass er leer war, nahm er ihn mir ab. Ich musste grinsen, weil er sich wie ein kleiner Junge benahm.

Er stellte den Becher zur Seite und rollte den Sessel zurück an den Schreibtisch. Erst jetzt fiel mir das Chaos auf, das auf dem Tisch und seinem Bett herrschte. Überall lagen Mitschriften und Lehrbücher herum. Es sah nicht danach aus, als hätte er ein System.

»Kommst du zurecht?« Ich deutete auf das Chaos.

Vance seufzte schwer und schüttelte den Kopf. »Kein bisschen.«

»Woran scheitert es denn?« Ich nahm eines der Bücher, die er aufgeschlagen hatte, zur Hand und blätterte darin. Sämtliche Textstellen waren mit Marker gekennzeichnet. Und das war nicht das Einzige. Auch die anderen Bücher sahen so aus. »Das … du machst daraus ja eine Malstunde, wie willst du so lernen?«

Vance wich meinem Blick aus und brachte ein wenig Ordnung in seine Unterlagen. Jedenfalls stapelte er seine Bücher aufeinander, damit es nicht mehr ganz so unordentlich aussah.

»Wie laufen deine Kurse?«

Er entließ all die angestaute Luft aus seinen Lungenflügeln. »Beschissen. Während der letzten Wochen habe ich meinen Fokus verloren, und jetzt habe ich Panik und bekomme nichts mehr auf die Reihe, wie du siehst«, gab er mit einem verzweifelten Gesichtsausdruck zu. Dabei färbten sich seine Wangen auf eine charmante Weise leicht rosa.

»Okay. Das … bekommen wir schon wieder hin.«

»Wir?«

»Zufälligerweise habe ich gerade mehr Zeit denn je und bin zudem ein ziemlich gut organisierter Student. Sieh zu und lerne.« Ich zwinkerte ihm zu und machte mich an die Arbeit. Vance stand eine Weile äußerst verdutzt und ungläubig neben mir. Akribisch verfolgte er jeden meiner Handgriffe.

Es dauerte über eine Stunde, die losen Blätter und restlichen Unterlagen zu ordnen und ein System zu entwickeln. »Okay, für welche Prüfungen musst du dich denn noch vorbereiten?«, fragte ich und warf einen zufriedenen Blick auf die neu gewonnene Ordnung.

Vance saß auf dem Bett und kaute auf seinen Fingernägeln herum. Er glich einem Häufchen Elend. Ein verflucht gut aussehendes Häufchen, dennoch hinterließ er einen besorgniserregenden Eindruck. Ich stellte die letzte Mappe in die Reihe und rollte mit dem Sessel zu ihm. »Also, womit wollen wir starten?«

»Mit allem?«

»Du hast für keine der bevorstehenden Prüfungen gelernt?«, fragte ich, wobei es mir nicht gelang, das Entsetzen in meiner Frage komplett zu unterdrücken.

»Nope.« Er vergrub sein Gesicht in den Handflächen. »Es ist … ich denke, ich habe das Studium unterschätzt«, gab er zu.

»Du hast mir erzählt, wie hart du dafür gearbeitet hast, um hier zu studieren. Und … jetzt hast du nichts dafür getan, um auf dem Laufenden zu bleiben?«

»Ich weiß es nicht. Es ist … einfach viel in letzter Zeit passiert. Verstehst du?«

Natürlich verstand ich das. Wenn nicht ich, wer dann? Aber das Studium aufs Spiel zu setzen war leichtsinnig.

»Harvard ist also nicht gerade der Burner, was?« Ich bemühte mich, die erdrückende Stimmung anzuheben.

Seine Mundwinkel zuckten. Sein Schmunzeln war umwerfend.

»Es ist fordernd.«

»Natürlich ist es das. Aber du solltest jetzt nicht den Kopf in den Sand stecken, sondern aus der Situation das Beste machen. Und dir für das kommende Semester vornehmen, von Beginn an mehr Zeit für deine Kurse einzuplanen. Vielleicht auch andere Fächer belegen, die dir mehr Spaß bringen und dich motivieren.«

Vance hob eine Braue und verzog das Gesicht. »Wenn ich es überhaupt bis ins nächste Semester schaffe. Wie soll ich das alles in so kurzer Zeit nachholen?«

Ich griff nach seiner Hand und realisierte erst, dass ich diesen Schritt gewagt hatte, als sich Vance' Finger um meine schlossen. Sein Daumen zog langsame Kreise und sorgte für ein angenehmes Kribbeln in meiner Handfläche.

»Glaub an dich«, riet ich und versank in seinen grauen Augen.

»Tust du das denn?«

Ein Kloß bildete sich in meinem Hals. »Manchmal … stehe ich mir selbst im Weg«, gab ich zu.

Wir hielten uns weiterhin an den Händen, sahen uns tief in die Augen, versuchten, uns gegenseitig zu ergründen. Es war schön, ihn einfach nur anzusehen. Es nicht im Verborgenen zu tun.

»Meinst du …«, er lächelte verschmitzt, »… es liegt im Bereich des Möglichen, dass wir uns …«

»Küss mich«, bat ich ihn.

Er biss sich auf die Unterlippe und schüttelte kaum merklich den Kopf. Und dann war ich es, der ihn küsste. Sofort erwiderte Vance den Kuss und zog mich an sich. Es war … ein bisschen wie nach Hause kommen, aber auf eine gute Weise. Vance fühlte sich nach meinem Zuhause an.

»Du bereust es also nicht?«, fragte er flüsternd. Er schob seine

Finger in mein Haar, kraulte mich sanft und löste eine Gänsehaut in mir aus.

»Nein, das tue ich nicht«, antwortete ich mit schwer pochendem Herzen und hauchte einen zarten Kuss auf seine Lippen. Er küsste mich neckisch zurück, und irgendwann lächelten wir uns nur noch an, hielten uns gegenseitig fest. »Ich würde dich am liebsten die ganze Zeit küssen.«

Vance ließ seine Fingerspitzen über meinen Nacken gleiten. »Aber ... du willst es geheim halten, oder?«

Er sprach das Unvermeidliche an. Und ich konnte nicht erwarten, dass er damit einverstanden war, ein Doppelleben zu führen. Aber ... welche Möglichkeit blieb mir?

»Ich ... das ist noch alles so neu für mich und ...«

Vance seufzte und gab mir einen sanften Kuss auf die Nase. Dann betrachtete er mich nachdenklich. »Ich kann dich verstehen.«

»Aber?« Der Satz klang nicht, als hätte er ihn beendet.

»Für den Moment ist das in Ordnung. Aber ich will nicht für immer dein Geheimnis bleiben.«

Und das sollte er auch nicht. »Ich wurde adoptiert«, offenbarte ich ihm, anstatt auf seine Erwiderung einzugehen. Warum ich ihm das in diesem Moment erzählte, konnte ich nur erahnen. Vielleicht, weil ich ihm vertraute und bisher mit niemandem darüber gesprochen hatte. Es länger für mich zu behalten war unmöglich. »Ich habe es erst im Krankenhaus erfahren«, fuhr ich fort, weil er nicht recht einzuordnen wusste, worauf ich hinauswollte.

»Wow«, stieß er aus, und seine Augen weiteten sich. »Das ... tut mir leid.«

Ich überlegte. »Zuerst war ich völlig außer mir. Es zufällig im Krankenhaus zu erfahren war hart. Wie gefühlt alles, was ich in den letzten Monaten erlebt habe. Mittlerweile ist es aber in Ordnung. Mom ist immer noch Mom, und Dad … ist eben Dad. Verstehst du?«

Vance lächelte, dabei hatte er Tränen in den Augen. »Ja, ich denke, das tue ich tatsächlich.«

»Es ist einiges geschehen in den letzten Tagen.«

Vance' Gesichtsausdruck veränderte sich, er wirkte in sich gekehrt. Aber bevor ich nachhaken konnte, hörten wir ein Geräusch und fuhren auseinander.

Aiden lugte ins Zimmer, hob eine Augenbraue und musterte uns schelmisch.

»Na, was treibt ihr zwei?«

Sein Unterton gefiel mir nicht. Womöglich interpretierte ich da was rein, aber …

»Aiden weiß Bescheid«, hörte ich Vance sagen, und die drei Worte hallten in meinen Ohren nach. Mir wurde plötzlich ganz übel. Das durfte nicht wahr sein.

»Er weiß … was?«, hakte ich nach, während mir mein Herz bis zum Hals schlug.

»Jep. Hab euch in Cape Cod gehört, Jungs!«

Vance verzog entschuldigend das Gesicht. »Tja, wir waren wohl zu laut.« Mir fiel nichts anderes ein, als die beiden sprachlos anzustarren. Unser Geheimnis war also längst schon nicht mehr geheim. Würde Aiden es den anderen erzählen? Wenn ja, würde sich mein Leben von heute auf morgen komplett ändern. Und dafür war ich einfach noch nicht bereit. Nicht nach all den Ereignissen der letzten Monate. Dauerhaft konnte ich keine Lüge leben. Aber für den Augenblick war es die einzige Lösung. Die Wahrheit würde früher oder später sowieso ans Licht kommen.

24

Vance

»Wie haben Sie sich das vorgestellt, hier einfach ohne Termin aufzukreuzen?«, fragte die Frau beim Empfang verständnislos.

Um ehrlich zu sein, hatte ich mir wenig Gedanken gemacht. Seit ich wusste, dass Mr Jefferson mein Dad war, hatte ich auf einen geeigneten Zeitpunkt gewartet. Und heute fühlte ich mich bereit, ihm in die Augen zu sehen. So bereit ich mich jemals fühlen würde. Ein mulmiges Gefühl im Bauch begleitete mich, seit ich den Entschluss gefasst hatte. Die Situation war ohnehin alles andere als leicht. Dass ich auch noch einen Termin benötigte, daran hatte ich nun wirklich nicht gedacht.

»Stellen Sie sich vor, Mr Jefferson würde all seine Studierenden so spontan empfangen. Ihnen ist hoffentlich bewusst, dass das schlichtweg nicht möglich ist.«

Ich war aber nicht irgendwer.

»Können Sie wenigstens kurz rein?« Ich deutete auf die Tür, hinter der ich sein Büro vermutete. »Und meinen Namen nennen?«

Entnervt musterte sie mich. »Und was glauben Sie, was dann geschehen wird?«

»Bitte. Vance Hiddleston.«

Doch anstatt meiner Bitte nachzukommen, wurde sie immer empörter. Mittlerweile traute ich ihr sogar zu, dass sie die Security rief. Und dann griff sie auch schon zum Telefon.

Das war eine extrem dumme Idee von mir gewesen.

»Mr Hiddleston steht hier und …«

Sie tat es tatsächlich, und ich rechnete jeden Augenblick damit, dass der Sicherheitsdienst aufkreuzen und mich aus dem Gebäude befördern würde. Automatisch entfernte ich mich vom Schreibtisch. Ein ungeahnter Fluchtinstinkt erwachte zum Leben. Es war eine Schnapsidee gewesen. Ich hätte wenigstens mit irgendjemandem über mein Vorhaben sprechen sollen. Kolton zum Beispiel. Er hatte sich mir anvertraut und kam neuerdings fast jede Nacht zu mir. Wir unterhielten uns dann stundenlang. Obwohl sich unzählige Möglichkeiten geboten hatten, ihn einzuweihen, hatte ich es ihm noch nicht erzählt.

»Wohin wollen Sie? Sie können jetzt rein«, fuhr sie mich genervt an.

Ich war baff. »Sie haben nicht den Sicherheitsdienst verständigt?«

»Gehen Sie schon rein.« Sie schnalzte mit der Zunge und nickte in Richtung Tür.

»Okay.« Zitternd bewegte ich mich zur Tür. Ich wusste noch nicht mal, wie ich das Gespräch beginnen sollte. Was genau hatte ich mir heute Morgen nur dabei gedacht?

Und dann schwang auch schon die Tür auf. »Mr Hiddleston.« Mr Jefferson nickte knapp.

Ich schnappte nach Luft, ehe ich in sein Büro trat und er hinter uns die Tür schloss. Mein Herz klopfte wie wild, und als ich den

Mund öffnete, war ich mir nicht mal mehr sicher, ob ich überhaupt einen simplen Laut hervorbringen würde.

»Setz dich doch.« Er umrundete den Schreibtisch aus edlem Nussholz. Der Raum war riesig und antik eingerichtet. Ein lang gezogener viktorianischer Tisch nahm den Großteil des Büros ein. Darunter ein roter, handgeknüpfter Teppich auf hochwertigem Parkettboden. Die Einrichtung wirkte so vornehm, dass ich mich nicht traute, auch nur irgendetwas davon anzufassen.

Mr Jefferson richtete sein Jackett, bevor er sich setzte. Seine Bewegungen wirkten elegant und bedacht. Und plötzlich war ich mir sicher, dass er längst wusste, wer ich war. Schließlich hatte Hais mich ihm vorgestellt. »Kennst du den Grund meines Besuches?«, platzte es aus mir heraus.

Kaum merklich nickte er, während er mich aufmerksam musterte. Er bewahrte Ruhe. Ich hingegen war ganz schön aufgewühlt und rieb unruhig Daumen und Zeigefinger aneinander. Eine Übung, die ich während einer geführten Meditation gelernt hatte und die in solchen Situationen durchaus hilfreich war.

»Ich denke, das tue ich«, antwortete er, gefolgt von Schweigen.

Ich konnte es nicht fassen. Das war seine Antwort? Das war alles, was er mir zu sagen hatte?

»Und ... du hattest nicht vor, mich einzuweihen? Ein Gespräch mit mir zu suchen?«

Spät folgte ich seiner Geste und nahm dann auf dem Stuhl vor seinem Schreibtisch Platz. Meine Beine zitterten ohnehin und konnten eine Pause gut gebrauchen.

»Eine Entscheidung, die man vor Jahren gefällt hat, lässt sich nicht mit einem Gespräch aus der Welt schaffen.«

Fassungslos schnaubte ich. Mom hatte mich gewarnt, rief ich mir in Erinnerung.

»Natürlich nicht. Aber womöglich mit mehreren Unterhaltungen. Wenn du mir zum Beispiel erklärt hättest, weshalb …« Ich verstummte. Es schmerzte, die Wahrheit zu erkennen. »Du wolltest mich nicht«, stieß ich hervor. Schlagartig begann sich der Raum zu drehen, und mir wurde schwindelig. »Und … das hat sich nie geändert.«

Und dann geschah das Schlimmste überhaupt.

Er schwieg.

Tränen der Enttäuschung sammelten sich in meinen Augen. Mein Kiefer spannte sich an, fest presste ich die Zähne aufeinander, um nicht vor ihm zu weinen. Sein Verhalten schmerzte mich. Aber … ich wollte ihm nicht zeigen, wie sehr er mich damit verletzte.

Ich betrachtete die tiefen Furchen auf seiner Stirn, die grauen Augenbrauen. Er wirkte um Jahre gealtert. Bei dem Abendessen letztens hatte er weit entspannter und jünger ausgesehen. Er hatte warm und freundlich gewirkt. Doch gerade saß ich einem gefühllosen, alten Mann gegenüber. Dem es egal war, wie ich mich fühlte oder was ich machte. Er interessierte sich kein bisschen für mich.

»Ich bereue meine Entscheidung zutiefst. Dennoch bin ich davon überzeugt, dass du mich nicht brauchst. Du bist dein ganzes Leben lang ohne mich zurechtgekommen, Vance.«

Ich war sprachlos. Mein Herz wog eine Tonne, so sehr trafen mich seine Worte.

»Ich hätte mir einen Dad gewünscht. Jeden verdammten Geburtstag habe ich gehofft, dass du kommen würdest, um mich zu überraschen. Das ging so weit, dass ich mir eines Tages eingebildet habe, dass das tatsächlich geschehen war.«

Meinem Vater gegenüberzutreten, hatte ich mir anders vorgestellt. Unzählige Szenarien hatte ich mir über die Jahre ausgemalt, doch keines davon war so brutal ernüchternd wie die Realität, die ich in diesem Moment erlebte.

Er senkte den Blick auf seine Hände, die er auf den Tisch gelegt und ineinander verschränkt hatte. Es traf ihn nicht sonderlich, dennoch brachte ihn meine Aufrichtigkeit in Verlegenheit. Das zumindest konnte ich feststellen.

»Es tut mir leid, das zu hören.«

Seine Reaktion erschütterte mich, obwohl ich mittlerweile schon gar keine Erwartungen mehr hatte.

»Aber Haisley konntest du ein Vater sein?«

Er blickte auf. »Ich hatte einen Fehler begangen. Und… schlussendlich habe ich mich damals für Haisleys Mom entschieden.«

»Das eine muss das andere doch nicht ausschließen. Wäre es denn so schwer gewesen, ein paar Stunden im Monat für mich aufzubringen?«

»Ich hielt es für besser, nicht Teil deines Lebens zu werden, nur um immer wieder zu verschwinden und zwischendurch mein Gewissen zu beruhigen. Ich war jung und davon ausgegangen, dass deine Mom eine Familie gründen würde. Dass du einen anderen Vater bekommen würdest.«

Mir wurde speiübel.

»Weiß Haisley Bescheid?«

»Nein«, antwortete er mit einer beispiellosen Ruhe, die mich nur noch fassungsloser machte, weil sie verdeutlichte, wie wenig ihn unser Gespräch gerade traf.

»Als ich zum Essen eingeladen war, wusstest du bereits, dass ich dein Sohn bin, nicht wahr?«

Er schüttelte den Kopf, und seine Miene verriet mir, dass er ehrlich war. »Erst als ich dir in die Augen gesehen und deinen Namen gehört habe.«

»Wann hast du geplant, sie einzuweihen?«

»Ich hatte bisher keine Ahnung, wie du zu mir stehen würdest. Und noch viel weniger, ob du wusstest, wer ich bin.«

»Also hast du nicht vor, es ihr zu sagen?«

»Vorerst nicht.«

Seine unverblümte Ehrlichkeit verlangte mir einiges ab, und der einzige Gedanke, der mir so plötzlich in den Sinn kam, war, zu fliehen. Ich wollte keine Sekunde länger in diesem Büro verbringen. »Sorg dafür, dass sie es erfährt«, zischte ich mit bebender Stimme und stürmte aus dem Raum, ohne mich noch einmal zu ihm umzudrehen.

...

Es war kurz nach Mitternacht, als Kolton in mein Zimmer schlich. Bevor er zu mir kam, stellte er immer sicher, dass Wyatt bereits schlief. Vor Aiden mussten wir uns nicht verstecken, aber Wyatt durfte nicht von unseren nächtlichen Besuchen erfahren. Seit Kolton aus dem Krankenhaus gekommen war, wich er kaum von seiner Seite.

»Schläfst du schon?« Er hauchte mir einen Kuss auf die Wange, ehe er zu mir unter die Decke schlüpfte. Seine Füße waren kühl, als er sie an meine schmiegte, sodass ich zurückzuckte. »Du bist wach.«

Ich hatte die Stehlampe angelassen. Sie spendete genügend Licht, um sein zauberhaftes Lächeln und das verführerische Glitzern in seinen Augen zu erkennen.

»Wie lief dein erstes Training?«

»Nein.« Er schüttelte den Kopf und küsste mich. Heiß und hungrig. Und beinahe hätte ich mich dazu hinreißen lassen, aber sein Nein musste etwas bedeuten.

Ich legte meine Handfläche auf seine Brust und schob ihn von mir. »Was ist vorgefallen?«

Er wagte einen neuen Versuch, den ich ihm ebenfalls verwehrte. Woraufhin er die Augen bitterböse zusammenkniff. Schließlich gab er nach und seufzte. »Tucker fasst mich mit Samthandschuhen an, und die anderen Spieler behandeln mich, als spielte ich zum allerersten Mal Football. Du hättest ihre Pässe sehen sollen, mal abgesehen von den Kick-offs, die wir trainiert haben. Es war … lächerlich.«

Ich glitt mit den Fingerspitzen über seinen Bartschatten und gab ihm einen Kuss auf sein Kinn. »Hast du mit ihnen gesprochen?«

»Ich bin eher … ausgerastet. Und selbst das ließ mir Tucker durchgehen.« Verständnislos schüttelte er den Kopf.

»Das wird wieder, gib ihnen einfach etwas mehr Zeit.«

Kolton seufzte. »Zeit, die wir nicht haben. Das Spiel gegen Yale«, erinnerte er mich.

Natürlich. Selbst ich hatte das mitbekommen. Immerhin sprachen bereits alle von dem bevorstehenden Match. Auch Haisley und Sutton hatten in ihrer Radiosendung darüber berichtet. Im Moment schien ganz Harvard im Footballfieber zu sein. »Du wirst mitspielen können. Das ist alles, was zählt.«

»Wenn du nicht so verdammt gut küssen würdest und … Eigentlich müsste ich dein Bett sofort verlassen und niemals wieder ein Wort mit dir sprechen.«

»Kolton …«

Er hinderte mich daran, etwas zu erwidern, indem er mir seinen Zeigefinger an den Mund drückte und mich eindringlich ansah. »Football ist mein Leben. Es ist ein großer Teil von mir, und das Match gegen Yale ist das wichtigste der Saison. Mitspielen allein genügt nicht, ich will gewinnen.«

»Okay.« Ich hatte es nur gut gemeint, aber vermutlich war es naiv, dem besten Quarterback der Saison eine Floskel wie »dabei sein ist alles« mit auf den Weg zu geben. Kolton schaute immer noch finster drein und … sah dabei unglaublich heiß aus. »Küss mich«, forderte ich.

Und das tat er, ohne eine Sekunde zu zögern.

Wir küssten uns. Wir streichelten uns. Und wir quatschten über unseren Tag. Kolton erkundigte sich nach meinen Lernfortschritten und wirkte untröstlich, als ich ihm erzählte, dass es nur schleppend voranging und ich mich sehr mit dem Stoff abgemüht hatte. Doch die wichtigste Sache, die heute vorgefallen war, behielt ich für mich. Darüber zu sprechen fiel mir schwer. Ich hatte noch nicht mal Mom angerufen. Das würde ich zwar tun, aber später. Zuerst musste ich selbst klarkommen. Schließlich war es nichts Alltägliches, von seinem eigenen Dad abgelehnt zu werden. Ein klitzekleiner Teil in mir verstand inzwischen, weshalb Mom hatte verhindern wollen, dass ich ihn kennenlernte. Er wollte mich nicht, und Mom wusste das. So war es schon damals gewesen, und es hatte sich bis heute nichts daran geändert. Sie hatte mir den Schmerz abnehmen wollen und ihn deshalb all die Jahre auf sich genommen, als ich sie mit Fragen gelöchert hatte. Moms Liebe war bedingungslos. Sie hatte ihren Preis, denn ich hatte ihr oft Vorwürfe gemacht. Aber sie hatte mich schützen wollen. Vermutlich wäre es viel einfacher gewesen, wenn sie mir schon früher die Wahrheit gesagt hätte. Nicht weniger schmerzvoll als jetzt, aber das alles hätte sich nicht über Jahre hinweggezogen. Mom war großartig, aber auch sie hatte noch viel zu lernen. Wie wir alle. Und meinem Notenspiegel nach besonders ich.

»Vielleicht hätte ich nie nach Harvard kommen sollen.«

Kolton zwickte mich in die Seite. »Dann hätten wir uns nicht kennengelernt.«

Ich kreischte auf. »Sorry!«, schob ich schnell hinterher.

Ich hatte nicht vor, Wyatt zu wecken, denn dass er plötzlich auftauchte und uns in flagranti ertappte, fehlte mir gerade noch. Wobei mich die Vorstellung, Wyatts schockiertes Gesicht zu sehen, durchaus reizte.

»Wer weiß«, überlegte ich. »Menschen, die füreinander bestimmt sind, finden zueinander. Davon bin ich überzeugt.«

Kolton wirkte nachdenklich, vielleicht sogar ein wenig verschüchtert. »Du denkst, wir sind füreinander bestimmt?«

Kolton und ich waren noch nicht mal ein richtiges Paar, und ich sprach von Schicksal. Das war ziemlich … dämlich. »Nein«, sagte ich schnell, aber es war zu spät, denn er schien mir nicht zu glauben. Das wiederum verriet mir sein Gesichtsausdruck.

»Klar denkst du das.« Er betrachtete mich lange, und in seinen Mundwinkeln hing schon wieder dieses sexy Lächeln, das ich inzwischen nur zu gut kannte und für das ich viele meiner Vorsätze über Bord geworfen hätte.

Mir fehlten die passenden Worte, um ungeschoren aus der Sache rauszukommen, weshalb ich das einzig Vernünftige tat. Ich hinderte ihn daran, sich über mich lustig zu machen, zog ihn an mich und glitt mit der Zunge seinen Hals entlang. Langsam und verführerisch, sodass Kolton leise zu stöhnen begann und jede meiner Liebkosungen dankbar annahm. Vor allem lenkte ich davon ab, dass ich in unsere Beziehung womöglich mehr hineininterpretierte, als es die Zeit, die wir bisher verbracht hatten, erlaubte. Doch konnte man Gefühle zeitlich definieren? Gab es nicht auch Begegnungen, die innerhalb weniger Stunden intensiver und aufwühlender waren als andere, die einen das ganze Leben begleiteten? Es war naiv, zu denken, dass Kolton und ich für immer zusammenbleiben würden. Vor allem, weil wir bisher nur im Verborgenen zusammen sein konnten.

Manchmal betrachtete ich mein Leben wie eine Zugfahrt. Passagiere stiegen zu, setzten sich neben mich, unterhielten sich mit mir und stiegen wenige Stationen später wieder aus. Andere schubsten mich vom Platz, musterten mich abschätzig oder wollten gar nichts mit mir zu tun haben. So war es nun mal. Manche Menschen würden mich begleiten, sich in mein Herz stehlen. Von anderen würde ich etwas lernen. Und dann gab es welche, denen ich lieber gar nicht erst begegnete. Was Kolton betraf, hoffte ich, er würde den Zug nie wieder verlassen. Selbst wenn sich Bäume oder Steine auf die Gleise verirrten und wir anhalten mussten. Ich wünschte, Kolton würde mit mir warten und wieder in den Waggon steigen. Ich hoffte, unsere gemeinsame Reise würde nicht enden.

»Ich mag es, dass du so denkst«, hörte ich Kolton leise sagen. Zuerst war ich mir nicht sicher, doch als er mich mit diesem verschmitzten Lächeln und seinen strahlenden Augen ansah, hatte ich Gewissheit.

Kolton Evans empfand etwas für mich. Ich war nicht länger der Kerl, mit dem er sich nur ausprobierte.

»Also planst du, deine nächtlichen Besuche fortzuführen?«, fragte ich und biss mir auf die Lippe, weil mich die Vorstellung, Kolton würde sich weiterhin in mein Zimmer stehlen, ganz schön anmachte. Ich mochte es, wie er sich heimlich zu mir unter die Decke kuschelte, mich küsste, mir heiße Worte ins Ohr flüsterte und … von ihm gevögelt zu werden. Auch wenn wir dabei extrem leise sein mussten.

Er brummte, als er meinen harten Schwanz spürte. Dann küsste er meinen Hals bis zum Schlüsselbein, wo seine Zähne gekonnt zum Einsatz kamen, was mich immer völlig um den Verstand brachte. Und das wusste er. Kolton küsste und vögelte mich, als hätte er ein verdammtes Handbuch über meinen Körper gelesen und auswendig gelernt. Es war so gut.

Er küsste sich weiter voran, glitt mit seiner Zunge entlang der schmalen Linie unterhalb meines Bauchnabels und zog im nächsten Moment an meinen Boxershorts. Bereitwillig hob ich mein Becken. Während sein Blick auf mir lag, leckte er sich genießerisch über die Oberlippe, ehe er seinen Kopf senkte und sich sein perfekter Mund fest um meinen Schwanz schloss. Von dort aus sah er mit verhangenen dunklen Augen zu mir auf. Der Anblick erregte mich nur noch mehr.

Ohne die mindeste Eile umspielte er meine Eichel. Eine erste Welle des Begehrens überkam mich, weil sich seine Zunge und seine Liebkosungen so unglaublich wohltuend anfühlten. Ich wollte mehr, weshalb ich mich ungeduldig weiter in seinen Mund drängte. Er kam meiner Aufforderung nach, gab mir seine warme Mundhöhle, saugte und leckte über meinen Schaft. Hitze durchflutete mich und sorgte für ein Feuer in meinem Körper, von dem ich einfach nicht genug bekommen konnte.

Nicht heute. Nicht morgen. Und auch nicht übermorgen.

Ich wollte das für immer.

»Vance, bist du noch wach?«, hörte ich plötzlich Haisleys Stimme. Augenblicklich setzte mein Herz einige Schläge aus, nur um gleich darauf völlig unkontrolliert und wie wild gegen meinen Brustkorb zu poltern. Die Hitze, die mich gerade noch an anderer Stelle vergnügt hatte, stieg jetzt in meine Wangen empor und ging dann endgültig in Panik über.

Kolton erstarrte, als unsere Blicke zur Tür flogen. Haisley stand im Türrahmen. »Was … Nein!« Sie taumelte zurück und hielt sich erschrocken die Hand vor den Mund. »Vance, nein! Sag mir, dass das nicht wahr ist, sag mir, dass ich mich irre«, rief sie fassungslos und verstummte dann.

Kolton hockte immer noch über mir. Ich hatte mir gerade so die Decke zwischen die Beine gezogen, damit ich nicht völlig entblößt dalag. Allerdings zeigte die Position, in der wir uns befanden, sehr deutlich, was sich hier eben noch abgespielt hatte.

»Fuck«, fluchte Kolton, und im nächsten Moment fiel irgendetwas lautstark zu Boden. Haisley stand mittlerweile mit dem Rücken am Wandregal. Wie in Zeitlupe konnte ich trotz des dämmrigen Lichtes im Raum beobachten, wie sich meine Lautsprecherbox hinter ihr hin und her bewegte und dann ebenfalls polternd auf den Boden fiel.

Und dann geschah das Unvermeidliche: Wyatt tauchte im Türrahmen auf. Er riss die Augen auf. Sein Blick huschte von mir zu Kolton und wieder zurück. »Was zur Hölle …«, stieß er entsetzt und angewidert aus. »Bist du jetzt völlig irre geworden?« Sein Blick war voller Hass, und vor allem galt sein Unverständnis Kolton. »Bist du jetzt schwul, oder was?«

Nach wie vor hielt sich Haisley die Hände vors Gesicht und schluchzte.

Allmählich gelangte Leben in Koltons Körper. Rasch entfernte er sich von mir und sprang auf. Er hinterließ eine abscheuliche Kälte im Bett und signalisierte damit, dass wir das hier nicht gemeinsam durchstehen würden.

»Es ist nicht, wonach es aussieht!«, erklärte er mit fester Stimme. Sein Kiefer mahlte, und ich gewann den Eindruck, dass er selbst glaubte, was er von sich gab. Er wirkte überzeugend, obwohl unsere Lage ziemlich deutlich für sich sprach.

»Fuck, du machst mit Vance rum. Was ist mit dir?« Wyatt schüttelte sich angewidert.

»Nein, so ist es nicht«, behauptete Kolton, ohne auch nur eine Millisekunde darüber nachzudenken.

Seine Antwort glich einer Ohrfeige und machte mich traurig

und wütend zugleich. Doch schon bald setzte meine Wut sich durch, als Kolton nämlich erneut versicherte, dass er auf keinen Fall schwul sei. Dass er nicht bereit gewesen war, unsere Beziehung öffentlich zu machen, war eine Sache. Aber dass er jetzt ernsthaft log? Was für ein Feigling.

Auch wenn es mir nicht zustand und mir Haisleys Anblick das Herz zerriss, konnte ich einen zynischen Kommentar nicht verhindern. »Nein, Wyatt, er ist nicht schwul, er hat nur ab und zu Sex mit mir. Kein Grund zur Sorge.«

Kolton warf mir einen tötenden Blick zu, und Wyatts Gesichtsausdruck zufolge war er kurz davor, auf meinen Fußboden zu kotzen.

Endlich widmete ich meine ganze Aufmerksamkeit Haisley. Weil ich unter der Decke immer noch nackt war, konnte ich das allerdings nur vom Bett aus und mit Worten lösen.

»Hais, es tut mir so leid, dass du es auf diese Weise erfahren musstest.« Es wäre eine Lüge gewesen, ihr zu sagen, dass es mir generell leidtat. Denn so leid es mir tat, sie hintergangen zu haben, bereute ich die gemeinsame Zeit mit Kolton keine Sekunde. Auch wenn er sich gerade wie ein Arschloch benahm.

»Du bist ... mein Bruder.« Sie schniefte und schüttelte fassungslos den Kopf. »Wie viele Geheimnisse hast du noch vor mir?« Sie presste ihre Lippen fest aufeinander, Tränen purzelten aus ihren Augenwinkeln. »Waren wir je Freunde?«

Ihre Frage traf mich unvermittelt und hart.

»Natürlich, das waren wir immer und ...« Bevor eine weitere Unwahrheit aus meinem Mund kam und ich sie damit nur noch mehr verletzte, als ich es ohnehin schon getan hatte, verstummte ich. Denn weitere Lügen konnte weder sie noch ich gebrauchen.

»Freunde hintergehen einander nicht.« Sie warf die Hände in

die Luft und schluchzte erneut auf. »Vor allem machen sie nicht mit dem Kerl rum, in den ihre Freundin verknallt ist.«

Ich konnte ihren Worten nichts hinzufügen.

»Und ... du hättest mir sagen müssen, dass wir Geschwister sind.«

Ich holte Luft, um eine Sekunde zu gewinnen. Was sollte ich darauf erwidern? Alles, was sie sagte, entsprach der Wahrheit. Ich hatte so viele falsche Entscheidungen getroffen. Und zugleich wünschte ich mir, sie könnte das alles aus meiner Perspektive sehen. Nicht, weil das mein Verhalten entschuldigen würde. Aber vielleicht hätte sie zumindest verstehen können, wie es dazu kommen konnte.

»Ich nehme die ganze Schuld auf mich, was Kolton betrifft. Das war ...«, ich brauchte einen Moment, ehe ich dazu fähig war, weiterzusprechen, weil irgendetwas meine Kehle zuschnürte, »... nicht richtig. Aber was deinen Dad betrifft, muss ich mich verteidigen. Er stand in der Verantwortung, dir zu sagen, dass du einen Halbbruder hast. Nicht ich. Er ... ist immerhin dein Dad, Hais. Es stand mir nicht zu.«

»Du wusstest es!«, warf sie mir vor.

»Aber erst seit unserem Wochenende in Cape Cod. Und außerdem hat er mir heute unmissverständlich mitgeteilt, dass er mich nicht in seinem Leben haben möchte.«

Sechs Augen blickten mich an.

Erschrocken.

Ungläubig.

Hasserfüllt.

Ich konnte spüren, wie sich meine Augen mit Tränen füllten, wie das beklemmende Gefühl in meiner Brust immer stärker wurde und mich zu erdrücken schien. Ich bekam kaum noch Luft.

Haisley war enttäuscht und hasste mich.

Kolton verleugnete mich.

Dad hatte mich abgewiesen.

Und was Wyatt betraf: Er war mir gleichgültig. Aber für einen einzigen Tag war das verdammt viel zu ertragen.

»Verlasst mein Zimmer, bitte.«

Bedrückende Stille. Und dann streifte mich Koltons Blick, der mehr schmerzte, als ich das erwartet hatte. Denn ich hatte natürlich geahnt, worauf ich mich einließ. Ich wusste, er würde mich vor seinen Freunden verstecken, mich nur bedingt in sein Leben lassen. Erst wenn es dunkel war und niemand zusehen konnte. Und das genügte mir. Vorerst. Allerdings hatte ich nicht erwartet, dass er, sobald die Wahrheit ans Licht kam, so reagieren würde.

Vielleicht war ich zu naiv gewesen. Ich befand mich schließlich nicht in der neuesten Netflixverfilmung, in der sich der attraktive Sportler und beliebte Student in den unscheinbaren Erstsemester verliebte. Kolton Evans, Quarterback des Harvard-Footballteams, würde niemals zu mir stehen. Um ehrlich zu sein, war es ihm noch nicht mal vorzuwerfen. Football und Homosexualität passten in seiner Welt nicht zusammen. Und vermutlich würde sich das im Profisport so schnell auch nicht ändern, Awareness-Teams hin oder her.

Natürlich konnte er sich outen.

Natürlich hätten die Medien davon berichtet, und gewiss wäre die LGBTQIA+-Community in Harvard erfreut gewesen und hätte ihm in dieser schwierigen Zeit beigestanden. Aber seine Karriere hätte er vergessen können. Mit einem Outing wäre sie zu Ende gewesen, bevor sie begonnen hatte. Er wäre nicht sofort von der Bildfläche verschwunden. Aber die großen Vereine hätten sich zurückgehalten.

Kolton waren also die Hände gebunden, wenn er Football spielen wollte. Allerdings war das noch lange kein Grund, nicht wenigstens Wyatt und Haisley die Wahrheit zu sagen.

Sosehr mich das auch verletzte, ich war noch nicht bereit, unsere Beziehung aufzugeben.

25

Kolton

»Alles in Ordnung?«, fragte Tucker und hielt mich am Unterarm zurück, als wir in die Umkleidekabine kamen.

Nichts war in Ordnung, aber das behielt ich für mich. Ich konnte ihm unmöglich mein Geheimnis anvertrauen. Jedenfalls nicht hier, wo meine Teamkameraden zuhören konnten.

»Zumindest ist es nichts Gesundheitliches«, antwortete ich ehrlich, weil er ohnehin nicht lockerlassen würde.

Er klopfte mir auf die Schulter. »Du bist trotz der Trainingspause in ausgezeichneter Form. Und … ich bin stolz, dass du dich an meine Trainingspläne hältst.« Mitgefühl lag in seinem Blick, aber auch eine gewisse Strenge, die mich im Stillen mahnte, weiterhin auf ihn zu hören.

Ich nickte. »Die Ärztin hat mir klar zu verstehen gegeben, dass ich keine Wahl habe, wenn ich Football spielen will.«

»Eine super Ärztin.« Sein Gesichtsausdruck entspannte sich.

Ich setzte mich auf meinen Platz, während Tucker ein paar Worte zum heutigen Training und zu den Spielzügen sagte. Ich hörte nicht richtig hin. Es war schwer, mich darauf zu konzentrieren, nach allem, was sich gestern Nacht zugetragen hatte. Die Ereignisse hatten sich überschlagen.

Wyatt sprach seitdem nicht mit mir. Sogar auf dem Spielfeld hatte er mich ignoriert. Haisley war vorhin nicht an ihr Telefon gegangen, sie ignorierte meine Anrufe. Und bei Vance hatte ich es gar nicht erst versucht. Seine wütenden und verletzten Augen hatten sich in mein Gedächtnis gebrannt. Es hatte wehgetan, zu sehen, wie enttäuscht er von mir war. Mit Wut konnte ich umgehen, aber gegen die Enttäuschung in seinen Augen fühlte ich mich machtlos.

Ich hatte keine Idee, wie ich die Sache zwischen uns hinbiegen sollte. Wäre Hardin noch am Leben gewesen, hätte ich mich ihm anvertraut. Bestimmt. Vermutlich schon nach dem ersten Kuss. Und was Haisley anbelangte, hätte mir Hardin gehörig in den Arsch getreten. In solchen Momenten wie jetzt fehlte er mir noch mehr als ohnehin schon. Der Schmerz war inzwischen erträglicher, aber ich vermisste ihn jeden verdammten Tag. Heute war es besonders schlimm.

Ich rechnete nicht damit, dass mir Vance verzeihen würde. Jedenfalls nicht in nächster Zeit. Und verdient hatte ich das ohnehin nicht. Vance war loyal, warmherzig und fürsorglich. Ohne auch nur eine Sekunde nachzudenken, wäre er für mich eingestanden. Er hätte mich niemals verleugnet. Selbst wenn er damit alles aufs Spiel gesetzt hätte. Ich hingegen hatte noch nicht mal den Mut, vor Haisley und Wyatt zu meinen Gefühlen zu stehen.

Ja, in einen Mann verliebt zu sein war neu für mich, und ich wollte zuerst herausfinden, was das alles zu bedeuten hatte. Allerdings rechtfertigte das mein Verhalten von gestern nicht im Geringsten. Vance hatte es nicht verdient, verleugnet zu werden. Das hätte ich nicht zulassen dürfen. Niemals.

»Mach mal lauter«, johlte James, unser Receiver. Darauf schallte

»*Don't You Worry*« aus den Boxen. Einige meiner Teamkollegen sangen lauthals mit und tanzten halb nackt in Richtung der Duschen. Handtücher wirbelten durch die Luft. Die Stimmung war ausgelassen.

Währenddessen verweilte Wyatt auf seinem Platz und machte ein verdrossenes Gesicht. Ich beobachtete ihn, bemühte mich, seinen Blick einzufangen. Vergebens. Er schien in seine Gedanken vertieft, alles und jeden zu ignorieren. Vor allem mich. Vermutlich hasste er gerade nicht nur mich, sondern die Welt. Was er gestern erfahren hatte, warf ihn völlig aus der Bahn. Es überforderte ihn, weil er in vorgegebenen gesellschaftlichen Normen dachte. Vorschriften, Grundsätze, die ihn sein Dad gelehrt hatte. Wyatts Kindheit war schwierig gewesen. Ein unangenehmer Schauder lief mir über den Rücken, obwohl ich nur Bruchstücke daraus kannte. Manchmal, oft unbewusst, hatte er diese preisgegeben. Und wann immer ich ihn und seinen Dad zusammen erlebt hatte, war es, als wäre er eine völlig andere Person. In seinen Augen hatte sich gestern die Eiseskälte seines Dads widergespiegelt, und auch in seinem Verhalten.

»Das waren die Black Eyed Peas!« Haisleys Stimme drang aus den Boxen und unterbrach meine Gedanken.

Endlich kam auch ich in die Gänge und entledigte mich der schweißnassen Klamotten. Sie klebten unangenehm auf der Haut. Ich hatte eindeutig zu lange darin rumgesessen.

»Und nun spiele ich Ed Sheeran mit *Perfect* für euch. Diesen Song widme ich dem neuen Traumpaar in Harvard. Einen von den beiden kennt ihr vermutlich, wenn auch bisher mit Frauen an seiner Seite. Herzlichen Glückwunsch an unseren Starquarterback Kolton und seinen Mitbewohner Vance.«

Mein Puls schnellte hoch, und mein Herz raste so schnell, dass ich mir an die Brust fasste. Ein Stechen. Ein Schwindelgefühl. Ich blinzelte ... Was zur Hölle? Ich taumelte einen Schritt zurück und ließ mich auf meinen Platz sinken. Wyatts Blick streifte mich, während er sich kopfschüttelnd in die Duschkabinen begab.

Während mein Herz unaufhörlich pochte, wurde es im Raum zunehmend stiller. Ein Tuscheln hier, verstohlene und entsetzte Blicke dort. Sie brannten wie Feuer auf meiner Haut.

Das musste ein verdammter Albtraum sein. Haisley würde so etwas nie tun. Mich im Radio zu outen ... wie konnte sie mir das antun?

»Bist du okay?« Ich hatte nicht mitbekommen, dass James sich neben mich gesetzt hatte.

Ich fuhr mir übers Gesicht, das sich unangenehm taub anfühlte. Alles fühlte sich auf einmal wie betäubt an. Als wäre eine andere Person davon betroffen und nicht ich. Vermutlich war das eine Art Schutzmechanismus.

Ich vernahm Flüstern, sah Teamkollegen, die einen Halbkreis um mich bildeten, als wäre ich eine Attraktion im Zirkus. Es war ausweglos. Ungeschoren würde ich aus dieser Sache nicht wieder rauskommen.

»Willst du denn nicht wissen, ob es stimmt?« Ich fasste Mut und drehte mich unter zahlreichen Augenpaaren zu James. Wir pflegten kein besonders enges Verhältnis miteinander. Ich wusste also nicht, was ich zu erwarten hatte.

»Nein.« Er schüttelte den Kopf, wirkte aufrichtig. »In erster Linie will ich wissen, ob es etwas gibt, das wir für dich tun können, und wie es dir geht.«

Es war eine Mischung aus Raunen und zustimmendem Brummen zu hören, das zu einem einheitlichen Ton verklang. Die Meinungen schienen sich zu scheiden.

Ich prustete angestaute Luft aus und spürte zugleich, wie sich mein Kiefer anspannte. Die Situation überforderte mich. Dass mich meine Teamkameraden anstarrten und jedes Wort, das ich von mir geben würde, auf die Goldwaage legen würden, machte es nicht leichter. Eigentlich fühlte ich gar nichts. Leere. Mein Körper war taub, meine Gedanken wirbelten unkontrolliert durch mein Gehirn und ergaben keinen Sinn.

»Das …«, ich klang, als hätte ich einen Sack Holzspäne verschluckt, »… ich wurde gerade im Radio geoutet, ohne genügend Zeit zu haben, selbst herauszufinden, ob ich das möchte.«

James legte seine Hand auf meinen Rücken. »Das ist dein Privatleben, und es geht niemanden etwas an.«

»Das sehe ich anders«, rief ausgerechnet Wyatt. Mein Blick schnellte zu ihm herum. Allerdings sah er James und nicht mich an. »Er zieht damit die ganze Mannschaft runter. Was, glaubt ihr, werden die Zuschauer rufen, wenn wir einlaufen oder mal schlecht spielen? Sie werden uns auspfeifen«, wetterte er. Und das wahrhaftig Üble daran war, dass er es auch so meinte. Die Eiseskälte in seinen dunklen Augen, die ich von seinem Dad kannte, war zu seiner zweiten Persönlichkeit geworden. Es fiel mir schwer, das zu akzeptieren, aber Wyatt würde sicher nicht an meiner Seite stehen. Er würde mich nicht unterstützen.

Ich massierte meine Nasenwurzel, weil mich ein schmerzhaftes Pochen hinter den Augen plagte. Dass Wyatt zweifellos Probleme damit haben würde, war mir bewusst gewesen, aber dass er sich auch vor anderen gegen mich stellen würde, das hatte ich nicht erwartet. Abgesehen davon, dass ich mit nichts, was seit gestern Abend geschehen war, gerechnet hatte.

Aus den Augenwinkeln bemerkte ich, wie James das Gesicht verzog und Wyatt ungläubig anschaute. »Kolton und du … ihr seid beste Freunde.«

»Jetzt wohl nicht mehr. Nachher will er mir noch an den Schwanz.«

Es war kindisch und zugleich absurd, was er von sich gab. Dieser Mann spielte in der Harvard Crimson Football. Er studierte an einer Eliteuniversität. Aber gerade hatte er wie ein kleiner Junge geklungen, der beleidigt war und wahllos auf die anderen Kinder um sich herum einschlug.

Ein schallendes Klatschen ließ uns herumfahren. Tucker lehnte im Türrahmen. Shit. Er hatte alles mitbekommen.

»Wyatt, ich bin mir ziemlich sicher, dass Kolton weitaus schönere Schwänze zu sehen bekommt und auf deinen getrost verzichten kann«, bemerkte Tucker mit ausdrucksloser Miene, ehe er sich auf mich konzentrierte. »Kolton, komm nachher in mein Büro.«

Schlagartig war es mucksmäuschenstill, und auch ich brachte keinen Ton mehr hervor. Stumm nickte ich ihm zu.

»Ach, und Wyatt …«, Tucker erschien wieder im Türrahmen, »… bevor ich es vergesse: Trainingssperre für die kommende Woche, und sollte ich noch ein Wort hören, siehst du dir das Spiel gegen Yale von der Ersatzbank aus an. Wir sind ein Team und stehen füreinander ein, ich dulde so ein Verhalten nicht.«

»Das können Sie doch nicht …« Wyatts Worte mischten sich unter das lauter werdende Stimmengewirr.

Abermals verschaffte sich Tucker Gehör, indem er in die Hände klatschte. »Will noch jemand auf die Ersatzbank?«, drohte er, und dabei funkelten seine Augen so wütend wie nie zuvor.

Das ehrfürchtige Schweigen von vorhin kehrte umgehend zurück.

Langsam glitt sein Blick über jedes einzelne Gesicht, dann nickte er zufrieden und machte auf dem Absatz kehrt.

Doch die Stimmung hielt an, nur die Traube vor mir löste sich allmählich auf. Feindselige Blicke streiften mich und schmerzten wie Nadelstiche auf meiner Haut, aber auch das würde ich durchstehen. Es würde besser werden, jedenfalls hoffte ich das. Immerhin hatte ich schon ein paar Personen auf meiner Seite. Das waren mehr, als ich mir erhofft hatte.

In diesem Moment klopfte James mir auf die Schulter. »Wenn ich was für dich tun kann, dann lass es mich wissen.«

Ich war unfähig, etwas zu erwidern, aber unsagbar dankbar, dass er sich an meine Seite gesetzt hatte und für mich da war.

Ohne mich unter die Dusche zu stellen, zog ich mir Jeans, Pullover und Jacke an. Ich schulterte meinen Rucksack, und als ich den Spind schloss, fiel mir unser Wappen ins Auge. Das dunkle Rot, die weißen Buchstaben. *Veritas.* Die Wahrheit kam früher oder später ans Tageslicht, das ließ sich nicht verhindern. Meistens jedenfalls nicht.

Ich verließ die Umkleidekabine, ohne mich zu verabschieden oder mich umzudrehen. Ich wollte es einfach hinter mich bringen. Auch das Gespräch mit Tucker. Ich hatte keinen Schimmer, was mich erwarten würde. Die Tür zu seinem Büro stand einen Spalt offen, also klopfte ich kurz und trat ein. Mein Puls raste, als er den Blick vom Bildschirm nahm und mich ansah.

»Schließ die Tür«, wies er mich an.

Unvermittelt hatte ich die Befürchtung, er würde mich aus dem Team ausschließen.

Ich schluckte hart, folgte seiner Handbewegung und setzte mich auf den Stuhl vor seinem Schreibtisch. Er war ungemütlich. Alles hier drinnen wirkte plötzlich kalt und ausladend. Trophäen, Wappen, Fotos von legendären Siegen hingen gerahmt an der Wand. Dieses Büro repräsentierte alles, was für mich nicht länger greifbar war.

Ich würde womöglich nie mehr Football spielen.

»Du weißt, dass Homosexualität im Profifootball immer noch eine heikle Sache ist?«, fragte er, ohne jegliche Emotion zu zeigen.

Ich schluckte den Kloß in meinem Hals runter und klammerte

mich an die Stuhllehne, weil es das Einzige war, was mir in diesem Moment Halt gab. »Ich weiß noch nicht mal, ob ich homosexuell bin«, gestand ich.

Tucker nickte. »Verstehe, das ist eine schwierige Situation. Wir könnten natürlich dementieren und eine Pressemeldung rausgeben, dass die Information ein schlechter Studentenwitz war oder eine verlorene Wette. Das wäre zumindest eine Möglichkeit, um deine Karriere zu schützen.«

Das klang so … verlockend unproblematisch.

»Und wenn es das nicht war?«

Tucker seufzte. »Für eine Karriere, wenn wir überhaupt von einer sprechen können, wird es schwierig. Niemand aus der NFL wird dich ins Team holen, wenn du offiziell geoutet bist. Das ist leider auch heute noch die Realität.«

»Aber …«

Tucker schüttelte den Kopf. »Was du bist oder nicht, ist mir persönlich gleichgültig. Aber … wenn du mich um einen Rat in Bezug auf deine Karriere bittest, werde ich dir unmissverständlich von einem Outing abraten.«

»Haben sich die Zeiten denn gar nicht geändert?«

Tucker blickte gedankenversunken zum Fenster raus. »Ich wünschte, es wäre so.«

»Es stimmt.« Schweißtropfen bildeten sich auf meiner Stirn. Mein Körper rebellierte und offenbarte, wie ich mich fühlte. »Ich weiß nicht, ob ich homosexuell bin. Es ist … ich denke an keine anderen Männer, nur an einen.«

Für den Bruchteil einer Sekunde meinte ich, ein Lächeln über Tuckers Gesicht huschen zu sehen, ehe seine Miene wieder völlig neutral wurde. »Du bist ehrlich und bestreitest es also nicht.«

Ich schüttelte den Kopf, denn auch wenn ich gestern noch völlig anders gehandelt hatte, sah ich es als Fehler an, Vance zu verleugnen. Wir waren erst am Beginn unserer Beziehung, ich konnte also nicht in die Zukunft sehen oder sie beeinflussen. Daher hatte ich keine Ahnung, ob er mir verzeihen würde. Mich vor allen Menschen zu outen, das war ... ausgeschlossen. Nach wie vor. Allein bei dem Gedanken schnürte es mir die Kehle zu. Aber zumindest meinen Freunden, meiner Familie und meinem Coach gegenüber wollte ich ehrlich sein. Menschen, die Teil meines Lebens waren, sollten erfahren, was ich fühlte.

»Als dein Coach rate ich dir allerdings, dagegen vorzugehen. Nach dem, was du in letzter Zeit durchmachen musstest, ist das meiner Meinung nach die beste Entscheidung. Und was deine Karriere betrifft sowieso.« Tuckers Worte waren unmissverständlich.

Mein Körper fühlte sich so schwer an, als erdrückte mich ein Betonklotz. Ich war nicht bereit, mich meiner Sexualität zu stellen, nicht, wenn ich dadurch im Fokus der Öffentlichkeit stand. Und auch wenn es Vance' und mein Herz brach, ich konnte nicht anders. Noch nicht.

»Mein Privatleben behalte ich lieber für mich, das geht schließlich niemanden etwas an. Sagen Sie, es war eine verlorene Wette.«

Ich war es nicht nur mir, sondern auch Hardin schuldig.

26

Vance

»Hallo, Schatz!«, rief Mom, obwohl die Szene noch nicht mal fertig gedreht worden war. Ohne zu zögern, verließ sie das Set und eilte auf mich zu. Besorgt musterte sie mich, ehe sie ihre Arme um mich schlang. »Warum hast du denn nicht Bescheid gegeben, dass du kommst?«

Geborgenheit.

Wärme.

»Du erdrückst mich.« Sie lachte an meiner Schulter und streichelte mir über den Rücken. Und das war alles, was ich in diesen Sekunden brauchte. Eine innige Umarmung von Mom, die mich liebte und bedingungslos akzeptierte, so wie ich war. Jemand, der mir Halt gab, Trost spendete und das Gefühl gab, richtig zu sein.

»So schlimm?« Mom löste sich und hielt mich auf Armlänge fest.

»Zwanzig Minuten Pause«, rief ein Mann mittleren Alters, der auf einem Stuhl neben den ganzen Kameras saß. Vermutlich der Produktionsleiter.

Ich war dankbar dafür, einen ruhigen Moment mit ihr zu haben. Sie betrachtete mich lange, dann hob und senkte sich ihr Brustkorb. »Tee und Zimtschnecke, das brauchen wir jetzt. Löst zwar keine Probleme, bringt aber für den Moment zumindest ein Glücksgefühl.«

Ich folgte Mom in einen anderen Raum, wo ein reichhaltiges Buffet aufgetischt war. Bevor ich nach Harvard gegangen war, war ich häufig hier gewesen, um Mom zu besuchen und ihr bei den Dreharbeiten zuzusehen. Nur deshalb war es möglich gewesen, die Security ohne Besucherausweis davon zu überzeugen, mir Einlass zu gewähren.

Mom reichte mir einen Becher und eine Zimtschnecke, dann stieß sie eine Blechtür auf, die uns direkt ins Freie führte. Wir waren umgeben von Hallen, in denen verschiedenste Formate oder Serien gedreht wurden, und befanden uns jetzt auf einem weitläufigen Parkplatz. Idylle sah anders aus, und der sechsstündige Flug steckte mir noch in den Knochen. Ich war müde von all dem, was in den letzten Tagen vorgefallen war.

Erschöpft ließ ich mich auf einen der Betonpfeiler sinken, und Mom tat es mir gleich. Ihr Blick bohrte sich in mich, während ich die Zimtschnecke betrachtete, als stünden auf der Zuckerglasur all die Antworten auf meine unzähligen Fragen geschrieben. Die Sonnenstrahlen wärmten mein Gesicht. Ich hatte vergessen, wozu die Sonne in Kalifornien imstande war. Wir hatten Spätherbst, und der Wind blies kühl. Doch egal, wie stark er auch war, die Sonne war stärker. Immer. Jedenfalls in Los Angeles.

»Ich habe ganz vergessen, wie schön es hier ist«, bemerkte ich, schloss die Augen und legte den Kopf in den Nacken. Heimat.

»Auch Harvard bietet wunderschöne Herbsttage.«

Die Wärme veränderte etwas in mir. Harte Krusten, die sich in den vergangenen Wochen um meinen Körper gelegt hatten, lösten sich Schicht um Schicht auf.

»Harvard ist … eine einzige Enttäuschung.«

Unser Schweigen wurde nur vom Wind begleitet, der über den Platz wehte. Aber die Stille war angenehm, vertraut. Nicht bedrückend oder belastend.

»Ich verstehe dich«, hörte ich Moms leise Stimme.

»Wenn es bloß nur eine Sache wäre«, brach ich das Schweigen zwischen uns. »Aber es ist …«, ich schluckte und blinzelte mir die Tränen aus den Augen, »… so viele Dinge sind geschehen.«

»Ich weiß, Schatz.«

Dabei wusste sie kaum etwas.

Ich rang mir ein Lächeln ab. »Ich habe meinen Dad gefunden, der … mich nie wollte. Plötzlich habe ich eine Schwester, die …« Der Kloß in meinem Hals schien unüberwindbar.

»Zimtschnecke.« Ihr Blick fiel auf meine Hand, in der ich das Gebäck hielt. Daraufhin folgte ich ihrer Anweisung und biss ab, obwohl ich gar keinen Appetit verspürte. Der süße Geschmack nach Zimt breitete sich in meinem Mund aus, und ich bekam Lust auf mehr. Ich nahm einen weiteren Bissen, woraufhin Mom zufrieden nickte.

»Haisley war meine beste Freundin. Plötzlich ist sie meine Schwester, und … ich habe sie schlecht behandelt.«

»Was ist geschehen?« Mom biss ebenfalls von ihrer Zimtschnecke ab.

Ich holte Luft und spürte sogleich, wie mein Herz heftiger zu schlagen begann. »Kolton ist passiert. Haisley und er … und dann ich …«

Aufmerksam huschte Moms Augenbraue hoch.

»Wenn du so willst, habe ich meiner Schwester Kolton weggeschnappt«, gab ich zu und bereute es sofort. Denn ich besaß ihn ja nicht, wir waren nicht wirklich zusammen. Er … wir hatten sogar keinen Kontakt mehr. Es gab eigentlich nichts, was uns noch verband. Außer das Apartment.

»Ist er süß?«

Ich runzelte die Stirn. »Hörst du mir überhaupt zu?«

»Natürlich, Schatz.« Sie zuckte mit den Schultern und steckte sich ein weiteres Stück Zimtschnecke in den Mund. »Vor allem sehe ich deine Augen leuchten, wenn du seinen Namen aussprichst. Das sind Dinge, die ich als Mutter wahrnehme.« Sie legte ihre Hand auf mein Knie und tätschelte es liebevoll.

»Ja, er ist toll und … heiß.« Ich konnte selbst nicht fassen, dass ich das sagte.

Mom grinste breit. »Ich wusste es.«

Kopfschüttelnd betrachtete ich sie. Mom war eine unfassbar starke Frau. Ich bewunderte sie, für alles, was sie in ihrem Leben erreicht hatte. Vor allem, dass sie ihren Sinn für Humor nie verloren hatte, wenn es um Männer ging. Sie hatte nie ein glückliches Händchen gehabt, und die Vorstellung, da wäre plötzlich ein Mann an ihrer Seite, passte auch gar nicht.

»Haisley ist in Kolton verliebt und hat uns ausgerechnet an dem Abend zusammen erwischt, als sie erfahren hat, dass ich ihr Halbbruder bin. Ich bin also der schlechteste Bruder, den man sich nur vorstellen kann.«

»Etwas Übung brauchst du wohl noch.«

»Das ist nicht hilfreich.«

»Ich habe keine Geschwister«, rechtfertigte sie sich lächelnd und streichelte mir ermutigend über die Wange. »Aber das war noch nicht alles, oder?«

Ich trank einen Schluck vom Tee. »Nein. Kolton ist Quarterback und … na ja, so ziemlich jeder auf dem Campus weiß, wer er ist. Haisley moderiert eine Radiosendung auf dem Campus und hat ihn vor ein paar Tagen geoutet.«

Mom riss die Augen auf. »Aber doch bestimmt nicht übers Radio, oder?«

»Doch.«

»Das ist übel.«

»Das ist es.«

»Hat das denn keine rechtlichen Konsequenzen?«

»Na ja, keine Ahnung. Koltons Eltern sind Anwälte …«

»Autsch.« Schmerzvoll verzog sie das Gesicht.

»Das war immer noch nicht alles, Mom.«

Abermals streichelte sie mir über die Wange. Es war ein schönes Gefühl, wenn sie das tat. Es erinnerte mich an meine Kindheit. Eine Zeit, in der ich mich geborgen gefühlt hatte. Beschützt.

»Das Studium, ich habe es unterschätzt.«

»Du hast alles dafür gegeben, um nach Harvard zu gehen.«

Sie hatte recht.

»Es ist härter, als ich dachte.«

»Das Studium oder das Leben in Harvard?«

Ich presste die Lippen fest aufeinander. Noch nicht mal ich selbst kannte die Antwort auf ihre Frage. »Ich denke, beides.«

»Du musst nicht studieren.«

»Ich weiß.«

»Hast du denn eine Idee, was du stattdessen machen möchtest?« Mom drängte nicht, sie klang aufrichtig interessiert, ganz ohne Druck.

»Ich will es weiterhin versuchen. Wahrscheinlich muss ich den einen oder anderen Kurs wiederholen. Vielleicht möchte ich später auch etwas mit Fotografie machen. Ich habe bei einem Wettbewerb mitgemacht. Habe zwar nicht gewonnen, aber ein Atelier möchte eines meiner Fotos kommenden Frühling ausstellen.«

Mom lächelte. »Wow, das klingt fantastisch. Warum hast du nichts davon erzählt?«

Ich seufzte. »Die Ereignisse haben sich in letzter Zeit überschlagen, und die Mail habe ich erst kurz vor dem Abflug erhalten.«

»Verstehe. Du kannst unheimlich stolz auf dich sein. Ein Atelier, davon musst du mir genauer erzählen.« Moms Augen leuchteten.

»Ich weiß selbst noch kaum etwas darüber«, wiegelte ich ab, weil ich die Neuigkeit erst verdauen musste. Ich konnte es selbst noch gar nicht glauben.

»Okay. Aber ich will alles erfahren, wenn es so weit ist.« Sie lächelte stolz. »Und Schatz, das eine schließt das andere nicht aus.«

»Ich komme mir vor wie ein Versager, als … wäre ich zu dumm für ein Studium.«

»Egal, wofür du dich entscheidest, hör auf dein Herz und nicht darauf, was andere von dir erwarten. Es ist keine Schande, dir einzugestehen, dass du dich falsch entschieden hast. Wenn du denkst, dass ein Studium doch nichts für dich ist, dann ist das völlig in Ordnung. Bedauerlich ist es, etwas zu verfolgen, obwohl du weißt, dass es nicht das Richtige ist. Du solltest im Leben Dinge tun, die dich begeistern, dich erfüllen. Und du bist auf gar keinen Fall dumm.«

»Du hast es geahnt«, stellte ich fest und erinnerte mich an ein Gespräch, das wir vor ungefähr einem Jahr geführt hatten. »Dass ich die falsche Entscheidung treffen würde.«

»Du weißt inzwischen, weshalb ich nicht wollte, dass du nach Harvard gehst. Es war nicht, weil ich nicht an dich glaube. Jeder Entschluss, den du fasst, bringt dich letztlich weiter oder zumindest an einen Punkt, der lehrreich sein kann. Es ist keine vergeudete Zeit, wenn du daraus eine Erkenntnis ziehst. Und es lohnt sich immer, sei es im ersten Augenblick auch noch so unbedeutend. Sieh Entscheidungen als Nährboden für dein Leben. Wenn du stets zum perfekt geformten roten Apfel greifst, wird dir etwas entgehen. Die Birne, die vom Baum gefallen und nicht ganz so hübsch anzusehen ist, kann dennoch überraschend köstlich schmecken. Du solltest reinbeißen, davon probieren. Manchmal wird die Erfahrung enttäuschend sein. Ungenießbar. Bitter. Ein anderes Mal wirst du dir wünschen, dich ausschließlich von alten Birnen zu ernähren. Weil sie diese besondere Süße in dein Leben bringen, die auf den ersten Blick keiner sieht. Und so verhält es sich auch mit Entscheidungen, die im ersten Moment fatal erscheinen und dich auf den Boden zwingen. Allerdings wirst du den herrlichen Geruch von Gras nur dann wahrnehmen und vielleicht die eine oder andere Blume entdecken, die du sonst nicht beachtet hättest. Das Studium in Harvard … es sollte so kommen. Alles hat einen Sinn.«

Moms Worte taten mir gut. Gaben mir wieder etwas Kraft und Zuversicht.

»Danke, Mom.«

»Nicht dafür.« Sie lehnte ihren Kopf an meine Schulter.

»Ich würde gern noch ein paar Tage bleiben, bevor ich zurückkehre, um womöglich meine Sachen zu packen.«

»Nimm dir so viel Zeit, wie du brauchst.«

Ich hatte die beste Mom der Welt. Keine Frage.

Dann erzählte ich ihr von Dad, seiner Reaktion und wie schwer es mir fiel, mit seiner Zurückweisung umzugehen. Aber auch, dass es langsam besser wurde und ich begriff, dass niemand die Zeit zurückzudrehen vermochte. Seine Ablehnung quälte mich und war noch lange nicht überwunden. Aber zumindest sickerte die Erkenntnis durch, dass ich keine Schuld daran hatte.

»Weißt du, Schatz, genau das wollte ich dir ersparen. Daniel war zu der Zeit, als ich mit dir schwanger wurde, bereits mit Haisleys Mom verlobt und … wir hatten eine Vereinbarung getroffen. Das zwischen uns war eine einmalige Sache. Ich dachte, ich würde es allein hinbekommen. Und ich wusste, Daniel würde sich an die Vereinbarung halten. Ich … kenne niemanden wie ihn. Und … ich habe es nicht übers Herz gebracht, dir von ihm zu erzählen. Ich wollte dich in meinem Leben haben, immer. Noch nicht mal eine Sekunde musste ich darüber nachdenken, ob … ich dich behalte. Daniel hatte mir damals unmissverständlich zu verstehen gegeben, dass …« Moms Stimme brach, allerdings konnte ich mir vorstellen, wie der Satz geendet hätte. Dad hatte gewollt, dass mich Mom abtrieb. Sie hatte mich vor ihm schützen wollen. Ich war enttäuscht, aber gleichzeitig konnte ein Teil in mir nachempfinden, wie schrecklich das alles für sie gewesen sein musste und weshalb sie nicht gewollt hatte, dass ich davon erfuhr.

»Du hast das alles auf dich genommen. Für mich.«

»Ach, Schatz, du warst die beste Entscheidung meines Lebens.« In Moms Augen sammelten sich Tränen. Sie drückte mich fest an sich und hauchte mir einen Kuss aufs Haar.

…

Nachdem Mom zurück ans Set gekehrt war, um den Dreh fortzusetzen, war ich in unser Haus nach Malibu gefahren, hatte meinen Koffer ausgepackt und geduscht. Allerdings fiel mir dort schnell die Decke auf den Kopf, und meine Gedanken drehten sich schon wieder im Kreis. Eigentlich war ich hergekommen, um Abstand zu gewinnen. Aber wie es aussah, brachte eine Entfernung von weit über zweitausend Meilen rein gar nichts. Der Tapetenwechsel erfüllte nicht den Zweck, den ich mir erhofft hatte. Zu glauben, dass ich aufhören würde, an Haisley, Kolton oder Dad zu denken, sobald ich das Flugzeug verlassen hatte, war im Nachhinein betrachtet äußerst naiv gewesen.

Ich schnappte mir Moms Pick-up und fuhr nach Santa Monica. Die Straße war von meterhohen Palmen gesäumt, deren Palmwedel sich sanft im Wind bogen. Wie sehr mir dieser Anblick gefehlt hatte, wurde mir erst jetzt bewusst. Ich hatte noch nicht mal die Musik angemacht, weil ich so damit beschäftigt war, die Bäume zu bestaunen.

Vor dem Santa Monica Pier befand sich ein Parkplatz. Er war nicht allzu voll, was selten der Fall war, weil der Pier zu einer der beliebten Touristenattraktionen in Los Angeles gehörte. Aber ich hatte Glück und fand sofort eine Parklücke, in die ich den Wagen lenkte.

Es waren nur wenige Meter bis zu den Holzbrettern und dem wunderschönen Panorama. Um mich herum lauter Menschen, die zum ersten Mal hier waren, Frozen Joghurt aßen, die Achterbahn bestaunten oder auf den Bänken saßen und den herrlichen Blick auf den Ozean genossen. Eine Gruppe Biker schoss mit ihren Smartphones Bilder vom Ende der Route 66. Für mich war der Pier ein magischer Ort. Als Kind war Mom oft mit mir hier gewesen. Und meine Leidenschaft für Fotografie war ebenso hier entstanden.

Es war windig und kühl geworden, und die Sonne stand mittlerweile tief, was mich aber nicht daran hinderte, noch eine Runde mit dem Riesenrad zu fahren. Eine Sache, die Mom und ich immer gemeinsam gemacht hatten. Und als sich das Riesenrad in Bewegung setzte und ich vom Boden abhob, wurde mir etwas bewusster denn je. Mom hatte mir eine unglaublich schöne Kindheit beschert. Ich erinnerte mich an unbeschwerte Momente, an ihr Lächeln, an meinen ersten Schultag. Und daran, dass ich ein glückliches Kind gewesen war. Sie schenkte mir all ihre Liebe, Fürsorge,

Geduld und Toleranz. Bedingungslos. Und doch hatte mir an manchen Tagen etwas gefehlt. Dad. Vor allem, weil es mir die Gesellschaft vorgelebt hatte. Mom und Dad. Ich erinnerte mich an niemanden in der Grundschule, der seinen Dad nicht gekannt hatte.

Womöglich hatte Dad nie gefehlt. Vielleicht hatte nur die Ungewissheit, dass er sich irgendwo anders aufhielt und ich ihn nicht kannte, dieses Empfinden in mir ausgelöst. Das war verständlich. Je länger ich darüber nachdachte, desto sicherer wurde ich.

Mom war genug.

Ich war genug.

Wir waren eine Familie.

Die Gondel erreichte den höchsten Punkt, und ich blickte auf die Menschen hinab. Sie wuselten herum wie Ameisen. Ich bestaunte die Gebäude und die Palmen in der Ferne. Alles war, wie es sein sollte.

Ich war in Ordnung.

Alles war in Ordnung.

Das Leben konnte verschiedenste Formen annehmen.

Als ich lächelnd in die Ferne blickte, die Schönheit der Stadt bestaunte und sich ein Glücksgefühl ausbreitete, das ich lange nicht verspürt hatte, vibrierte mein Handy zum zweiten Mal in kurzer Zeit. Ich ignorierte es, zog es aber beim dritten Mal aus der Hosentasche.

Haisley.

Ungläubig starrte ich auf das Display. Es machte keinen Sinn, ranzugehen, vermutlich würde sie mich nicht verstehen, weil es hier oben für ein Gespräch zu windig war. Und während ich das Handy in meiner zitternden Hand festhielt und sich mein Herz mit Hoffnung füllte, rief sie erneut an. Aber gerade als ich das Gespräch annehmen wollte, beendete sie den Anruf. Dann bemerkte ich, dass mich Nachrichten erreicht hatten.

Ich öffnete den Chat mit Aiden.

Es tut mir so leid für dich. Wo steckst du?

Ich hatte keine Ahnung, was genau ihm leidtat, aber ich tippte schnell eine Antwort, dass ich bei Mom war. Vor der Abreise hatte ich keine Zeit verschwendet, war zum Flughafen gefahren, hatte mir ein Ticket besorgt und niemandem Bescheid gegeben. Ich hielt es ohnehin für überflüssig. Denn alle schienen mit Koltons Outing beschäftigt zu sein. Die Situation war mir über den Kopf gewachsen, auch wenn ich gern für ihn da gewesen wäre. Er brauchte Zeit für sich. Ich war zwar geoutet, aber Haisleys Aktion setzte mir trotzdem zu. Sie hatte uns verraten. Und vor allem hatte sie mir damit Kolton genommen. Was nur fair war, schätzte ich. Immerhin hatte ich ihn ihr zuerst weggenommen. Das war wohl die Ironie des Schicksals. Sie tat verdammt weh.

Mein Instagram-Account kündigte ebenfalls unzählige Nachrichten an, und als ich die App öffnete, blieb mein Herz stehen. Zwei Klicks später wusste ich, was geschehen war.

Evans weist jegliche Unterstellung zurück. Er stehe in keiner romantischen oder sexuellen Beziehung mit seinem Mitbewohner. Es handele sich um eine verlorene Wette und einen geschmacklosen Scherz, bemerkte Kolton Evans, Quarterback des Harvard-Footballteams gegenüber der Harvard Press.

In meiner Brust wurde es furchtbar eng. Und als meine Gondel den Boden erreichte und ich ausstieg, bemerkte ich, wie meine Knie zitterten. Um mich herum schwankte es, sodass ich mich einen kurzen Moment an dem Absperrgitter festhalten musste, bis ich mich einigermaßen gefangen hatte.

Kolton hatte uns aufgegeben. Er war aus dem Zug gesprungen, ohne sich ein einziges Mal zu mir umzudrehen.

Wiederholt vibrierte mein Handy, dieses Mal wischte ich sofort über das Display. »Hais.«

Stille. Dann vernahm ich ein Wimmern. »Vance, es ... tut mir so leid. Alles«, schluchzte sie, sodass ich sie kaum verstehen konnte. »Ich habe euch gedemütigt, und ... ich hoffe so sehr, dass du mir eines Tages verzeihen kannst.« Sie wimmerte und heulte gleichzeitig. Ihre Stimme klang hysterisch, sie wirkte völlig aufgelöst.

Die Sonne verschwand gerade am Horizont, und Tränen quollen aus meinen Augen. Und ich ließ dem Schmerz in mir freien Lauf.

»Denkst du, dass du *mir* eines Tages verzeihen kannst?«, stieß ich mühevoll aus. Haisley war zu einem so wichtigen Menschen in meinem Leben geworden, ich wollte sie nicht verlieren. Auch nicht nach allem, was zwischen uns vorgefallen war. Wir hatten beide schwerwiegende Fehler begangen und unsere Freundschaft aufs Spiel gesetzt. Instinktiv wusste ich, dass wir es besser konnten.

Sie schniefte. »Ja, das denke ich.«

27

Kolton

Schweißperlen tropften in meine Augen, als ich über unsere Offensive zu den Bulldogs schaute. Meine Sicht war beeinträchtigt, weshalb ich pausenlos blinzelte. Das Adrenalin peitschte durch meinen Körper. Es war ein verdammt hartes Spiel, und wir kämpften uns Yard für Yard vorwärts, nur um wenige Minuten später Yale den Vortritt zu lassen.

Dass es nicht leicht werden würde, hatte ich geahnt. Aber damit, dass Yale uns die Stirn bot, uns beinahe bei jedem Spielzug in die Quere kam, damit hatte ich nicht gerechnet. Ihr Wide Receiver fing jeden Ball mit Leichtigkeit und war zudem ungeheuer schnell. Ihr Quarterback meisterte die Angriffe gekonnt. Er und sein Running Back bildeten eine Einheit. Für einen kurzen Moment hatte ich geglaubt, Hardin und mich auf dem Feld zu sehen. Ein Flashback, der uns zehn verdammte Yards gekostet hatte.

Seit das letzte Viertel angebrochen war, bewegten wir uns gerade mal ein paar Yards vor, bis wir den nächsten Rückschlag einsteckten und wieder zurückfielen. Allmählich verließ uns die

Kraft. Ein einziger Fehlpass, eine kleine Unaufmerksamkeit konnten uns den Sieg kosten. Und ich wollte gewinnen, so unbedingt.

Agenten saßen im Publikum. Mom und Dad waren aus New York angereist, um mich spielen zu sehen. Und meine Mannschaft, von der so viele Spieler für mich eingestanden waren ... Ich wollte niemanden enttäuschen. Wir mussten einfach gewinnen.

Ich hatte meinen Bruder verloren.

Ich hatte Vance verloren.

Diesen Sieg brauchte ich.

Für uns.

Für mich.

Tucker wies mich an, den Ball unverzüglich an Wyatt, unseren Running Back, abzugeben. Zwischen uns funktionierte nichts mehr. Und Tucker wusste das. Selbst auf dem Feld ignorierte Wyatt mich, trotz des Trainingsverbotes, das er erhalten hatte. Es schien ihn völlig kaltzulassen, dass er damit seine Footballkarriere aufs Spiel setzte. Stattdessen ließ er keine Gelegenheit aus, um mir zu zeigen, wie sehr er mich verachtete.

Es stand dreißig zu einunddreißig für Yale. Lediglich eine Minute und zwanzig Sekunden blieben uns übrig, um in Führung zu gehen. Wenn wir das nicht schafften, würde Yale, wie auch im letzten Jahr, als Sieger vom Platz gehen.

Das Spiel wurde fortgeführt, und wir brachten uns in Position für den letzten Zug. Mein Blick flog zur gegnerischen Endzone, ehe ich meine restliche Kraft bündelte, mir jede Position meiner Mitspieler und Gegner einprägte. Und dann ging alles furchtbar schnell. Ich hörte auf zu denken, fing den Ball, wollte ihn gerade an Wyatt passen, hielt dann abrupt inne, sprintete zwischen unserer Linie hindurch und bekam Deckung, als ich an die Defensive gelangte. Deutete links, rechts, links an, schlüpfte an zwei Bulldogs vorbei, stolperte beinahe und bekam einen Schlag gegen die Schulter. Aber ich kämpfte und sprintete, als gäbe es kein Morgen mehr. Und dann … ein Brennen in der Lunge. Ich rang nach Atem, meine Oberschenkel verkrampften. Es kostete mich immense Überwindung, weiterzulaufen. Die letzten Meter spürte ich, dass mir jemand dicht auf den Fersen war. Wer auch immer das war, er lief in meinem Windschatten, und dann, als der Schmerz unerträglich wurde, mich meine Beine nicht länger tragen wollten, warf ich mich in die Endzone und landete unsanft auf dem Boden.

Touchdown.

Sechs Punkte.

Wir würden gewinnen.

Das Stadion jubelte. Ich bemerkte, dass mein Unterarm blutete, als ich mich aufrappelte. Und als ich gerade dabei war, aufzustehen, landete ich direkt wieder auf dem Boden. Arme. Beine. Oberkörper. Ein einziges Durcheinander über mir. Ich sah nur noch die Körperteile meiner Mitspieler und vernahm Jubelschreie. Die Menschen auf den Tribünen rasteten vollkommen aus.

Als meine Teamkameraden endlich von mir abließen, warf ich einen Blick auf die Anzeige.

Noch zehn verbleibende Sekunden. Wir würden gewinnen.

Wir machten uns auf zur 3-Yard-Linie. Der Versuch, den Ball zwischen die zwei Stangen zu bekommen, misslang. Wir hatten die Zusatzpunkte nicht geholt. Aber das spielte keine Rolle mehr. Nicht jetzt. Auch wenn uns Tucker dafür den Arsch aufreißen würde.

Spielende.

Jubel.

Tucker und das gesamte Trainerteam sowie die Spieler von der Reservebank liefen auf uns zu. Jubelten und trugen uns über das Feld.

Wir waren Sieger.

Aber ... ich fühlte mich nicht, als hätte ich gewonnen. Das berauschende Gefühl, das mich sonst überkam, blieb aus. Ich beobachtete meine Mitspieler, die vor Glück ausflippten. Sie rissen ihre Arme in die Luft, Helme wurden auf den Rasen geworfen, es herrschte ein ausgelassenes Treiben wie schon lange nicht mehr. Und ich stand auf dem Feld, nahm den Helm ab und fühlte mich verloren, weil ich das Glück nicht fühlte. Weil die eigentliche Freude über den Sieg ausblieb.

Dann folgte die Abschlusszeremonie, Hände wurden geschüttelt, der Stadionsprecher heizte die Stimmung in den Rängen noch ein letztes Mal ordentlich auf. Wir verabschiedeten uns von den Zuschauern. Jubelten und winkten. Ich tat, was zu tun war.

Und dann suchte ich die Tribüne ab. Scannte die Gesichter. Es war absurd, zu glauben, dass Vance gekommen war, nachdem wir uns tagelang nicht gesprochen hatten. Ich wusste noch nicht mal, wo er steckte. Er war ohne Nachricht abgehauen, und ob er überhaupt zurückkommen würde, bezweifelte ich mittlerweile. Spätestens nach dem öffentlichen Statement, das ich abgegeben hatte.

Ich hatte ihn verloren und würde ihn womöglich nicht wiedersehen. Stündlich hatte ich in den letzten Tagen seinen Instagram-Feed und seine Storys gecheckt. Er postete kaum neue Bilder. Nichts, was Aufschluss darüber gab, wo er steckte.

Zwischen uns war es vorbei. Er hatte keinen meiner Anrufe beantwortet und war nicht in unser Apartment zurückgekehrt. Er war spurlos verschwunden.

Wyatt stand plötzlich neben mir und starrte mich an. Er sagte kein Wort, weshalb ich ihn ignorierte. Denn jeder Versuch meinerseits war bisher gescheitert. Zu oft hatte er mich zurückgewiesen. Weiterhin beleidigt zu werden kam für mich nicht infrage. Entweder er benahm sich endlich wie ein Freund, oder ich würde auch ihn verlieren. Deshalb hielt ich es für besser, nichts zu sagen.

Manchmal musste man einsehen, wann es genug war. Ich schätzte, der Moment war zwischen Wyatt und mir gekommen. Er hatte lediglich Beleidigungen für mich übrig, und mir fehlte das Verständnis, um diese weiterhin zu ertragen.

Mom und Dad eilten freudestrahlend auf mich zu, um mir zu gratulieren. »Das war unglaublich, Schatz«, sagte Mom und drückte mich fest an sich.

Nur aus dem Augenwinkel nahm ich wahr, wie Wyatts Dad seinem Sohn gratulierte. Ein kurzes Nicken der Anerkennung, ein Händeschütteln, dann verschwand er wieder in der Menschenmasse. Es war unmöglich, unter dem Schulterschutz etwas zu erkennen, aber ich meinte, Wyatts Schultern sackten regelrecht in die Tiefe. Er sah seinem Dad nach, den das Stadion längst verschluckt hatte.

»Wir sehen uns nachher im Restaurant, in Ordnung?«, vergewisserte sich Dad.

»Natürlich.« Ich rang mir ein Lächeln ab. Mom und Dad warfen mir noch einen letzten stolzen Blick zu, ehe sie sich abwandten.

Obwohl es abwegig war und ich mit jeder Pore spürte, dass Vance nicht gekommen war, verspürte ich immer noch Hoffnung, die mich weiter antrieb. Vielleicht bestand ja doch die Möglichkeit, dass er …

»Du bist nicht glücklich«, stellte Wyatt fest und brach das Schweigen zwischen uns. Zum ersten Mal seit Tagen kam ihm dabei kein fieser Spruch über die Lippen. Noch nicht.

Ich sah meinen Freund an, der nicht länger mein Freund sein wollte. Inzwischen war ich mir selbst nicht mehr sicher, ob ich unserer Freundschaft noch eine Chance geben würde. »Nein. Ich … bin nicht glücklich.«

Wir standen am Rand des Spielfeldes, die Tribünen leerten sich, und unsere Teamkollegen machten sich auf den Weg in die

Umkleidekabinen. Nur wir schienen hier festzukleben, als warteten wir beide auf ein Wunder.

»Bist du schwul?«, fragte Wyatt leise, ohne mich dabei anzusehen.

Mir stockte der Atem. Wyatt hatte das Schweigen zwischen uns gebrochen, aber ich hatte nicht mit dieser Frage gerechnet. Vielmehr hatte ich eine Entschuldigung erwartet. Aber je länger ich darüber nachdachte, desto klarer wurde mir, dass er sich nicht entschuldigen würde. Vermutlich begriff er nicht mal, dass er zu weit gegangen war. Ich musste für mich eine Entscheidung treffen, ob ich Wyatt in meinem Leben weiterhin willkommen hieß. Denn selbst wenn ich eine Entschuldigung forderte: Wenn sie nicht von Herzen kam, bedeutete sie nichts. Und Wyatt würde es nicht verstehen. Für ihn gab es nur schwarz oder weiß. Mann und Frau.

»Ich weiß es nicht. Aber ich weiß, dass ich Vance mag. Er fehlt mir.«

»Er ist zurück.«

»Wovon sprichst du?«, fragte ich, und sogleich klopfte mein Herz schneller.

Ich beobachtete, wie Wyatts Kehlkopf hüpfte. Er haderte mit sich und schien seine Antwort abzuwägen, während ich hoffnungsvoll darauf wartete, dass er …

»Haisley und …«, er räusperte sich und sah mir ins Gesicht, »… Vance streichen den Treppenaufgang der Lehman Hall.«

Mein gesamter Körper war in Alarmbereitschaft.

»Vance ist zurück?«

Wyatt nickte.

»Und sie sind bei der Lehman Hall?«

Seine Wangen plusterten sich auf. Er war sichtlich genervt. »Sie setzen ein Zeichen und bemalen den Treppenaufgang der Lehman

Hall unabhängig vom Pride Month. Haisley hat das im Radio im Zuge ihrer Entschuldigung angekündigt.«

»Sie tun was?«

Wyatt zog eine Augenbraue hoch und schüttelte verständnislos den Kopf. »Du weißt, wo er steckt, worauf wartest du noch?«

Ich war unfähig, meine Emotionen einzuordnen. Überraschung. Freude. Angst. Ich hatte furchtbare Angst, dass er mich zurückweisen würde. Was zu erwarten war, nach dem, was ich ihm angetan hatte. Und doch spürte ich deutlich, dass es nur diesen einen Weg gab, um herauszufinden, ob wir noch eine Chance hatten.

Plötzlich konnte es nicht schnell genug gehen. Als stünde ich im direkten Wettlauf mit der Zeit. Vance befand sich jetzt bei der Lehman Hall. Jetzt. Ich hatte keinen Schimmer, ob er danach wieder verschwinden würde oder inzwischen seine Sachen aus dem Apartment geholt und sich eine neue Unterkunft gesucht hatte. Alles, was ich wusste, war, dass ich ihn jetzt bei der Lehman Hall treffen musste.

Ich überlegte nicht länger und drückte Wyatt meinen Helm an die Brust. Dabei meinte ich, ein kurzes Lächeln auf seinen Lippen zu erkennen. Dann lief ich los. Schnell genug, um keine Zeit zu verlieren, aber immer noch in einem gemäßigten Tempo, um mich nach dem anstrengenden Spiel nicht völlig zu verausgaben. Ich hatte mich an all die Vorgaben der Ärztin und meines Coachs gehalten und wollte schließlich unversehrt bei Vance ankommen.

28

Vance

Als ich Haisley den Kübel mit der roten Farbe reichte, blickte sie mit großen Augen über meine Schulter hinweg. »Hais?«

Aber sie beachtete mich nicht und starrte stattdessen weiterhin auf einen Punkt hinter mir. Dann öffnete sie den Mund, nur um ihn gleich darauf wieder zu schließen. Sie brachte keinen Ton raus, und plötzlich befürchtete ich das Schlimmste. Würde uns die Campus-Security festnehmen? War der ganze Aufwand umsonst gewesen? Ich wusste nicht, ob sich Hais eine Genehmigung für unsere Aktion geholt hatte. Aber immerhin war ihr Dad, unser Dad, der Präsident der Universität. Sie würde doch nicht riskieren, dass …

»O mein Gott!«, kreischte eine aufgeregte Frauenstimme. Um die Lehman Hall hatten sich einige Studierende versammelt, um mitzuhelfen, andere wiederum hatten Regenbogenflaggen dabei. Das war weniger eine Demo, sondern vielmehr eine Zusammenkunft queerer Menschen, die Haisleys Aufruf im Radio gehört hatten und uns dabei unterstützen wollten, dass wir dem Treppenaufgang abseits des Pride-Monats einen Anstrich verpassten.

Um uns herum nahm das Getuschel zu. Hais starrte weiterhin vor sich hin.

Die Gänsehaut in meinem Nacken, dieses Kribbeln, während sich meine Härchen aufstellten, ließen mich Schlimmes erahnen.

Irgendetwas stimmte hier nicht.

»Was geschieht hinter mir?«, wagte ich einen Versuch, weil ich mich nicht selbst umdrehen wollte. Ich war niemand, der bei einem Autounfall extralangsam vorbeifuhr, um einen Blick darauf zu erhaschen, was vorgefallen war. Und ich würde ganz bestimmt auch jetzt nicht nachsehen, bevor Haisley mir nicht versicherte, dass alles in Ordnung war.

»Du solltest dich umdrehen«, empfahl sie monoton, ohne mich wirklich zu beachten. Ungläubig schüttelte sie den Kopf, dann tauchte ein Lächeln in ihrem Gesicht auf. Was auch immer das zu bedeuten hatte. Zögernd stellte ich den Kübel auf der Treppe ab, vertraute ihrem Lächeln und drehte mich um.

Kolton stand unten am Treppenanfang und sah zu uns hoch. Er trug seine Footballausrüstung, hatte seine Hände auf den Knien abgestützt und rang nach Sauerstoff. Schweiß stand auf seiner Stirn und ... Himmel, er sah atemberaubend heiß aus. Ihn nach mehreren Tagen so unvermittelt wiederzusehen stellte alles auf den Kopf. In meinem Bauch kribbelte es.

Doch dann gesellte sich eine weitere Empfindung hinzu. Schmerz. Mein Herz. Ein Stechen, das ich mir nicht einbildete.

Er hatte unsere Beziehung dementiert.

Er wollte mich nicht.

Er würde mich verleugnen. Immer und immer wieder.

Und gerade als ich mich abwenden wollte, vollends überzeugt

war, stark genug zu sein, rief er meinen Namen. »Vance.« Atemlos, aber kraftvoll, sodass ein Schauder über meinen Rücken jagte.

»Hör mir zu, bitte.«

Der nächste Schauder fegte über mich hinweg, und ich kam nicht umhin, in sein schönes Gesicht zu blicken. Unsere Blicke trafen sich, und da war sie wieder, diese Verbindung, die ich verloren geglaubt hatte. Uns trennten immerhin fünf Meter, und doch war ich ihm nahe. Aber ich durfte das nicht wieder zulassen, er hatte mich zu oft verletzt.

Kolton trat einen Schritt auf mich zu und nahm die erste Stufe. »Ich war ein Idiot.«

Mitfühlendes Raunen war zu vernehmen.

Er hatte die Menge definitiv für sich eingenommen, egal was er gleich sagen würde. Mich hatte er damit noch lange nicht überzeugt. Im Gegenteil. In gewisser Hinsicht machte mich die Situation zornig. Nur weil andere Leute dabei waren, bedeutete das nicht, dass ich ihm verzeihen musste.

Er nahm die zweite Stufe.

»Kannst du irgendetwas erwidern, bitte?«

»Präsens. Du bist ein Idiot.«

Seine Miene änderte sich, wirkte einsichtig, traurig. »Ich kann mich bessern.«

»Und wie willst du das tun?«, fragte ich, ohne darüber nachzudenken. Denn das überstieg meine Vorstellungskraft. Nachts würde er sich weiterhin in mein Zimmer schleichen, und sobald die Sache drohte aufzufliegen, würde er mich jedes verdammte Mal im Stich lassen. Es war ein Teufelskreis. Toxisch.

Es folgte die dritte Stufe, sein Blick ruhte immer noch fest und eindringlich auf mir. Niemals hatte ich damit gerechnet, dass er hierherkommen würde, und doch durfte es mich nicht aus der Bahn werfen. Es war nur ein Moment der Schwäche. Morgen würde er behaupten, dass er nicht hier gewesen war. Dass das alles nicht stimmte. Eine Lüge war.

»Die Wahrheit, Vance. Frag mich, was immer du möchtest.«

Mein Puls raste. Tausend Gedanken schossen gleichzeitig durch meinen Kopf. Doch einer manifestierte sich sofort. Vielleicht meinte Kolton es ernst. Vielleicht würde er dieses Mal keinen Rückzieher machen. Ich konnte nicht beschreiben, was es war, das mir plötzlich wieder Hoffnung, ja sogar Sicherheit gab, daran zu glauben. Womöglich war es sein Blick, der mir versicherte, dass er ehrlich sein würde, egal was kommen würde. Keine Lügen mehr.

»Bereust du es, mich geküsst zu haben?«, fragte ich vor allen hier Anwesenden. Und es waren nicht wenige. Irgendwer sog die Luft scharf ein, dann herrschte Stille. Mein Herz flatterte, meine Hände zitterten, während ich auf Koltons Antwort wartete. Und mir war bewusst, dass ich damit riskierte, erneut bloßgestellt zu werden. Aber ... wenn nicht jetzt, wann dann? Er war gekommen, um mich zu sehen. Um mir etwas zu beweisen. Das war der Moment, auf den es ankam. Der entscheidende Augenblick.

Seine Mundwinkel hoben sich. Er schmunzelte. Und es war nicht irgendein Schmunzeln. Es war Koltons sexy Lächeln, mit dem er mich jedes Mal wieder um den Verstand brachte, das mir den Atem raubte, mein Herz höherschlagen ließ und die Schmetterlinge in meinem Bauch nährte.

»Nein«, antwortete er schlicht.

Die Zuschauer sorgten für eine feierliche Untermalung dieser Szene, wie in einer Sitcom. Der Jubel war da, und niemand wusste so genau, woher er kam.

Kolton nahm die nächste Stufe, ohne mich eine Sekunde aus den Augen zu lassen. Ich war in seinem Bann gefangen und mir dennoch bewusst, wie sehr ich unter seinem Verhalten gelitten hatte. Doch langsam, aber sicher drang das alles in den Hintergrund.

Er war gekommen und hatte vor all diesen Menschen hier zugegeben, mich geküsst zu haben. Es nicht zu bereuen.

»Wie ... war das Spiel?«, fragte ich, weil er mich nervös machte und uns mittlerweile nur noch eine Armlänge voneinander trennte. Mein Herz schlug mir bis zum Hals, und die Schmetterlinge in meinem Bauch fuhren inzwischen Karussell.

Es war unerwartet viel für einen Nachmittag, an dem ich einfach nur eine Treppe streichen hatte wollen. Ich war darauf nicht vorbereitet. Und um ehrlich zu sein, hatte ich noch nicht mal damit gerechnet, dass wir uns je wieder gegenüberstehen würden.

Schmunzelnd legte er den Kopf schief. »Wir haben gewonnen. Aber ... ist es das, was du wirklich wissen willst?«

Jetzt war der Moment gekommen, in dem es ziemlich praktisch gewesen wäre, wenn mir zwei Menschen Luft zugefächert hätten. Ich war nervös. So furchtbar nervös, dass meine Handflächen schwitzten. Dennoch stellte ich eine weitere Frage und lief nicht davon, obwohl der Gedanke sehr verlockend war.

»Willst du mich ... wieder küssen?« Irgendwoher nahm ich die Kraft, sicher zu klingen und meine Nervosität zu verbergen. In mir drinnen sah es dagegen völlig anders aus.

Sein Blick fiel auf meinen Mund, und mein Herz stolperte aufgeregt vor sich hin. Er verringerte den Abstand zwischen uns, stand jetzt direkt vor mir. Ich konnte sehen, wie schnell sich sein Brustkorb hob und senkte. Dann griff er nach meiner Hand, verschränkte seine Finger mit meinen. Es kribbelte, kleine Stromstöße, ausgelöst von seiner Berührung. Nur langsam begriff ich, dass er auch das vor all den Menschen tat.

Aus dem Augenwinkel erkannte ich, wie jemand sein Handy

auf uns richtete und vermutlich ein Video aufnahm. »Wir werden gefilmt«, flüsterte ich mit schwer pochendem Herzen.

Kolton schloss die Augen, sein Lächeln entglitt ihm, doch er ließ mich nicht los. Stattdessen drückte er fest meine Hand. Und dann, nachdem er einen Moment innegehalten hatte, lag da diese Zuversicht in seiner Miene. »Ich will dich unbedingt küssen. Pausenlos. Egal, wer uns dabei zusieht.« Sein Blick senkte sich auf meinen Mund, und im nächsten Augenblick strichen seine warmen Lippen über meine. Er küsste mich mitten auf dem Campus, vor all den Menschen um uns herum. Und wie sehr ich seine Küsse vermisst hatte, wurde mir erst jetzt bewusst. Ich wollte nie wieder etwas anderes tun, als ihn zu küssen.

Sein Mund raubte mir den Atem. Unser Kuss war unerwartet heftig. Umwerfend. Kolton, der an meinem Mund lächelte.

»Es tut mir so leid. Alles, was ich dir angetan habe«, flüsterte er an meinen Lippen und küsste mich wieder. Sanft und leidenschaftlich zugleich. Doch so war Kolton nun mal. Es fühlte sich alles genau richtig an.

Kolton war richtig.

Ich war richtig.

Wir waren richtig.

»Keine Geheimnisse. Keine Lügen«, verkündete ich.

»Nichts als die Wahrheit. Selbst wenn sie schmerzt und uns vor Herausforderungen stellen wird. Gemeinsam werden wir die Wahrheit ertragen«, flüsterte er an meinen Lippen, ehe er seine Worte mit einem letzten Kuss besiegelte.

Epilog

Wyatt

Ich wurde geduldet.

Nicht mehr und nicht weniger. Dad hatte sich einen Sohn gewünscht, der in seine Fußstapfen treten würde. Und obwohl meine Brüder diesem Wunsch gefolgt waren, ließ er mich spüren, wie enttäuscht er war, dass ich mich gegen die Army entschieden hatte. Dementsprechend unschön waren die Semesterferien bei meinen Eltern verlaufen. Dad hatte keine Gelegenheit ausgelassen, um mir mitzuteilen, für wie sinnlos er mein Studium erachtete und wie egoistisch es sei, nicht für unser Land zu kämpfen. Dass ihn meine Brüder mit Stolz erfüllten.

Mehrmals hatte ich mit dem Gedanken gespielt, abzuhauen und alles hinter mir zu lassen. Aber ich wusste, wenn ich diesen Schritt ging, würde es kein Zurück geben. Dad würde mich dafür bestrafen und nicht länger für mein Studium zahlen. Wenn das geschah, würde ich mein Leben in Harvard aufgeben müssen. Kolton, Aiden und … Die Wahrheit war, dass ich meine Freunde ohnehin schon verloren hatte. Das war die Realität, der ich ins Auge blicken musste.

Nachdem Kolton und Vance ein Paar geworden waren und sich Kolton öffentlich zu Vance bekannt hatte, hatte sich unsere Freundschaft weiter verschlechtert. Wir hatten wenig Worte füreinander übrig gehabt, und bis zum Jahresende hatte sich die Situation so zugespitzt, dass ich den Campus eher verlassen hatte als ursprünglich geplant. Und … zugegebenermaßen überschattete das beklemmende Gefühl, dass es zwischen uns nie wieder so sein würde wie früher, die Freude über meine Rückkehr.

Ich atmete kurz durch, ehe ich den Code für unser Apartment eingab und die Tür öffnete. Es fühlte sich ein bisschen wie damals bei unserem Einzug an. In meinem Bauch zwickte es, und … ich wusste nicht, was mich erwarten würde. Denn ich hatte mich während der letzten Wochen des Herbstsemesters nicht gerade von meiner besten Seite gezeigt. Obwohl ich Koltons Verhalten, sich zu outen und sich in einen Mann zu verlieben, nicht nachvollziehen konnte, wusste ich, dass ich den Bogen überspannt hatte. Und das nicht nur ein Mal. Meine Mitbewohner hatten allen Grund, mich zu verachten.

Als die Wohnungstür ins Schloss fiel, verstummte das Lachen, das ich kurz vorher noch vernommen hatte. Mit einem Schlag war es still. Ich fluchte innerlich, denn jetzt war der Zeitpunkt gekommen, meinen Freunden – wenn sie das denn noch waren – unter die Augen zu treten. Ehrlicherweise war ich nicht bereit, mich bei Kolton oder irgendwem für mein Verhalten zu entschuldigen.

»Wyatt?«, hörte ich Aidens Stimme, die mir wohlbekannt war und die ich wochenlang nicht gehört hatte. Sofort fühlte ich mich wieder zu Hause. Ein Zuhause, das ich bei meinen Eltern nicht mehr hatte. Zumindest fühlte es sich nicht mehr so an.

Und dann tauchte er im Türrahmen auf und grinste mich an.

»Wir dachten, du würdest erst nach dem Wochenende wiederkommen«, sagte Aiden, trat auf mich zu und umarmte mich kurz. Er hielt mich auf Armlänge fest und beäugte mich mit schief gelegtem Kopf. »Du siehst … mitgenommen aus«, bemerkte er, und vermutlich stimmte das auch.

Die Tage zu Hause waren nicht spurlos an mir vorübergegangen. Sie waren eine einzige Qual gewesen. Den Anforderungen meines Dads gerecht zu werden war für mich unmöglich. Und was Mom anbelangte, stand sie wie immer zu hundert Prozent hinter Dad. Sie hatte keine eigene Meinung. Sobald sie etwas sagte, huschte ihr Blick zu Dad. Sie schienen sich im Stillen zu verständigen, und erst wenn er ihre Aussage gedanklich abgesegnet hatte, gab sie ihre Meinung, vielmehr die meines Dads, preis. Das war nie anders gewesen. Manchmal glaubte ich, dass sie Angst vor ihm hatte.

»Ach was. Das bildest du dir ein«, wiegelte ich ab.

Aiden trat einen Schritt zurück. »Willst du mit uns essen?«, fragte er. Die Stille im Wohnzimmer war unangenehm. Bis auf Aiden war niemand gekommen, um mich zu begrüßen.

Aber ich wusste auch, dass ich das Semester nicht überstehen würde, wenn sich unser Verhältnis zueinander nicht zumindest ein wenig verbesserte. Kolton und Haisley hatten mir gefehlt, sogar Blaze. Nur mit Aiden hatte ich ab und zu mal Kontakt gehabt. Wie die anderen zu mir standen, würde ich nur herausfinden, wenn ich mich ihnen stellte.

»Warum nicht«, sagte ich, fasste Mut und folgte Aiden in die Wohnküche.

Alle Blicke waren auf uns, vielmehr auf mich gerichtet. »Hey, Leute«, brachte ich mühevoll über die Lippen, denn augenblicklich fühlte sich mein Hals verdammt eng an.

Haisleys Mundwinkel waren die ersten, die sich zu einem halben Lächeln hoben. »Hey, Wyatt.«

Und ich war ihr dankbar dafür, das Schweigen zu brechen. Auch sie wirkte verändert. Sie sah mager aus, und ihre Wangenknochen traten stärker hervor als sonst, aber vielleicht bildete ich mir das bloß ein. Und dann war es ausgerechnet Vance, der sich erhob, mich zwar nicht begrüßte, sich aber aufmachte, um einen Stuhl für mich an den Tisch zu stellen.

Erst jetzt fiel mir auf, dass der Tisch festlich eingedeckt war, das Essen angerichtet und … ich nicht eingeplant gewesen war. Blaze. Haisley. Kolton. Vance und Aiden. Die Größe des Tisches schien perfekt abgestimmt. Und für mich … gab es keinen Platz.

Ich war wie erstarrt, als ich aus dem Augenwinkel wahrnahm, wie Aiden einen Teller aus dem Schrank holte, und mich Koltons Blick traf. In diesem Moment war ich mir fast sicher, dass ich ihn verloren hatte. Dass es zwischen uns nie wieder so sein würde wie früher.

»Hey«, flüsterte ich mit brüchiger Stimme, was niemandem entgangen war. Und das wiederum fuchste mich. Denn wenn mich Dad eines gelehrt hatte, was ich als einigermaßen nützlich empfand, dann war es, andere nicht in mein Innerstes sehen zu lassen. Niemand außer mir hatte das Recht darauf, zu erfahren, wie ich fühlte. Denn das machte mich angreifbar. Wer Schwäche zeigte, brauchte sich nicht zu wundern, angegriffen zu werden. Zeige dem Gegner niemals deine Achillesferse. Erst recht nicht deinen Freunden. Denn am Ende bist du auf dich allein gestellt und weißt nie, ob du einem Freund oder Feind gegenüberstehst. Das hatte mir Dad immer wieder eingetrichtert. Und wie recht er damit behalten hatte, war deutlich geworden, als sich Kolton zu Vance bekannt hatte.

Vance schob den Stuhl zwischen seinen und Haisleys. Neben

ihm zu sitzen wäre nicht meine erste Wahl gewesen, aber was konnte ich jetzt dagegen unternehmen? Tatsächlich knurrte mein Magen vor Hunger, und wenn ich weiterhin hier wohnen wollte, musste ich mich ein wenig anpassen. Das hatte ich begriffen, selbst wenn es mich einiges an Überwindung kostete.

»Es ist nicht mehr viel übrig, aber hier.« Aiden stellte eine kleine Portion Lasagne auf den Tisch, und ich setzte mich.

»Besser als nichts, vielen Dank«, erwiderte ich und war heilfroh, als die Blicke nicht länger auf mir lagen und alle weiteraßen.

»Hier, ich bin ohnehin fast satt.« Ungefragt schob Vance die Hälfte seines Risottos auf meinen Teller, was mich zusammenzucken ließ.

»Ich bin nicht giftig«, sagte er, als er bemerkte, wie verblüfft ich über seine Geste war. Ich bedankte mich bei ihm, um zu zeigen, dass sich mein Benehmen ändern würde. Und als ich vom Reis probierte, war ich sogar sehr glücklich, dass mir Vance etwas davon abgegeben hatte. Es schmeckte ausgezeichnet.

»Trüffelöl«, warf Aiden zufrieden ein, als auch ihm aufzufallen schien, wie köstlich ich das Gericht fand.

»Wirklich lecker«, kommentierte ich und schob mir gleich einen zweiten Löffel in den Mund. Woraufhin Haisley und Aiden lachten. »Du wirkst, als hättest du während der letzten Wochen nichts zu essen bekommen.«

Das stimmte zwar nicht ganz, aber der Appetit war tatsächlich ausgeblieben, und ich hatte nur gegessen, um bei Kräften zu bleiben und den Launen meines Dads standzuhalten. Doch das behielt ich für mich.

»Nimm dir etwas Salat«, schlug Blaze vor und reichte mir die Schüssel. Ich musste meinen Arm ausstrecken, um an die Salatschüssel zu gelangen.

»Oh, wobei hast du dich denn verletzt?«, stieß Haisley aus, und erst jetzt bemerkte ich, dass der Ärmel meines Pullovers ein Stück hochgerutscht war.

»Halb so schlimm«, entgegnete ich und gab etwas Salat auf meinen Teller. »Holzarbeiten. Dad hatte große Pläne während der letzten Tage«, schob ich schließlich hinterher. Und das entsprach sogar der Wahrheit. Zwar nicht der ganzen, aber das musste ja keiner wissen.

Obwohl ich die zweifelnden Blicke auf mir spürte, tat ich, als wäre nichts geschehen. Im Grunde war es ohnehin nicht der Rede wert.

Kolton berichtete von seinen Ferien, davon, dass er trainiert hatte, mittlerweile aber einen gesunden Zugang gefunden hatte und seinen Körper nur noch selten überbelastete. Das freute mich für ihn. Es war eine Qual gewesen, ihm dabei zuzusehen, wie er seinen Körper zerstörte. Ich hatte mich ohnmächtig und hilflos gefühlt, weil … er niemanden an sich rangelassen hatte. Und das wiederum war verständlich, denn … Hardin hatte eine so unfassbar große Lücke in unser aller Leben hinterlassen. Die größte aber natürlich in Koltons.

»Die letzten Ferientage habe ich bei Vance und seiner Mom verbracht. Wir haben die Universal Studios besucht und eine exklusive Führung durch das Set von *Five Of One* bekommen. Die Tage mit Vance in Los Angeles waren … einfach unvergesslich.« Ein riesiges Lächeln stahl sich auf Koltons Lippen, und ich ertappte mich dabei, dass ich Vance und Kolton beobachtete, wie sie sich verstohlene Blicke zuwarfen. An diesen Anblick musste ich mich erst noch gewöhnen. Aber ich konnte sehen, wie verliebt und glücklich sie wirkten. Und letztlich war das ja eigentlich das Wichtigste. Dennoch wandte ich schnell den Blick ab und konzentrierte mich auf das Essen vor mir.

»Tja, und jetzt, wo feststeht, dass Vance in Harvard bleiben wird, freue auch ich mich auf das bevorstehende Semester«, gab Kolton zufrieden von sich. Woraufhin Vance Koltons Hand nahm und sie liebevoll drückte.

Haisley und Blaze folgten Koltons Beispiel und erzählten, was sie erlebt hatten. Daraufhin beklagte sich Aiden, dass er mehr Zeit im Krankenhaus verbracht hatte als bei seinen Eltern. Sein Knie bereitete ihm Probleme. Und als er davon erzählte, dass es noch unklar war, ob er weiterhin Basketball spielen konnte, wurde mein Herz schwer. Die Vorstellung, nicht mehr Football spielen zu können, weil es mein Körper nicht länger zuließ, war beängstigend. Ich konnte nachempfinden, wie schlimm das für ihn sein musste. Diese Ungewissheit musste die reine Hölle sein.

»Wir werden sehen, was die Zeit bringt«, sagte er schließlich, ehe er sich um ein Lächeln bemühte.

»Ach, Aiden, das wird bestimmt wieder«, sprach Haisley ihm Mut zu. Dann wandte sie sich an Vance. »Kommst du morgen zum Essen meiner Eltern?«

Vance druckste herum. Nur am Rande hatte ich die Schicksalsfügung mitbekommen, dass Haisley und er Geschwister waren. Soweit ich wusste, hatte er kaum Kontakt zu seinem Dad. Inzwischen schien dieser aber immer wieder Versuche zu unternehmen, um Vance besser kennenzulernen. Besonders Haisleys Mom schien bemüht, und das, obwohl sie am allerwenigsten etwas dafür konnte. Aiden hatte mir gesteckt, dass Vance' Mom eine Affäre gewesen war, während Mr und Mrs Jefferson verlobt und Mrs Jefferson bereits schwanger gewesen war. Das war wohl auch der Grund, weshalb Vance lange Zeit nicht gewusst hatte, wer sein Dad war. Es klang alles ziemlich kompliziert.

Ich beobachtete, wie Kolton Vance einen mitfühlenden Blick schenkte. Fuck, die beiden wirkten so vertraut. Wie konnte das so schnell passiert sein?

»Vielleicht ein anderes Mal«, antwortete Vance.

Enttäuscht ließ Haisley den Kopf sinken. »Dad ... und Mom würden sich freuen«, schob sie murmelnd hinterher.

Vance nickte knapp, erwiderte aber nichts.

Und irgendwie fühlte ich mich, als gehörte ich nicht hierher. Als wäre ich nicht mehr Teil dieser Gruppe. Als säße ich mit Fremden an einem Tisch.

»Okay, ich geh dann mal meinen Koffer auspacken«, sagte ich, stand auf und räumte mein Geschirr in die Spülmaschine. Dabei fühlte ich mich seltsam beobachtet, ich konnte die Blicke der anderen förmlich auf mir spüren. Und das, obwohl ich – wie ich fand – ausnahmsweise nichts angestellt hatte.

Wortlos verzog ich mich in mein Zimmer, doch noch bevor ich die Tür schließen konnte, schob sich Aiden in den Türrahmen. »Mann, ich freu mich, dass du zurück bist«, sagte er, grinste wie ein Honigkuchenpferd, und so schnell, wie er gekommen war, war er auch wieder verschwunden.

Und ab diesem Augenblick freute auch ich mich auf die gemeinsame Zeit, die verrückten Partys und all das, was Aiden und mich verband.

Persönliche Worte – Danksagung

Gelegentlich werde ich gefragt, warum ich als heterosexuelle Frau queere Romane schreibe. Auf die Frage würde ich an dieser Stelle gern eingehen. Für mich macht es keinen Unterschied, ob sich eine Frau und ein Mann ineinander verlieben und ich die beiden auf ihrem Weg begleiten darf oder eben queere Menschen. Ich lebe, weine, liebe und lache mit meinen Protagonist:innen. Sie erzählen mir ihre Geschichte, die ich aufs Papier bringen darf. Unabhängig von Geschlecht, Sexualität, Herkunft oder Religion. Liebe ist Liebe. Respekt und Toleranz unseren Mitmenschen gegenüber sind für mich nicht verhandelbar.

Ich bin überglücklich, dass *Veritas* bei Forever ein Zuhause gefunden hat, und bedanke mich herzlich bei meiner Lektorin Melina für die tolle, respektvolle und schöne Zusammenarbeit. An dieser Stelle möchte ich mich außerdem bei meiner ehemaligen Lektorin Caroline bedanken, herzlichen Dank für die großartige Chance.

Ein riesiges Dankeschön gebührt meinen Testleserinnen Carrie, Eva und Sofia. Ich bin euch unendlich dankbar für eure wertvollen Anmerkungen und konstruktiven Rückmeldungen.

Zudem danke ich aus tiefstem Herzen meinem Sensitiv Reader Benni Cullen. Deine besondere Sensibilität beim Prüfen meiner Inhalte ist für mich von unschätzbarem Wert.

Ebenso gilt mein Dank all meinen wundervollen Blogger:innen und Leser:innen! Ich bin euch unendlich dankbar, herzlichen Dank für euren Support!